L'INVENTION DE NOS VIES

Karine Tuil est l'auteur de neuf romans, parmi lesquels *Tout sur mon frère*, *Quand j'étais drôle* ou encore *Douce France*. Quatre d'entre eux ont déjà fait partie de la sélection du prix Goncourt (*Interdit*, *La Domination*, *Six mois, six jours* et *L'Invention de nos vies*). Plusieurs de ses livres sont traduits à l'étranger.

KARINE TUIL

L'Invention de nos vies

ROMAN

GRASSET

© Éditions Grasset & Fasquelle, 2013.
ISBN : 978-2-253-17945-0 – 1ʳᵉ publication LGF

Pour Ariel

« *L'amour n'est pas cette chose douce dont tout le monde parle – peut-être torture-t-on les gens pour les forcer à dire cela ? En tout cas, tout le monde ment.* »

ORHAN PAMUK, *Les Inrocks*, avril 2011.

« *Toute réussite déguise une abdication.* »

SIMONE DE BEAUVOIR,
Mémoires d'une jeune fille rangée.

« *Le succès littéraire, ça représente une petite part dans le reste de mes préoccupations. La réussite vous fuit entre les doigts, vous échappe de tous les côtés (…) et c'est ma propre vie qui est en somme ce qui compte le plus.* »

MARGUERITE YOURCENAR,
au cours d'un entretien filmé
avec Bernard Pivot, 1979.

PREMIÈRE PARTIE

1

Commencer par sa blessure, commencer par ça
– dernier stigmate d'un caporalisme auquel Samir
Tahar avait passé sa vie à se soustraire –, une entaille
de trois centimètres au niveau du cou dont il avait
tenté sans succès de faire décaper la surface à la meule
abrasive chez un chirurgien esthétique de Times
Square, trop tard, il la garderait en souvenir, la regarderait chaque matin pour se rappeler d'où il vient, de
quelle zone/de quelle violence. *Regarde ! Touche !* Ils
regardaient, ils touchaient, ça choquait la première
fois, la vue, le contact de cette cicatrice blanchâtre
qui trahissait le disputeur enragé, disait le goût pour
le rapport de force, la contradiction – une forme de
brutalité sociale qui, portée à l'incandescence, présa-
geait l'érotisme –, une blessure qu'il pouvait planquer
sous une écharpe, un foulard, un col roulé, on n'y
voyait rien ! et il l'avait bien dissimulée ce jour-là sous
le col amidonné de sa chemise de cador qu'il avait dû
payer trois cents dollars dans une de ces boutiques
de luxe que Samuel Baron ne franchissait plus qu'avec
le vague espoir de tirer la caisse – tout en lui respi-
rait l'opulence, le contentement de soi, la tentation

consumériste, option zéro défaut, tout en lui reniait ce qu'il avait été, jusqu'à l'air affecté, le ton emphatique teinté d'accents aristocratiques qu'il prenait maintenant, lui qui, à la faculté de droit, avait été l'un des militants les plus actifs de la gauche prolétarienne ! L'un des plus radicaux ! Un de ceux qui avaient fait de leurs mortifications originelles une arme sociale ! Aujourd'hui petit maître, nouveau riche, flambeur, rhéteur fulminant, *lex machine*, tout en lui exprimait le revirement identitaire, l'ambition assouvie, la rédemption sociale – le contrepoint exact de ce que Samuel était devenu. Une illusion hallucinatoire ? Peut-être. Ce n'est pas *réel*, pense/prie/hurle Samuel, ce ne peut pas être *lui*, Samir, cet homme neuf, célébré, divinisé, une création personnelle et originale, un prince cerné par sa camarilla, rompu à la rhétorique captieuse – à la télé, il s'adonise, s'érotise, plaît aux hommes, aux femmes, adulé par tous, jalousé peut-être, mais respecté, un virtuose du barreau, un de ceux qui disloquent le processus accusatoire, démontent les démonstrations de leurs adversaires avec un humour ravageur, n'ont pas froid aux yeux –, ce ne peut pas être lui ce loup de prétoire artificieux, *là-bas*, à New York, sur CNN, son prénom américanisé en lettres capitales SAM TAHAR et, plus bas, son titre : *lawyer* – avocat –, tandis que *lui*, Samuel, dépérissait dans un bouge sous-loué sept cents euros par mois à Clichy-sous-Bois, travaillait huit heures par jour au sein d'une association en tant qu'éducateur social auprès de jeunes-en-difficulté dont l'une des principales préoccupations consistait à demander : *Baron, c'est juif ?* / passait ses soirées sur Internet à lire/commenter des informations sur des blogs littéraires (sous le nom de Witold92)/écrivait sous pseudonyme des manuscrits qui lui étaient systématiquement retournés – *son grand roman social ? On l'attend encore…* –, ce ne peut pas être lui, Samir Tahar, transmué, méconnaissable, le visage recouvert d'une couche de fond de teint beige, le regard tourné vers la caméra avec l'incroyable maîtrise de l'acteur/du dompteur/du tireur d'élite, les sourcils bruns épilés à la cire, corseté dans un costume de grande marque taillé à ses mesures, peut-être même acheté pour l'occasion, choisi pour paraître/séduire/convaincre, la sainte trinité de la communication politique, tout ce qu'on leur avait transmis jusqu'à la décérébration au cours de leurs études et que Samir mettait maintenant à exécution avec la morgue et l'assurance d'un homme politique en campagne, Samir invité à la télévision américaine, représentant les familles de deux soldats américains morts en Afghanistan[1], entonnant le péan de l'ingérence, flattant la fibre morale, tâtant du sentiment et qui, devant la journaliste[2] qui l'interrogeait avec déférence – qui l'interrogeait comme s'il était la conscience du monde libre ! –, restait calme, confiant, semblait avoir muselé la bête en lui, maîtrisé la violence qui avait longtemps contaminé chacun de ses gestes,

---

1. Santiago Pereira et Dennis Walter, 22 et 25 ans. Le premier rêvait de devenir peintre mais s'était engagé dans l'armée sous la pression de son père, haut gradé. Le second affirmait : « Réussir sa vie, c'est combattre pour son pays. »

2. Kathleen Weiner. Née en 1939 dans le New Jersey d'un père cordonnier et d'une mère au foyer, Kathleen avait réussi à intégrer Harvard. Mais son plus grand titre de gloire restait sa prétendue liaison, à 16 ans, avec l'écrivain américain Norman Mailer.

et pourtant on ne percevait que ça dès la première rencontre, la blessure subreptice, les échos tragiques de l'épouvante que ses plus belles années passées entre les murs crasseux d'une tour de vingt étages, entassés à quinze, vingt – qui dit mieux – dans des cages d'escaliers où pissaient les chiens et les hommes, que tant d'années à crever là-haut, au dix-huitième avec vue sur les balcons d'en face d'où brandillaient les survêtements – contrefaçons Adidas, Nike, Puma achetées, marchandées à Taïwan/Vintimille/Marrakech pour rien ou chinées chez Emmaüs –, tricots de corps grisés, maculés de sueur, slips élimés, serviettes de toilette râpeuses, nappes plastifiées, culottes déformées par les lavages et les transmutations des corps, droit devant les antennes paraboliques qui pullulaient sur les toits/les façades comme les rats déboulant dans les caves enténébrées où personne ne descendait plus par peur du vol/du viol/de la violence, où personne ne descendait plus que sous la contrainte d'une arme, revolver/couteau/cutter/poing américain/matraque/acide sulfurique/fusil à pompe/bombe lacrymogène/carabine/nunchaku, c'était avant l'embrasement à l'Est et l'arrivée massive des armes de guerre en provenance de l'ex-Yougoslavie, quelle manne ! Un voyage en famille et hop ! le matos dans le coffre au milieu de jouets d'enfants, des fusils d'assaut, des armes automatiques, des Uzi, des kalachnikovs, des explosifs avec détonateur électrique, des pains entiers cachés dans des morts-terrains et même, y en a pour tous les goûts, si tu payes cash, si ça t'excite, des lance-roquettes vendus chat en poche, tu pars en forêt, tu t'exerces, tu tires en silence, tranquille, sans témoins, la guerre en sous-sol dans des parkings souterrains souillés de flaques d'huile de moteur et d'urine, où personne ne descendait plus sans être accompagné d'un flic qui ne descendait plus sans être accompagné d'un flic qui ne descendait plus, la guerre idéologique dans des squats où des cacous de vingt-cinq trente ans refusaient/refaisaient le monde, la guerre sexuelle dans les caves empuanties par l'humidité et les volutes de shit où des types de quatorze quinze ans faisaient tourner des mineures NON CONSENTANTES, à dix vingt ils passaient sur elles chacun son tour, fallait bien leur prouver qu'ils étaient *des hommes*, fallait bien la lâcher quelque part cette violence, ils disaient aux juges pour leur défense, fallait bien qu'elle sorte, la guerre des gangs sur terrain vague reconverti en lice, de nuit, de jour, par dizaines se pressaient pour assister à un combat de pit-bulls aux yeux chassieux, affublés de noms de dictateurs déchus – Hitler, le plus prisé –, misant gros sur le meilleur, le plus enragé, le plus meurtrier, encourageant la bête à déchiqueter l'adversaire, lui perforer les yeux d'un coup de mâchoires, clac, excités par le sang/la chair broyée/les râles, tandis que lui Samir, restait en haut, à marner, refusant d'être sans perspective, sans avenir, sans salaire à venir, au choix : technicien de surface/ouvrier manutentionnaire/chauffeur-livreur/gardien/vigile ou dealer si tu vises haut, si tu es ambitieux, façon d'épater sa mère Nawel Tahar, femme de ménage chez les Brunet – son employeur, François Brunet, est un homme politique français, né le 3 septembre 1945 à Lyon, député, membre du Parti socialiste, auteur de plusieurs livres dont le dernier, *Pour un monde juste*, a connu un grand succès de librairie (source Wikipédia). Nawel, petite brune aux yeux noirs, employée modèle, connaît tout d'eux, lave leur linge, leurs assiettes, leurs sols, leurs enfants, récure, frotte, astique, aspire, moitié au black, travaille les jours fériés et les samedis, parfois le soir pour les servir, eux/leurs amis, des hommes engagés, fiévreux, qui cherchent leur nom dans la presse, l'inscrivent sur les moteurs de recherche Internet, informés dès que quiconque écrit sur eux – en bien, en mal, aiment qu'on parle d'eux –, heureux de baiser des femmes de moins de trente ans dans des chambres de bonne louées à l'année, préoccupés par leur poids, le cours de la Bourse, leurs rides, obsédés par la perte de leur jeunesse, de leurs capitaux, de leurs cheveux, des gens qui couchent entre eux, travaillent entre eux, s'échangent les postes, les épouses, les maîtresses, se promeuvent à tour de rôle, lèchent les bottes et se font lécher à leur tour par des putes albanaises, les plus professionnelles disent-ils, qu'ils essaieront de faire libérer des centres de rétention où des fonctionnaires ambitieux – Du chiffre ! Du chiffre ! – les auront maintenues, qu'ils tenteront de sauver en faisant jouer leurs relations, sans succès, hélas, écœurés par cette politique qui leur arrache leurs objets de désir, leurs femmes de ménage, les nourrices auxquelles leurs enfants s'étaient attachés, les ouvriers non déclarés qui transformaient des locaux industriels fermés pour cause de crise en lofts de luxe où ils poursuivraient leur révolte jusqu'au métro Assemblée-nationale, au-delà, c'est plus leur secteur, Nawel, prenez les restes, on ne va pas jeter, et on n'a pas de chiens, oui les éclats tragiques de la fatalité et de la haine que vingt années passées à avaler la poire d'angoisse avaient imprimés dans son regard – un regard dur, obombré, coupant comme un riflard, il vous scalpait, rien à faire vous l'aimiez quand même –, mais c'était avant la réussite sociale telle qu'il l'incarnait à le voir ici pantin télévisuel animé pour plaire : bravo, c'est gagné ! *Elle* était conquise. Car ils étaient deux devant le téléviseur, deux à contenir leur agressivité hystérique, deux complices dans l'échec, Nina était là aussi, qui l'avait aimé, à vingt ans, quand tout se jouait, quand tout était *encore* possible, aujourd'hui quelles ambitions ? 1/ Obtenir une augmentation de salaire de cent euros. 2/ Avoir un enfant avant qu'il ne soit trop tard – et quel avenir ? 3/ Emménager dans un F3 avec vue sur le terrain de foot/les poubelles/une zone lacustre envasée où s'ébroueraient/agoniseraient deux cygnes éburnéens – les territoires perdus de la République. 4/ Rembourser leurs dettes – mais comment ? Visibilité à court terme : commission de surendettement. Objectifs : à définir. 5/ Partir en vacances, une semaine en Tunisie peut-être, à Djerba, dans un club de vacances, formule *all inclusive*, on peut rêver.

« Regarde-le », s'écria Nina, les yeux fixés sur l'écran, hypnotisée, attirée par l'image comme un insecte par la lumière d'un halogène – qui finira brûlé – et, l'observant aussi, Samuel eut la certitude qu'il avait tiré un trait sur ce qui s'était passé au cours de l'année 1987 à l'université de L. – ce qui l'avait irrémédiablement détruit. Vingt ans à tenter d'oublier le drame dont Samuel avait été l'orchestrateur inconscient et la victime expiatoire pour le retrouver où ? Sur CNN, à une heure de grande audience.

Ils s'étaient rencontrés au milieu des années 80, à la faculté de droit de Paris. Nina et Samuel étaient en couple depuis un an quand, le jour de la rentrée universitaire, ils firent la connaissance de Samir Tahar – on ne voyait que lui, dix-neuf ans comme eux mais en paraissait un peu plus, un homme de taille moyenne, au corps musculeux, à la démarche nerveuse, dont la beauté ne sautait pas instantanément aux yeux mais qui, à l'instant où il parlait, vous magnétisait. Tu l'apercevais et tu pensais : c'est ça, l'autorité virile ; c'est ça, l'animalité – un combustible pour la sexualité. Tout en lui promettait la jouissance, tout en lui trahissait le désir – un désir agressif, corrupteur –, c'est ce qui était le plus dérangeant chez ce type dont ils ne savaient rien : sa sincérité dans la conquête. Son goût pour les femmes – le sexe, sa faiblesse déjà –, on ne percevait que ça, en le voyant, cette aptitude à la séduction immédiate, presque mécanique, sa voracité sexuelle qu'il ne cherchait même pas à contrôler, qu'il pouvait exprimer d'un seul regard (un regard perçant, fixe, pornographique, qui dévoilait ses pensées, guettait la moindre réciprocité) et qu'il fallait assouvir – vite, dans l'urgence ; son hédonisme revendiqué, décomplexé, cette absolue décontraction dans l'échange comme si chaque rapport amical, social, avec une femme, une fille, ne trouvait sa justification que dans la possibilité de sa transformation en un autre rapport.

Mais il y avait autre chose... On devinait la prédation chez ce fils d'immigrés tunisiens, on devinait la hargne, nourrie par un si fort sentiment d'humiliation qu'il était impossible de déterminer ce qui, dans son histoire personnelle, dans ses rapports empreints de méfiance, avait pu l'entretenir si longtemps et avec tant de vigueur. Il avait pour lui les ambitions d'une mère. Il voulait réussir, rompre le cycle de l'échec et de la misère, du renoncement et de l'abdication, le cycle familial en somme qui avait déjà coûté la vie à son père, anéanti les rêves de sa mère et engendré la dislocation d'une famille – les barreaux de sa prison sociale, il était prêt à les scier, fût-ce avec les dents. Un arriviste ? Peut-être… Un fils d'immigrés qui réfutait le mimétisme social, un de ceux qui avaient assimilé le message républicain : étudier, travailler – un modèle. On enviait l'audace transgressive chez cet agitateur, une agressivité dans la pensée qui n'était pas sans charme. Et comment ne pas être séduit par cet étudiant un peu gouailleur qui pouvait vous raconter son enfance dans le quartier le plus pauvre de Londres ou d'une cité délabrée, puis son adolescence entre les murs d'une chambre de bonne et le retour dans une HLM miteuse avec un sens du misérabilisme à vous tirer des larmes et, cinq minutes plus tard, évoquer une discussion entre Gorbatchev et Mitterrand comme s'il y était. Sa force, c'était son goût pour la politique, l'anecdotique. Il pouvait passer des soirées entières à lire des mémoires, des discours de Prix Nobel, il aimait le récit de ces destinées exceptionnelles, car c'est ce qu'il voulait : un destin – l'aura, le charisme, il les avait déjà.

Pour un homme comme Samuel dont toute l'existence était une somme de névroses et dont l'ambition – la seule – était de faire de cette souffrance mentale la matière d'un grand livre, c'était une amitié providentielle. Car au moment de sa rencontre avec Samir, il était en miettes. Il venait brutalement d'apprendre la vérité sur ses origines – et c'était le chaos. Ses parents avaient attendu son dix-huitième anniversaire pour lui avouer qu'il était né en Pologne sous le nom de Krzysztof Antkowiak – fin de partie pour son accession à la majorité, bienvenue dans un monde adulte ! La société de la transparence vous ouvre ses portes ! Lui, aurait préféré ne rien savoir... Il ne savait pas ce qui le choquait le plus : apprendre que ses parents n'étaient pas ses géniteurs ou découvrir que son vrai prénom était un dérivé de celui du Christ, lui qui avait été élevé par un couple qui fut successivement laïque (une laïcité pure et dure, sans concessions, revendicatrice et agressive, selon les témoignages de leur entourage) puis juif orthodoxe – spectaculaire revirement qui n'avait pas d'explication rationnelle. L'histoire mériterait à elle seule un livre. Quelques heures après sa naissance, Samuel avait été abandonné par sa mère, Sofia Antkowiak[1], placé dans un orphelinat, avant d'être adopté par un couple de Français d'origine juive, Jacques et Martine Baron. Leur nom n'évoque plus rien à personne ; ils furent pourtant parmi les agitateurs les plus actifs de la scène politico-intellectuelle française des années 60-70. Membres de l'Union des étudiants communistes et du Parti communiste français, proches d'Alain Krivine et d'Henri Weber, Jacques et Martine Baron, issus de la petite bourgeoisie juive assimilée,

---

1. Fille d'agriculteurs polonais, Sofia Antkowiak ambitionnait de devenir danseuse étoile mais était tombée enceinte après avoir eu une liaison avec un militaire de passage. Deux mois après avoir abandonné son enfant, elle se jeta sous les roues du train qui assurait la liaison Varsovie-Lodz.

avaient depuis longtemps écarté toute revendication identitaire. Refus du déterminisme, de la grégarité – une ligne de conduite qui les avait amenés à se réinventer, l'art de la prestidigitation identitaire en œuvre. Tous deux gravitaient autour des grandes figures intellectuelles qui dominaient alors. Ensemble, ils avaient fait Normale sup' et réussi l'agrégation de philosophie. Ils étaient professeurs de lettres, jeunes, beaux, fiévreux, avaient tout – « sauf l'essentiel » : un enfant. Jacques était stérile et pour un homme comme lui, qui avait axé toute sa vie sur la transmission, c'était une situation insupportable. Ils engagèrent des démarches pour adopter et, au terme de deux ans d'attente, reçurent enfin l'agrément. Ce soir-là, avec une trentaine de leurs plus proches amis, ils fêtèrent l'arrivée imminente de l'enfant. Après plusieurs verres de vin, une question fusa : « Cet enfant, vous allez l'appeler comment ? » C'était une question – et ils prirent la mesure de leur légèreté – qu'ils ne s'étaient même pas posée. Martine répondit la première, elle pouvait l'appeler Jacques, comme son mari. Ou Paul, par exemple, ou Pierre. L'idée fut communément admise, on but au futur PierrePaulJacques. Dans leur esprit, cette soirée resterait comme l'une des plus fortes de leur vie. Mais quinze jours plus tard, Jacques prit la décision – surprenante pour qui le connaissait – de faire circoncire son fils, alors qu'il ne l'était pas lui-même. Il le nomma Samuel – qui signifiait littéralement, en hébreu : *Son nom est Dieu* –, organisa une grande fête où il invita tous ses amis et là, au moment où le rabbin prononça à haute voix le prénom de l'enfant, il se passa un événement inattendu : Jacques dit au rabbin qu'il voulait reprendre son vrai nom

– Bembaron – et changer de prénom : il serait désormais Jacob. L'alliance que son fils venait de sceller, lui aussi voulait la réintégrer. Dans l'assistance, essentiellement composée de militants d'extrême gauche, de journalistes, d'écrivains, de professeurs et d'intellectuels laïques, c'était l'incompréhension. Voire la consternation. « Retour au ghetto », voilà ce qu'ils pensaient. Jacques/Jacob semblait transfiguré, il avait chaud, il exultait, il n'avait pourtant rien bu, mais il vit le rabbin, il vit scintiller les broderies dorées qui ornaient les rouleaux de la Torah, il entendit les notes déchirantes d'un orgue dissimulé sous les combles, et il eut une illumination : il n'y avait pas d'autre explication à ce virage vers le sacré. Ce qu'il appellerait plus tard son « retour » – non pas le retour au ghetto mais le retour à soi, au texte. Ils quittent Paris, le Quartier latin, le café de Flore, ils quittent leurs amis qui ne les comprennent plus, qui disent Ils sont fous, c'est triste, c'est tragique, ils sont en crise, ils reviendront. Ils ne reviendront jamais. Ils s'installent dans un F3, rue du Plateau, à Paris, dans le XIXe arrondissement, inscrivent leur fils dans une école juive ultra-orthodoxe où des professeurs portant barbe et chapeau noir enseignent les prières et les textes sacrés. Là, auprès de son maître, un septuagénaire dont la présence magnétique sidère, Jacob se sent bien. Il ne s'est même jamais senti aussi heureux qu'aux côtés de cet homme qui lui apprend l'hébreu, l'initie à l'étude de la Torah et du Talmud, de la Kabbale. Il se sent renaître, il n'est plus cet homme politisé, révolté, en colère. Et s'il garde finalement son nom – Baron –, c'est uniquement parce que l'Administration l'y contraint. Samuel ne sait rien de ses origines.

Jacob a attendu sa majorité avant la grande révélation. Sur le moment, Samuel ne réagit pas puis, au bout de quelques minutes, se lève sans un mot, quitte la pièce, puis la maison. Tout cela n'a duré qu'une heure. Dans les toilettes des bains-douches publics, il rase sa barbe, coupe ses papillotes et jette ses habits noirs. Mensonge. Mystification. Trahison. Fini. La colère, les parents l'avaient envisagée, mais pas ce rejet brutal, pas cette rupture. Samuel squatte à droite, à gauche, et rencontre Nina sur les bancs de la faculté. Elle n'est pas juive ? Tant mieux : c'est ce qu'il veut, provoquer ses parents. Car pour ces juifs pratiquants, soucieux de la perpétuation de l'identité, c'est un drame. Et ils le lui disent : soit tu rentres, soit tu restes avec elle et tu ne nous revois plus jamais. L'ultimatum sans équivoque, la provocation agressive, c'est exactement ce qu'il faut pour le dissuader de revenir. Il trouve refuge chez une tante, les parents sont dans la confidence, on est dans la connivence hypocrite mais ça fonctionne, ils préfèrent savoir leur fils chez elle qu'à la rue. À cette époque, il est très amoureux de Nina, dans un état de dépendance affective effrayant, mais cette fille de militaire élevée dans un cadre un peu rigide a un grand sens moral – la loyauté, ça compte pour elle. Sa mère est partie vivre avec un autre homme quand elle avait sept ans. Elle s'était réveillée un matin et avait trouvé une carte d'adieu sur la table du salon, une de ces cartes postales colorées que l'on envoie généralement après une fête pour remercier la personne qui nous a invité. Au recto, il y avait écrit « MERCI » en lettres capitales. Au verso, quelques mots rédigés d'une écriture tremblante. Merci pour ces années passées ensemble, merci de ne pas me juger, merci de me pardonner. Le père avait brûlé la carte à l'aide d'un briquet, sous les yeux de Nina. De cette chute, ils ne s'étaient jamais relevés. Lui s'était mis à boire. Elle était devenue cette fille sans confiance, sans repères, droite et morale que Samuel avait surnommée « La Justice française ».

L'irruption de Samir vint fêler un peu leur fusion étouffante : ils étaient trois désormais, soudés, avançant dans le même mouvement, comme une vague, on la voyait de loin, la bande, amicale, complice, sans l'ombre d'une jalousie, d'un mensonge, le duo amoureux et l'électron libre, ça jasait dans les couloirs de l'université et au-delà, regardez-les évoluer au même rythme, exhibant leur intimité, leur connivence, on ne parlait que de ça, et au fond, ça les excitait, c'était un jeu entre eux. Et puis soudain, le drame : quelques jours avant les grands oraux, alors que Samuel n'avait plus de nouvelles de ses parents, il apprit qu'ils venaient de mourir dans un accident de voiture. Un officier de police le lui annonça, dès l'aube, après lui avoir demandé s'il était bien le fils de Jacques et Martine Baron. *Oui, c'est moi*, il est bien le fils de son père au moment où cet officier lui dit que leur voiture est sortie de la route puis tombée dans un ravin. Samuel ne se souvient plus de sa réaction, c'est le trou noir, il s'est peut-être effondré, il a pleuré, crié, a dit Ce n'est pas possible Je ne peux pas vous croire Dites-moi que c'est faux ! *Croyez-moi, c'est vrai*, mais de la veillée des corps il se souvient bien, de la vision des deux cadavres recouverts d'un linceul, avec ces hommes en noir qui priaient autour et lui, debout, son livre de prières à la main, récitant le kaddish pour la paix de leur âme. Samir était là, dans son ombre, calotte sur la tête, mains croisées sur son ventre, lui aussi pensait à son père ; il n'y avait eu personne à son enterrement et personne pour le pleurer. Le jour même, Samuel, accompagné de sa tante, rapatria le corps de ses parents en Israël, exécutant leurs dernières volontés. Mais avant de quitter la morgue, il emmena Samir à l'écart de la foule et lui dit sur un ton solennel : « Prends soin de Nina. Ne la laisse pas seule. Je compte sur toi. » Et c'est exactement ce qu'il fit. Il l'invita au restaurant, au cinéma, lui offrit des livres, l'accompagna à la bibliothèque, au musée, lui fit réciter ses leçons, et une semaine à peine après le départ de Samuel, alors qu'elle venait de sortir en larmes d'un oral, Samir l'entraîna dans un studio que lui avait prêté un ami, la serra dans ses bras, pour qu'elle se calme, et là, en quelques minutes, la fit basculer sur lui, elle pleurait toujours, la déshabilla, ça tombait bien, elle portait une jupe, et l'apaisa à sa manière. Le sexe était sa forme de consolation, de réparation, sa réplique à la brutalité sociale – la plus pure, il n'en avait jamais trouvé de meilleure. Ils auraient pu en rester là mais c'était impossible. Trop fort. Trop puissant. Ça les submergeait. Sans défense, tout à coup, interdépendants, ils n'avaient pas prévu *ça*. Et alors qu'il aurait dû lui dire que c'était une erreur, alors qu'il aurait dû se détourner d'elle – car c'était ainsi qu'il procédait d'habitude, naturellement, sans ruse, parce qu'il se lassait, il n'aimait pas reproduire ce qui avait été fait –, il tomba amoureux. Ils se revirent, ne se quittèrent plus, passèrent plusieurs jours l'un contre l'autre. Il l'aimait, avait envie d'elle, voulait vivre avec elle, il le lui dit, c'était une trahison insupportable, Samuel allait rentrer, il venait de perdre ses parents dans des circonstances tragiques, il était son ami, dans une société équitable, juste, morale, c'était scandaleux, mais *nous ne sommes pas dans une société équitable*, voilà ce que pensait Samir, *je sais d'où je viens, je sais ce que je dis. C'est d'une violence inouïe peut-être – et alors ? La violence est partout*, voilà tout ce qu'il trouve à dire. *L'amour aussi, c'est violent. Choisis.*

Au retour de Samuel, ils n'avouèrent pas leur liaison. Samuel remercia Samir – *un ami, un vrai, sur lequel on peut compter, qui sait être présent dans l'épreuve, un frère en qui on peut avoir confiance.* Ça dura comme ça, neuf mois, peut-être plus, Nina ne voulait rien dire à Samuel qui vivait désormais seul dans l'appartement que louaient ses parents, au milieu de leurs meubles et de leurs affaires – une chambre mortuaire. Elle n'allait jamais chez lui, il ne se rendait plus chez elle – c'était fini, ils ne faisaient plus l'amour, et au terme de l'année universitaire, Samir posa cet ultimatum : *C'est lui ou moi.*

Ces années-là, Samuel n'avait aucun mal à s'en souvenir et il ne savait bientôt plus comment tromper son esprit colonisé par les images d'un Samir starifié qui se déroulaient comme des vagues puissantes, dévastaient ce qui avait été réparé, recouvrant tout, jusqu'à l'édifice intérieur fragile qu'il était parvenu à reconstruire et qui explosait maintenant dans une déflagration totale.

Sa réussite, ça t'impressionne, avoue-le.
Nina le regardait avec un mélange de pitié et de colère.

Oui

C'est vrai

C'est ça

On y est

Elle avait imaginé un bref instant ce qu'aurait été sa vie si elle était partie avec Samir il y a vingt ans, si elle l'avait suivi quand il avait prononcé ce mot : *choisis* – Samir plein d'assurance, sûr de son coup, personne ne lui résistait, contre Samuel, faible dans l'amour, lâche dans l'adversité, abattu par la violence de la rupture que Nina avait provoquée et qui n'avait rien trouvé d'autre, pour la retenir, que de se trancher les veines avec un cutter dans l'amphithéâtre de la faculté, un de ces petits couteaux à lame rétractable, en plastique bleu, tu déplaces le cran d'arrêt, une fois, deux fois, faut y aller d'un coup d'un seul, même si ça résiste, même si ça fait mal, puis laisser le sang couler et la tristesse avec, qui n'avait rien trouvé d'autre pour lui prouver qu'il l'aimait, qu'il était prêt à mourir pour elle, en finir avec cette douleur effroyable, la faire cesser d'un coup de lame. Clac.

À son réveil, il avait compris qu'elle l'avait choisi. Le caractère trompeur de l'instinct. La part de manipulation qu'il recèle. La marge d'erreur. La rigidité de la réflexion, le poids de la raison, la tyrannie de la morale, la tentation du conformisme et de la répétition – ce qui nous fige. L'épreuve du choix. Ses risques. Ses dangers. Et pourtant, il *faut* la passer. Elle était là, les cheveux embroussaillés, le visage pâle, presque cadavérique, il souffre donc je souffre, assise sur le rebord du lit, presque à ses pieds, il aurait pu dire *comme une chienne*, elle était là, entièrement présente, tapotant son oreiller, lui tenant son verre quand il buvait, l'aidant à manger – à l'heure de la réparation, la mécanique expiatoire en marche –, Nina cédant au romantisme héroïque du suicide *par amour*, c'était beau, c'était grand, c'était fort, Nina ne quittant la chambre que pour laisser passer le personnel médical qui entrait, sortait – et de Samir il ne fut plus question, affaire classée. Aucun des deux ne tenta de le revoir. Son prénom devint tabou. On fit semblant de l'oublier.

À sa sortie de l'hôpital, Samuel libéra l'appartement de ses parents – trop coûteux –, céda leurs meubles à des associations caritatives, loua un studio et abandonna ses études de droit (il se demanda même pourquoi il les avait commencées, *contre* son père, pensa-t-il, mais il n'en était plus très sûr, sa tentative de suicide et l'hospitalisation qui avaient suivi semblaient avoir annihilé toute forme de détermination, de volontarisme, il évoluait dans une zone trouble et opaque désormais, où tout était ambigu). Il suivit des études de lettres par correspondance et commença à travailler avec des personnes étrangères, leur apprenant à lire et à écrire. Nina aussi renonça à ses études qu'elle n'aimait pas, pour exercer successivement les fonctions de vendeuse, serveuse, hôtesse d'accueil. Elle travaillait maintenant comme mannequin pour les catalogues de grandes enseignes commerciales populaires – Carrefour et C&A, essentiellement.

Regarde ! Regarde ! Mais regarde ça !

Il y avait une forme de masochisme primaire dans leur obstination à assister au spectacle de cette consécration médiatique. Changer de chaîne ? Non. Leur posture doloriste alimenterait la rage, la fureur (enfin un combustible pour l'écriture, pensait Samuel, enfin une occasion d'écrire un roman qui serait lu). Devant leur téléviseur Firstline acheté cinq cent quarante-cinq euros chez Carrefour, payable en trois fois sans frais (ce téléviseur dont l'acquisition avait suscité tant de discorde, Nina le réclamant depuis des années quand Samuel s'y opposait, y voyant une menace – et il avait fini par céder), Samuel et Nina restaient pétrifiés, comprenant que plus rien ne serait jamais comme avant, que quelque chose était corrompu/détruit/souillé qui ressemblait à l'innocence, à la tranquillité factice qu'assurait l'ignorance.

Samuel s'approcha de l'écran, examina Samir, se demandant si son nez n'avait pas été refait, ses lèvres, gonflées, son front était étonnamment lisse, il brillait, ça l'épatait, et l'image de Samir se superposait à celle de Samuel, par un cruel jeu de reflets. « Pousse-toi ! Je ne vois rien », s'écria Nina. Samuel s'écarta de l'écran puis recula, observant Nina de dos, agenouillée devant le téléviseur dans une posture sacrificielle, psalmodiant quelque chose – mais quoi ?

Samir souriait mécaniquement à la journaliste, fier d'être à sa place, heureux d'être là, ça se sentait à sa façon de bomber le torse, de crisper sa lèvre supérieure, ça crevait l'écran. Rien de ce qu'ils avaient vécu ne semblait l'avoir affecté, comme un homme qui, rescapé d'un effroyable carambolage, sort indemne d'un véhicule en feu quand l'autre passager est mort sur le coup.

2

Ce n'était pas pour lui souhaiter un bon anniversaire que sa mère[1] l'avait appelé – cinq fois, Samir avait compté, cela devenait obsessionnel –, ce n'était pas pour ça ni même pour prendre de ses nouvelles puisqu'elle lui avait laissé un message inquiétant, prononcé d'une voix hagarde, dans lequel elle lui demandait de la rappeler, c'était « grave », c'était « urgent », alors qu'il lui avait fait clairement comprendre qu'il ne souhaitait plus avoir de contact avec elle, bien qu'il l'aimât, il avait pris la peine de le souligner, je n'ai rien à te reprocher, alors qu'il ne répondait jamais à ses appels, non par mépris – il respectait sa mère, il avait de l'estime pour elle – mais par souci de cohérence ; il s'agissait bien de ça : le désir d'être en accord avec la vie qu'il s'était choisie. Tu as quarante ans, tu as réussi une carrière exceptionnelle aux États-Unis, tu as épousé la fille de l'un des plus grands

_____

1. Nawel Tahar, née Yahyaoui, fille d'Ismaïl Yahyaoui, ouvrier métallurgiste. Née en Tunisie, elle dut abandonner l'école et travailler après la mort de son père, victime d'un accident du travail.

entrepreneurs américains, ce que tu as fait pour en arriver là, peu importe, c'est ce que tu voulais, tu as œuvré pour ça, tu t'es battu pour t'imposer, ce ne fut pas facile, personne ne t'a aidé, ne t'a recommandé auprès d'un autre, plus influent, tu as construit ta vie, et tu as agi seul, avec la volonté d'être le premier, le meilleur, avec l'obsession de devenir riche (où est le problème ?), de posséder une belle maison (la plus belle), une voiture de luxe (la plus puissante), tu as des goûts de riche, de nouveau riche, et alors ? Tu as failli renoncer plus d'une fois car tout était obs- tacle, tout t'incitait au retrait : réussir des études dans un autre pays/créer une annexe américaine de l'un des plus prestigieux cabinets d'avocats français et s'y faire une place, un nom, tu as eu peur parfois d'avoir fait le mauvais choix en quittant la France, en rom- pant toute relation avec ta famille, avec ta mère – cette corruption intime, il fallait l'assumer –, et que voulait-elle maintenant, pensait-il, pourquoi avait-elle appelé ? – de l'argent, il lui en envoyait régulièrement, il n'oubliait jamais ça, l'argent ; les virements apai- saient sa culpabilité, absolvaient sa faute, il aidait sa mère, il faisait œuvre sociale, tu es un bon fils avait écrit sa mère pour le remercier, et j'espère, UN BON MUSULMAN – ces mots, elle les avait notés en lettres capitales et soulignés. La crispation identitaire, tout ce qu'il détestait

ce qui l'avait fait fuir

et taire la vérité

et trahir.

Ce mot, il l'avait brûlé.

Et tandis qu'il se demandait si sa mère était devenue irresponsable, folle, insensée, il sentait la main de sa femme dans la sienne, cette main manucurée qui le guidait dans l'obscurité, il se laissait faire, yeux bandés, il ne voyait rien, avançait vers un lieu tenu secret, rien n'avait filtré, personne n'avait parlé, un peu engoncé dans le costume qu'il venait d'acheter chez Dior pour son passage télévisé sur CNN, et j'ai été bon, pensait-il, j'ai été à l'aise, éloquent, clair, « une bête de télé », avait dit la présentatrice sur un ton de connivence qui invitait à se revoir, se parler, prendre un verre/proposait plus *si affinités* (c'est ce qu'il croyait) et il avait répliqué intérieurement, « et une bête de sexe » – « mais ça, tu ne le sais pas encore » (sa façon de tout ramener à la performance comme si la sexualité était la seule arène où il pouvait exprimer pleinement ses capacités, se mesurer aux autres et les dominer... cette confiance en son pouvoir d'attraction érotique...) ; dans ces moments-là, sa mère n'existait plus, et même là, entendant des gloussements, des rires contenus, il l'avait vaincue, avait effacé son passé comme on plongeait un cadavre dans l'acide pour le dissoudre, il n'y avait plus que lui, Samir, au milieu d'une foule immense qui s'était déplacée pour lui, l'attendait et l'acclamait. Hop ! D'un geste rapide la main fine délia le bandeau comme un ravisseur délivre son otage, et Samir vit les centaines d'invités entonnant « *happy birthday to you, Sami !* », il vit le lynx, les deux loups de l'Est, les tigres dorés et les tigres blancs, le guépard du Sahara, le lion d'Asie – en cage, soumis à la cravache de femmes-panthères moulées dans des combinaisons qui ne dissimulaient rien, un éléphant cagoulé[1] avançant, superbe, sur un tapis noyé de mousse et d'écume, un gorille vieillissant aux yeux de bête d'étal qu'on eût dit empaillé s'il n'avait tendu sa patte massive et velue à ceux qui se risquaient à la lui caresser à travers les barreaux de sa prison de fer, une faune offerte aux regards d'hommes cravatés, de femmes affublées de masques incrustés de strass, surpiqués de fil d'or, masques en dentelle réalisés au fuseau, à l'aiguille, à la main, en tissu, plâtre, cuir naturel, grêlé, clouté, piqué de pointes de fer longues comme des alésoirs, en plumes de paon, latex, soie sauvage, feutre ou velours noir, en voile transparent, façon bandeau, corsaire, Zorro, Fantômette, masques à oxygène, africains, vénitiens, effrayants, aguicheurs – tout pour attirer l'objectif du photographe qui immortalisait le quarantième anniversaire de Samir Tahar dans l'un des clubs les plus privés/prisés de New York où se pressait la fine fleur de l'intelligentsia américaine – politiques, avocats, éditeurs, économistes venus en nombre, seuls ou accompagnés, répondant à l'invitation de *la fille de Rahm Berg*, Ruth, l'épouse de Tahar, une de ces femmes au cursus exemplaire : éducation choyée au sein d'une famille issue de la grande bourgeoisie juive américaine, études de droit à Harvard, douée pour la communication, douée pour les maths, douée en tout – et altruiste, en plus, une humaniste qui distribuait plusieurs fois par an des denrées alimentaires à des nécessiteux, une fille riche,

---

1. Vedette du film de Blake Edwards *The Party*, en 1968, cet éléphant faisait maintenant occasionnellement des figurations dans des soirées privées.

immensément riche, qui n'oubliait jamais de reverser
10 % de ses revenus à des associations caritatives ainsi
que le prévoyait la loi juive ; respectueuse des tradi-
tions, bien sûr, elle a étudié la littérature et même la
poésie avec Joseph Brodsky qui avait dit d'elle qu'elle
était l'une de ses étudiantes les plus brillantes, les plus
fines, elle a étudié les langues anciennes, le droit, mais
elle a aussi étudié la Torah dans le texte avec son
grand-père maternel, Rav Chalom Levine[1], un rabbin
portant barbe et papillotes qu'on eût dit sorti d'un
roman d'Isaac Bashevis Singer[2], ça impressionnait –
et pourtant, Tahar ne l'avait pas remarquée quand
elle avait fait irruption dans son cabinet après avoir
été engagée par son associé sans qu'il en fût informé,
en qualité de stagiaire – trop sobre, trop effacée, avec
cette allure d'un classicisme extrême qu'adoptent
généralement les femmes jeunes quand elles commencent un premier emploi et masquent leur inexpérience en portant des vêtements de femmes, des jupes
longues, des chemisiers à jabot, des foulards même,
qu'elles empruntent à leur mère, à leur grand-mère,
des carrés en soie aux couleurs chamarrées qui leur
font prendre dix ans d'un coup – ça vieillit, ça impose.
Elles croient qu'en paraissant plus âgées elles seront

---

1. Né en Pologne en 1890, Rav Chalom Levine fut pendant
plus de quarante ans l'instigateur funéraire de l'enterrement des
textes sacrés qui, selon la tradition juive, ne doivent pas être brûlés ni déchirés. Longtemps membre du Club des écrivains juifs
de Varsovie, il avait coutume de citer cette phrase des Maximes
des Pères : « Qui est riche ? Celui qui est heureux de son sort. »
2. Bien qu'il obtînt le prix Nobel de littérature en 1978, Isaac
Bashevis Singer affirma : « Je considère le fait d'être devenu vé-
gétarien comme la plus grande réussite de ma vie. »

mieux considérées, leurs compétences, reconnues, tu parles. Elles n'ont pas compris qu'elles gagneraient dix ans dans leur ascension professionnelle en portant des jupes fendues ou découpées au-dessus du genou et des débardeurs ouverts. Elles n'ont pas compris que le pouvoir, elles l'ont. Leur jeunesse est leur pouvoir. Elles ont vingt-cinq, trente ans. Elles sont diplômées, travailleuses, ambitieuses, elles ont bénéficié de tous les acquis du féminisme sans avoir à revendiquer quoi que ce soit, sans avoir à se battre, mais elles baissent les yeux devant les cadres, sexagénaires mâles et mal mariés : incroyable ! Elles baissent les yeux quand ils les complimentent sur la couleur de leurs cheveux. Et quand ils les regardent fixement au moment où elles s'adressent à eux – l'illusion hypnotique, ça marche encore ? Devant les vieux prédateurs elles jouent les biches, les apeurées, les faibles, elles jouent les femmes d'un autre âge, elles perdent leurs moyens, c'est sûr, elles feraient honte à leur mère, mais regardez-les, ces apôtres de la performance, le sexe durci par le Viagra, le ventre plat et les cheveux teints, les yeux fixés sur elles, prêts à bondir. La tentative de captation, une amorce à la séduction et peut-être, pour finir, la possession. Elles ne voient rien – ou font semblant de ne rien voir. Les remarques machistes, les allusions sexuelles – elles passent outre. Elles pensent que ça fait partie du jeu social : une main posée négligemment sur l'épaule (un signe d'affection) ; une invitation à dîner (une réunion de travail) ; des remarques personnelles, intimes (une marque d'intérêt). Leur jeunesse les fragilise, pensent-elles, alors elles se travestissent. Certaines se masculinisent pour s'imposer : costume d'homme de couleur sombre, derbys aux pieds, cravate parfois, *c'est la mode, paraît-il*. Ruth Berg était de celles-là, une androgyne qui n'avait pas hésité, pour son dix-huitième anniversaire, à procéder à une réduction mammaire, oui, c'est la vérité. Elle a hérité du tour de poitrine de son arrière-grand-mère, Judith, une femme froide, cassante, dont le seul attribut de féminité était cette poitrine énorme qui (raconte la légende familiale) avait allaité une bonne partie des nourrissons de Varsovie[1]. Quand la plupart des femmes rêvaient de s'offrir des implants, Ruth Berg réduisait, photo à l'appui. Son modèle, c'était Diane Keaton dans *Annie Hall*, pantalon à pinces, gilet d'homme, chapeau vissé sur la tête – une petite intellectuelle new-yorkaise chic. Comment Samir pouvait-il la remarquer ? Ses fantasmes, il les fixait plutôt sur les séductrices, les femmes opulentes, les charnues aux culs généreux : dans ce domaine, la démesure ne l'effrayait pas, ça l'excitait même, il ne voyait que ça en premier, les fesses, les seins. Après seulement, il notait la finesse des traits et la curiosité intellectuelle. Ruth Berg – trop menue pour lui, trop discrète, plate comme une planche, tu cherches en vain, elle n'a rien à t'offrir, avec elle, tu es sûr de tomber sur un os, tu vas te blesser, mais elle, en arrivant, elle remarque d'emblée cet homme énigmatique au fort accent français, elle le remarque au moment où il sort de son bureau, une pile de dossiers sous le bras, un sourire à dix mille dollars accroché aux lèvres ; ça pose d'emblée la place sociale, ça dit tout de l'aspiration à

---

1. L'un d'eux, Yonathan Strauss, était devenu un célèbre harpiste.

la légèreté, au bonheur. Ruth traque aussitôt auprès de ses collaborateurs des éléments de sa biographie mais rien à faire, les commentaires se répètent : brillant, hâbleur, secret, travailleur – et séducteur. Attention danger, avec un magnétisme pareil, personne ne lui résiste. Tu vois celle-là ? Et celle là ? Elles ont eu une aventure avec lui, ça ne dure jamais. Dès qu'une fille essaie de le garder, il se cabre et fuit – il ne rompt jamais. « C'est un Français », répètent-ils, un sourire narquois aux lèvres. Comprenez : il ne pense qu'à *ça*.

Va savoir pourquoi il lui fait un tel effet. Il est plus âgé qu'elle, indifférent à son charme. Elle y va quand même, invite une employée du cabinet[1] à prendre un café après le travail. Elle veut en savoir plus, obtenir des détails, peut-être, tout ce qui pourrait lui permettre de mieux approcher Tahar. Six mois après leur liaison, la fille en a encore du ressentiment, elle pleure presque en en parlant, cette histoire l'a « détruite », explique-t-elle. « Tiens-toi à distance de cet homme, c'est un opportuniste, un manipulateur. » Attention, danger. Il l'attire, elle ne comprend pas pourquoi, elle est littéralement aspirée par lui. Elle jure : Tahar ne l'intéresse pas, et sa collègue se met à rire, « Tahar intéresse tout le monde ». Il y a un silence, Ruth la regarde avec intensité tandis que l'autre continue : « Il intéresse tout le monde, hommes et femmes,

---

1. Sofia Werther (mais est-ce son vrai nom ?). Serait née en 1979. Réputée pour ses tendances dépressives. Aurait toutefois réussi à dîner avec Woody Allen après l'un de ses concerts de clarinette au Carnegie Hall, en se faisant passer pour une productrice tchèque.

parce qu'il n'est pas comme les autres, il est ombrageux, secret, dominateur… ça a son charme », elle se radoucit tout à coup, se rapproche de Ruth, elle va lui faire une confidence, c'est sûr, la voilà qui sourit, repousse d'un geste de la main la mèche qui recouvre son œil droit et, sur un ton qui trahit une connivence factice, elle ajoute : « il est… », mais elle n'a pas le temps de finir sa phrase, Ruth Berg lui fait signe d'arrêter. L'image sociale, ça suffira.

Comment Ruth a-t-elle capté l'attention de Tahar ? Comment a-t-elle su le garder ? Pas par le sexe, non – trop disciplinée, trop attendue pour lui. Elle était sans surprises. Elle était vierge quand il l'avait connue, à peine croyable. Elle avait dû embrasser trois ou quatre garçons sur la bouche dans une chambre du campus de Harvard, et encore, en hésitant à y mettre la langue comme on le lui avait dit, comme elle s'y était exercée, seule, en faisant rouler le bout de sa langue sur la paume de sa main comme un chat qui lape, ça chatouillait c'est tout, et même quand elle l'avait fait, même quand elle avait essayé d'obéir au désir de l'étudiant en informatique qui l'avait prise un peu violemment dans ses bras par inexpérience (Adam Konigsberg, le fils d'un chirurgien de l'hôpital Beth Sinaï, un bon parti[1]), elle n'avait rien ressenti d'autre qu'un dégoût profond, la sensation d'avoir en bouche un aliment un peu visqueux, une huître, une matière gluante même pas autorisée à la consom-

---

1. Adam Konigsberg l'avait annoncé très tôt à ses parents : « Plus tard, je serai riche. » Il est aujourd'hui à la tête de plusieurs sex-shops.

mation – tout ça pour *ça* ? Elle s'était laissé caresser les seins une fois et ça avait été mécanique, il (Ethan Weinstein, le fils d'un sénateur républicain[1]) serrait son sein entre ses doigts à la manière d'une pelleteuse, il allait le broyer ou quoi ? Elle en avait développé une véritable aversion pour le contact humain et quand Michael Abramovitch (le fils d'un banquier new-yorkais[2]) avait essayé de glisser sa main dans sa culotte (avec maladresse car il avait introduit sa main gauche alors qu'il était droitier) au cinéma devant *Orange mécanique*, elle avait perdu le contrôle d'elle-même, elle l'avait giflé, elle avait hurlé, et en sortant du cinéma elle s'était cachée dans un coin pour vomir les pop-corn qu'il avait eu la générosité de lui offrir avant de l'emballer. « Fallait s'y attendre, avait dit la fille qui partageait sa chambre sur le campus[3]. Un type qui t'invite à voir *Orange mécanique* pour un premier rendez-vous est soit un cinéphile, soit un psychopathe. » Elle penchait plutôt pour la seconde option. Les garçons qu'elle rencontrait – issus de la bonne bourgeoisie juive américaine, gâtés, trop gâtés, super-gâtés, qui n'avaient pas d'autre ambition que de claquer l'argent de papa sur les plages de Goa ou de Cancún –, ça ne faisait pas rêver les filles comme

---

1. Après avoir étudié les sciences politiques, Ethan Weinstein était devenu sénateur démocrate pour « emmerder » son père.

2. Longtemps considéré par son père comme un « raté », Michael Abramovitch – qui rêvait d'être comédien – se suicida à l'âge de 27 ans en se défenestrant.

3. Deborah Levy. Enfant brillante, élevée par des parents obsédés par la réussite scolaire, elle avait abandonné ses études pour suivre un Américain d'origine indienne. Convertie à l'hindouisme, elle vivait maintenant à Bombay où elle élevait ses huit enfants.

elles, les princesses juives nourries au lait et au miel. Elle avait grandi avec eux, elle avait fait ses études avec eux et les soirs de fête, elle priait avec eux dans la même synagogue au milieu des fidèles qui habitaient le même quartier, fréquentait les mêmes clubs, et il fallait en plus qu'elle épousât l'un d'eux ? L'horreur sociale. L'horreur communautaire. « Tu épouseras un juif » – onzième commandement imposé par le père, tu ne t'uniras pas au fils de l'étranger, tu ne partageras pas sa couche, tu ne lui assureras pas une descendance. Un dilemme. Et elle avait vu Sam Tahar. Un juif, pensait-elle, mais un Français. Un séfarade – ça la changeait. On racontait que le père de Tahar était un juif d'origine tunisienne qui s'était installé en France dans les années 50. On disait que la mère de Tahar était une juive née en France dont les parents, des juifs polonais, avaient fui leur pays dans les années 1910. On disait que ses parents étaient morts dans un accident de voiture quand Sam avait vingt ans. Qu'il était fils unique. Qu'il n'avait aucune famille. On disait que c'était un juif, un juif déjudaïsé, assimilé (« honteux », précisaient certains), anticlérical et propalestinien. Et provocateur en plus. Capable de réciter un poème de Mahmoud Darwich[1] à la table d'honneur lors de la soirée annuelle du National Jewish Committee. Ne lui parlez pas de religion. Ne lui parlez pas d'Israël. Ne lui demandez pas d'être le dixième homme pour constituer un office (à

---

1. Poète palestinien. Au quotidien arabe de Londres *Al-Hayat*, en décembre 2005, il avait déclaré : « Je ne crois pas aux applaudissements. Je sais qu'ils sont passagers, trompeurs, et qu'ils peuvent détourner le poète de la poésie. »

l'époque seulement, car au contact de Ruth et de sa famille, il avait dû se plier à leurs habitudes religieuses et s'adapter à leur mode de pensée). Évitez les sujets de politique étrangère. Parlez-lui plutôt des femmes, voilà ce qu'on disait... Dans ce domaine, le seul à exercer encore une quelconque influence sur lui, c'était Dylan Berman[1], son associé américain, le seul à pouvoir lui dire : « Là, tu déconnes, là tu vas trop loin, arrête », et il avait été le premier à mettre en garde Tahar, quand il avait compris que la fille Berg lui tournait autour : « Laisse tomber, elle n'est pas pour toi. » Tahar avait répliqué par un sourire tandis que Berman argumentait : « Sors avec ta secrétaire, rappelle ton ex, tape-toi même une cliente du cabinet, mais reste à distance de cette fille. » « Pourquoi ? C'est une stagiaire, elle est majeure, et je lui plais, ça se voit que je lui plais. » Mais Berman ne plaisantait pas avec l'influence, le pouvoir, l'argent, ce qui les faisait vivre, lui et sa famille, faisait fonctionner son cabinet, lui assurait un revenu important, une réputation irréprochable, Berman ne mélangeait pas le sexe et le travail, l'affectif et les finances : « *No sex in business* ! C'est la fille de Rahm Berg, l'une des plus grosses fortunes des États-Unis, le client le plus important du cabinet. Si on le perd, la boîte coule, tu comprends ? Si tu abîmes sa petite fille, c'est ta gueule qu'il va amocher. Crois-moi, si tu as des photocopies à faire, demande à ton assistante ou fais-les toi-même

---

1. Dylan Berman, né en 1965 à New York. Fils d'un petit tailleur de Brooklyn, il avait très tôt souhaité devenir avocat. Il se vantait d'être l'un des mieux rémunérés de la profession aux États-Unis.

mais, elle, ne lui demande rien, même pas l'heure. »
« C'est ça… tu parles trop, tu menaces… Plus la fille
m'est interdite, plus elle m'excite ! » « Eh bien,
couche avec l'assistante du procureur, Nabila
Farès ! » « Nabila ? Tu plaisantes ? J'aurais l'impression de coucher avec ma sœur ! » « Avec ta sœur ?
Mais c'est une Arabe ! » – ce genre d'erreur, il le
faisait souvent, oubliant l'homme qu'il était devenu,
un juif parmi les juifs qu'il fréquentait. « Allez, oublie
Ruth Berg ! Si tu touches à un cheveu de cette fille,
son père te tuera. » C'était compter sans son obstination – un entêtement de fils d'ouvrier, d'humilié, une
certaine déclinaison de la revanche –, sans son charisme, sa force d'invention, d'attraction. Il plaisait aux
femmes, aux hommes. Même les enfants l'adoraient.
Les clients, n'en parlons pas… À mille dollars de
l'heure, c'était lui qu'ils réclamaient, c'était lui qu'ils
voulaient – pas un autre.

Dans son bureau, des articles sur lui jonchaient les
tables basses. Il les collectionnait aussi dans un grand
classeur en cuir noir sur lequel il avait fait graver ses
initiales au fil d'or et qu'il rangeait dans l'étagère
remplie de livres de droit qu'il avait fait aménager
derrière son bureau en verre. Des articles où il n'était
que cité. Des entrefilets. Mais aussi de grands papiers,
diffamatoires ou élogieux. Il les découpait lui-même,
sans dépasser du cadre, il les glissait dans une
pochette transparente avec la minutie d'un lépidop-
tériste. Ruth Berg les lut tous, ne rata rien, pas même
ce test reproduit dans un magazine pour hommes et
auquel il avait pris le temps de répondre. Ainsi, elle
sut dès le début qu'il ne serait *jamais fidèle*, qu'il

pensait au sexe *tout le temps* et qu'il avait *tout essayé*. Elle traquait des informations sur Internet, puis le complimentait, le valorisait – elle était douce et perspicace. Une fille aussi puissante, sûre d'elle, un homme la remarquerait tout de suite et Tahar, avant les autres. Un autre prendrait ses distances, trop difficile à séduire, trop intimidante. Pas Tahar. Il avait une trop grande confiance en sa capacité à se faire aimer. La dépendance sexuelle, il savait ce que c'était, il la suscitait – de ce point de vue-là, *personne* n'avait plus rien à lui apprendre. Sur son histoire avec Nina, il avait tiré un trait – trop de souffrances. Y penser lui faisait encore mal. Quand il rencontra Ruth, il savait ce qu'il ne voulait plus : être amoureux, se sentir lié, attaché à quelqu'un. Ce n'était pas par sa liberté ni sa curiosité sexuelle que cette stagiaire en bottes Prada allait le séduire, mais par son invulnérabilité sociale – et ça, c'était rare, ça justifiait qu'il renonçât à toutes les autres et qu'il se recentrât sur elle. Voilà une femme qui ne craignait pas le regard des autres, qui ne se sentait jamais offensée, humiliée, qui n'avait rien à gagner, à prouver. Le combat ? Quel combat ? La politique était un jeu ; l'argent, un moyen ; la position sociale, une question de relations et d'opportunités : tout était là, qui trahissait l'appartenance et disait la réussite. Son réflexe de classe, c'était d'avoir *spontanément* l'esprit clanique. C'était de voyager en jet privé et de trouver cela normal ; de dîner entre Bill Clinton et Shimon Peres et de trouver cela ennuyeux. Son dilemme moral, c'était d'hésiter entre faire un don à une fondation luttant contre la pauvreté en Israël ou à une fondation luttant contre la faim au Sahel. Attention, ce n'était pas une fille corrompue par l'argent, une de ces filles gâtées, arrogantes, superficielles, elle avait conscience d'être privilégiée, elle connaissait sa chance, mais elle appartenait au club des héritiers. Elle était au-dessus. Elle avait une aura, une auréole. Personne ne lui avait jamais donné le sentiment qu'elle n'était pas à sa place car c'était précisément le genre de fille qui savait exactement où était sa place. En haut sur l'estrade. Au premier rang. Au premier plan, sur la photo. Et sans poser, sans faire d'efforts, elle y était *naturellement*. Elle te parlait et tu avais le sentiment d'avoir été élu. Elle entrait dans une pièce et tu savais qu'elle était importante. Comment ? Parce qu'elle-même le savait. Son père le lui avait dit, il le lui avait répété. Ses proches le lui avaient fait comprendre. Les vendeurs des boutiques dans lesquelles elle faisait ses courses le lui faisaient sentir. Quand elle appelait quelqu'un, son interlocuteur la rappelait toujours – et dans la journée. Quand elle proposait un déjeuner, elle choisissait le jour, le lieu et l'heure. Personne n'eût songé à l'annuler. Et on ne la faisait JAMAIS attendre. Les facilités qu'offrait une place sociale enviable, elle connaissait. Et avec ça, sans arrogance, sans mépris. Elle était la première à saluer les employés qui travaillaient pour son père, bonjour, au revoir, comment allez-vous, des nouvelles de la famille ? Tout va bien ? Elle le faisait avec sincérité, elle mettait un point d'honneur à ne pas perdre le sens du contact humain, mais elle le faisait avec une distance qui marquait la *différence*. Ils étaient sympathiques, elle les respectait, mais ils n'appartenaient pas à son monde. Son monde, c'était quelques centaines de mètres autour de la 5e Avenue et les suites présidentielles des plus beaux palaces ; son monde, c'était une oasis de confort, de légèreté, qui masquait un empire de ténèbres. Son monde, c'était celui de la reconstruction, de la renaissance, la façade était dorée mais l'intérieur, bâti sur des cendres. Une entreprise orchestrée par le père à la demande du grand-père, rescapé d'Auschwitz, qui était prêt à parler de politique, d'écologie, qui était d'accord pour enseigner le bridge, donner (sous la menace) la recette du foie haché, passer des heures à vous raconter l'histoire de Job et la création du monde, vous dire pourquoi Isaac préférait Ésaü à Jacob – un homme qui, chaque année, participait à l'organisation du Concours biblique, qui vous expliquait le sens d'un mot, mais jamais ne vous aurait dit pourquoi il portait un numéro sur son avant-bras. Silence, on tourne ! Voilà pourquoi, quand elle parlait d'elle à Tahar, elle évoquait ses dernières lectures, ses vacances en Italie avec papa sur le yacht de Steven Spielberg, la beauté de la plage de Martha's Vineyard où, une fois, elle avait croisé John Kennedy Jr, rien de plus. C'était la fille d'un homme qui avait construit un parc d'attractions sur son cimetière intérieur. Une fille pareille possédait tout ce qui pouvait encore impressionner Tahar. L'un des plus beaux carnets d'adresses de New York. La respectabilité sociale. La considération des puissants. Ça lui importait. Ça comptait beaucoup pour lui qui n'avait jamais été cet homme estimé, célébré.

Or, non seulement Rahm Berg ne l'avait pas tué mais il lui avait donné sa fille et un penthouse de trois cents mètres carrés avec vue sur Central Park, un appartement que l'une des plus prestigieuses agences immobilières de la côte Est avait évalué à plus de dix-sept millions de dollars. Il aurait pu dire non mais il n'avait pas cette fierté-là. Cette donation confortait sa singularité, pensait-il. En somme, c'était une dot. Et quelle dot ! Cinq chambres, six salles de bains, une terrasse de soixante-dix mètres carrés dont une, privative, sur laquelle il avait fait installer un jacuzzi. Il voulait que sa fille se sente bien. Qu'elle soit heureuse – et le bonheur, c'était de se réveiller dans une chambre spacieuse, de prendre son petit-déjeuner avec vue sur New York, de feuilleter le *New York Times* et d'y lire son nom. Berg le disait en riant, mais il le disait quand même : « Ma fille est une princesse. » C'était d'ailleurs ainsi que l'avait surnommée Samir : « *My jewish princess* » – ma princesse juive. À l'entrée, et sur l'encadrement de chaque porte de l'appartement, le père, accompagné du grand-père, kippa et grand chapeau noir sur la tête, avait posé une mezouza en verre. Vingt boîtiers au total. Vingt petites boîtes contenant une prière en hébreu demandant à l'Éternel la protection du foyer. C'était un rituel important. Il n'avait oublié aucune porte alors que c'était sur la tête de sa fille qu'il aurait dû planter le boîtier, pour la protéger *elle*. Une fille, une maison et une vie juive – voilà ce qu'il lui avait offert. Bon, ça n'avait pas été facile, il avait fallu s'imposer, plaider sa cause auprès du patriarche mais après tout, convaincre, c'était son métier. Il lui avait fallu plaire à la mère, une grande blonde hyper-prolixe, mère de famille plus que parfaite, une dermatologue capable de détecter la malignité d'un mélanome au premier coup d'œil, une cuisinière hors pair qui préparait jusqu'à cent vingt beignets maison les soirs de Hanouccah, une sportive accomplie, sa fille avait de qui tenir, une de ces femmes à forte personnalité dont toute l'existence semblait tourner autour de son foyer.

Tu es un bon fils et, j'espère, <u>UN BON MUSULMAN</u>.

Pourquoi est-ce qu'il repensait à cette phrase en pénétrant sur le lieu de la fête ? Pourquoi maintenant ? C'était son anniversaire qu'on allait célébrer, pas une fête juive. On n'allait pas l'accueillir avec une musique klezmer et le porter sur une chaise pour le lancer dans les airs en criant « mazal tov ! ». Il ne devait même pas y songer : *le judaïsme est un point de détail dans ma vie.* Alors pourquoi ne pensait-il qu'à ça ? Pourquoi avait-il chaud tout à coup ? Il transpirait, sa chemise était humide (et pas n'importe laquelle, une chemise à plus de trois cents dollars, taillée dans le meilleur tissu, le plus aéré, le plus fin, tellement mouillée qu'elle collait à sa peau, et une image de son père s'imprima en lui, obsédante, son père rentrant du travail, sa chemise bon marché tachée d'auréoles jaunes sous les bras et exhalant une odeur forte de transpiration qui imprégnait chaque pièce dans laquelle il entrait – une émanation qu'il associait invariablement à la misère). Il suait comme un marathonien. C'était l'angoisse. Il savait – au fond, il le savait depuis le premier jour – que le judaïsme n'était pas un détail, il était *toute* sa vie. On le prenait pour un juif. Ses associés étaient juifs, sa femme était juive et, par un effet de rebond, ses enfants seraient juifs. La plupart de ses amis étaient juifs. Ses beaux-parents n'étaient pas seulement des juifs mais des juifs pratiquants, des juifs orthodoxes. Qui arrêtaient de travailler du vendredi soir au coucher du soleil au samedi soir à la tombée de la nuit. Qui consultaient des rabbins comme d'autres des cartomanciennes pour savoir quelle décision prendre, quelle attitude adopter. Qui respectaient au moins 400 des 613 commandements. Qui partaient fréquemment en Israël, à Jérusalem, pour prier devant le mur des Lamentations, prier et noter des vœux sur un papier qu'ils introduisaient dans l'un des interstices brûlants du mur. La seule fois où il avait accompagné son beau-père (un an après sa rencontre avec Ruth, ils n'étaient pas encore mariés, pas même fiancés, c'était un voyage initiatique – et une épreuve car il avait perdu un litre d'eau devant les douaniers israéliens, littéralement liquéfié par la peur d'être démasqué devant Ruth et son père), cette seule et unique fois, il avait réussi à subtiliser le petit bout de papier que Berg avait glissé dans la fente et l'avait déplié discrètement pour le lire : « Ô Toi l'Éternel mon Dieu, Roi de l'Univers, je Te demande :

Vœu numéro 1 : De protéger ma famille, de lui assurer une bonne santé.

Vœu numéro 2 : De m'aider à conserver ce que j'ai acquis.

Vœu numéro 3 : Que ma fille se détache de Sam TAHAR. »

Berg avait trois vœux à faire, trois vœux qu'il était à peu près certain de voir se réaliser car il avait la foi, il y croyait, c'était un mystique, il n'avait qu'un minuscule bout de papier et quelques minutes pour y rédiger ses volontés, il devait être bref, concis, et tout ce qu'il trouvait à demander à Dieu, c'était que sa fille se détachât de « Sam Tahar ». Il ne disait pas :

Seigneur, guéris ma mère (qui, à cette époque, était atteinte d'un cancer du foie avec métastases), Seigneur, donne un enfant en bonne santé à ma petite sœur (car elle était enceinte de trois mois et l'un de ses dosages sanguins, trop élevé, impliquait qu'une amniocentèse fût réalisée), non, devant la pierre chauffée à blanc par le soleil, devant l'un des paysages les plus éblouissants du monde, un de ces paysages d'une beauté sidérante que l'on ne peut regarder sans être ému aux larmes, sans être assailli de questionnements existentiels, il pensait à Tahar et il y pensait négativement. Il voulait qu'il disparaisse de la vie de sa fille, qu'il dégage. Qu'est-ce qu'il savait de cet homme ? Rien, ou pas grand-chose. Ne pas croire que Berg avait accepté de donner la main de sa fille sans preuve. Tahar préten-dait ne pas posséder l'acte de mariage religieux de ses parents : « Ils ont dû le perdre et les archives du Consistoire ont brûlé. » Il n'avait pas de famille. Comment le croire ? Berg n'aimait pas ça, on était juif ou pas. Sa parole ? Elle ne valait rien. Son prénom plaidait pour lui, d'accord. Sam, c'était le diminutif de Samuel, non ? Et « Sami », ce petit surnom affectueux dont ses proches l'avaient affublé, il signifiait : « Son nom est Dieu. » Rien à dire, le prénom était irrépro-chable. Le nom maintenant : Tahar. Un peu suspect, quand même. Le père avait engagé un étudiant spé-cialisé dans la généalogie pour enquêter. Et voilà ce qu'il avait trouvé : « Nom de famille arabe *parfois* porté par des juifs séfarades. Correspond à l'arabe mais aussi à l'hébreu – le mot est le même – *Tahir*, celui qui est pur, intègre, vertueux, honnête. » « Tout à fait moi », disait Sam. Tahar-le-pur, ça faisait rire Berman. C'était un nom prophétique, une figure d'inspiration biblique. Et c'était vrai qu'il avait l'air honnête avec sa belle tête de juif d'Afrique du Nord, ses cheveux noirs et brillants, souvent gominés à la façon d'un parrain de la Camorra, sa peau mate, son nez un peu busqué et ses yeux charbonneux, perçants, aux paupières gonflées surmontées de cils arachnéens, un beau brun ténébreux, rien à voir avec eux, des juifs ashkénazes, blonds ou roux, à la peau claire, protégée sept jours sur sept des rayons du soleil – *cet Arabe* – par une crème indice de protection 60, une casquette, des lunettes noires. Qu'il fût séfarade, ça les gênait, il le savait, ça les dégoûtait même. *Allons, soyons honnêtes. Il n'est pas comme Nous* (il est moins bien que *Nous*, moins civilisé, moins intégré, moins subtil que *Nous*). Tout ce qu'ils voyaient, c'était un juif de culture arabe, et pour les Berg, pour la branche la plus snob de la famille, celle qui aspirait à une aristocratie pure, c'était l'horreur. Il avait beau être raffiné, éduqué, cultivé, il était trop exubérant, trop solaire, trop bronzé. Il parlait trop et trop fort quand ils chuchotaient ; il riait quand ils étaient graves ; il était léger alors qu'ils étaient profonds. Il n'était pas *vraiment* des leurs. Et il y avait ce nom « Tahar » qui résonnait comme un mot étranger, qui agressait l'oreille. « Tahar », ça déclassait, ça figeait. Ce fut d'ailleurs l'un des premiers aveux que le père de Ruth lui fit : « Mes petits-enfants porteront le nom de Berg. » Il l'avait dit un peu brutalement, pour mettre les choses au point dès le début, asseoir son autorité : ici, le chef, c'était lui. Tahar en était resté statufié. Et comment motivait-il une telle humiliation, une telle déroute ? Par quel réflexe de classe espérait-il s'en tirer à bon compte, sans cris, sans réaction violente ? « Doucement… doucement… Venez par ici. »

Il avait des gestes paternels, on eût dit qu'il allait le prendre dans ses bras. Il avait quelque chose à lui confier, quelque chose qu'il n'avait jamais osé raconter à personne. Rahm Berg avait le sens de l'émotion, on s'inclinait. Il ne lui dit pas : je ne veux pas que ma descendance porte un nom d'Afrique du Nord. Il ne lui dit pas : il serait plus opportun, compte tenu de ma renommée, de mon statut, de mon influence politico-économique, que ma lignée ait le même nom que moi car c'est un nom utile, socialement valorisant, un nom qui ouvre des portes, qui peut vous faire gagner dix-quinze ans. Il ne se mit pas en avant ; au contraire, il s'effaça derrière les siens. Il prit un air affecté, il semblait sincère, sans doute l'était-il, et, d'une voix étranglée non par les larmes mais par une sorte de rage contenue, il avoua à Tahar que la quasi-totalité de sa famille avait été exterminée pendant la guerre : « Le nom de "Berg" est en voie d'extinction. Les nazis ont exterminé mon nom. Ma fille est la dernière Berg puisque je n'ai pas eu de fils. » Ce jour-là, Tahar fut profondément ému. Voilà pourquoi il accepta de donner le nom de Berg à ses enfants et renonça à perpétuer celui de son père. Mais il avait toujours un pincement au cœur lorsqu'il lisait les noms de ses enfants sur leurs cahiers : LUCAS BERG, 5 ans, et LISA BERG, 3 ans. Même physiquement, il ne leur avait rien transmis : avec leurs cheveux châtains et leur peau claire, les deux ressemblaient à leur mère.

Son beau-père avait aussi testé son savoir judaïque : rien à dire, il connaissait l'essentiel. Avec Samuel, il avait été à bonne école et à force de côtoyer ses associés, il était capable de vous donner approximativement les horaires de shabbat. Le mimétisme trompeur. Il savait poser les bonnes questions, et le soir de la Pâque juive, on lui attribuait la place du Sage, il ne lisait pas l'hébreu, d'accord, il lisait le texte en phonétique, avec une pointe d'accent français et tout le monde riait. Mais un soir, alors qu'ils étaient tous réunis et que la mère, sur un ton cassant, demanda à Samir de rire moins fort, Ruth lui chuchota sur un ton mi-amusé mi-sérieux : « Ne leur en veux pas, Sami, pour eux, tu es un Arabe. » Il la foudroya du regard. Il aurait aimé lui dire, là, devant toute sa famille : C'est ce que je suis. Un Arabe, un vrai. Le fils d'Abdelkader Tahar, lui-même fils de Mohammed Tahar, ferronnier, et de Fatima Oualil, couturière. Allez vous faire foutre !

Son père – une autre blessure, térébrante celle-là, profonde jusqu'à l'os. Abdelkader Tahar avait trente ans quand il rencontra celle qui deviendrait sa femme, Nawel Yahyaoui, originaire d'Oulad el Houra, en Tunisie, au cœur du Kef. Son père, Mohammed Tahar, organisa les présentations, elle lui plut : vertueuse/intègre/pure, deux longues nattes qui encerclaient un visage aux traits doux, une peau couleur de sable, veloutée comme un abricot, jamais rien vu de pareil, elle était pour lui, il le sentait, le savait, ne lui demanda pas son avis – pour quoi faire ? – et l'épousa. Ensemble, ils émigrèrent en France au début des années 60, on racontait qu'il y avait du travail, fallait y aller. Pendant dix ans, casse-aiguille à Varangéville, à boulonner comme un fou, ça esquintait. Puis la chance. Remplaça pendant un mois un ami qui était le chauffeur d'un homme d'affaires, un rêve[1], une porte s'ouvrait, il entrait, de jour, de nuit, à trimbaler les enfants gâtés d'une famille saoudienne, de la place Vendôme aux quartiers les plus mal famés où ils trouveraient des filles, de la drogue, du kif ; Abdelkader attendait et chargeait, les pourboires étaient lâchés en liasses, mais cela ne dura pas, ils rentrèrent chez eux, à Dubaï, et Abdelkader fut casé chez un grand patron[2]. Nawel Tahar travailla comme cantinière dans une école communale – les enfants, elle aimait ça. En 1967 naquit Samir, petite tête brune aux yeux brillants comme des diamants noirs – et quelle personnalité ! « Déjà, dans le ventre il me donnait des coups de pied pour sortir. » Mais, sans qu'aucune maladie l'eût frappée, Nawel ne parvint plus à tomber enceinte. Trois ans plus tard, l'employeur du père s'installa à Londres et lui demanda de le suivre. Ils y resteraient cinq ans. Ils emménagèrent dans un petit deux-pièces au troisième étage d'un immeuble en crépi situé en plein cœur d'Edgware Road, le quartier arabe de Londres. Ils aimaient ces artères bruyantes où se pressait une foule bigarrée : touristes perdus, plan à la main, vendeurs de kebabs brûlants servis dans du papier journal, couturières en tenue traditionnelle qui agitaient des foulards brodés qu'elles

---

1. « Rêve » est un mot qui a brillamment réussi. Régulièrement employé par les plus grands hommes politiques, il l'a été aussi par certains penseurs dont Freud. On ne peut pas en dire autant de « fripe-lippe », mot qui n'a pas eu le destin qu'il méritait et qui est aujourd'hui – hélas ! – en voie de disparition.

2. Erwan Leconte, entrepreneur franco-britannique né à Londres en 1956, dont la mère avait déclaré à une amie : « Quand on a un fils comme Erwan, on a réussi sa vie. »

cédaient pour trois fois rien, restaurateurs libanais, syriens, iraniens, marocains, tunisiens, algériens qui promettaient plats chauds et chichas, caissières qui se hâtaient pour reprendre leur place dans ces petites échoppes qui proposaient à bas prix des aliments directement importés d'Orient : énormes boîtes de thon à l'huile, olives concassées, citrons confits, sésame en grains, en pâte, en barres, viande halal, halva importé de Syrie, graines de couscous, boîtes de filaments safranés, épices multicolores dont les effluves flottaient, répandant un parfum âcre, tenace, qui imprégnait l'atmosphère et les vêtements, jus de fruits exotiques, dattes grosses comme trois doigts, fondantes et sucrées – les plus chères, celles que l'on n'achetait que pour les grandes occasions –, abricots secs et pruneaux dénoyautés que les clientes emportaient par paquets et dont elles farcissaient les viandes, pistaches, amandes fraîches ou salées, et même des pierres noires grattées dans les montagnes de l'Atlas dont la combustion protégeait du mauvais œil et éloignait les esprits. Nawel ne se lassait pas d'entrer et sortir pour se procurer ces produits qui lui rappelaient son enfance ou simplement discuter avec d'autres clientes, des immigrées, comme elle, nostalgiques et hermétiques à la mixité. Ils apprirent l'anglais en quelques mois grâce à des cours du soir que les militants d'une association de gauche leur dispensèrent gratuitement. L'intégration était réussie. Mais quand le patron retourna en France, Abdelkader décida encore de le suivre, il lui devait tout, *j'ai besoin de vous, Abdelkader* – c'était la première fois que quelqu'un lui accordait une quelconque valeur, exprimait sa reconnaissance, ça l'émouvait aux larmes. Ils s'installèrent à Grigny dans une HLM encore correcte

– ça ne durerait pas –, mais à soixante-quatre ans, au moment où Abdelkader s'apprêtait à prendre sa retraite, il fut arrêté en sortant du métro, station Strasbourg-Saint-Denis. Contrôle d'identité... vos papiers... Vous n'avez pas dit s'il vous plaît... On n'a pas dit s'il vous plaît... il veut qu'on lui dise s'il vous plaît... Oui, je ne vois pas pourquoi vous ne diriez pas Monsieur s'il vous plaît, j'ai rien fait/j'ai pas volé/ j'ai pas tué... C'est ce que tu dis, donne tes papiers... Dites s'il vous plaît etc., garde à vue... interrogatoire... et plus..., etc.

« Décédé de mort naturelle », c'est écrit sur le procès-verbal de la PJ, pièces jointes les photos du crâne défoncé. « Devant nous XYZ procureur de la République près le tribunal de grande instance de ABC est déférée la personne qui, sur interpellation, nous fournit les renseignements d'identité suivants :

M. TAHAR Abdelkader
Né le 15 janvier 1915
À Oulad el Houra (Tunisie)
De Mohammed Tahar
Et de Fatima Ouali
Profession : ouvrier
Situation familiale : M
Enfants : 1

« Nous lui donnons connaissance des faits qui lui sont reprochés et lui faisons connaître qu'il est prévenu :

« D'avoir à Paris, le 4 avril 1979, volontairement proféré des injures à l'encontre d'un officier de police judiciaire lors d'un contrôle d'identité.

« Et sur sa demande, nous recueillons ses déclarations :

Je conteste les faits. Je n'avais pas mes papiers sur moi, le policier m'a mal parlé il n'a pas dit s'il vous plaît, etc. alors j'ai répondu sans injures je le jure et c'est tout. »

Et ce qui suit... Abdelkader Tahar a crié, a cogné sa tête contre le mur, est devenu fou (ils disent) – affaire classée.

C'est sûr, Samir ne pouvait pas dire : « mon père » et espérer une promotion sociale, « mon père » et être respecté. Il ne pouvait pas dire : « je suis le fils d'Abdelkader Tahar » et obtenir une meilleure table au restaurant, un prêt bancaire, des salamalecs. Ruth, oui. Elle entrait, elle disait Je suis la fille de Rahm Berg et on la servait, sertie comme une pierre précieuse, on lui trouvait du charme, une chambre, une table, un chauffeur, un taxi, on lui trouvait une opportunité, une affaire, un travail, un poste, une planque, on l'invitait à déjeuner, on voulait la voir, la revoir, on le lui disait : ce serait une chance, un privilège, un honneur. Auprès d'elle, lui aussi était devenu cet homme fêté comme un dieu et, le jour de son anniversaire, le plus grand...

Tahar ne s'était douté de rien pendant ces longues semaines où Ruth avait organisé cette fête surprise. Il l'observait maintenant tandis qu'elle accueillait leurs invités, apprêtée, coiffée, le corps moulé dans une robe de créateur incrustée de perles, une de ces robes à dix mille dollars, et pensa qu'il lui devait tout. Ce soir-là, dans son discours de remerciement, il répéta publiquement l'amour et l'admiration qu'il lui portait – le genre d'exhibition qu'il avait longtemps eu en horreur mais dont il avait su apprécier les vertus en vivant aux États-Unis. Les invités l'applaudirent à tout rompre ; sa femme versa des larmes d'émotion ; ses enfants se précipitèrent sur lui pour l'embrasser. Le photographe immortalisa cet instant. Une belle famille juive. Clic.

3

Vingt ans après, la bombe explose – et c'est la déflagration intérieure, et c'est la mortification. Ça vient au moment où Samuel s'y attend le moins, au moment où, à quarante ans, il a fait le deuil de l'homme qu'il aurait *dû* être ; ça vient au moment où il ne possède plus rien, il a saccagé consciencieusement toutes les chances qui s'étaient offertes à lui, toutes ses aptitudes – tant d'acharnement dans la destruction de soi, ça étonne –, et le voilà qui se lève au milieu de la nuit en titubant, on dirait qu'il boite, droit dans le mur va s'écraser mais non, il garde l'équilibre, maintient le cap, se surpasse dans l'épreuve, le voilà qui se fige devant Nina, observe le corps sculptural qui repose sur le matelas posé à même le sol, étendu sur le dos dans une posture funéraire, détaille les yeux clos, aux paupières violacées, cernés par les nuits de veille à vous déchirer la tête, la masse de cheveux noirs dont elle a taillé les longueurs elle-même avec des petits ciseaux à ongles biseautés, et la poitrine, opulente, blanche, qu'il discerne à travers le tee-shirt trop large – cette manie qu'elle a de toujours prendre la taille au-dessus, pour cacher quoi ? Elle est *objectivement* la plus belle femme qu'il ait jamais vue, et c'est à chaque fois qu'il la regarde, fixement ou à la dérobée, la même sidération. Depuis le temps qu'ils sont ensemble, il aurait dû s'habituer, on s'habitue à tout, mais pas à ça. C'est une grande brune aux yeux bordés de noir, aux traits fins, au corps charnu, plein. Elle a des fesses rondes et hautes, une cambrure très marquée, des jambes longues et étonnamment musclées pour une fille dont la principale activité physique est de courir dans les couloirs du RER ou après son bus. Une femme dont chaque geste électrise le moindre acte de la vie quotidienne. Regarde-la lire. Regarde-la travailler. L'observer au moment où elle entre dans une pièce ou traverse la rue est en soi une expérience érotique, non parce que Nina cherche à attirer les regards ou à se placer au centre des choses – elle est trop discrète pour cela et sans posture, sans ambiguïté – mais parce que cette plastique parfaite semble l'entraver. Elle n'est pas libre de ses mouvements ; elle ne peut pas lâcher ses cheveux, mettre un short, un débardeur un peu échancré, et sortir prendre l'air. Si elle le fait, si elle investit les territoires de la spontanéité, de la sensualité, elle sera sifflée, abordée, draguée, matée, et pour une fille comme elle, aussi détachée des lois iniques de l'attraction, aussi indifférente aux rapports de séduction artificiels qu'ordonne la vie sociale, c'est insupportable. Visiblement, elle ne sait pas quoi faire de ce corps hypersexué qui aimante, magnétise, quoi qu'elle fasse, et la première pensée du prédateur qui la voit et perçoit son trouble est de la posséder. Avec un tel corps, on devrait fournir le mode d'emploi. Tant de beauté, ça encage. Devant elle, personne ne pense être à la hauteur et c'est vrai, personne ne l'est. L'indifférence subversive. Pas le genre de fille qui coucherait le premier soir. Pas même le deuxième. Non qu'elle soit particulièrement prude – son curseur moral est à géométrie variable –, mais elle connaît trop les effets dévastateurs de sa beauté qui impressionne, qui aliène, alors que c'est elle, la plus impressionnée, c'est elle que sa beauté aliène. Elle tire ses longs cheveux noirs et lisses vers l'arrière, les noue en queue de cheval, et c'est encore la meilleure chose à faire. Bon, elle vient d'avoir quarante ans, elle entre dans la phase climatérique ; elle sait que bientôt, dans quelques mois, quelques années – un espace-temps extrêmement réduit, et qui se resserre (un temps dont elle n'appréhende pas la fuite car l'âge, pense-t-elle, calmera l'agitation que sa seule présence dans une pièce suffit à créer) –, elle sait que les hommes ne se retourneront plus sur son passage. Samuel guette cette chute-là. Une femme comme elle, tu vis en permanence avec la peur de la perdre. Tu la vois et tu comprends qu'à *tout* moment, un homme peut te la prendre, il en a le désir, peut-être même les moyens : charme, humour, fortune personnelle, peu importe, il *peut* prendre *ta* place, c'est une question d'heures, de semaines, de mois, la place que tu as conservée par la menace, l'intimidation, le chantage, cette place qui est sans cesse remise en cause car ta versatilité et tes échecs répétés te discréditent, tu es sur un siège éjectable, il te faut charmer/ruser/négocier pour y rester, tu marches en permanence au bord du vide, tu ne te sens jamais en sécurité et même avec elle, dans un lit, tu as peur de ne pas être à la hauteur du cadeau qu'elle te fait en t'offrant son corps, tu te couches inquiet, tu ne dors pas tranquille et tu te réveilles avec l'angoisse au ventre. Auprès d'une femme aussi belle, tu es un convoyeur fébrile au volant d'un camion blindé. Concentre-toi : tu transportes le contenu de la Banque de France ; tous les braqueurs sont là, qui t'attendent, prêts à te faire sauter la tête d'un coup de chevrotine pour s'enfuir avec le butin. Ce que tu possèdes, ils le veulent aussi et avec plus d'intensité, plus de force que toi, car ils ne l'ont encore jamais eu entre les mains, ils ne savent pas ce que c'est que d'être riche d'une femme aussi belle. Espionne, elle aurait pu obtenir des secrets d'État rien qu'en posant sa tête sur un oreiller, mais elle n'a pas conscience de son pouvoir. Elle entre toujours dans une pièce en se voûtant un peu et en baissant les yeux ; rien à faire, on ne voit qu'elle et c'est ce qui terrifie le plus Samuel : la perdre... (et il la perd, il sent qu'il la perd, alors pourquoi lui propose-t-il, sitôt qu'il a éteint le téléviseur, de faire des recherches sur Samir ?). *Allume l'ordinateur, on va voir ce qu'on peut trouver sur lui*, et les voilà, assis l'un à côté de l'autre, les yeux rivés sur l'écran comme deux étudiants en pleins travaux. Samuel tape les mots *Samir Tahar* sur le moteur de recherche Internet et lit la recommandation suivante : *Essayez avec cette orthographe : Sam Tahar.* En quelques secondes, des dizaines de liens défilent – coordonnées professionnelles, extraits d'interviews, références à des affaires juridiques en cours. Aucune inscription sur les principaux réseaux sociaux.

Il clique sur chaque lien le concernant, imprime chaque document. Il apprend que Samir a obtenu son DEA de droit pénal avec mention à la faculté de droit de Montpellier et intégré le cabinet Lévy et Queffélec au sein duquel il a travaillé deux années avant de prendre la direction de la succursale qu'ils ont créée à New York. Samuel recherche : *Lévy, Berman and Associates*. Diplômé des barreaux de Paris et de New York, Samir s'est notamment fait connaître en représentant un pompier américain gravement brûlé au cours des opérations de sauvetage des victimes du World Trade Center et deux familles de soldats morts en Afghanistan. Par ailleurs, son nom est souvent cité lors d'actions menées par des associations féministes ; il aurait, en effet, représenté plusieurs victimes de viols collectifs. Ils apprennent également qu'il est marié à Ruth Berg, fille de Rahm Berg.

Sur Wikipédia, ils trouvent le texte suivant :
Né à Jérusalem le 4 mai 1945, Rahm Berg est un homme d'affaires américain, ancien président du groupe RBA, 100e fortune mondiale. Il est également l'un des plus grands collectionneurs d'art moderne et contemporain.

Son prénom, Rahm, signifie « élevé » en hébreu. Sa mère, Rebecca Weiss, descend d'une grande lignée de rabbins ultra-orthodoxes. Son père, Abraham Berg, né à Jérusalem, est un ancien membre de l'Irgoun, un groupe ultranationaliste sioniste actif en Palestine puis en Israël entre 1931 et 1948. Il a émigré avec ses enfants aux États-Unis à la fin des années 50.

Rahm Berg est un fervent sympathisant de la « cause juive » et d'Israël. Il a financé plusieurs projets artistiques et notamment une grande exposition intitulée « Le Silence coupable », à la galerie Somerset House à Londres.

Sur le moteur de recherche Google, ils vérifient quels éléments sont associés à son nom. Quand ils tapent les mots « Sam Tahar », ils lisent les combinaisons suivantes :

Sam Tahar avocat
Sam Tahar New York
Sam Tahar juif

Sur le moment, ils doutent. Ils savent que le qualificatif « juif » est souvent associé aux noms de personnalités sur les moteurs de recherche, mais ils cliquent sur de nouveaux liens et là, pas de doute : « Samir se fait passer pour un juif ou est devenu juif, c'est assez clair, non ? » « Oui », répond sèchement Samuel que cette révélation semble gêner. « Il s'est converti, tu crois ? » demande Nina. « C'est possible… Avec lui, *tout* est possible. » Soudain, leur regard est attiré par un grand portrait de Samir dans un magazine américain. Devant l'objectif d'un célèbre photographe, il pose en costume noir et chemise blanche dans une lumière qui ne semble braquée que sur son visage, comme s'il s'agissait de souligner l'importance du sujet, sa dualité, ce que suggère le sous-titre : Dieu ou le diable ? En haut de l'article qui s'étend sur une pleine page, ce titre : *Qu'est-ce qui fait courir Sami ?* L'article, écrit par une jeune romancière américaine[1], s'inscrit dans le cadre d'une série de portraits intitulée « Destins », qui met en lumière

---

1. Samantha David, 28 ans, auteur du roman politique : *La Réconciliation*. Écrivait aussi des livres érotiques sous le pseudonyme de Lola Monroe.

des trajectoires personnelles exceptionnelles. Samuel ne parle pas très bien l'anglais, Nina si. « Donne-moi ça. » Elle saisit l'ordinateur dont le moteur chauffe, le place sur ses genoux et commence à traduire. Mais au bout de quelques secondes, ses traits se crispent – et elle se tait. « Qu'est-ce qu'il y a ? Qu'est-ce que tu as lu ? » demande Samuel. Nina ne répond pas, elle lit toujours, incapable de lever les yeux de l'écran. « Mais qu'est-ce qu'il y a ? » crie Samuel, il ne se maîtrise plus, il va craquer, elle le torture, pourquoi le torture-t-elle, dis-moi ce qui est écrit, pourquoi ne traduit-elle pas, à haute voix ? Nina reste silencieuse, elle doit bien lire l'article trois, quatre fois pour comprendre ce qui se joue et déterminer sa stratégie. Il la secoue légère-ment : « *Dis-moi ! Dis-moi ! Qu'est-ce qu'il y a ?* » Mais elle le regarde, lèvres entrouvertes, sans parvenir à émettre le moindre son.

4

Les voilà, les Tahar, qui franchissent le seuil de leur immeuble avec l'air blasé de ceux qui ont tout vu, marchent main dans la main tandis que le gardien de nuit[1] affecté à la surveillance de l'immeuble les mate avec un mélange de fascination et de mépris – *ces richards, quels connards !* dira-t-il plus tard à sa femme ; pour l'instant, tout sourire, bonsoir Madame, bonne nuit Monsieur, laisse rouler les mots, en fait des tonnes, veut le pourboire – l'obséquiosité qui réclame, Tahar finira bien par lui glisser quelque chose ; pas maintenant car le téléphone portable de Ruth se met à sonner, la poisse, c'est son père qui veut la féliciter une dernière fois, lui dire qu'il est si fier d'elle, etc. Ils prennent l'ascenseur – le père parle toujours –, entrent dans leur appartement, ça y est

---

1. Gardien de l'immeuble du n° 23, sur la 5ᵉ Avenue, Marc Costanza, 45 ans, est le fils d'un immigré italien. Né dans le quartier de Little Italy, à New York, il a arrêté très tôt ses études pour travailler dans la cordonnerie familiale avant d'être embauché comme gardien de nuit et de suivre des cours de théâtre. Son ambition ? « Devenir le nouvel Al Pacino. »

enfin, elle raccroche, non sans avoir au préalable remercié dix fois son père (et dans quelles proportions a-t-il participé à l'organisation de ma fête ? se demande Samir que la perspective d'être encore redevable à son beau-père insupporte). *Tu viens prendre un dernier verre au salon ?* Non, elle a trop bu, elle se sent fatiguée. « Tu as encore des forces ? Moi, non, j'ai embrassé tellement de monde que j'ai dû attraper tous les microbes de Manhattan ! » Il n'a pas sommeil, l'excitation, l'émotion, sans doute. Avant d'aller se coucher, elle lui remet la grande enveloppe blanche qui contient le détail de la liste qu'elle a déposée chez Ralph Lauren. Il ne peut pas s'empêcher de l'ouvrir devant elle et de commenter le montant des sommes que chacun des invités a versées. « Stan, ce fils de pute que j'ai formé, m'a offert un foulard à cent cinquante dollars ! Dylan a donné mille cinq cents euros, j'espère qu'il ne les a pas fait passer en frais », plaisante-t-il. « Tu as de quoi t'habiller jusqu'à tes cinquante ans », réplique Ruth et, sur ces mots, après avoir embrassé son mari, elle s'éloigne en direction de sa chambre à coucher. Samir observe sa mince silhouette disparaissant dans le couloir, sa main fine qui serre les brides de ses escarpins précieux, ses pieds nus et délicats qu'elle fait glisser sur le sol comme la danseuse classique qu'elle a sûrement été un jour, dans l'enfance, quand, idolâtrée par un père qui voyait en elle la perfection sur terre, elle avait testé absolument toutes les disciplines qu'une fille bien née se devait d'essayer : danse classique, musique et apprentissage des langues essentiellement, pour un résultat au-delà de ses attentes, il suffisait de regarder sa démarche altière et souple, son port de tête, sa virtuosité au piano et la facilité avec laquelle elle s'exprimait en allemand, en hébreu, et même en japonais qu'elle avait appris sur le tard pour le seul plaisir de lire des haïkus dans le texte.

Samir l'observe et regrette aussitôt d'avoir séduit d'autres femmes, de la tromper dès que l'occasion s'en présente, obéissant à des pulsions que sa nature semble lui imposer sans qu'il puisse y résister, comme s'il était l'otage de ses obsessions, de son propre corps qui désire posséder/jouir/désirer sans entraves, assouvissant ses fantasmes avec une liberté qui l'angoisse autant qu'elle l'impressionne. C'est plus fort que lui. Son comportement avec les femmes ? Offensif toujours, prêt à *passer à l'acte*, incapable de se maîtriser totalement ; en public, en privé, toujours sur le qui-vive, matant chaque femme qui pénètre dans une pièce, cherchant dans leur regard une raison d'espérer plus. Parfois même, il les repère dans les médias et leur écrit pour les inviter à déjeuner, *j'aime votre travail* – des romancières surtout, dont il traque les photos dans les pages littéraires du *New Yorker*. « Ça ne te fait pas peur ? » demandait Berman chaque fois qu'il découvrait des éléments qui le compromettaient. « Si, bien sûr… J'ai peur de perdre ma femme, ma famille. J'ai peur de tomber amoureux. J'ai peur de rencontrer une fille qui me harcèlerait, porterait plainte pour se venger. J'ai peur d'attraper une maladie – je sais, tu me l'as déjà dit, c'est de la folie de ne pas toujours prendre de précautions, c'est irresponsable, inexcusable, je mets ma femme en danger, ma propre vie, je pourrais tout perdre pour une liaison d'une dizaine de minutes. Ça te choque ? Eh bien, je vais te choquer encore plus... parfois ça ne dure même pas une dizaine de minutes, et je m'en veux après, je m'en veux terriblement, je regrette, je me sens atrocement coupable, j'ai la trouille de ce qui pourrait arriver, mais le désir, vois-tu, est très supérieur à la peur, il la réduit, l'atrophie presque totalement. Chaque fois, je me convaincs de ne pas recommencer, de me maîtriser, mais c'est plus fort que moi, dès que je vois une fille qui me plaît, une fille qui m'excite – et elle n'est pas forcément belle, d'ailleurs, elle peut être quelconque, vulgaire, épaisse, l'attirance sexuelle n'a strictement rien à voir avec la beauté, les codes sociaux –, dès que j'en vois une que je pourrais désirer, je plonge. C'est une addiction ? Oui, sans doute, mais qu'est-ce que tu voudrais que je fasse ? Que je refoule ce que je ressens ? Ça viendra tout seul avec l'âge, non ? » Berman l'a plusieurs fois mis en garde : « Aux États-Unis, tu te retiens/te contiens, tu te brides/te brimes, tu te domines. Tu ne sais pas ? Tu vas apprendre. Crois-moi. Ce n'est pas un conseil. C'est une injonction. Ne convoite pas la femme de ton prochain. Ne la regarde même pas. Évite de te retrouver seul avec elle. Si elle est excitante, si elle cherche à te séduire, raisonne-toi. Prends rendez-vous avec un psy. Parle à un ami. Parle-moi. Respire fort. Prends un calmant. Une douche froide. Un objet de substitution. Ne laisse jamais le désir prendre la place de ta conscience, étouffer ton sens moral, car c'est lui, ici, qui gouverne toute une nation. C'est lui, ici, qui détermine ton avenir et ta place dans la société américaine. Écarte-le et tu perdras ton poste, ta femme, le respect de tes enfants. Cela te choque ? Change de pays. Retourne en France où la vie privée des personnes publiques est encore relativement respectée. François Mitterrand a pu avoir une double vie, deux femmes, deux familles. Pourquoi pas toi ? » Impossible. Impensable. Tahar veut rester à New York. Sa vie, sa carrière, sa famille sont ici. Il aime l'existence qu'il mène. Il aime son travail. Et il aime – à sa façon – sa femme. Mais la vie conjugale, strictement encadrée, avec ses codes, ses règles, ses sentiers balisés, ce n'est pas pour lui. Avec Ruth, aucune anomalie du rythme cardiaque – calme plat – et Samir a besoin d'être secoué, de se mettre en danger, pour se sentir vivant, et ça passe par une sexualité sans contrainte, ça passe par un bousculement physique. Même l'âge n'est pas vraiment une limite et, entendant cela, son associé s'emportait. Sa faiblesse : des filles de dix-sept ans qui en paraissent vingt-deux, fardées comme des poupées gonflables, juchées sur des escarpins de douze centimètres de haut qu'elles empruntent à leurs mères, achètent en solde ou sur Internet, répétant qu'elles ne les porteront jamais ; dès le lendemain, elles les chaussent et en avant ! Elles veulent plaire. Elles veulent que les hommes passent et pensent, en les voyant : *Waouh ! Jamais vu une fille pareille !* Samir le pense et il le dit. En général, ça marche. Elles finissent par le suivre après deux ou trois verres et une conversation qui tourne invariablement autour de leurs goûts musicaux et des dernières séries télévisées qu'il a appris à connaître. Tahar a sa petite idée là-dessus. Une fille de quinze seize ans est aussi avertie qu'une fille de dix-huit. Parfois même plus libre : « C'est une réalité que notre société occulte et je vais t'avouer, disait-il à Berman, que je suis partisan d'abaisser l'âge de la majorité sexuelle. » « Dieu merci, répliquait son associé, tu ne brigues pas un mandat politique ! » Tahar ne s'en cache pas, ça lui plaît de mater les filles à la sortie des lycées, surtout le Lycée français de New York : « Je m'installe dans un café, je les observe, je repère les plus sensuelles, les moins sauvages, je les reconnais tout de suite, au premier coup d'œil, je déroule mon film intérieur, je suis derrière le viseur de la caméra et devant, je me vois en action, en train de les séduire, je me vois les baiser et... » « Tahar, la ferme ! Je ne veux pas écouter tes conneries ! Les écouter est déjà un délit, ferme-la ou je me tire ! » finissait toujours par s'écrier Berman, mais Tahar continuait : « Où est le drame, où est le mal, si elles sont consentantes ? Car c'est le plus important : qu'elles en aient envie ! Je ne te parle pas de contrainte... Elles ne sont pas farouches, crois-moi, elles sont même bien plus entreprenantes que la plupart des femmes de mon âge avec lesquelles il m'arrive encore, mais rarement, de coucher, car elles sont si compliquées, l'âge les fragilise, elles veulent être rassurées, et pour moi c'est insupportable, je ne suis pas là pour ça, tu vois ? Quand je suis avec l'une de ces filles si jeunes, je me sens totalement désiré, elles en font des tonnes pour prouver qu'elles sont des femmes et qu'elles aiment ça, elles sont touchantes dans leurs excès, elles ne devinent pas que ça ne se passe pas comme ça, le sexe, elles ne voient pas ce qu'il y a d'artificiel dans leur séduction agressive, le cul coincé dans des porte-jarretelles qu'elles ne savent même pas enfiler et qu'elles ont dû acheter en solde chez Victoria's Secret avec les bons-cadeaux qu'elles ont reçus de leurs grands-parents pour leur anniversaire, des accessoires vulgaires aux couleurs clinquantes, piqués de strass, et c'est ce qui me plaît chez elles, elles n'ont pas encore été perverties par la grande mécanique du sexe, avec ses codes, ses règles, son obsession de la performance, elles sont à côté, dans la marge, et ça me touche. » Quand il l'entendait parler ainsi, Berman le traitait de « pédophile ». « Mais tu ne comprends rien ou tu ne veux pas comprendre ? Ce n'est pas une question d'âge mais de maturité sexuelle. » Il ne pouvait pas renoncer au sexe, il avait essayé, il s'était raisonné, il s'était contenu, il avait consulté un psy qui lui avait prescrit des calmants, il était même allé voir un rabbin, si, si, c'était vrai, qui lui avait recommandé d'être discret, de choisir des lieux éloignés de son domicile, des endroits sombres. Jamais en public. Jamais en pleine lumière. Ce qu'il ne disait pas à Berman : une fois par mois, il s'habillait entièrement en noir et allait traîner dans un hôtel de passe où il faisait l'amour avec des filles qui l'appelaient Samir. Les call-girls à mille dollars les deux heures, ce n'était pas pour lui – « Ça va pas ? Elles prennent le même tarif que moi et j'ai fait huit ans d'études ! » Il promettait d'être prudent. Aux États-Unis, lui avait répété son associé, une trace de ton sperme sur la robe, la chemise, la culotte, le tee-shirt d'une femme et tu es socialement mort. « D'une certaine façon, Bill Clinton a payé pour nous tous ! » Tahar sait tout cela. Rien, pourtant, ne peut totalement le retenir et une fois encore, lorsqu'il reçoit ce soir-là un message envoyé par Elisa Hanks[1],

---

1. Elisa Hanks n'avait pas toujours voulu être avocate. Jusqu'à l'âge de 17 ans, elle se destinait à une carrière de danseuse clas-

une grande blonde au corps massif qui travaille pour le bureau du procureur de New York et dont il a fait la connaissance au cours d'une audience, il ne peut pas résister. Il vient de retirer son pantalon, sa chemise, ses souliers ; il se trouve sur son immense terrasse qui surplombe Central Park, un verre de vodka à la main, un vent froid fouette son visage. Adossé à la rambarde, il admire les gratte-ciel qui s'élèvent à perte de vue, se détachant dans l'obscurité comme des tours de contrôle. Par SMS, la fille lui souhaite un joyeux anniversaire ; il la remercie, lui demande ce qu'elle est en train de faire – une femme n'enverrait pas un message aussi anodin au milieu de la nuit si elle n'avait pas une idée derrière la tête et, gagné, elle réplique aussitôt par un message à connotation sexuelle qu'il n'a aucun mal à décoder. Puis elle lui demande s'il est connecté à son ordinateur, elle veut lui parler par caméra interposée. Il saisit l'allusion mais il n'a pas le courage de retourner dans son bureau pour allumer son ordinateur et mater cette fille qui se déshabillera peut-être devant l'écran – et qu'a-t-elle à lui offrir ? Elle a de gros seins, il les a remarqués, c'est déjà ça. Quoi d'autre ? De beaux cheveux blonds qu'elle porte toujours en chignon et qu'il aimerait bien voir lâchés. La vision de cette fille nue, cheveux retombant sur ses seins l'excite tant, qu'il ouvre son peignoir de bain gravé à ses initiales,

---

sique mais un accident de voiture l'avait laissée paralysée pendant deux ans, si bien qu'elle avait dû renoncer à ses rêves et s'était inscrite en droit, sur les conseils de son père, l'avocat John Hanks, qui espérait qu'elle reprendrait son cabinet, ce qu'elle avait fait, dix ans plus tard, sans enthousiasme.

le retire et le laisse tomber par terre. Il a un corps sculptural, musclé par des heures de sport – il est fier de dire qu'il a le même entraîneur sportif qu'Al Gore. La couleur de sa peau, hâlée, contraste avec la blancheur de son caleçon taillé dans le meilleur coton. Lentement, il pointe l'écran de son téléphone sur son caleçon dont les formes turgescentes trahissent son excitation, avant d'actionner la fonction « appareil photo » – *clic*. Il sélectionne l'image et l'envoie en pièce jointe en prenant soin de bien cliquer sur le nom Elisa Hanks. Puis il attend. Son portable vibre à nouveau. Il patiente un instant, laisse monter l'excitation. Enfin, il lit le message qu'il vient de recevoir. Mais ce n'est pas le nom de la fille qui s'affiche cette fois. C'est celui de sa mère.

5

Article publié dans le *Times* du 22 février 2007 :

Sur les murs de son cabinet feutré, au-dessus de son bureau, deux photographies de Robert Mapplethorpe : sur la première, une femme nue, gantée de cuir noir, braque un revolver ; sur la seconde, un homme de profil, tatoué et musculeux, brandit un couteau. Goût pour la provocation ? Dans le monde policé de la justice, Sam Tahar traîne un parfum de mystère et de soufre. Il y a chez cet homme au teint mat qu'on dirait tout droit sorti d'un épisode du *Parrain* un goût pour le secret qui frôle la paranoïa, et il nous le dit d'emblée, dans un sourire énigmatique : « *De moi, vous ne saurez rien.* » Et pourtant, la formidable ascension de ce quadragénaire, né en France en 1967 de parents professeurs de lettres, a de quoi intriguer. Arrivé aux États-Unis au début des années 90, il est devenu, en moins de quinze ans, l'un des avocats les plus en vue de la côte Est. Les esprits tortueux argueront que son mariage en 2000 avec Ruth Berg, la fille de Rahm Berg, l'une des plus grandes puissances économiques des États-Unis, n'y est sans doute pas étranger… Mais au terme de deux heures de discussion au cours desquelles il se révélera tour à tour un séducteur irrésistible, un manipulateur brillant, un professionnel engagé, on comprend qu'il ne peut être réduit à cela : « *Ma vie est jalonnée de drames*, avoue-t-il avec une certaine gravité dans la voix. *Je me suis battu pour en être où j'en suis aujourd'hui* », avant d'ajouter : « *Vous ne m'en ferez pas dire plus.* » Les éléments de sa biographie sont succincts. Par des indiscrétions, on apprendra que ses parents sont morts dans un accident de voiture quand il avait vingt ans. Qu'il est parti aux États-Unis pour se reconstruire et changer de vie. Que son vrai prénom est Samuel. Que ses parents étaient des juifs d'Afrique du Nord, laïques et politisés, proches des philosophes Benny Lévy et Emmanuel Levinas. Mais l'homme, courtois, chaleureux même, se ferme sitôt qu'on évoque sa vie personnelle : « *Je ne suis que mon travail*, concède-t-il, avant de préciser, *j'aime les gens pour ce qu'ils font, pas pour ce qu'ils sont.* » Sur son bureau impeccablement rangé, aucune photo personnelle, aucun objet qui trahirait une intimité sur laquelle il veille jalousement : « *Je n'aime pas parler de moi, je n'aime pas être photographié.* » Et d'ailleurs, sur les réseaux sociaux, pas de trace de Sam Tahar : « *Je n'ai pas de temps pour ça*, dit-il, *je préfère lire. J'aime la littérature, la politique, les mots.* » Et il cite aussitôt quelques phrases du célèbre discours de Martin Luther King « I have a dream » : « *Nous ne sommes pas satisfaits, et nous ne serons satisfaits que le jour où la justice se déversera comme un torrent, et la droiture comme un fleuve puissant.* » « *Là, j'en dis trop* », plaisante-t-il. Discret, Sam Tahar ? Il a pourtant accepté de participer au journal de CNN. « *C'était strictement professionnel*, tempère-t-il, *je ne cherchais pas à me mettre en avant mais mon client refuse de s'exposer.* » Ses derniers clients en date ? Les familles de deux jeunes soldats morts au cours de combats en Afghanistan, devenus en quelques jours les symboles de l'héroïsme : « *Je ne sais pas si j'aurais eu le courage d'agir comme ils l'ont fait* », explique Sam Tahar. À l'écouter, son parcours est d'une banalité absolue : Il aurait eu « *une enfance sans histoires* » (comprenez : il a eu une enfance bourgeoise. Rien à signaler), aurait longtemps vécu à Londres (ce qui explique qu'il parle un anglais presque impeccable – on décèle tout de même une pointe d'accent français tout à fait adorable* [*en français dans le texte]) : « *Il n'y a pas grand-chose à dire sur moi* », conclut-il, impénétrable. Fixant son regard enténébré où fusionnent l'intelligence et l'humour, on a du mal à le croire…

Si l'homme a le goût de l'esquive, il est pourtant un communicant hors pair, un fin diplomate qui a construit sa carrière avec une détermination qui laisse rêveur. Après avoir obtenu son diplôme d'avocat à Montpellier, dans le sud de la France, il intègre le cabinet de Pierre Lévy, un célèbre avocat pénaliste français. Il y restera deux ans. De lui, Pierre Lévy dit qu'il est « *une référence intellectuelle. Un très grand avocat. Il a tous les dons* » et d'ajouter dans un rire : « *Il séduirait un pied de chaise !* » Un charme dont il joue beaucoup ; trop, disent certains qui préfèrent rester anonymes : « *C'est simple, face à un interlocuteur important, Tahar se met immédiatement en mode séduction.* » Autre détail : ses amis, ses protecteurs ont trente, quarante ans de plus que lui. « *C'est un séducteur de vieux* », ironise un concurrent. « *L'âge n'est pas important pour moi*, explique Sami Tahar sur un ton solennel. *Je choisis mes amis en fonction de nos affinités et il est vrai que j'en ai toujours eu beaucoup plus avec des personnes plus âgées que moi, plus intéressantes, plus drôles que celles de ma génération obnubilée par une seule chose : réussir.* » Pierre Lévy, sûr du potentiel de son jeune poulain, l'envoie aux États-Unis où il réussit le barreau de New York, avant de le nommer à la tête de la succursale qu'ils créent au cœur de Manhattan. C'est là qu'il rencontre celle qui va devenir sa femme. Ruth Berg lui ouvre les portes de la bonne société américaine, mais ce sont les bas-fonds qui l'attirent. S'il fréquente la vieille aristocratie américaine, c'est dans le Bronx qu'il trouve ses clients. Il se fait connaître en défendant une jeune serveuse mexicaine employée illégalement et violée par son employeur, deux membres de la communauté juive orthodoxe impliqués dans un trafic d'ecstasy, un magasinier noir qui avait braqué une bijouterie, provoquant la mort de deux personnes, mais son action au côté de mouvements féministes et sa défense d'adolescentes victimes de viols collectifs restent ses plus grandes batailles. « *Être avocat ce n'est pas prouver l'innocence de son client mais démonter les arguments de l'adversaire* », explique-t-il. À ses détracteurs qui lui reprochent son opportunisme et sa préférence pour des affaires médiatisées, il réplique par un adage oriental : « *Assieds-toi au bord du fleuve, et tu verras passer le cadavre de ton ennemi.* » Mais quand on évoque sa réussite, c'est JFK qu'il cite : « *L'art de la réussite consiste à savoir s'entourer des meilleurs.* » On le dit passionné de discours politiques et il l'avoue : « *Si je n'avais pas été avocat, j'aurais adoré être la plume d'un grand homme d'État.* » Dans la bibliothèque de son bureau, des mémoires, des entretiens, des documentaires qui retracent les grands moments de la vie politique française et américaine. On lui demande lequel de ces grands hommes il aurait aimé connaître. Il hésite un court instant et répond « *René Cassin* », l'homme qui écrivit la Déclaration universelle des droits de l'homme en 1948 : « *Dans son discours de réception au prix Nobel de la paix, il a dit que l'homme doit mesurer qu'il ne peut pas agir efficacement seul, qu'il doit se sentir soutenu par la compréhension et la volonté de tous les autres. Et c'est une idée importante pour moi qui me suis construit grâce aux rencontres.* » Un homme de l'ombre, vraiment ? On en doute, et en le regardant s'éloigner, on songe au titre d'un livre de Budd Schulberg : *Qu'est-ce qui fait courir Sammy ?*

6

Nina traduit l'article, sans s'appesantir sur les détails, mais « C'est bon, ça va... Tu crois que je n'ai pas compris qu'il a refait sa vie en pillant la mienne ? Il se fait appeler Samuel, affirme qu'il a perdu ses parents à vingt ans dans un accident de voiture, alors qu'il s'agit de *mon* histoire. Je vous ai laissés, je suis parti enterrer mes parents à l'étranger et pendant ce temps vous baisiez ensemble ! J'aurais dû te quitter à cette époque. Je n'aurais jamais dû rester avec toi après ce que tu m'as fait. Et attends, ce n'est pas fini, il dit qu'il aime la littérature mais combien de livres peut-il prétendre avoir lus, le fils de pute, je suis sûr qu'il n'a jamais pu atteindre la page quinze de *Guerre et Paix* ! Et le pire – le pire –, il se fait passer/on le prend pour un juif, un juif séfarade comme mon père ! Tu vas voir ce que je peux lui faire, je vais briser sa légende de merde ! » Nina tempère : « Quelle importance ? C'est du passé, il n'habite pas en France, ça ne change pas notre vie, oui après tout, qu'est-ce que ça change ? Pendant vingt ans, on a vécu sans penser à lui... » « Tout, ça change tout. » « Il a bien pris à son compte deux ou trois choses de toi mais rien de plus. Les études, il les a faites, pas toi. La carrière, c'est la sienne, alors où est ton problème ? » Son problème ? Il voit où elle veut en venir. Le raté, c'est lui, pas de doute. Qu'est-ce qui se joue à ce moment-là dans l'intimité de leur échange ? Quelle épreuve ? Quel test ? Quelle corruption ? Pourquoi se tourne-t-il vers elle et lui dit-il sur un ton autoritaire, presque cassant : « Tu vas le contacter et le revoir. » « Quoi ? Tu es devenu fou ? » Non, c'est non, elle n'a pas l'intention de l'appeler, de le revoir, c'est fini, plié, la page est tournée, avançons, avançons ensemble, mais il se braque : « Écoute-moi maintenant. Nous allons le recontacter ensemble (*elle crie :* « Jamais ! »), et je vais voir, cette fois je vais voir si tu restes encore avec moi... » « Mais ça ne va pas, tu es complètement fou ! » Nina s'emporte : « Jamais, tu m'entends, jamais je ne reverrai Samir ! » – et il faut entendre : pas après ce qui s'est passé. Ni l'un ni l'autre n'a oublié le drame, c'est entre eux, en eux, cette menace, ce chantage et son passage à l'acte – le seul moyen qu'il ait trouvé pour la garder car il le sait – et que cherche-t-il à tester en l'éprouvant ? –, elle serait restée avec Samir s'il n'avait pas tenté de se suicider, elle aurait fait sa vie avec lui, elle aurait même peut-être eu un enfant, puis, deux, trois, et cette idée le rend malade, vingt ans après, ça ne passe pas. « Il a pillé ma vie et tu t'en fous ? Il a construit sa vie sur les cendres de la mienne et je devrais rester là sans réagir ? » « Mais enfin, je ne te comprends pas ! Qu'est-ce que tu comptes faire ? Tu vas le rencontrer et le menacer ? » Oui, c'est ça, il se voit, il se voit clairement l'arme à la main chargée à mort, le doigt tendu sur le mentonnet. « C'est totalement dément, tu ne vas pas bien,

82

Samuel, appelle-le et dis-lui ce que tu en penses, va voir un psy, mais ne me demande pas de le revoir. » « Tu as peur de le revoir, n'est-ce pas ? Avoue ! Tu as peur ? » « Non. » Elle voudrait pouvoir trouver les mots qui rassureraient l'homme brisé qu'il est devenu, mais elle n'y parvient pas.

Il y a quelque chose de profondément tragique, qui dit la fragilité humaine, dans la fréquentation d'un être dont la sensibilité exacerbée commande le rapport au monde, la place sociale, un être à vif, un cobaye dont la société teste la résistance à la brutalité. « Je veux qu'on le revoie. Qu'on le revoie ensemble », et elle cède, elle accepte alors qu'elle sait, au fond, que c'est elle qui sera piégée. Vingt ans après, elle pense encore à Samir, elle pourrait l'aimer, c'est une hypothèse plausible, envisageable, et rien que ça, pour une femme comme elle, morale, solide, c'est une torture. Le volcan est en sommeil depuis vingt ans mais provoque-le et sa lave te jaillira à la gueule, provoque-le et elle recouvrira tout.

« Au fond, qu'est-ce que tu cherches ? À me tester ? C'est puéril, ridicule... Tu veux savoir si je pense encore à lui ? Si je pourrais retomber amoureuse de lui ? À moins que tu veuilles simplement te venger de ce qu'il t'a fait ? C'est peut-être ça après tout, de l'aigreur. » Elle a raison : il est devenu un homme aigri. Il pense : Pourquoi lui ? Pourquoi lui et pas moi ? Il se compare à Samir, compte les points que la société, les succès, leur a accordés. Il perd.

Une heure plus tard, la discussion est close, elle a dit Je dors dans le salon – mise en retrait avant évacuation définitive des lieux, passage à la vitesse supérieure – vers la rupture, vers l'avenir. Lui, non, envasé dans le passé, les pièces à conviction rangées dans un dossier, au fond du cagibi de l'entrée. Il attend qu'elle s'endorme et quand la voie est libre, il y va, c'est le moment, d'un coup de genou, force la porte du cagibi, passe à l'assaut ; la cloison cède, il peut y aller mais reste sur le seuil, puis recule, rebuté par les relents de moisissure qui s'évaporent et imprègnent ses vêtements, hop un foulard enroulé autour de sa bouche comme un bâillon, et il entre prudemment, appuie sur l'interrupteur – cassé, fallait s'y attendre, la pièce reste plongée dans une opacité trouble, tempérée par un rai de lumière qui filtre à travers la lucarne, oh la procession des cafards transpercés d'éclats lumineux qui rampent le long du mur, s'infiltrent dans les failles, même aux insecticides résistent, ça le dégoûte c'est sûr mais il progresse, tâte à gauche, à droite, se cogne contre une chevillette, baisse la tête, palpe des matières visqueuses, s'égratigne avec du papier de verre, cherche encore et enfin sous une échelle, aperçoit le dossier à rabat sur lequel est notée la mention *Personnel*. Il se précipite, pousse l'échelle d'un geste si brusque qu'il manque la recevoir sur la tempe, parvient à la retenir in extremis, enfin saisit le dossier et sort de la pièce. Son tee-shirt est recouvert de poussière et de filaments blanchâtres ; il secoue ses vêtements d'un revers de la main comme un squamate se débarrasse de sa peau morte. Dans la pièce principale, il s'approche de Nina : *est-ce que tu dors ?* Elle ne répond pas. Il la secoue légèrement : *tu ne dors pas, je sais que tu ne dors pas*, torturée comme lui, allongée à la façon d'un patient qui s'apprête à être opéré, le corps offert au scalpel affûté du chirurgien. Samuel s'assoit près d'elle, essaie de l'embrasser, d'une pression l'attrape, la plaque contre lui mais elle refuse, le refoule, ouvre les yeux, le regarde sans tendresse puis le repousse avec une brutalité qui le sidère tellement qu'elle réveille la sienne. Provoquer l'animal est dangereux, elle sait pourtant comment le prendre, au fil du temps elle a appris : jamais frontalement ; jamais en phase agressive, il faut savoir contourner la bête, isoler la part atteinte comme on argote un arbre, alors seulement opérer un rapprochement, envisager l'avenir. Là, non, refus de la psychologie, de la réalité – désespéré, il l'est, il suffit de le regarder tandis qu'il relève sa chemise de nuit, tente l'assaut, Nina refuse, sous ses implorations s'esquive, bondit hors du lit improvisé et s'éloigne en direction de la salle de bains qu'elle fermera à double tour pour oublier qu'il existe. Dix minutes plus tard, vêtue d'un survêtement gris, elle sort en lâchant ces mots : *J'ai besoin de prendre l'air*.

Et c'est vrai, la porte claque dans un fracas assourdissant comme sous l'effet d'un vent meurtrier, elle est peut-être défoncée, Samuel ne se lève pas pour vérifier, le passé l'obsède, Samir l'obsède, et Nina n'est plus rien qu'une figure secondaire. Après tout, pense Samuel, qu'elle se casse. Il s'assoit sur le canapé usé, ouvre le dossier, on y est. En haut de la pile de documents, le diplôme de son baccalauréat, section littéraire, obtenu avec la mention Très bien, un devoir de philosophie ayant pour sujet : *Toute prise de conscience est-elle libératrice ?* (noté 18/20), trois bulletins de terminale. Sur le bulletin du dernier trimestre, il lit l'appréciation du proviseur : « Élève intelligent, sensible », plus bas, en lettres capitales, cette conclusion péremptoire : *Réussira.* Au point où il en est, il se demande s'il doit en rire ou retrouver ce proviseur – peut-être est-il mort à l'heure qu'il est – et lui dire ; regardez-moi, regardez ce que je suis devenu, le menacer même, ce prophète minable. Il met le bulletin de côté, comme le reste, fouille encore, découvre plusieurs lettres qu'il avait envoyées à ses parents, le cachet de la poste l'indique, il était à Meaux à l'époque, dans un camp d'été organisé par les Éclaireurs israélites de France. À ses parents, il écrit : « je vous aime » et « vous me manquez » – il ne se souvient pas d'avoir été un jour capable de dire ces mots-là. Il y a également des tickets de métro usagés ; un exemplaire déchiré de la *Lettre au père* de Kafka ; un fascicule reprenant les principales prières juives en hébreu ; une cassette audio dont la bande pend, emmêlée, sectionnée par endroits ; une paire d'écouteurs déchirés ; des photos de classe, de famille. Samuel vide méthodiquement le contenu du dossier. Au fond, dissimulées dans une pochette noire cartonnée, il trouve enfin les coupures de presse. Il y en a cinq. Certaines ont été collées sur une page format A4, d'autres ne sont que des feuilles volantes. Toutes portent le même titre en lettres noires sur fond blanc :

Un étudiant en droit tente de se suicider en plein cours

La suite ? Impossible de s'en souvenir. Il a peut-être bu, s'est endormi, mais au réveil, Nina est dans leur lit et ses documents ont disparu. Elle lui sourit, lui demande s'il a bien dormi, les cartes ont été redistribuées, il le sent, elle n'est plus hostile à son idée, elle veut même jouer le jeu, ça l'amuse. Est-ce qu'elle veut tester, vingt ans après, son pouvoir d'attraction érotique ? C'est le danger qui l'excite ? La possibilité de l'amour ? De sa répétition ? Elle emprunte des vêtements auprès d'une styliste chargée de la réalisation des pages du catalogue pour lequel elle pose encore régulièrement, des coupes simples, des matières bon marché – de la viscose, de l'acrylique – mais ça lui plaît, elle n'a qu'à se servir, trie les tailles, sélectionne les meilleurs modèles – ceux qui ont été recalés par la direction commerciale au motif qu'ils ne plairaient pas au plus grand nombre. Nina a acheté un grand sac en plastique zippé et, en quelques minutes, a rangé les vêtements à l'intérieur. En rentrant chez elle, elle pose les affaires sur la table du salon, met un vieux tube d'Otis Redding. « Tu es prêt ? » L'émerveillement : « On t'a prêté tout ça ? » Elle essaie une robe noire en fausse dentelle, une rouge à volants, une verte cintrée à la taille et ça dure longtemps, ce défilé. Samuel se déshabille à son tour, hop, passe un costume : « Regarde-moi. » Elle se change à nouveau, fait glisser son corps dans une robe en stretch noir ultramoulante qu'elle enfile comme une seconde peau, voilà, ils muent. Faut les voir s'admirer devant le miroir, ils ont de l'allure, ils paradent, se pavanent dans l'appartement, laissez-nous passer. Ils se prennent en photo. Habillés/en maillot. Détachés/amoureux. Puis stockent les images de leur réussite factice sur leur ordinateur dans un document qu'ils intitulent : « Nous ».

La tentation exhibitionniste. Sur Internet, ils cherchent les éléments de leur mystification et créent des comptes sur les différents réseaux sociaux au cas où Samir chercherait des informations sur eux.

Mens.

Écris que tu travailles dans une banque, une maison d'édition, une chaîne de télévision.

Tu aimes les voyages, le cinéma, la littérature.

Tu as de l'ambition, des amis, des contacts. Ton influence, prouve-la. C'est un jeu. Nina fait défiler sur l'écran les photos d'une gloire artificielle, relit chaque donnée, ajoute, retranche. Pour finir, elle choisit sa photo de profil. L'œil bordé de khôl, la peau enluminée, ça la trouble de jouer les transformistes et d'y trouver du plaisir. Le pouvoir de se réinventer, ils l'ont, désormais.

7

L'excitation est trop forte, Samir ouvre en premier
le message que lui a envoyé Elisa Hanks. « C'est extrêmement prometteur », a écrit la jeune femme et, tout
de suite après, ces mots : « Retrouvons-nous quelque
part. » Il hésite avant de répondre. Lui aussi a très
envie de rejoindre cette fille dans le studio qu'il loue
au dernier étage d'un immeuble situé à quelques rues
de ses locaux professionnels, une garçonnière à la
décoration minimaliste qu'il a fait aménager environ
un an après son mariage, quand il a compris qu'il ne
serait *jamais* fidèle et qu'il valait mieux organiser sa
vie sexuelle dans un cadre qu'il aurait lui-même
défini, dans un lieu qu'il aurait choisi pour sa discrétion et les garanties qu'il offrait plutôt que de courir
le risque d'être pris en flagrant délit en sortant d'une
chambre d'hôtel ou en pleine rue où les témoins sont
partout et les détectives, engagés par vos concurrents.
Il pense à tout ce qu'il pourrait faire à cette fille s'il
trouvait la force de sortir de chez lui, il est près de
deux heures du matin, il se sent fatigué, il a trop bu,
mais Elisa Hanks insiste, envoie un nouveau message :
« Tu m'excites trop. » Maintenir dans cet état de désir

l'une des filles les plus influentes de New York, ça ne peut que rendre fou un type comme lui, qui n'aime rien tant qu'inverser les rapports de force. Et quelle fille ! L'air sévère, les cheveux toujours tirés en chignon ou tressés sur le côté, vêtue d'un tailleur à la coupe parfaite, toujours choisi dans des couleurs sombres : du noir ou du bleu marine, une Américaine de bonne famille qui n'oublie jamais de prendre sa journée pour préparer elle-même la dinde de Thanksgiving, ne met jamais de rouge à lèvres, ne s'autorise qu'une eau de Cologne fabriquée par les femmes d'une congrégation amish, ne manquerait pour rien au monde un office religieux à l'église les jours de fête, mais qui ne déteste pas se faire sauter par les jeunes loups du barreau qui passent chaque semaine dans son bureau dans l'espoir de l'attendrir, des juifs de préférence, aux noms imprononçables, dont son père lui a tant répété qu'ils étaient nocifs. Samir la laisse patienter quelques minutes avant de lui envoyer ce message : « Caresse-toi, j'arrive », puis il rentre dans l'appartement, enfile un pantalon, une chemise, ses chaussures, et sort sans faire de bruit. Ruth dort. Sous le coup du somnifère qu'elle a dû ingurgiter, aucun risque qu'elle se réveille. Quand il réclame ses clés au voiturier[1], il a oublié le message de sa mère.

Dix minutes plus tard, il est devant la porte de son studio dont il lui a communiqué l'adresse. La fille patiente, vêtue d'une petite robe de coton à fines bretelles. Il la pousse à l'intérieur, l'embrasse, dénoue

---

1. James Liver, 43 ans, joueur de poker. Rêvait de gagner le gros lot pour « changer de vie ».

ses cheveux, fait glisser sa robe et la prend – tout cela ne dure que quelques minutes. Ils restent allongés un moment sur le sofa. Elisa Hanks allume une cigarette. Des mèches de cheveux blonds humides collent à son visage. Tahar se tourne vers elle, prend sa cigarette et tire quelques bouffées avant de la lui rendre. C'est là, au moment où il a pivoté, qu'elle a vu la cicatrice qui lui barre le cou. Elle ne l'avait jamais remarquée auparavant. Mais au moment où elle s'apprête à passer ses doigts sur la plaie, Samir bloque sa main d'un geste un peu brutal : *Ne me touche pas !* Il se lève du sofa, se rhabille, l'air étrangement fermé. Elle insiste, demande d'où vient cette cicatrice mais pour toute réponse, il exige qu'elle parte *tout de suite.* « Déjà ? Mais je viens à peine d'arriver… je pensais que nous allions rester encore un peu ensemble. » « Je suis fatigué, je commence tôt demain » et, disant cela, il commence à ranger les objets qui traînent dans la pièce. La fille se redresse, cache ses seins avec ses mains, il voit qu'elle est vexée, il sent qu'elle a envie de pleurer, elle remet sa robe et se lève à son tour. Elle reste debout un petit moment, figée au milieu de la pièce comme si elle attendait quelque chose, tandis qu'il continue de ranger avec un soin maniaque, alignant les coussins selon un agencement parfait, frottant une tache sur la table basse, ramassant une barrette et la tendant à Elisa : *Tiens, c'est à toi.* Mais non, ce n'est pas à elle, elle ne porte pas de barrette, ce doit être à une autre, la précédente, quand est-elle venue ? Il y a quelques heures ? Hier ? Les crises de jalousie – tout ce que Tahar déteste. De sa femme encore, il pourrait les tolérer mais de cette fille qu'il connaît à peine, à laquelle il n'a rien promis, non. Il s'approche d'elle, fait glisser une mèche de cheveux derrière son oreille, l'embrasse sur la joue avec une certaine distance – étranger à son corps, à son odeur, à tout ce qui quelques minutes plus tôt le rendait fou. Pourquoi mêler l'affectif à une affaire de quelques minutes dont ni l'un ni l'autre ne garderont le moindre souvenir ? Devant le perron, elle demande quand même : « Tu me rappelleras ? » « Oui, oui », répond-il avec détachement, et ça l'exaspère. Il élimine d'emblée celles qui réclament, qui questionnent. Dès qu'elle est partie, il aère la pièce et finit de ranger, puis sort à son tour. Une sirène de police hurle dans la nuit. Il marche en fumant jusqu'à sa voiture et ce n'est qu'au volant de son Aston Martin, alors qu'il roule à plus de 130 km/h, qu'il se souvient que sa mère a essayé de le contacter une heure plus tôt. À un feu rouge, il prend son téléphone et lit enfin le message qu'elle lui a envoyé : « Samir, rappelle-moi, je t'en supplie, c'est à propos de ton frère. »

8

Et comment sa mère a-t-elle pu écrire « ton frère »
alors que de lui Samir ne sait rien, ne veut rien savoir,
il n'est pas son « frère » mais son « demi-frère » – ils
n'ont pas le même père, pas la même identité –, il n'est
rien pour lui, c'est un étranger, il a vingt-quatre ans,
en paraît dix-huit, physiquement, mentalement. Il vit
encore avec leur mère. Un homme grand et mince, des
cheveux d'un blond vénitien, des yeux bleus, de type
européen, rien à voir avec lui, l'Oriental. À sa mère,
brune aux yeux noirs, les gens demandaient : « Vous
êtes la baby-sitter ? » « Non, je suis sa mère. » Et Samir
devait répondre : « C'est mon *frère* – François. »

Trois ans après la mort de son père, au début de
l'année 1982, sa mère est tombée enceinte. De qui ?
Comment ? Elle ne le dit pas tout de suite, cache sa
grossesse, vomit dans le noir, dans la rue, pleure seule
et en silence. Ses vêtements, elle les choisit amples,
taille XL : des ponchos, du noir, prétexte une prise de
poids, c'est le stress, c'est hormonal, enduit ses cernes
d'un fond de teint épais, mais rien à faire, ils restent
violacés comme des hématomes, et ses jambes, lourdes,
enflées, comprimées dans des bas de contention qu'une

pharmacienne avait fini par lui offrir, toujours debout dès l'aube, ses employeurs ne voient rien ou font semblant, ils ne veulent pas avoir à lui accorder un jour de repos, une heure de répit. Pourtant, elle est presque à terme, elle ne peut plus se dissimuler, elle va accoucher d'un jour à l'autre, sur le trottoir, dans le bus, par terre, comme une chienne, Samir avait vu ça un matin dans la cité, une petite bâtarde au poil ras, sanguinolente, cachée derrière les poubelles, trois quatre chiots humides lovés contre elle, il devait avoir huit ans et il avait pleuré de rage ; plus tard, il l'avait vue errer, seule, on racontait que les éboueurs avaient balancé les chiots dans la gueule de la benne, d'un coup d'un seul, en se marrant, tous broyés, et ce sera son tour si elle ne dit rien, ça va venir comme ça – et après ? Samir avait trouvé des documents dans le tiroir où elle rangeait ses dessous, son dossier de maternité qui contenait ses analyses, ses échographies, quel choc, il lui avait fait avouer, images à la main, et elle avait murmuré (en pleurant) : « Oui, je suis enceinte », et tout de suite après, d'une voix solennelle : « C'est tout ce que je peux te confier pour l'instant. » « C'est tout ce que tu peux me confier ? » Une mère célibataire, dans la cité, c'est la honte, l'assurance d'être dans le collimateur des Prudes, des Religieux, des Islamistes – il commence à y en avoir de plus en plus, traquant les trop-modernes, les pas-assez-couvertes, les trop-libres. L'opprobre assuré. Faut dégager. Et vite. Ils partent en douce, sans dire au revoir, comme des voleurs, ça jasera longtemps. Ils partent sans savoir où ils vont, elle sait mais ne révélera rien, pas avant d'y être, elle raconte simplement qu'ils habiteront Paris « désormais » – ça dit le changement, la rupture, « désormais », ça promet beaucoup. Ils prennent le métro avec leurs valises et leurs sacs Tati gonflés à bloc à la main, entaillés çà et là par l'usure, quel barda, on les regarde un peu – romanichels. Nawel a préparé des sandwichs farcis au thon et aux citrons confits qu'ils mangent en silence en vérifiant à chaque station qu'ils sont bien sur la ligne 10. Ils descendent à la station Porte-d'Auteuil ainsi que le leur a expliqué la femme de la RATP qui a eu pitié d'eux en les voyant devant le plan général, paniqués comme des enfants perdus en pleine forêt. *On y est presque.* Dans la rue, ils avancent l'un contre l'autre, les valises sont lourdes de leur misère, et sans roulettes, il faut les porter ; Nawel ne peut plus, son ventre est énorme. « C'est là. » La mère désigne un grand immeuble en pierre de taille rehaussé de sculptures en marbre – quel luxe ! Jamais vu ça ! C'est là qu'ils vont vivre ? Sur l'interphone, il n'y a que des initiales, ça dit l'importance. Dans le hall, Samir s'extasie : Elle a gagné au loto ou quoi ? Il déchante vite. Il y a bien un ascenseur mais privatif, on n'y accède qu'avec une clé. Samir appuie sur le bouton de toutes ses forces quand un homme d'une soixantaine d'années surgit et lui explique sèchement qu'il ne peut pas l'emprunter : « Il faut être propriétaire, il faut avoir payé pour l'installation de l'ascenseur, et ceux qui n'ont pas voté pour lors de la dernière assemblée n'ont qu'à monter à pied. » Sur ces mots, il pénètre dans l'ascenseur sans leur proposer de partager la cabine et leur claque la porte au nez. Nawel fait signe à Samir de ne pas répondre, se dirige vers l'escalier. À chaque étage franchi, Nawel dit : *C'est plus haut.* Quand ils atteignent le sixième étage, ils sont à bout de souffle, en sueur, leur bouche est pâteuse, leurs mains sont moites, ils n'ont même plus la force physique de se plaindre en découvrant l'endroit où ils vont vivre *désormais* : une chambre de bonne de dix mètres carrés avec une lucarne découpée dans le toit pour seule source de lumière. Le plafond est bas ; des poutres apparentes fendent l'espace, ils avancent en baissant la tête comme des pénitents – ils expient quoi ? Samir ne dit rien, cherche les toilettes, *à quelle époque on est ?* C'est sur le palier, au fond d'un couloir sombre et étroit qu'il finit par les trouver, des toilettes à la turque dont l'émail crasseux exhale une odeur pestilentielle. Il n'y a pas de loquet pour s'enfermer. Samir entre, baisse son jean, et là, jambes écartées, le regard rivé sur le jet d'urine dont il surveille la trajectoire pour ne pas se salir, se met à pleurer. Quand il a fini, de pisser, de pleurer, il retourne dans la chambre et aide sa mère à aménager l'espace – voilà l'avantage, c'est rapide. Dans cet espace minuscule, la mère parvient à cuisiner un poulet aux olives pour fêter leur arrivée et, dix minutes après avoir éteint le réchaud, on frappe à la porte. Deux étudiants qui louent des chambres voisines débarquent[1]. Nawel panique, demande pardon pour le bruit, les odeurs, on ne voulait pas vous *déranger*, passe sa vie à s'excuser mais non, sont pas là pour ça, ont été attirés par le fumet, jamais senti un truc pareil, et elle les invite, entrez et partageons. Par la suite, ils viendront souvent dîner avec eux, on mange bien, on rit,

---

1. David Sellam et Paul Delatour, 23 et 24 ans, étudiants en 5ᵉ année à l'Université Pierre-et-Marie-Curie. Le premier rêvait de faire une carrière hospitalière ; le second envisageait de reprendre le cabinet de son père, cardiologue dans le VIIIᵉ arrondissement de Paris.

il fait chaud, apportant des boissons, des gâteaux, de quoi se restaurer.

Samir a compris. La chambre de bonne appartient au patron de sa mère, François Brunet. Il l'avait sûrement achetée pour loger une jeune fille au pair qui donnerait des cours d'anglais ou d'allemand à ses fils. Il l'avait sûrement achetée « pour investir dans l'immobilier parce que c'est le seul placement sûr », ou encore y baiser son assistante parlementaire[1], et non pour y loger sa femme de ménage, son fils né d'une première union et l'enfant qu'il avait eu avec elle. Samir ne pose pas de questions – quitter la cité, au fond ça l'arrange – et le voilà inscrit au lycée Janson-de-Sailly au milieu des fils à papa, cathos à particule, feujs à gourmette, ça le dépayse, ça lui plaît, il s'intègre du jour au lendemain comme s'il avait toujours fait partie de ce monde. Il dit qu'il est le fils d'un homme d'affaires saoudien, qu'il vient de Dubaï, qu'il va rester à Paris deux ou trois ans, pas plus, et après, retour à la vie de palace, son ordonnancement luxueux, sa maison de mille mètres carrés, le personnel de maison, les voitures de sport, *oui, c'est le rêve !* Il se réinvente et ils y croient. Ses vêtements, il les rachète pour trois fois rien à des élèves qui se soumettent aux diktats de la mode. Ils se lassent, il récupère, et en deux mois, il est mieux sapé qu'un acteur américain. *Tu habites où ?* Terrain miné, Samir a la parade : trop de tensions dans son palais, le père a trois femmes – l'explication plaît beaucoup dans les

---

1. Linda Delon, 28 ans, s'appelait en réalité Linda Lamort. Avait modifié son nom pour changer son destin.

milieux de droite qu'il fréquente désormais. On vit bien, dans le non-dit, personne ne demande où est le père. Le mensonge, les perspectives d'intégration et d'évolution qu'il offre. La vie comme une fiction à écrire au jour le jour. Le roman dont il est le héros. Ces possessions qu'il s'invente. Et sa capacité à esquiver les coups, quelle que soit la violence de l'attaque. Une telle aptitude au rebond, ça l'épate lui-même. Avec une imagination pareille, il pourrait être écrivain, mais déjà, à quinze ans, il est trop fasciné par l'argent et la liberté qu'il procure pour se limiter à une carrière artistique dont il pressent qu'elle l'encagerait. Il pense : je vais/je veux réussir, fût-ce sur les fondements d'une histoire créée de toutes pièces. Regardant sa mère, son petit corps penché sous le poids du bébé, s'affairant dans cette pièce minuscule, il fait le vœu qu'un jour il lui offrira tout.

Le soir où elle a ses premières contractions, il est serré contre elle devant le téléviseur ; il est presque minuit, elle lui dit que c'est le moment – pas de chance, les étudiants en médecine sont de garde, injoignables – alors ils se hâtent, enfilent un blouson et sortent dans la rue, longent les murs comme des gangsters. Il fait nuit, la mère respire de plus en plus fort, halète presque, ils se dirigent vers la bouche de métro et, soudain, au milieu des escaliers, elle s'effondre ; Samir repense à la petite chienne, il a peur qu'elle meure, peur de se retrouver seul, d'être placé dans un foyer, et la rage remonte d'un coup comme une bile amère, il crie « À l'aide ! », des passants accourent ; cinq minutes plus tard, les secours arrivent : sa mère est transportée sur une civière. Les contractions sont de plus en plus violentes, elle avait oublié cette douleur atroce comme si on la battait à mort, de l'intérieur, avec un objet lourd, massif. En quelques minutes, elle accouche dans l'ambulance, les sirènes couvrent ses cris, entre deux pompiers[1], elle a honte et pleure, ils disent : c'est un garçon. Elle ne le savait pas, elle n'avait pas voulu savoir, elle rêvait d'avoir un garçon. Les pompiers demandent s'ils doivent prévenir quelqu'un, puis ils ajoutent « le père » mais elle hoche la tête de gauche à droite, elle l'appellera elle-même, dans quelques minutes, *quand elle se sentira mieux, quand elle aura la force*, et elle ajoute intérieurement : *de supporter sa froideur*.

François Brunet, son « patron » : un homme assez mince, grand et sec, blond à la peau diaphane, toujours vêtu d'un costume noir, d'une chemise blanche à poignets mousquetaire qu'il orne de boutons de manchettes en nacre et d'une cravate bleu marine, bordeaux parfois – seule excentricité qu'il s'autorise. Des manières précieuses, raffinées. Une excellente connaissance de l'art, de la musique, de la littérature – une référence intellectuelle. Un homme engagé – une conscience morale. Vous l'observez et vous avez confiance. Vous le rencontreriez, vous lui communiqueriez votre numéro de carte bancaire. Vous vous retrouveriez seul avec lui, dans une impasse obscure, vous vous sentiriez en sécurité. Vous ne décelez pas le prédateur. Vous ne percevez pas la violence, la

---

1. Frédéric Dupont et Louis Minard, 35 ans, étaient inscrits sur des sites de rencontre sous les noms de John Lewis et Ben Cooper.

charge érotique que masque son apparence corsetée. Il vit avec sa femme, une grande rousse issue de l'aristocratie bordelaise, et leurs trois enfants dans un bel appartement de la place Vauban au milieu des livres et des disques de musique classique – Bach a sa préférence –, de leurs chats et des tableaux d'art contemporain – sa grande passion. Il vouvoie tout le monde, y compris ses parents. Il a la familiarité en horreur mais il ne déteste pas se faire injurier pendant l'amour.

Le jour où, à la fin des années 70, Nawel entre chez lui pour passer un entretien d'embauche, il la remarque tout de suite au milieu des quatre autres postulantes. Elle a la beauté racée des Orientales et des formes voluptueuses qu'il devine sous la robe en polyester trop large qu'elle a cousue elle-même, ça l'excite. À toutes ses requêtes, elle répond : *Oui, Monsieur* ou *Bien, Monsieur*. Il l'engage en CDI avec l'espoir secret qu'elle sera à lui. La posséder, il y a pensé au moment même où elle a franchi le seuil de son appartement. Quant à sa femme, voyant Nawel et les autres postulantes, elle avait conclu : « Je préfère embaucher une Roumaine ou une Polonaise, elles sont plus discrètes et plus propres que les Arabes, mais fais comme tu veux. » Et c'est elle qu'il *veut*. Il la questionne, fait mine de s'intéresser à elle, à ses goûts, et un soir, lui demande de le rejoindre dans son bureau, Nawel devrait refuser, elle a peur, elle y va.

L'obscénité du désir. La pornographie des origines. Qu'est-ce qui l'autorise à l'inviter dans son bureau, après ses heures de ménage, à l'entraîner dans le salon particulier qu'il a fait installer, ce salon où il reçoit des journalistes, des confrères mais aussi des femmes ? Qu'est-ce qui l'autorise à lui parler comme s'ils étaient intimes, à lui tourner autour à la façon d'un animal sauvage reniflant sa proie ? *Vous me plaisez, Nawel,* c'est ce qu'il répète, *vous me plaisez trop.* Qu'est-ce qui l'autorise à s'agenouiller devant elle, à glisser ses mains sous sa petite robe noire et à baisser sa culotte en lui demandant de *ne parler à personne de ce qui va se passer* ? Il dit : Laisse-toi faire et elle ne bouge pas. Il dit : Fais-moi ci, fais-moi ça, et elle le fait. Mais c'est une situation plus ambiguë qu'il n'y paraît. Elle le fait parce qu'elle le veut. Elle se sent libre avec lui. Pour la première fois, elle s'abandonne au désir d'un homme qui la regarde vraiment. Elle l'aime. Elle se soumet. Tant de docilité, ça bouleverse un homme comme lui, habitué à travailler avec des femmes fortes, politisées, des féministes qui ne baissent pas la garde et répondent à chacune de ses attaques. Il pense : C'est moi le politique influent, l'énarque, aux pieds de cette femme de ménage arabe ? Il a le sentiment de s'humilier, et il aime ça. Il est prisonnier de ses pulsions. Cette femme au teint basané le rend fou. Elle lui a fait perdre la tête, sa dignité, sa sérénité et il le sait, il y a quelque chose de jouissif dans cette perte de contrôle, cette façon de lâcher prise, pour cet homme élevé dans les préceptes d'un catholicisme rigoureux, selon une morale bourgeoise qui n'autorise rien et condamne tout. La voilà sa fleur d'Orient. Quel cliché ! L'aversion comme stimulant sexuel, mais c'est plus fort que lui, ça l'écrase, ça l'envahit, il ne peut pas penser à autre chose. Il pourrait perdre son poste, il est capable de tout pour cinq minutes de plaisir avec sa femme de ménage. *Oh*, se persuade-t-il, ce n'est pas grand-chose, *du troussage de domestique, rien de plus*. Il lui en veut d'avoir fait de lui cette chose molle et sans volonté, cet exécutant. Cette petite femme brune a bouleversé l'équilibre de son existence ordonnée, et ça le panique.

La seule chose qui l'apaise vraiment, c'est la chasse. Trois ans avant de la rencontrer, il s'était inscrit à un club de tir, à Paris, dans le XVIe arrondissement. Là, son casque vissé sur les oreilles, l'esprit concentré sur sa cible, il se détend. C'est à cette époque qu'il commence à voyager en Afrique et à chasser les grands fauves. Il aime la couleur du sang, son odeur – et c'est, pour ce grand adversaire de la peine de mort, une ambiguïté qu'il assume. Il aime le contraste entre la pureté de la nature – ciel étale, paysages luxuriants aux teintes froides – et la vision mortifère des carcasses offertes, des corps déchiquetés, boyaux à l'air, four-rures piquées de rouge. Il aime le spectacle de la mort, celle qu'il a provoquée, et plus que tout, il aime faire l'amour après avoir chassé, sentir le contact d'un corps chaud semblable à celui de l'animal agonisant sur la terre brûlée par le soleil. Qui ne dit rien. Qui se laisse faire. Une fois même, il avait pris une femme alors que ses mains étaient encore tachées de sang. Il a parfois des rémanences de cet acte fou, primitif, et en ressent encore du plaisir. En Afrique, au cours de ces voyages où il part seul ou avec un ami, il n'a en général aucun mal à faire venir une femme dans sa chambre d'hôtel, il a ses réseaux, des gens simples qui respectent son souci de discrétion, sa position.

Mais quand il est avec Nawel, ses obsessions reprennent. Plus il la voit, plus il a envie d'elle, elle est amoureuse, ça crève les yeux, et il acquiert bientôt la conviction qu'il doit rompre sans savoir précisément *comment* le faire. Quand elle lui a annoncé qu'elle était enceinte, il lui a demandé d'avorter, gentiment d'abord, pour ne pas la brusquer, puis fermement, dans l'espoir de l'intimider. Il s'est engagé à payer toutes les dépenses et même à l'indemniser – c'étaient ses termes – pour le préjudice qu'elle avait subi, elle ne pouvait pas le garder, il fallait être responsable, il fallait être adulte. Elle a refusé. Pour elle, être responsable, être adulte, c'était garder cet enfant dont elle aimait le père. Pendant des années, elle avait cru qu'elle était devenue stérile et voilà que « Dieu » lui « donnait un enfant ». Comprenant qu'il ne parviendrait pas à la faire changer d'avis, Brunet l'a aidée à trouver un autre emploi, dans un pressing de la rue Montorgueil – impossible de la garder plus longtemps sous son toit de peur de susciter le questionnement de sa femme. Nawel accepta, signa le document qu'il avait rédigé sous le titre « Lettre de démission ». Elle s'était imaginé refaire sa vie avec Brunet dans un bel appartement de la rive droite et au lieu de ça, elle se retrouvait à frotter les taches d'huile, de café, de sang, de sperme, les taches de graisse, celles qui partent, qui restent, toutes ces affaires sales, empuanties, ces intimités dévoilées. C'était ça l'inversion du rêve. C'était ça la réalité. Elle travaillait dans un pressing dix heures par jour : Réceptionner le linge/Numéroter les articles/Repérer la nature des taches/Trier les couleurs/Trier les matières/Brosser le tissu/Prédétacher/Racler les boues/Remplir les machines de perchloroéthylène/ Charger et décharger la machine par le hublot/Vérifier les tissus/Frotter, frotter/Repasser sur mannequin gonflable à vapeur/Vérifier encore/Mettre sous housse – c'était son quotidien. Lorsqu'elle assurait la fermeture du pressing, elle luttait contre le désir de plonger sa tête dans le hublot de la machine de nettoyage à sec et d'inhaler les vapeurs toxiques de trichloréthylène. Seul la retenait cet enfant qui grandissait dans son ventre. Elle n'avait presque plus aucun contact avec Brunet. Jusqu'à ce jour où l'enfant était né.

À l'hôpital, après avoir regardé son enfant plusieurs heures d'affilée, après avoir compté ses doigts, vérifié que chaque membre était à sa place, elle avait appelé Brunet. « Votre fils est né », annonça-t-elle d'une voix aussi ténue qu'un murmure, une voix qui disait la fragilité, la fatigue, la lutte et la solitude. Il ne répondit pas, laissa flotter ce silence entre eux, puis énonça calmement qu'il passerait les voir en fin de matinée. À 14 heures, il fit irruption dans la chambre, une peluche à la main, un chien bleu d'une douceur exceptionnelle qu'il avait acheté dans le plus beau magasin de jouets du boulevard Malesherbes. Il n'eut pas un geste tendre pour elle mais il s'approcha de l'enfant et lentement le prit dans ses bras en plaçant bien sa main sous la nuque comme si c'était un geste qu'il avait effectué mille fois. Et là, il eut un choc. Car le bébé était sa réplique exacte : la peau blanche, les yeux que l'on devinait clairs et cette touffe de cheveux blond vénitien, c'était lui. Il avait imaginé que l'enfant serait basané comme sa mère avec des yeux noirs et brillants (il avait pensé : « Une gueule d'Arabe ») et il se détendit tout à coup, c'était un Blanc, un blond, comme lui. Il pourrait l'aimer. « Comment allez-vous l'appeler ? » lui demanda-t-il. Elle le regarda avec une certaine appréhension, puis répondit : « François. » Il lâcha un « Ah ! », ce fut tout, il ne protesta pas, il savait qu'il n'élèverait pas cet enfant qui portait son prénom, qu'il devait s'en détacher, ne pas le renommer selon son désir. Qu'elle l'appelât comme lui si ça lui chantait… Qu'elle fît ce qu'elle voulait… Il ne reconnaîtrait pas cet enfant. Le lendemain matin, il viendrait une dernière fois pour dire à Nawel qu'il réglerait les frais d'hospitalisation et lui verserait deux ans de salaire sur son compte pour, dit-il, « participer aux frais de la petite enfance ». Elle aurait pu exiger trois quatre ans et la jouissance de la chambre de bonne, il les lui aurait accordés, il ne voulait pas de scandale, mais elle ne demanda rien, se tut. Il l'observa un long moment, il avait l'air ému, il l'aimait encore, il le savait, pourtant il lui dit froidement qu'il ne désirait plus les voir, ni elle, ni l'enfant. Il avait trop à perdre : son mariage paisible, ses enfants, sa carrière politique, tout ce qu'il avait patiemment construit au prix d'innombrables sacrifices.

Il était encore à l'hôpital, dans la chambre, quand Samir arriva, accompagnés des deux étudiants, les bras chargés de cadeaux. Brunet les salua, dit au revoir à Nawel et sortit. Il passerait quelquefois les voir, pourtant, dans la chambre de bonne mais cesserait ses visites après avoir fait la connaissance d'une jeune militante RPR dont il était tombé instantanément amoureux[1]. Deux ans plus tard, il demanderait à Nawel de quitter les lieux qu'il avait mis à sa disposition. Il ne lui avouerait pas qu'il souhaitait les récupérer pour retrouver sa maîtresse qui, elle-même, était mariée. Il expliquerait à Nawel qu'il devait vendre ce bien, qu'il continuerait à lui verser une petite pension pour l'enfant. Nawel avait refusé, elle n'avait pas d'endroit où aller, elle n'avait pas d'argent, et ce fut lui, « une fois encore », qui lui trouva un F3 à Sevran par l'intermédiaire d'un ami. En quelques semaines, tout fut réglé. François Brunet engagea une entreprise pour remettre la chambre à neuf. Deux mois plus tard, il ne resta plus rien du passage de Nawel et ses enfants.

Samir n'avait jamais été proche de ce frère qui ne lui ressemblait pas et qu'il avait toujours considéré avec une certaine méfiance, lui l'enfant de la contrainte et du mariage arrangé, peut-être même forcé, alors que l'autre était l'enfant de l'amour, du désir corrupteur, de la passion transgressive, l'Occidental quand lui restait un Oriental, il le savait, ça crevait les yeux et ça le rendait fou de rage, de jalousie, alors non, il ne supportait pas qu'elle écrivît « ton frère ». Les liens du sang ? Fictifs. Sa famille, il la choisissait. L'amitié, la complicité intellectuelle, sexuelle, ça tissait des liens. Mais pas la construction familiale, pas le fantasme d'une généalogie parfaite.

---

1. Manon Perdrix, 28 ans, mère de deux enfants, qui rêvait d'une « France forte » et d'une « famille nombreuse ».

Pourtant, il finit par appeler ; c'est ma mère, pense-t-il. Et il a un peu honte : il vient de fêter son anniversaire sans même avoir songé à l'inviter. C'est impossible, elle ne sait rien de sa vie à New York. Il s'est persuadé très tôt – avant même d'avoir été piégé par le mensonge de la judéité, oui, dès le début de ses études et peut-être même quand ils habitaient le XVIe arrondissement – que sa mère serait un obstacle dans son accession à la réussite. La honte des origines, il l'éludait comme il pouvait. Il n'invitait personne chez lui et avait exigé que sa mère ne vînt jamais le chercher à la sortie des cours.

En composant son numéro, il se sent encore coupable, elle répond aussitôt, dès la première sonnerie, il l'imagine attendant près de son téléphone l'appel du fils exilé. « Ah Samir, mon fils, enfin. » Percevoir les éclats de sa voix, son accent arabe, ça l'émeut, il demande : « Qu'est-ce qu'il y a, maman ? » Il le dit avec un certain accablement, on sent la contrariété, l'agacement, il préférerait ne plus lui parler, couper définitivement les ponts, il n'a jamais pu, c'est plus fort que lui : il aime sa mère, il a de l'admiration pour son courage, sa résistance, il a de l'estime – et il a de la peine. Une vie à faire des ménages – pour finir où ? « C'est ton frère… j'ai l'impression qu'il tourne mal… », et entendant cela, Samir lui intime l'ordre de se taire, il sait qu'ils pourraient être sur écoute. En tant qu'avocat ayant la charge de dossiers sensibles, il est prudent. Puis, il se ravise, la rassure : « Ne t'inquiète pas, ça va s'arranger, j'essaierai de lui parler », et elle se calme instantanément, s'imagine aussitôt entre ses deux fils, elle est bien, là, lyrique tout à coup : « Je t'attends mon fils, j'ai envie de te voir, tu es si loin, tu me manques tellement. Alors toujours rien ? Pas de fiancée ? » « Non, pas de fiancée, maman, je travaille beaucoup. » « Ça viendra *inch'Allah* et, ah, j'allais oublier, bon anniversaire ! » « Merci, maman, à plus tard. » Il raccroche, se hâte de rentrer chez lui, laisse ses clés au voiturier et, dans le hall de l'immeuble, est soudain pris de nausée. Il se souvient alors de la soirée, de sa femme, du corps moite d'Elisa Hanks, il se souvient surtout de son frère qu'il n'a pas revu depuis deux ans, auquel il ne parle jamais, il se sent mal tout à coup, ça déborde, son corps est secoué de haut-le-cœur, et il se met à vomir par terre, sous les yeux du gardien qui lui demande si ça va. Non, ça ne va pas, il suffoque, se plie en deux, une main posée sur son ventre, respire fort, inspire, expire. Sous ses pieds, le sol souillé exhale une odeur tenace. Puis il se redresse, inspire une bouffée d'air frais, dit que ça va aller, et se dirige vers l'ascenseur d'un pas rapide – sans un regard vers l'employé – en pensant qu'il a vraiment de la chance de ne pas avoir à nettoyer toute cette merde.

9

Le jour où il demande à Nina de contacter Samir, Samuel se rend à son travail comme si rien n'avait troublé leur équilibre, alors qu'il sait ce qu'il risque, il sait ce qu'il a à perdre, mais pendant ces vingt années, il n'y a pas un jour où je n'aie pensé qu'elle ne m'avait choisi que sous la contrainte/le chantage/la menace, et j'ai envie de voir, de savoir, si elle resterait encore aujourd'hui, par choix, par désir, voilà ce qu'il se dit en entrant dans son bureau où l'attend une femme en pleurs, prostrée, recroquevillée sur son siège, sa vie c'est ça, la violence ; sa vie, c'est un local de dix mètres carrés et ces gens qui entrent avec ou sans rendez-vous, qui entrent et disent bonjour mon mari me bat mon fils me bat je n'ai pas mes papiers ma fille est enceinte mon fils est incarcéré qui disent on m'a insultée on m'a violée volée je suis à la rue je vais y être j'ai peur de m'y retrouver qui disent je suis interdit bancaire je n'ai pas de quoi nourrir mes enfants je mange un jour sur deux qui disent je suis seul je suis seule je suis veuve je suis vieux qui disent je n'ai pas d'enfants j'ai dix enfants je vais crever je crève aidez-moi aidez-nous qui crient au secours et à chaque fois il sait comment faire, il a la solution, le contact ; il aime ça être avec eux, les écouter, leur parler, les apaiser, expliquer, téléphoner, se démener, trouver des adresses, des coordonnées, réclamer des aides ; sa vie, c'est les autres ; il aime ça être utile, ça le valorise, ça l'élève, mais ce matin-là, non, sa tête est pleine de Tahar, dégorge de Tahar, il a mal à la tête rien que d'y penser, alors ce jour-là, non, il ne travaille pas, il s'installe dans son bureau, il prend son visage entre ses mains et il attend l'appel de Nina. À la fin de la journée, il n'a toujours eu aucune nouvelle et, quand il rentre, vers 17 heures, il la trouve allongée, en train de lire un magazine. Il s'approche, l'embrasse et lui demande si elle a téléphoné à Samir. Oui, elle l'a fait, mais il n'était pas là, « sa secrétaire a dit qu'il me rappellerait ». « C'est tout ? » « Oui, c'est tout. » « Et qu'est-ce que tu as fait aujourd'hui ? » « Oh, je n'ai pas arrêté. » Mais il comprend, à son regard inquiet, qu'elle a attendu cet appel toute la journée.

10

Nina Roche a appelé. Samir croit avoir rêvé, il doit bien relire trois fois pour se convaincre que non, il ne rêve pas, c'est bien ce nom qui est écrit. Un homonyme ? Il se lève d'un bond, sort de son bureau comme un bolide, fonce droit sur sa secrétaire, veut tout savoir : « À quelle heure a-t-elle appelé ? A-t-elle dit quelque chose de spécial ? » « Non, rien. » Il tremble, va s'évanouir, s'effondrer – émotif.

C'est une blague, ce ne peut pas être elle – impossible. Cela fait vingt ans qu'il n'a pas eu de ses nouvelles. Il retourne dans son bureau, s'assoit, prend sa tête entre ses mains, rit seul. *Je n'arrive pas y croire.* Puis il se persuade que si, c'est bien elle, elle veut le revoir, c'est sûr, vingt ans après, elle regrette, et lui ? Est-ce que j'ai envie de la retrouver après toutes ces années, de la voir avec vingt ans de plus, est-ce qu'elle a changé ? Pourquoi maintenant ? Il tremble, il est troublé, voudrait lui parler tout de suite par curiosité, entendre sa voix et tout à coup se souvient qu'il a menti, ici, il n'est pas Samir Tahar, elle ne doit rien savoir de sa vie, il ne peut pas la revoir – trop risqué.

Comment réagirait-il face à elle, vingt ans après avoir été abandonné ? Il ne la rappelle pas, en meurt d'envie, ne pense qu'à elle et soudain, quand il se rend compte qu'il doit être près d'une heure du matin à Paris, se persuade qu'il doit l'appeler tout de suite ou jamais, c'est trop fort, il n'en peut plus, il ne devrait pas la recontacter, il le sent, le sait, *tu vas pulvériser ta vie, ta vie rangée, calme, structurée.* Pourtant, il dit à sa secrétaire d'une voix qui masque mal son excitation : « Rappelez Nina Roche et passez-la-moi dans mon bureau. »

Il s'installe sur son grand fauteuil en cuir noir, une main posée sur le téléphone, prêt à répondre. Son cœur cogne dans sa cage thoracique et soudain, ça sonne, la voix de sa secrétaire, « je vous passe Mlle Roche », ça y est, c'est elle, il reconnaît sa voix, chaude, rocailleuse, grave, cette voix qui le rendait fou, tout ce qu'il veut, c'est l'entendre : « Je suis désolé d'appeler si tard. Tu ne dors pas au moins ? » « Non, non, pas du tout. Bon anniversaire, je me suis souvenue. » « Après tout ce temps ? » « Je t'ai vu par hasard à la télé, hier et… »

Tu t'es souvenue de moi.

Ils parlent longtemps. De l'autre côté, Samuel écoute la conversation, anxieux, hagard, comprend soudain : ça, c'est suicidaire ; ça, c'est de la folie. Il les écoute discuter, échanger quelques mots, promettre de se revoir, elle joue le jeu, elle le joue bien, elle y met du cœur, de l'énergie, et très vite, ça le déroute, c'est l'angoisse, et d'une rotation de la main il lui fait signe de finir, *abrège*. Elle cligne des paupières, lève la main, *attends*, elle parle encore et elle rit, ce rire franc qui dit la connivence, la joie de se retrouver – l'horreur –, et quelques secondes plus tard, enfin, elle raccroche, *tu as eu ce que tu voulais*. Ils font semblant d'être satisfaits, tu devrais être content, va chercher à boire, faut fêter ça. Mais quand Nina se lève et qu'il la voit en contre-plongée, grande, sculpturale, quand il voit ce corps de déesse, c'est plus fort que lui, il la rattrape par le bras et la tire brutalement vers lui pour l'embrasser, façon de la posséder, de dire : « Tu es à moi. Tu m'appartiens », tant il était persuadé que les conflits se résolvaient par la prise de pouvoir sexuelle. L'agressivité comme ressort érotique. L'hostilité comme combustible du désir. Ils n'avaient trouvé que ça, pour durer. Et elle se laisse faire alors qu'elle devrait le repousser, elle ne réplique rien – cette docilité soudaine, cette forme inattendue de placidité, c'est l'expression la plus terrible du détachement.

11

Il ne s'attendait pas à la retrouver, à la revoir un jour. Cet appel, quel choc, il ne pense plus qu'à ça (la fantasmagorie amoureuse, érotique, que son seul prénom suffit à provoquer) et il aimerait pouvoir lui dire, maintenant : tu m'as tellement manqué, j'ai si souvent pensé à toi, tu comptes encore beaucoup pour moi, je t'ai aimée, j'ai adoré faire l'amour avec toi et tout ce que j'aimerais, c'est être avec toi, elle lui manque tout à coup et, entendant sa voix, il ressent son absence avec intensité. Cette attraction sexuelle naturelle, sans l'effort qu'exige la séduction, sans la ruse, cette passion brute, brutale, il ne l'a connue qu'avec elle. C'est exceptionnel, il le sait maintenant, et ça l'est suffisamment pour qu'il s'acharne, qu'il insiste, *j'aimerais te revoir*. Car il la veut, ne pense qu'à ça, il l'aura à l'usure, elle cédera peut-être par lassitude, peu importe, *j'aimerais vraiment te revoir,* c'est une pensée qui l'obsède, qui occupe son espace mental au point qu'il est assailli de fantasmes, d'images érotiques, il éprouve désormais les pires difficultés à se concentrer sur autre chose – le travail, sa vie de famille, la politique.

Tout m'indiffère.

Le moralisme bourgeois de Ruth. Son souci des conventions. Sa constance presque ennuyeuse, toujours là où on l'attend. Auprès d'elle, il n'a jamais eu le sentiment d'être pleinement lui-même. Il n'a été qu'une représentation parfaite de ses archétypes masculins, avocat compétent, bon père de famille, juif scrupuleux, mari aimant, gendre attentionné – rôles qu'il a toujours remplis avec un zèle suspect comme s'il trouvait quelque jouissance inconsciente à incarner cet homme dont on disait : Il a tout, et dont elle-même pouvait dire : C'est un homme parfait. Mais il pouvait bien inventer sa biographie, ce ne serait jamais la sienne. Il s'était composé un personnage comme un auteur crée son double narratif. Alors qu'avec Nina, retour aux sources, à la version originale, à l'essentiel, à son orientalisme – cette spontanéité qui lui manquait et qu'il ne retrouvait que lors de ses brèves visites chez sa mère.

Dès le lendemain, il lui envoie des messages suggestifs, il est explicite, il a envie d'elle, il n'a jamais désiré qu'elle et il va le lui prouver : il arrive à Paris le lundi suivant par l'avion de 8 h 10. Les messages de Samir, Nina ne les montre pas à Samuel, elle les efface ; ça la trouble, elle le sait. Il est entreprenant, insistant, et alors ? Nina appartient à cette catégorie de filles passives, réservées, qui trouvent dans le retrait une forme d'amplificateur du désir ; s'il la veut, qu'il vienne la chercher, qu'il vienne la prendre. Alors seulement il lui pose la question qui l'obsède : *est-ce qu'il y a quelqu'un dans ta vie ?*

Quand il entend le prénom « Samuel », il a l'impression que tout se désagrège autour de lui ; il se découvre fragile, fragilisé, et pour un homme qui a fait de son sens de la maîtrise, de sa virilité, sa force, c'est une souffrance et la preuve qu'il n'a pas réglé ses comptes avec cette histoire. Il perd, il le sent, s'enfonce. Il avait oublié cette sensation atroce de vaciller, de ne plus contrôler ses émotions, ces tentatives vaines et désespérées de se raisonner, il comprend très vite que c'est fini, c'est trop tard, il est retombé – et bien profond. « Tu es restée avec lui ? » – il le dit sur un ton ironique alors que ça le déchire, et elle réplique : « Oui, oui, ça t'étonne ? » Il hésite : « Non, pas vraiment. Tu devrais être béatifiée maintenant. » Il entend son rire au bout du fil et ça le rend fou. « Vous avez des enfants ? » « Non. » Ça le soulage. Si elle avait eu des enfants, il n'aurait peut-être pas tant insisté pour la revoir. D'une manière générale, il évitait d'avoir des liaisons avec des femmes qui avaient des enfants, la maternité les rendait moins disponibles, elles ne se donnaient jamais vraiment, comme si une part d'elles-mêmes restait accrochée à l'enfant (certaines allant même jusqu'à porter le parfum de leur enfant, ces eaux de Cologne un peu fades qui les désérotisaient). Et puis, il n'aurait pas supporté l'idée de rencontrer un jour les enfants que Nina aurait eus avec Samuel en pensant : c'est avec moi qu'elle aurait dû les faire.

Il veut savoir si Samuel est au courant de son appel. *Oui, oui, il était avec moi quand tu es passé à la télé.* (Il pense avec contentement : alors il m'a *vu*.)

C'est le moment qu'elle choisit pour lui dire qu'elle a lu son portrait dans le *Times*. Au bout du fil, le silence. Elle sait. Il lui répond aussitôt qu'il préférerait lui en parler de vive voix. « Parce que tu penses que je veux te revoir ? » demande-t-elle. Il laisse s'écouler quelques secondes puis d'une voix maîtrisée, il réplique : « Bien sûr que tu veux me revoir, et moi aussi je le veux. »

12

Dans l'avion, Samir s'installe, pose ses écouteurs, hésite entre un film des frères Coen avec l'acteur américain Josh Brolin[1] : *No Country for Old Men* ; et un autre, du réalisateur français Éric Rochant[2] : *Un monde sans pitié*, choisit le second ; mais rien à faire, il ne pense qu'à elle, au moment où il va la retrouver. Il préférerait ne pas avoir à lui parler, il voudrait qu'elle soit là, à l'attendre devant le panneau des arrivées, il la prendrait dans ses bras, l'embrasserait et l'entraînerait dans l'hôtel le plus proche pour lui faire l'amour – pourquoi être compliqué ? Mais à l'aéroport, il ne trouve personne d'autre que le chauffeur

---

1. L'acteur américain Josh Brolin a joué dans une trentaine de films. À un journaliste français qui lui demandait s'il n'avait jamais envisagé d'abandonner le cinéma, il avait répondu : « Les gens me disaient : *le succès est imminent !* Au bout de dix ans, je répondais : *Oh ! Ta gueule !* »

2. Cinéaste doué, ambitieux et inspiré, Éric Rochant écrit dans une correspondance privée : « Notre monde est celui de l'évaluation. L'échec est terrible mais le succès est ignoble. »

un peu teigneux que l'hôtel lui a envoyé, un petit type chauve[1] qui serre entre ses mains une pancarte sur laquelle on peut lire son nom en lettres capitales : SAM TAHAR.

---

1. Alfredo Dos Santos, 45 ans, était chauffeur depuis dix ans. Il menait deux vies bien distinctes, l'une, en France, l'autre au Portugal.

DEUXIÈME PARTIE

1

Sa réussite, c'est elle, regarde-la, si magnétique dans sa robe en dentelle noire, ses longs cheveux lâchés qui balaient ses épaules légèrement dénudées, elle est ce qu'il a obtenu de mieux dans la vie et c'est bien que Samir sache, qu'il voie : vingt ans après, elle est toujours avec lui, aussi belle, quel spectacle, mate un peu. Même sans moyens, elle a su préserver sa beauté – as de la débrouille. Chaque jour, à l'ouverture ou à l'heure du déjeuner quand les magasins sont bondés, pris d'assaut par les touristes, quand les vendeuses trop parfumées papillonnent entre les rayons en agitant de fines lamelles de papier blanc odorant, Nina se rend dans une grande enseigne de parfumerie et utilise les testeurs mis à disposition : crèmes antirides, contour de l'œil, sérum, fond de teint, fard à paupières, parfums – elle sélectionne les produits les plus chers, demande des échantillons, prétexte qu'elle veut les essayer avant d'acheter, et ainsi, pendant toutes ces années, sans rien débourser, elle avait pris soin de sa peau et avait porté les fragrances les plus précieuses. Pour ses cheveux, elle se rendait régulièrement dans une école de coiffure où des élèves testaient sur elle les dernières tendances. Parfois, elle allait chez les coiffeurs africains près de la porte de la Chapelle et se faisait tresser les cheveux pour quelques euros – une longue natte brillante qu'elle portait sur la tête comme une couronne et qui lui donnait un air princier.

Samir leur a donné rendez-vous au Bristol, il a appelé Nina dès qu'il est arrivé et elle l'a prévenu : elle viendra, oui, mais avec Samuel. *Pas de problème.*

Ils prennent le bus, puis le RER, on ne remarque qu'eux, on les siffle – *Vous allez au Festival de Cannes ?* Ils rient. Nina marche difficilement, juchée sur des talons aiguilles de dix centimètres, se cramponne à Samuel, se tient droite, *il faut qu'on te remarque. Tu devrais toujours te coiffer comme ça,* plus d'une heure pour lisser sa chevelure, puis chez la manucure, rouge, rouge bordeaux, s'est maquillée seule, légèrement, veut faire son âge, pas plus, pas pute. Il la serre contre lui et pense : C'est ma femme. La possessivité pathologique, il en est là. Il y a quelque chose de puéril et d'un peu pathétique dans sa façon de restaurer sa confiance en arborant Nina comme un trophée, il n'a rien trouvé de mieux pour résister à la tentation du déclin – sa place dans la société, c'est elle qui la détermine, c'est à elle qu'il la doit. Sans elle, il n'est rien, s'en est persuadé au fil des années passées ensemble, si elle part, je meurs, si elle part, je me tue, il le sait, le dit, prend pourtant le risque de la perdre, l'expose, joue avec le feu, la teste, kamikaze.

Quand ils arrivent rue du Faubourg-Saint-Honoré, il est encore tôt, Nina propose de marcher un peu, il préfère faire les magasins, entrer, regarder, sortir sans rien acheter, pour le plaisir d'être accueilli, respecté, d'être vu avec elle, et il lui demande d'essayer une robe au décolleté vertigineux dans une boutique de luxe ; il lui apporte lui-même les vêtements jusqu'à la cabine d'essayage sous le regard complice de la vendeuse[1], il lui dit : Ça ira, et quand elle s'éloigne, il entre dans la cabine, Nina se met à crier, elle est en dessous, tu es fou, quelqu'un pourrait nous voir et justement c'est ce qu'il veut : être vu. Il tire le rideau et l'embrasse. « Tu es fou. » « Oui, je suis fou de toi. »

---

1. Kadi Diallo, 34 ans. Fille d'un diplomate africain, elle avait été mannequin chez Dior avant de s'investir dans une mission humanitaire au Soudan. Après trois années, elle était revenue en France où elle avait trouvé ce poste de vendeuse à temps partiel. Elle ambitionnait de prendre la direction de la boutique.

2

Samir n'a pas le trac à la télévision, au tribunal, avec les femmes, les puissants, les juges – ce n'est pas un émotif et des années de plaidoiries, d'arbitrages, l'ont définitivement aguerri –, mais à la simple idée de revoir Nina, oui, le trac, il l'a ; accélération cardiaque, tremblements, finirait presque par bégayer, pas son genre. Ses moyens, il les perd. Son assurance ? Son arrogance ? Bridées. Il tremble, il tremble vraiment, tâte son poignet pour prendre son pouls, ça bat, ça claque ; même la veine bleutée qui serpente le long de son avant-bras tressaille, mauvais sang, se détaille dans le miroir comme il ferait un inventaire, se change trois quatre fois – chemise trop cintrée, col mal repassé, couleur trop sombre –, commande un whisky, patiente dans sa chambre, allume/éteint la télé, s'assoit/se lève, finalement saisit son ordinateur et tape les noms de Samuel et Nina sur les moteurs de recherche. À part une inscription sur les réseaux sociaux, il n'y a rien et ça le rassure. Leurs comptes ne sont pas protégés, en quelques clics, il accède à leurs photos, il y en a une dizaine, pas plus, mais il voit l'amour/l'entente/le contentement de soi, et ça le révulse. Nina, toujours aussi belle, rien n'a changé, et Samuel à côté, dans son ombre. D'un coup sec, il referme son ordinateur. Les voir ensemble, il ne le supportera pas, et il n'est plus très sûr d'avoir envie de descendre au bar de l'hôtel, il passe quelques coups de fil, espérant les chasser de son esprit et, cinq minutes avant l'heure du rendez-vous, se décide enfin à descendre – la confrontation, c'est maintenant. Il sort, claque la porte de sa chambre de manière brutale. (*Calme-toi.*) Marche vite. Mais dans le couloir qui mène à l'ascenseur, il aperçoit une femme de dos qui ressemble à Nina et il est encore plus ému[1].

---

1. Cette femme, c'est Maria Milosz, et sa vie mérite plus qu'une note de bas de page.

3

Ils le voient tout de suite. *C'est lui, regarde là-bas, au fond* – le teint hâlé, les cheveux cosmétiqués à mort, assis sur le canapé de velours, son téléphone à la main, un journal posé devant lui. Ils sont en retard, ils le savent, prennent leur temps. Ils s'avancent et ils sentent son trouble, Samir les regarde aussi, en un instant juge (Nina, encore plus belle que sur les photos, encore plus impressionnante qu'il y a vingt ans, incroyable ; Samuel a changé, vieilli, et il pense : je suis mieux que lui), ils sont debout ; lui, enfoncé dans le tissu souple, ça l'abaisse, le voilà réduit au néant, à ras de terre, il n'a pas su la garder – cette femme, c'est l'échec de sa vie –, regarde-nous, elle t'a quitté pour moi, regarde-nous et souffre. C'est ce qu'il fait et ça le déchire, son cœur fait des roulés-boulés, cache mal les trépidations de son corps qu'on dirait télécommandé par un dément, un enfant, un sadique, va se crasher ou quoi ? Il pourrait s'effondrer, le temps n'a pas mitigé le désir, tout son corps vacille, exsude, il a aimé/vécu/possédé pourtant, et là tremble, tremblement de terre, se fissure, se disloque, il a imaginé un geste d'affection, un trait d'humour, un peu d'émotion, bonsoir, tu as changé, oui/non, une gorgée de vin, un sourire, un battement de cils, rien qui dérange, rien qui ébranle l'édifice intérieur, la confiance en soi/l'assurance/ l'arrogance, il a imaginé des retrouvailles sans chaleur, une pensée apaisante, sans conflit, sans tourment, la joie de se revoir après toutes ces années, un peu de nostalgie, pour la forme, il n'a pas envisagé cette panique qui a commencé à l'envahir dans la chambre. Il aurait dû se méfier, rester cloîtré, se protéger, ça explose à l'intérieur, il est ravagé, en charpie, respire, respire fort, éclate, ça le déglingue, tend une main vibratile, moite, qui dit l'angoisse mieux que les mots et quand Samuel la repousse pour l'étreindre, le prendre dans ses bras avec affection – alors qu'il le hait –, avec complicité – alors qu'ils sont ennemis, le sont depuis que Nina est entrée dans le jeu –, il a cette idée puérile : un jour, je la reprendrai.

Ils s'assoient. L'épreuve de les voir ensemble, amoureux, souriants, l'épreuve de s'asseoir en face d'eux, de les voir se caresser, s'enlacer. L'épreuve d'écouter le récit de leur réussite personnelle, sociale. L'épreuve de la sentir près de lui et de ne pas pouvoir la toucher. L'épreuve d'être au milieu d'une foule, dans le bar d'un hôtel, assis, corseté, convenable, quand il aimerait être seul avec elle dans une chambre. L'épreuve de penser au chaos qu'est devenue sa vie intime quand leur bonheur s'exhibe devant lui comme une pute qu'il n'a pas les moyens de s'offrir.

Samir détaille/scrute/traque la faute de goût et là, tout à coup, il comprend. Sur les codes sociaux, il n'a plus rien à apprendre. Il *voit* et il *sait*. C'est quoi ce costume mal coupé et beaucoup trop grand dans lequel Samuel flotte comme un épouvantail ? C'est quoi ces chaussures en faux cuir ? Et cette semelle en plastique sur laquelle est encore collée l'étiquette avec le prix ? Samuel a peut-être de l'argent, il a peut-être réussi mais c'est un plouc. Ça brille, c'est clinquant, sans raffinement, sans finesse. Et il le toise maintenant – comparons-nous. Ça ressemble à ça la confrontation, à l'heure de l'affichage des indicateurs sociaux, le duel, deux hommes qui convoitent la même femme, des regards qui se jugent, se jaugent, se croisent et analysent, disculpent les pensées intimes, ça ressemble à la lutte, au combat. Quelle tension ! Et elle au milieu, qui la suscite par sa seule présence – la tension sexuelle –, elle est quelque part et tout s'électrise. C'est rare un tel phénomène, ce n'est pas seulement la beauté, des filles belles, il y a en a plein dans ce bar d'hôtel, des corps parfaits moulés dans des robes à quatre mille dollars, des filles aux traits sculptés dont la beauté coruscante emporte tout, mais une femme qui capte la lumière avec autant d'intensité, une femme dont tu perçois le potentiel érotique malgré la distance qu'elle instaure, un périmètre de sécurité, *tiens-toi à bonne distance de moi*, tu peux toujours chercher, pas une seule. Non qu'elle soit particulièrement secrète ou réservée mais elle semble retenir quelque chose, elle s'est verrouillée, et l'homme qui la voit n'a qu'une envie : dévoiler ce qu'elle cache. Une fille pareille, dans un lit, ça donne quoi ? Est-ce qu'elle se renferme davantage ? Est-ce qu'elle se lâche ? Samir le sait – c'est explosif. Tu y vas comme un démineur, surprotégé, tendu, concentré, sans être sûr d'en revenir indemne. Tu y vas et tu découvres qu'une fille comme elle, tu ne parviendras jamais vraiment à la posséder, à t'en faire aimer.

Samir est surpris, il ne s'attendait pas à ça, la présence offensive de Samuel, son désir de contrôle, cette exhibition malsaine, il est là, avec elle, regarde-nous, veut le faire savoir, et pour un homme comme Samir, habitué à être au centre de toutes les attentions, c'est insupportable. C'est insupportable de se dire qu'elle a préféré rester avec ce minable : il ne sait pas s'habiller, il parle fort, ses ongles sont sales, ses mains, calleuses, il n'est même pas parfumé, alors il opte pour le discours social et ça y est, ça démarre, Nina parle beaucoup et avec les mains, commande un verre de vin. Elle ne dit pas qu'elle travaille comme mannequin pour Carrefour mais « dans la mode ». Non, ils n'ont pas encore d'enfants ; bien sûr, ils en veulent. Samir raconte sa vie aux États-Unis, enjolive, sa réussite/sa carrière/son fric, ça monte en Samuel, son fric, son fric qui s'affiche partout : sa montre hors de prix, ses souliers au cuir rigide, son costume sur mesure et jusqu'à la façon corruptive qu'il a de héler le serveur d'un revers de la main puis de multiplier les demandes : changer de place (« celle-là est trop bruyante »), goûter un nouveau vin (« celui-là ne me plaît pas »), réclamer un verre propre (« regardez bien, il y a une trace là, non ? »). « Tu n'es jamais satisfait ? » plaisante Samuel. « Je suis exigeant, ce n'est pas pareil. » Samir goûte le verre de vin que lui tend une nouvelle fois le serveur : « Cette fois, c'est parfait, merci. » Nina porte son verre à ses lèvres :

— Parle-nous de ta vie à New York…

— Excitante. Épuisante.

Samuel le regarde fixement et avec ironie ajoute :

— Paul Morand disait : *New York brise les nerfs. Un Européen n'y peut vivre que quelques mois.*

— Il n'avait pas tort !

Ils lèvent leurs verres, trinquent à leur rencontre.

— Alors ? demande Samir en regardant Samuel, son verre à la main, tu es devenu écrivain, *finalement* ? J'ai cherché sur Internet et je n'ai rien trouvé.

Il a de la technique. La réactivité agressive, c'est son domaine. Et Samuel répond qu'il s'est « lancé dans les affaires ». Les affaires, tu parles, les affaires sociales, les problèmes de quartier, ça ne fait pas de lui un leader économique, il le sait et élude, n'en dit pas plus, mais Samir insiste.

— Tu as renoncé à l'écriture ?

— Non, j'écris toujours.

— Mais tu n'as pas été publié ?

— Non.

— Pourtant, il y a tellement de livres qui paraissent chaque année, incroyable, on dirait que tout le monde écrit et que c'est devenu…

— Facile ? Non, ça ne l'est pas… Pour moi, ça ne l'est pas.

Nina s'interpose :

— Il écrit, mais il n'envoie plus rien aux éditeurs.

— Effectivement, dans ce cas, on peut dire que tu réduis tes chances !

— Moi aussi j'ai tapé ton nom sur les moteurs de recherche. À Samir, on ne te trouve pas…

132

Samir rit :

— C'est une erreur, mon nom a été mal orthographié une fois et cela a été repris partout. Tout le monde m'appelle Sam…

— Ou Samuel…

— Parfois…

Il y a une certaine tension entre eux, c'est palpable. Et Samuel demande enfin :

— Tu t'es converti au judaïsme ?

— Ça ne va pas ? Il y a eu un malentendu parce que ma femme est juive.

— Tu aurais pu, je ne vois pas où est le problème…

— Ma femme est juive, c'est tout.

— Tu sais, j'ai lu un grand portrait de toi dans le *Times*.

Nina soupire, Samir la regarde, gêné. Il cherche quoi ? À le déstabiliser ?

— Il faut que je t'explique…

— Tu n'as rien à expliquer, tu as utilisé des éléments de ma vie pour construire ta biographie ! Tu as pillé mon histoire personnelle pour nourrir la tienne ! C'est complètement fou ! Comment as-tu pu faire une chose pareille ?

— Tu voulais quoi ? Que je te demande une autorisation ? Tu ne connais pas les journalistes, ils veulent tout savoir, je leur ai donné ce qu'ils avaient envie d'entendre… C'est pour ça que tu as voulu me voir ?

— Répondre à une question par une autre question, c'est très juif, ça…

— Qu'est-ce que tu veux que je te dise ? Que j'ai fait cela sciemment ? Eh bien, non ! Je n'avais pas envie de parler de ma vie, c'est tout.

— Et vingt ans après, la seule chose dont tu te souviennes, c'est mon histoire ?

— Après tout, peut-être qu'elle m'a marqué...

Nina intervient enfin.

— Arrêtez maintenant, ça devient ridicule. Samir vient de te dire qu'il n'a pas voulu te porter préjudice, crois-le, c'est tout.

Aussitôt, Samuel se lève, prétexte un appel urgent, et disparaît. C'est son plan et il le met à exécution. Les voilà seuls. Ils ne se parlent pas. Ils se regardent. La langue a perdu le pouvoir, quelle défaite. Samir ne peut pas détourner ses yeux de son visage, de son corps, il aimerait pouvoir dire : J'ai envie de toi je t'aime je ne peux pas rester comme ça à te regarder sans te toucher il faut que je te touche laisse-moi te caresser je te désire viens suis-moi. Mais au lieu de ça, il dit : Je suis heureux de te revoir.

— C'est étrange de se retrouver après toutes ces années, non ?

— Je n'emploierais pas ce mot-là. Je dirais que c'est fort, puissant, déstabilisant.

Elle sourit, il ressent le désir de poser sa main sur son visage, sur ses jambes. Cette robe décolletée, elle l'a mise pour l'exciter, non ? Mais il ne fait rien, arrive encore à se contenir – bien sanglé, lien social serré.

— Samuel est toujours aussi... nerveux...

— Je crois qu'il l'était un peu à l'idée de te revoir.

— Moi aussi, je le suis... à l'idée d'être avec toi...

Nina a du mal à dissimuler sa gêne, boit un peu de vin.

— Comment est-ce que tu as pris la décision de t'installer là-bas ? Tu as changé radicalement de vie...

— Tu devrais le savoir ! Je suis parti pour fuir, non ?

Elle le regarde, mal à l'aise.

— Si tu ne m'avais pas quitté, peut-être que je serais encore ici à Paris.

Elle rit :

— Quand je vois ce que tu es devenu, je me dis que c'était une bonne décision…

Un rictus déforme le visage de Samir. Il s'emporte tout à coup.

— Qu'est-ce que tu en sais ? De quoi tu parles ? Tu ne comprends rien ! J'ai failli devenir fou !

Il prononce ces mots avec une telle violence qu'elle a un mouvement de recul.

— J'en parle maintenant avec une certaine distance mais sur le moment, crois-moi, c'était l'horreur. De loin, la pire épreuve que j'ai eue à traverser. Il m'a fallu des années pour m'en remettre. Une simple rupture… c'est incroyable, non ? Toi, rien ne t'affecte.

Elle ne répond pas, détourne son regard, le fixe sur Samuel au loin. Il fait semblant d'être au téléphone, s'agite un peu, veut qu'on le remarque, passe une main dans ses cheveux, ses paupières clignent vite.

— Comment va-t-il maintenant ?

Il la renvoie au drame, à la faiblesse psychologique de Samuel, il la met face à ses choix, ses erreurs, et elle répond simplement : « Bien, il va bien » alors qu'il n'a jamais été aussi mal, aussi aigri, aussi désespéré, alors qu'il se lève chaque matin en répétant qu'il n'est qu'un raté et qu'il se couche chaque soir en criant qu'il n'en peut plus, bien, il va bien, va s'effondrer un jour sous les reproches qu'il s'adresse à

135

lui-même, il ne supporte pas ce qu'il est devenu, cet homme veule et sans ambitions, ce compagnon médiocre, bien, il se réveille avec des douleurs lombaires et s'endort avec des douleurs à l'estomac, bien, il n'a pas eu d'enfant que pourrait-il lui offrir, bien, il est suivi par un psychiatre depuis deux ans, bien, il se sent vieux, il se sent vieillir, il est fragile, il a un peu honte de le reconnaître, bien ou mal quelle importance, et ça ne compte plus pour elle maintenant qu'elle est face à Samir qui ne la quitte pas des yeux, fait exprès, la trouble/la chauffe, sent qu'elle est gênée, insiste : « Tu es toujours aussi belle » et il la voit, ils la voient, elle croise et décroise ses jambes, serre ses poings contre son ventre, et c'est le moment que Samir choisit pour lui dire : « Tu m'as tellement manqué. » Elle saisit nerveusement son verre, détourne les yeux. Il parle toujours, d'une voix hypnotique : « Je n'ai jamais pu faire le deuil de notre histoire. » Elle ne réplique rien. Il parle, les yeux fixés sur elle : « Je n'ai jamais retrouvé, avec aucune autre femme, cette complicité qui était la nôtre. Je veux que tu le saches : jamais. » Et ils restent un long moment, immobiles, à se regarder.

Quand Samuel revient, la note est payée. Samir leur propose de dîner avec lui, il a pris l'initiative de réserver une table pour trois dans le restaurant de l'hôtel, il insiste, vous êtes mes invités. « Je dois partir, répond Samuel, un problème à régler au travail », puis se tournant vers Nina, il dit : « Mais reste, Nina, je vous rejoindrai plus tard. » Une réponse pareille, Samir n'aurait même pas pu en rêver, il avait imaginé qu'il ne la lâcherait pas une minute comme un père son enfant de peur de le perdre. « Oui, reste, Nina, cela me ferait tellement plaisir. » Nina se sent abandonnée. Samuel l'expose, l'offre, et ça la révulse. À cet instant, et contrairement à ce qu'ils ont prévu, elle répond qu'elle va rentrer, « non, je suis fatiguée, une autre fois peut-être ». Samuel la regarde, il lui en veut, elle sent qu'il lui en veut. En agissant ainsi, en se retirant du jeu dès les premières passes, elle l'empêche du même coup de la mettre à l'épreuve, de tester sa résistance. Elle dit non, et c'est fini. Il ne se doute pas que ce refus attisera le désir de Samir qui, dès le lendemain matin, la rappellera : *Je veux te revoir, je n'ai pas cessé de penser à toi, je n'ai pas fermé l'œil de la nuit, tu me manques, tu me manques trop.*

Sur le chemin du retour, dans les longs couloirs du RER, Samuel marche vite, Nina avance péniblement, il parle fort, elle se met à pleurer, *c'est ça, pleure,* pleure sur ce que tu as perdu, mais il se trompe, c'est sur eux qu'elle pleure, sur ce qu'elle est en train de perdre, là, maintenant. Son rimmel coule en traînées noirâtres sur sa peau pâle, les larmes glissent entre ses lèvres. *Tu pleures à cause de lui, ça t'a remuée de le revoir, avoue-le, tu es toute tremblante, ça t'a fait quelque chose, tu ne peux pas le nier, ça crevait les yeux que tu avais envie de rester avec lui,* elle ne répond pas, c'est elle cette petite chose molle et sans volonté ? *Tu as vu dans quel état tu t'es mise ? Regarde-toi !* Ils montent dans le premier train, s'assoient à l'écart. Le wagon est presque vide. Nina voit son reflet à travers la vitre du RER, elle ne se reconnaît pas et pense : voilà ce qu'il a fait de moi. Ce que le mécanisme sacrificiel a produit. Est-ce que

c'est la peur de vieillir qui la tourmente à ce point ?
Non, c'est la défection. Pendant toutes ces années,
elle attendait quelqu'un, quelque chose, mais personne n'est venu la sauver et rien ne s'est produit.
Une fille pareille aurait dû vivre mille vies. Elle
énonce mentalement ses dons, ses aptitudes, ce que
la nature lui a donné, ce qu'elle a acquis par l'éducation, le travail, la persévérance, la séduction, et elle
dresse son constat : Voilà, j'ai raté ma chance.

Pendant le trajet, ils n'échangent pas un seul mot
et même après, dans la rue, ils marchent sans se parler,
se toucher. Samuel la devance de plusieurs mètres, et
elle a peur tout à coup qu'il la sème, elle est en robe,
en talons aiguilles, elle lui hurle de l'attendre mais il
accélère le pas. Alors elle retire ses escarpins, marche
pieds nus sur le sol crasseux, au risque de s'entailler
la peau, quelle importance, elle court derrière lui
comme une chienne, en pleurant, on dirait qu'elle
jappe, il se sent fort devant elle, il se sent puissant, et
même quand ils rentrent et qu'ils se couchent, il lui
montre qui mène le jeu, il la repousse, il refuse ses
caresses, n'écoute pas ce qu'elle dit, il est fatigué, las.
*Laisse-moi tranquille ! Tu n'as rien compris ! C'était
pourtant facile ! Tu lui parles, tu le séduis, on ne te
demande pas de l'épouser ! On ne te demande pas de
te le faire !* – Il ne dit pas « je » – *On ne te demande
pas de te vendre ! Tu le manipules, c'est tout, les
femmes savent faire ça, non ? Surtout toi…*

4

Tout ce que Samir retient de cette entrevue avec Nina, c'est son refus de rester dîner avec lui – cette forme d'humiliation publique, il ne la supporte pas. Il avait attendu ce moment – et pour obtenir quoi ? La confirmation de ce qu'il pressentait : elle n'était pas plus libre qu'avant. Pourquoi l'avait-elle rappelé ? Dans quel but ? À quoi jouent les femmes quand elles dominent ? Il avait du mal à respirer, comme une rémanence de sa douleur passée, et il s'en voulait d'avoir insisté pour la revoir, d'avoir cru un instant qu'il pourrait reprendre le cours de leur histoire sans souffrir alors qu'il s'en souvenait parfaitement maintenant : il avait souffert comme une bête. Et il se revoit dans les toilettes de la faculté, le corps plié au-dessus de la cuvette des toilettes, crachant une bile verdâtre, tout mon corps est infecté, pensait-il alors, infecté par cet amour. Il se revoit dans sa minuscule chambre avec ces filles qu'il séduisait n'importe où, pour le seul plaisir de les prendre, espérant ainsi l'oublier pendant quelques instants. Et il se revoit enfin chez sa mère avec la jeune étudiante musulmane qu'elle lui avait demandé de rencontrer, « pour me faire plaisir, avait-elle dit, *inch'Allah*, elle va te plaire », il se revoit face à elle, essayant vainement de lui trouver du charme, il s'était donné du mal pour oublier Nina, la questionnant longuement, l'invitant même au restaurant sous la pression de sa mère, une fois, une seule fois. Aucun désir.

Dans sa chambre d'hôtel, Samir essaie de se calmer, se déshabille, prend une douche, un verre, et décide de se rendre à son rendez-vous. Il porte un costume noir, une chemise blanche ornée de minuscules boutons irisés, une paire de souliers neufs. Avec ses cheveux gominés, la chaîne en or que lui a donnée sa mère pour ses treize ans et qu'il a toujours autour du cou comme un talisman, il ressemble à un de ces petits maquereaux chic et bien peignés, trop parfumés – cette allure, ces effluves capiteux, ça l'érotise, les femmes aiment ça, il en est sûr, cette virilité tape-à-l'œil, mate un peu, qui promet l'ordre et la débauche, la brutalité et la tendresse – et il ouvre même un peu sa chemise pour qu'on voie son torse piqué de poils bruns, sa peau mate, il se montre, se révèle. Il n'est pas venu à Paris spécialement pour Nina ou pour sa mère. Il n'est pas là non plus pour rencontrer Pierre Lévy. Non, il est à Paris pour une soirée qu'il aime particulièrement. Environ une fois par an, ou tous les deux ans quand il n'a pas l'occasion de voyager, il participe à une soirée très privée organisée par le célèbre chausseur Berluti. Depuis son mariage avec Ruth, parrainé par un ami de la famille, il est membre du Club Swann, du nom du personnage de Marcel Proust, Charles Swann. Quelques dizaines de clients privilégiés comme lui – des hommes qui n'hésitent pas à acquérir la vingtaine de modèles uniques édités par la marque chaque année – se réunissent dans des lieux d'exception : à Venise, à bord de gondoles spécialement aménagées pour accueillir ces dandys modernes, à Paris, dans les hôtels les plus luxueux de la capitale, ou ailleurs. Dans le taxi qui l'emmène vers l'hôtel où a lieu la soirée, il ferme les boutons de sa chemise et ajuste son nœud papillon. Quand il descend du véhicule, il est interpellé par un mendiant qu'il chasse d'un mouvement de la main, *je n'ai rien sur moi, je suis pressé, désolé*. Il se précipite dans l'hôtel où il est attendu ; ils sont déjà tous là, fidèles au rendez-vous, des hommes de tous âges, vêtus de costumes sur mesure, de smokings. Tous portent aux pieds leurs souliers Berluti. Les plus beaux modèles. Une grande table a été dressée sur laquelle trônent d'immenses chandeliers en argent surmontés de bougies où vacillent de longues flammes, un bouquet de roses blanches, ainsi que des boîtes de cirage et des petits carrés de lin gris. Des bouteilles de Dom Pérignon reposent dans des seaux à champagne disposés à plusieurs endroits de la table. La lune enfin, ronde et pleine, se détache dans l'obscurité, *c'est le moment !* Les bouchons de champagne sautent. La maîtresse des lieux annonce que la cérémonie peut commencer. Une légère excitation se fait sentir. Les hommes trinquent, trempent leurs lèvres dans des verres en cristal qu'ils reposent aussi vite, et les voilà qui retirent leurs souliers, les posent sur la table, saisissent les boîtes de cirage multicolore, les petits carrés de lin vénitien, une matière noble et douce que Samir ne peut pas s'empêcher de caresser entre ses doigts, puis, lentement, avec des gestes attentionnés, précis, massent le cuir. Vient le moment qu'ils attendent tous : le glaçage des souliers au Dom Pérignon. « C'est ça, la véritable impertinence », dit la maîtresse des lieux. Et ils rient, d'un rire de connivence. Le cuir patiné brille comme une lame. « Le champagne fige les cires », explique un invité à Samir, et longuement, comme s'il s'agissait pour lui de faire durer ce plaisir, Samir lustre ses souliers tandis qu'un autre rappelle à l'assemblée que les tsars et les grands officiers russes avaient instauré cette tradition exceptionnelle. Quand le rituel est terminé, ils échangent quelques mots, leurs cartes de visite, comparent leurs souliers, promettent de se revoir. *À l'année prochaine !* Il est près d'une heure du matin quand Samir quitte l'hôtel avec le sentiment d'avoir vécu encore un moment exceptionnel. Il s'enfonce dans la nuit noire, en quête d'un taxi. Il a rendez-vous dans une boîte de la capitale située près des Champs-Élysées avec deux de ses anciens amis de la cité, des types qui ont réussi dans le textile, l'argent coule à flots. Ils ne savent pas qu'il vit à New York. Il dit qu'il travaille dans la finance à Londres. Ils se retrouvent autour d'une table en plexiglas noir placée devant la piste de danse, un seau à champagne attire des pétasses blondes/brunes/rousses. Des filles[1] nues s'enroulent autour de rampes lumineuses dont l'irradiation irise leurs corps minces, musclés par des ondulations mécaniques, chaque soir, le même mouvement du bassin,

---

1. Charlène et Nadia, 23 et 25 ans. La première rêvait de devenir danseuse classique. La seconde avait longtemps été professeur d'aérobic avant d'être embauchée dans ce club sur l'insistance de son compagnon, Bruno Benchimol dit BB. À ses parents, elle avait dit qu'elle travaillait « dans l'événementiel ».

les mêmes torsions censées exciter les clients, politique de la direction, faut qu'ils aient chaud, qu'ils aient soif, qu'ils consomment. Des stroboscopes balaient la salle au rythme d'une musique électronique de plus en plus forte, c'est grisant, et Samir se sent bien au milieu de ces gens qu'il ne connaît pas, un étranger parmi d'autres, aucune identité à décliner, noyé dans la foule anonyme, il peut séduire une fille et lui dire qu'il s'appelle Samir, il peut l'embrasser/la caresser/lui servir du champagne/lui proposer un peu de coke et l'entraîner aux toilettes pour la baiser, c'est ce qu'il fait au bout d'une heure avec une fille dont il ne mémorisera même pas le prénom (appelons-la X[1]), ça ne dure que quelques minutes, ça lui coûte trois cents euros (trois billets de cent qu'il lui glisse en partant dans le soutien-gorge dont pend l'étiquette H&M) mais après, c'est bon, il est détendu, apaisé, il peut rentrer et appeler sa femme sur le chemin du retour, il est vingt heures à New York, les enfants s'apprêtent à se mettre au lit, *vous me manquez... vous avez dîné ? Vous avez bien fait vos devoirs ? Comment vas-tu ma chérie ? Oui papa vous embrasse, oui papa vous aime.*

---

1. X s'appelait en réalité Mouna Cesar. Fille d'ouvriers métallurgistes, elle s'inventait des origines aristocratiques.

5

L'échec de la première rencontre, la déception, *on l'a idéalisé, non ?* – la conclusion de Nina –, et pour Samuel, c'est une victoire. C'est une victoire de se dire qu'avec tout « son fric, son assurance, sa condescendance », il n'a pas su les impressionner – et la séduire. C'est une victoire de découvrir qu'elle tient autant à lui, et dans cette révélation se dévoile peu à peu l'objectif qu'il s'était fixé consciemment ou non : déterminer si, placée face au même dilemme qu'il y a vingt ans, elle allait rester avec lui par choix et non plus sous la menace. La voilà qui énonce ses défauts comme si elle en dressait l'inventaire – et qui cherche-t-elle à convaincre ? « Il est arrogant, prétentieux, narcissique, superficiel. Il a réussi et veut que cela se sache. » Et elle conclut : « Tout ce que je déteste. » Cet étalage de fric, ils répètent que ça les dégoûte, c'est vulgaire, c'est ostentatoire. Cette pureté revendiquée… cette incorruptibilité… ce qu'elles recèlent de frustration ! Ils se mentent. Intégrité factice. Illusoire.

Nina ne confie pas à Samuel qu'elle a reçu plusieurs messages de Samir, ça tombe en rafales, il
cherche à l'atteindre, la vise au cœur. Elle avoue simplement en avoir lu un dans lequel il lui dit qu'il veut
la revoir – et la revoir seule. Samuel comprend mais
« Vas-y, il n'y a aucun problème, si ça te fait plaisir ».

— Pas vraiment… je n'avais rien à lui dire…

— Vois-le.

— Tu me demandes de le voir seule ?

— Oui, et alors ? Je ne crains rien, si ?

— Tu ne me demandes pas si, moi, j'ai envie de
lui parler ?

— Tu en as envie, ça se voit.

— Pas particulièrement.

— En es-tu sûre ?

— Quelle importance ?

— Aucune.

Est-ce qu'il a vraiment confiance ? Est-ce qu'il la
teste ? Il dit : *Vas-y !* Et elle y va.

6

Depuis son arrivée à Paris, Samir a déjà reçu plusieurs appels de Pierre Lévy, il veut le voir, insiste,
lui demande de passer au cabinet dans la matinée :
Est-ce que tu as le temps de déjeuner ? De dîner ?
Non, pas vraiment. Il ne peut pas dire : Je dois voir
ma mère, je veux passer du temps avec elle. Il ne sait
pas s'il peut parler de Nina, pas encore ; invente des
prétextes : des rendez-vous d'affaires, un bilan car-
diologique, une visite à un ami malade, et Pierre finit
par l'interrompre, réplique qu'il comprend alors
qu'au fond, ça le blesse. Ça le blesse de constater que
Samir n'a pas de temps à lui accorder ; ça le désole
de déceler une telle distorsion entre ses propres sentiments, entre ses initiatives pour les révéler et l'indifférence glaciale de Samir. « Est-ce que tu as quelque
chose à me reprocher ? Est-ce que j'ai fait quelque
chose de mal ? J'ai l'impression que tu m'évites… »
Il a longtemps eu un comportement paternaliste avec
lui mais, avec le temps, il a appris à équilibrer leurs
rapports sans se départir de son affection initiale,
affection démonstrative qui a pu écraser Samir à ses
débuts. Il ne se cherchait pas un père. Il en avait eu

un qu'il avait aimé, merci, un père faible mais digne, pauvre mais intègre. Et cette fois, il n'a pas appelé Pierre pour lui donner ses horaires de vol. D'habitude, c'est Pierre qui vient le chercher à l'aéroport et c'est souvent chez lui qu'il dort quand il est de passage à Paris, il possède un grand appartement place de Mexico dans le XVIe arrondissement, il y vit seul, il n'a jamais été marié, jamais vécu en couple. Samir ne lui connaît que quelques aventures avec des filles qu'il rencontre dans des clubs, des mannequins généralement, venus de l'Est, il aime les blondes glaciales, et c'est devenu un sujet de blague entre eux : « Pourquoi tu n'ouvres pas une succursale à Minsk ? » « Parce que je ne veux pas m'endormir avec la photo de Loukachenko au-dessus de ma tête. » Alors non, il ne comprend pas pourquoi cette fois il ne lui a pas dit à quelle heure il arrivait ni pourquoi il a réservé une chambre au Bristol : « Tu n'es pas bien chez moi ? » – cette distance nouvelle, ça l'attriste, pourtant il ne réplique rien. « Passe dans la matinée, quand tu veux, je serai au cabinet. » Et Samir finit par y aller en se persuadant qu'il doit lui parler de Nina. En chemin, il a pris soin d'acheter de grandes boîtes de chocolats et de macarons pour ses collaborateurs. Il arrive vers dix heures, aussitôt accueilli par Pierre, chaleureux, exubérant, qui l'étreint et l'embrasse. « Ah tu es venu ! Uniquement parce que j'ai insisté ! Est-ce que tu veux prendre un café dehors ? » « Non, restons là, c'est mieux. » Ils s'installent dans le grand bureau de Pierre, cet espace vitré où, dix-sept ans plus tôt, il avait passé son entretien d'embauche. Il se sent mal à l'aise dans cette pièce. Il a le sentiment que tout s'est joué ici, entre le bureau et la chaise, tout s'est joué en quelques échanges, un malentendu qui a engagé toute sa vie.

— Qu'est-ce que tu es venu faire à Paris de si urgent et de si accaparant que tu n'as même pas le temps de déjeuner avec moi ?

Samir sourit sans répondre – un rictus de connivence.

— Je vois... Comment est-elle ?

— Brune, très belle.

— Elle doit l'être pour que tu fasses huit heures d'avion et que tu n'aies pas un déjeuner à consacrer à ton meilleur ami. Et ça fait combien de temps ?

— Il ne s'est encore rien passé...

— Tu te fais le chantre de l'amour platonique ? Tu as bien changé, Sami. Tu fais New York-Paris pour baiser une femme ?

Samir rit.

— Ce n'est pas n'importe quelle femme.

— Au vu du prix d'un vol New York-Paris aller-retour en classe affaires, je te crois... Parle-moi d'elle...

— C'est une fille que j'ai aimée quand j'avais vingt ans.

Pierre se met à rire.

— Ah, en vingt ans, elle a dû changer... attends-toi à ne pas la reconnaître...

— Non, je l'ai vue, hier... Plus belle même qu'il y a vingt ans.

— Elle est mariée ?

— Elle vit avec un de mes anciens amis...

— Tu as le sens de l'amitié, de la loyauté... ça promet...

— Je suis complètement fou d'elle.

— Eh bien, profites-en, ça ne durera pas…

— Tu es tellement cynique…

— Non, non ! Juste réaliste… Voilà pourquoi je n'ai jamais voulu me marier…

Pierre se lève, ferme légèrement les stores. Des filets de lumière traversent les interstices entre les lamelles métalliques et viennent se fragmenter en éclats iridescents.

— Au fait… Merci pour le cadeau d'anniversaire, dit Samir.

— Tu as aimé ? Ta femme nous a suggéré de verser de l'argent sur une liste qu'elle a déposée chez Ralph Lauren. Tu es sûr que ta femme te connaît, Sami ? Je ne t'ai jamais vu en Ralph Lauren ! Tes enfants, oui, mais toi… Est-ce qu'elle sait seulement que tu as le même tailleur que le président des États-Unis ? Putain, Sami, des costumes à vingt mille dollars…

— Trente-cinq mille…

— Pour un seul costume…

— Oui, mais quel costume ! Taillé à mes mesures dans le tissu le plus souple que j'aie jamais touché ! Tu connais la blague ? La seule chose que partagent les démocrates et les républicains, c'est le tailleur.

— Je te revois avec ton petit costume gris à rayures tennis le jour de ton entretien d'embauche…

Et ça repart, rémanence psychotique de cette matinée où il est devenu *quelqu'un d'autre*. Et ça relance le processus expiatoire : pourquoi a-t-il menti ? Justement à cause de cet adjectif qu'il a en horreur : « petit ». Il vivait dans un *petit* appartement, avec sa *petite* mère qui rêvait pour lui d'une « *petite* femme gentille », des *petits* moyens, il portait un *petit* costume – lui, voyait grand.

— Tu en as fait du chemin... Mais l'apothéose, ça a vraiment été ton anniversaire... Je n'ai jamais vu de ma vie une fête pareille, et pourtant, tu sais que j'ai été invité partout. Ta femme nous a bluffés... Où est-ce qu'elle est allée chercher toutes ces idées ?

— Elle a engagé la plus grosse entreprise d'événementiel des États-Unis...

— Elle a même fait venir des animaux ! Elle a fait ouvrir les cages du zoo de New York ?

— L'éléphant était un vieil acteur mourant, c'était un peu pathétique !

— Et moi, j'arrive avec mon livre sous le bras ! Pourtant, tu n'imagines pas ce que j'ai dû faire pour le trouver...

— Je sais, c'est une édition rare, j'ai adoré. Tu as soudoyé les types de Christie's ?

— J'ai séduit la responsable du département livres précieux... Je ne comprends pas comment un homme qui aime autant les textes politiques n'a pas fini par s'engager.

— Aux États-Unis... ça me semble difficile...

— En tant que juif, tu aurais sûrement plus de chances qu'en France.

Le coup. Le coup de poignard dans son identité lézardée. Chaque fois, il a l'impression qu'on lui parle d'un autre homme.

— Faudrait que j'y songe, tu as raison...

— Ton beau-père aurait les moyens de t'aider.

— Berg ? Oh, il est déjà tellement occupé avec lui-même...

Ils rient et soudain, quelqu'un frappe à la porte. « Entrez. » Un homme apparaît – la petite trentaine, pas très grand, avec un léger embonpoint et, ce que remarque immédiatement Samir, de type maghrébin. Il a la peau mate et des cheveux noir de jais, épais et frisés qui bombent son crâne comme un casque. Son visage est rond, un peu adolescent. Il porte un costume classique dans les tons de gris, une chemise blanche et une cravate bordeaux dont il a tellement serré le nœud qu'il paraît engoncé. « Je suis désolé, je ne savais pas que vous étiez en rendez-vous. » « Mais non, Sofiane, entrez, au contraire, je vais vous présenter Sami, notre associé américain. » L'homme s'avance, jovial, tend une main ferme à Samir. « Sami, je te présente Sofiane Boubekri, notre nouveau collaborateur. Il est arrivé dans notre cabinet il y a trois mois maintenant. » « Enchanté. » (Il faudrait pouvoir faire un gros plan sur le regard de Samir au moment où cet homme entre dans son champ de vision. Il y a de l'étonnement, de la curiosité et une forme de dédain, un dédain qui ne trahirait pas un sentiment de supériorité, mais qui dirait au contraire la jalousie et l'envie – sans aucune nuance, sans aucune distanciation.) Samir a chaud, il transpire. Il aimerait comprendre ce que ce type fait ici, à la place qui aurait dû être la sienne, dans le bureau qu'on lui avait assigné, sous son identité de naissance, il le déteste à l'instant où il le voit et Sofiane Boubekri le sent sans doute puisqu'il précise aussitôt qu'il doit les laisser : « Je repasserai plus tard. Je suis ravi de vous avoir rencontré. » Dès qu'il a tourné les talons et claqué la porte, Pierre demande à Samir comment il le trouve.

— Terne.

— Terne ? Je ne comprends pas…

— Sur quels critères as-tu embauché ce type ? Il est ordinaire…

— Ordinaire ? Il vient de chez Braun et Vidal ! Il a fait ses études à Assas et a passé un an à Cambridge, il est très drôle, très pertinent, il n'a rien d'ordinaire… Sur quoi tu te bases pour dire une chose pareille ?

— Je ne sais pas… c'est l'impression qu'il me donne, c'est tout.

Pierre se met à rire.

— Tu le trouves terne… Devine avec qui il est marié ?

Samir paraît excédé tout à coup.

— Comment veux-tu que je le sache ? Je ne connais pas ce type…

— Tu te souviens de Gaëlle, la superbe avocate qu'on avait embauchée il y a trois ans ?

Samir hausse les épaules.

— Mais si, tu t'en souviens, tu l'avais même draguée, et elle avait refusé de dîner avec toi… une fille rousse, pas très grande, très jolie…

— Oui, bon et alors…

— Eh bien, il est marié avec elle et ils viennent d'avoir un petit garçon qu'ils ont appelé Djibril.

— Avec un prénom pareil, il a toutes les chances de s'intégrer en France.

— Qu'est-ce que tu as, Sami ? Quelque chose te gêne chez Sofiane ?

— Non… j'aurais bien aimé en être informé, c'est tout…

— Mais tu exerces à New York, tu passes ici une fois par an, et encore… je n'allais pas te soumettre son CV ! Et puis, tu peux me faire confiance, non ?

Si je te dis qu'il est très bien, que c'est un excellent avocat… Tu veux que je te dise ? Meilleur que toi et moi en procédure pure…

— Que toi, peut-être. Que moi, c'est moins sûr… Il vient d'où ?

— Comment ça, il vient d'où ? Je te l'ai dit, il a étudié à Assas…

— À Assas, vraiment ? Il a dû se prendre des coups avec les brutes du GUD…

— Va au bout de ton idée… tu veux dire : en tant qu'Arabe ? Je ne sais pas, il ne m'en a pas parlé… mais moi, je peux te le dire, à mon époque, je me suis retrouvé le crâne en sang plus d'une fois, je ne me suis jamais laissé faire… J'étais président de la section des Étudiants juifs de France… le nombre de fois où l'on s'est battus contre ces fachos… Tu n'as jamais été militant ?

— Si, à l'Unef-ID, mais je me suis vite retiré, je n'ai jamais eu l'instinct grégaire…

— Moi non plus, tu ne peux pas me le reprocher.

— Parce que tu as embauché un Arabe ?

— Visiblement, tu as un problème avec ça…

— Je n'ai aucun problème.

— Tu arrives au cabinet souriant et en pleine forme, tu vois Sofiane, tu apprends qu'il a été embauché, et tout à coup, tu parais contrarié…

— Je ne suis pas contrarié, je m'étonne, c'est tout…

— Écoute, je vois un peu où tu veux en venir et je ne sais pas si j'ai envie d'aller sur ce terrain-là avec toi… C'est un Arabe, oui et alors ? Il parle arabe couramment, il a des clients à Dubaï, à Londres et…

— Donc tu l'as embauché parce qu'il présente un intérêt pour la boîte...

— Je ne te comprends pas, là ! Oui, j'embauche tous mes collaborateurs pour qu'ils apportent une plus-value à la boîte ! Tous les employeurs font ça, non ?

S'emportant, Pierre renverse son café sur les feuilles posées sur son bureau. *Et merde !* Samir se lève, l'aide à nettoyer le bureau constellé de taches noirâtres qui se répandent partout. « C'est bon, laisse... Je pense qu'il vaut mieux que tu ailles à ton rendez-vous. » Sur ces mots, Samir prend son manteau, reste debout quelques secondes, observant Pierre, ne sachant ce qu'il doit faire, puis finit par s'éloigner en murmurant qu'il est désolé. *Vraiment* désolé.

7

Le soir même, Samir a donné rendez-vous à Nina dans un grand restaurant parisien abrité sous l'alcôve d'un hôtel particulier donnant sur un jardin verdoyant, c'est beau, c'est chic, ça pourrait l'impressionner, pense-t-il, ce minimalisme bourgeois, cette sobriété organisée, planifiée, cette quiétude suscitée par l'entre-soi et qu'il a découverte si tard, au contact de sa femme essentiellement, qui n'a jamais connu d'autre monde. Il a demandé au concierge de l'hôtel de lui réserver une petite table à l'écart, il est arrivé en avance et a du mal à cacher son trouble quand il voit Nina surgir dans la salle du restaurant, les épaules légèrement rentrées vers l'intérieur dans une posture de défense, vêtue d'une petite robe rouge décolletée qui laisse deviner sa poitrine opulente. Elle entre, il ne voit qu'elle et les regards que les autres portent sur elle. Il se lève pour l'embrasser, maintient quelques secondes ses lèvres collées contre sa joue, à quelques centimètres de sa bouche tout en la tenant par le bras, pour sentir sa peau à travers le tissu, elle l'excite, tout en elle l'excite, jusqu'à son parfum, mélange de mandarine, d'encens et de bois de cèdre, et il a du mal à s'éloigner d'elle, c'est physique, il peut toujours reculer, lâcher son bras, son regard, ça se voit qu'il a envie d'elle, qu'il est déstabilisé ; ça se voit qu'il a envie de la toucher, de la garder contre lui et de la prendre. Ils s'assoient côte à côte, serrés l'un contre l'autre, avec vue sur la salle, le va-et-vient des serveurs. Nina n'a jamais été invitée dans un endroit aussi élégant, goûté des plats aussi fins, elle est tendue, nouée, il le perçoit et ça lui plaît. Il fait semblant d'être étonné, alors que c'est son quotidien. C'est son quotidien d'être servi, choyé, épaté. Il entre et on l'installe à la meilleure table. Il n'a encore rien demandé et une serveuse lui apporte une coupe du champagne qu'il préfère, il pose une question sur la carte et le chef lui-même se déplace pour le saluer. Son autorité est *désormais* naturelle. Et il a acquis autre chose à force de mimétisme, au contact d'une femme fortunée dont le moindre désir a été exaucé : cette fausse simplicité des gens qui ont tout. On est ensemble, on se parle, je suis un homme normal, un homme accessible, ça t'étonne, te séduit, mais non, observe-moi bien, dans les détails, ma façon de me tenir, d'articuler les mots, tu ne perçois pas la distance ? L'extraordinaire suffisance que confère une place sociale privilégiée. Samir est là, au centre du dispositif, aux manettes. Et Nina se sent minable tout à coup dans la petite robe rouge qu'on lui a prêtée et qu'elle a montrée à Samuel avec une excitation sincère. Elle a l'impression que son parfum – une copie d'une eau de toilette Prada qu'elle a achetée aux puces de Saint-Ouen et non en parfumerie parce qu'elle n'en a plus les moyens – est *trop* capiteux. Elle

156

cache sous la table les escarpins qu'elle a dénichés dans une brocante de peur qu'il ne les aperçoive. Tu dupes qui avec ta panoplie bon marché ? Personne, et surtout pas un homme comme lui, capable de repérer une marque d'un seul coup d'œil. Du cuir ? Non, du plastique. Du satin ? Non, du polyester, tu sues là-dedans, c'est allergène, et ça gratte jusqu'au sang. Du cachemire ? Non, de l'acrylique, ça bouloche, ça capte toutes les odeurs corporelles. Ça crève les yeux le manque de fric, de goût, et ça lui plaît davantage : cette distance sociale, ça crée le rapport de force, c'est érotique. Dans ce restaurant, il la domine, tu devines qui a le pouvoir, qui a l'argent, mais dans une chambre, dans un lit, c'est elle qui aura tout pouvoir sur lui, cette autorité que la société lui dénie, cette maîtrise qu'elle n'a pas dans ce lieu où ne lui est attribuée aucune influence, aucune place sinon celle que sa proximité avec Samir a bien pu lui concéder. Elle se sent mal, mal à l'aise, et tout à coup, elle avoue : « Samir, je t'ai menti, je ne suis pas celle que tu crois. Je ne travaille pas vraiment dans la mode et Samuel n'est pas chef d'entreprise… je préfère que tu le saches tout de suite. » « Je le sais. » Il le dit avec arrogance mais il ne précise pas comment il l'a su. Il ne peut pas lui dire : à votre allure, vos vêtements, votre façon d'entrer dans un hôtel, de fuir le regard des serveurs et, surtout, détail flagrant, à vos chaussures : toi, juchée sur des escarpins aux talons élimés qui te donnent une démarche bancale, des chaussures à bout carré alors que la mode est au bout pointu ; lui, les pieds coincés dans des chaussures trop grandes, découpées dans un cuir bon marché, aux semelles qui crissent quand il marche – *et putain*, songe-t-il, *la première chose à faire quand tu achètes une paire de pompes dans un magasin bas de gamme, c'est au moins de retirer l'étiquette avec le prix !* Il n'ose pas lui demander ce qu'ils font/sont vraiment et c'est elle qui lui dit spontanément : « Samuel est éducateur social à Clichy-sous-Bois. Quant à moi, je travaille bien dans la mode, je suis bien mannequin, mais pour les catalogues de grandes enseignes populaires. Quand les commerciaux de Carrefour préparent leurs promotions d'été ou d'hiver, ils font appel à moi. Dans le catalogue, à la page consacrée aux barbecues, au beaujolais nouveau, à la foire aux cochonnailles ou aux affaires scolaires, dans le rôle de la parfaite mère de famille, c'est moi qu'ils réclament ! Et pourtant, je n'ai même pas d'enfants ! » Elle dit ça sur un ton ironique, elle s'humilie, et ça le touche. « Il faudrait vraiment que je pense à me procurer ce catalogue, tu dois être particulièrement excitante, une tête de cochon à la main. » Et elle rit.

Après le restaurant, il l'invite à prendre un dernier verre au bar de son hôtel, il a bon espoir de la faire monter dans sa chambre, il est à bout de résistance. Ils sont assis face à face cette fois, ils boivent une tequila. Il la regarde et il y va : *Tu m'excites, tu m'excites trop*, mais elle lui demande aussitôt de lui parler de sa femme, c'est bon, il a compris – et il se ferme. Il n'a pas envie d'évoquer l'existence de Ruth, de ses enfants, il est seul et libre à Paris, il a envie de Nina : *Monte avec moi*. Ce n'est pas une proposition ni une requête, c'est un ordre ; il aimerait qu'elle lui obéisse, *viens*, qu'elle se laisse faire, *viens !* mais elle se cabre, se braque, non, c'est non, n'insiste pas ou je m'en vais, n'insiste pas ou tu ne me reverras plus. *Alors dis que tu n'as pas envie de moi, dis-le et j'arrête.* Ils se regardent un long moment avec une intensité qui ranime les souvenirs. *Dis-le, et j'arrête.*

Tu ne comprends pas ? J'ai peur.

8

Il est près de vingt-trois heures quand elle rentre, les cheveux chiffonnés, un peu éméchée, Samuel est réveillé, il l'attend, le visage fermé comme un poing, debout devant la bibliothèque, une main sur la taille : on dirait qu'il va tomber. Il fume nerveusement. Dans le cendrier, des dizaines de mégots s'entassent et une odeur de nicotine flotte dans l'atmosphère. Nina ne dit pas un mot, se dirige vers la fenêtre qu'elle ouvre en grand. Un vent froid brasse les volutes, assainit l'air. « Alors, il t'a baisée ? » demande Samuel tandis que Nina referme la fenêtre. Il est brutal, excessif, manichéen, avec lui, c'est blanc ou noir, vrai ou faux, bien ou mal, bon ou mauvais, il n'a jamais pu avoir une vision contrastée de la société, ce manque d'ambiguïté, ça désespère – obéir à ce désir de probité, c'est ridicule, *tu vas me quitter tu vas me quitter dis-le-moi tu vas me quitter tu vas le rejoindre, c'est ça, dis-le*, faut l'imaginer : cigarette aux lèvres, bouteille de bière à la main, le corps arc-bouté vers l'avant.

Je suis un minable...

Je suis un raté...

Je n'ai même pas su te donner un enfant…
La trilogie exterminatrice.

Ça y est, tu l'as revu, ça te remue, ça t'épate, il a réussi, ça t'excite ! Tu veux que je te dise ? J'ai fait tout ça pour te tester et tu es comme lui ! Une opportuniste ! Une arriviste ! Vous êtes les purs produits d'une société corrompue jusqu'à l'os ! Réussir… Réussir… cet idéal social hallucinatoire ! Cette ambition grotesque ! Tu y as été soumise comme les autres ! Mais moi… je n'ai jamais été des vôtres ! Moi j'ai été élevé par des gens pour qui la réussite n'avait aucune valeur, qui avaient placé la foi, l'étude et l'amour du prochain au-dessus de tout, des gens qui n'ont jamais été attachés aux biens matériels, et tu aurais voulu quoi ? Que je passe dans l'autre camp par mes seuls mérites, avec l'éducation que mes parents m'ont transmise ? Mais pour passer dans l'autre camp, il faut prouver qu'on en est capable, c'est un rite initiatique, il faut mordre après avoir été mordu, trahir après avoir été trahi, être brutal après avoir été brutalisé, c'est social, c'est politique, ne prends pas cet air étonné, c'est une lutte, c'est un combat ; pour passer dans l'autre camp, il faut avoir de la chance, du pouvoir, de l'argent, ou les trois, il ne faut pas attendre qu'une place te soit donnée, il faut la prendre de force, avec ta tête, tes mains, avec ton cul – je te choque ? Oui, si on veut vraiment réussir, on ne devrait pas hésiter à l'offrir –, cette place, il faut la prendre à quelqu'un d'autre et quelle importance s'il se sent volé, trahi, blessé, quelle importance puisque à son tour – sois-en sûre – il prendra la place d'un autre – sois-en certaine – qui prendra la place d'un autre par goût de la réussite, du pouvoir, de l'argent, j'ai cru qu'on pouvait, j'ai cru que je pourrais m'imposer sans calcul, sans ruse, c'est aussi absurde, c'est aussi irréaliste que d'affirmer qu'on peut dépecer un homme sans se salir les mains, aussi utopique que de croire qu'on peut mener une guerre sans tuer des civils... si tu veux faire la guerre, il faut tuer... et il faut aimer ça ; si tu veux gagner un territoire, il faut le conquérir, assassiner ceux qui l'occupent, ne pas avoir peur de les buter, les uns après les autres, bang ! bang ! Il faut les éliminer, tu comprends ? Mais moi je suis resté ce soldat qui n'a jamais eu le courage de déserter ni la force de tirer, je suis resté un guetteur, replié sur ses bases arrière, j'ai passé ma vie sur le bas-côté à m'indigner des horreurs de la guerre sociale, à gémir, bien au chaud sous ma couverture pelée, et tu voudrais que j'en tire une gloire personnelle ? Tu parles, je n'en tire que de la honte ! De la honte ! Du ressentiment ! De la jalousie ! De l'aigreur ! Oui, je suis devenu un homme jaloux, un homme méchant, un raté, je suis ce que la société produit de pire ! Un parasite ! Je vais te le dire ! Je ne suis rien !

Il ment. Il en tire une gloire personnelle. Être un *loser*, être perçu comme tel par la société, c'est une victoire sur le système, les compromissions, la corruption, c'est la preuve qu'on n'a pas cédé à l'ambition, à l'argent, l'assurance d'être resté un homme bien, un homme vrai, proche du peuple et des préoccupations sociales : trouver un logement décent, un travail, nourrir ses gosses, rembourser ses crédits, et pas un de ces bobos qui écrivent des tribunes dans les plus grands quotidiens pour défendre les droits des immigrés clandestins mais inscrivent leurs enfants dans des écoles ultraprivées où l'on n'entre pas sans être parrainé par un plus puissant que soi, sans brandir sa déclaration fiscale, des établissements sélectifs où, *Dieu merci*, leur progéniture ne côtoiera pas *des fils d'immigrés, des fils de concierges*, qui font *baisser le niveau* et pénalisent la scolarité de leurs enfants précoces, gâtés, bien au chaud entre eux, et lui veut être un loser magnifique, écrivain méconnu, raté social – un pur concentré de violence, croit-il. Contrairement à ce qu'il dit à Nina, il tire une grande fierté (une forme d'arrogance même, un sentiment de supériorité) d'avoir *résisté* – c'est le mot qu'il emploie, lui qui n'a même pas mené une guerre sociale – alors que (c'est lui qui l'affirme) Tahar est devenu le symbole de tout ce que la société produit de pire, un avocat lisse, aseptisé, quand lui veut être un écrivain du désordre, quitte à ne pas être publié, quitte à ne pas être lu.

Les codes sociaux, il n'a jamais su s'y plier, il prenait sa mine dégoûtée, il était contre, il se rêvait en homme libre alors qu'il n'y avait pas un être plus attaché à sa compagne, à son confort, que lui ; il se voyait en homme révolté qui croit qu'il crache sur le système clanique, le capitalisme alors que c'est sur lui qu'il crache. C'est lui qu'il disqualifie, qu'il élimine ! Carton rouge ! Il se met hors jeu. Après ça, faut pas pleurer, alors qu'il le sent, ça vient, comme une rivière qui débâcle, les larmes montent et bientôt ça déborde, *tu chiales comme un gosse, tu me fais pitié ; c'est toi qui m'as demandé de le rappeler, c'est ton idée !* Disant cela, Nina ne bouge pas, ne le console pas et il s'enfonce, lentement, comme un corps entraîné dans les profondeurs d'une eau trouble par des chaînes de plomb cadenassées à ses chevilles.

Le retour de Samir a contaminé leur vie, ils sont malades, commencent à regretter, sans oser l'avouer, de l'avoir recontacté, de l'avoir revu. Il est fort de sa réussite, de sa position sociale, quand eux n'ont rien.

— Je ne veux pas continuer à le voir. Arrêtons tout.

— Pas question.

— Pourquoi tu fais ça ? Tu vas tout détruire.

— Peut-être.

Alors c'est plus fort qu'elle, la voilà qui s'élance vers lui, et l'embrasse, elle pleure, elle est ébranlée, mais il la repousse.

— Je veux un enfant.

— Non.

— Je veux rester ici avec toi !

— Non.

— Je t'aime, je vais avoir quarante ans, je veux un enfant, c'est maintenant ou jamais.

— Jamais.

Entendant ces mots, elle se dirige vers la salle de bains et n'en sort qu'une heure plus tard, métamorphosée, outrageusement maquillée.

Je sors.

L'agressivité dans le regard, cette violence sociale qui vous pollue, vous contamine, on ne voit que ça quand Samuel demande à Nina si elle va le rejoindre à l'hôtel, il a bu, il a beaucoup bu, *où tu vas sapée comme ça ? Tu retournes le voir ? C'est ça, salope.* Il

164

est assis sur le canapé du salon, un sofa aux couleurs délavées qu'il a déniché chez Ikea, dans le coin des affaires, il fume, la cendre tombe sur le lin taché, le troue, *fais attention*, non, tire encore sur sa cigarette, *j'en ai rien à foutre*. Des volutes bleutées opacifient son visage aux traits creusés, Nina ne le reconnaît plus, c'est lui cet homme dont une heure plus tôt elle voulait un enfant ? Elle dit qu'elle n'a pas besoin de lui, elle n'a plus peur et quand elle s'apprête à sortir de l'appartement, elle l'entend crier : *Tu vas le rejoindre ? C'est ça, casse-toi !* Et c'est ce qu'elle fait : elle se casse.

Dans le RER, des jeunes[1] parlent fort, elle a posé un casque sur ses oreilles pour ne plus les entendre. Samuel peut bien l'appeler trois quatre fois sur son portable, comme ça, pour savoir où elle est, où elle va, *pourquoi tu me fais ça ?* Elle ne répond pas.

Elle arrive rue du Faubourg-Saint-Honoré, entre dans le hall de l'hôtel, bonjour madame, pas très à l'aise, trace vers les toilettes ; devant un grand miroir, se remaquille, yeux surlignés de gris, lèvres carminées, lâche ses cheveux, se parfume et sort. Ça embaume, les effluves imprègnent l'atmosphère, tous les regards convergent vers elle, c'est comme ça, elle a l'habitude,

---

1. Kamel, Léon et Dylan, élèves de 6e5 au collège de Sevran. Le jour de la rentrée scolaire, à la question : Quel métier voulez-vous faire plus tard ? Kamel avait répondu : « Président de la République », Léon avait dit : « Fabricant de jeux vidéo », et Dylan avait annoncé qu'il souhaitait « être le plus grand braqueur de tous les temps ». Tout le monde avait ri.

hommes, femmes, enfants – attire tout le monde. Enfin, elle se dirige vers la réception et demande à parler à M. Tahar. *Un instant, je vous prie.* Et le réceptionniste s'éloigne, s'approche d'un homme qui semble être son supérieur, lui glisse quelques mots à l'oreille.

Il me prend pour une pute.

Il me prend pour une pute.

Il me prend pour une pute.

Un sourire. Rester calme. Attendre. Soudain, l'homme revient sur ses pas, compose devant elle le numéro de Samir, annonce qu'une jeune femme est en bas, qui souhaite parler à M. Tahar. Il lui tend le combiné. Au bout du fil, elle reconnaît la voix de Samir : *Qui est à l'appareil ?* (alors qu'il sait que c'est elle, il l'attendait) et elle dit simplement ces mots : « Je suis là. » Puis elle entend son souffle dans le combiné. Enfin sa voix qui ordonne : « Monte. Suite 503[1]. »

---

1. La suite 503 a souvent abrité des liaisons adultères – notamment une passion, restée secrète, entre une célèbre actrice française et un homme politique français (dont la seule ambition personnelle était d'avoir une liaison avec cette grande comédienne dans la suite 503).

9

Samuel l'appelle dix, quinze fois, elle ne répond pas sur son portable, qu'est-ce qu'elle fait ? Qu'est-ce que j'ai fait ? Et là ça vient, ça monte, il se dit qu'il est devenu fou de l'avoir laissée partir, regrette, appelle encore, hurle, quelle FOLIE, qu'est-ce qui m'a pris, comment ai-je pu croire que (ma capacité à DÉTRUIRE) je saurais la RETENIR, je n'ai pas su la garder, je suis un MALADE, un NUL, une MERDE, voilà ce que je suis, mérite de CREVER, ne mérite pas une fille pareille, elle m'a laissé, cette SALOPE, cette PUTE, alors que j'ai tout fait pour elle, je l'ai toujours écoutée, j'ai été là quand elle était MAL, avec elle je n'ai fait que SOUFFRIR, avec elle, je n'ai pas su évoluer, avoir CONFIANCE, elle a POURRI ma vie, et pourquoi ? Pour finir par retourner avec LUI, ce MINABLE,

cette LARVE,

c'est trop tard,

c'est trop tard,

TROP TARD,

tu l'as perdue

Comment ai-je pu croire que je la GARDERAIS ? Je n'ai jamais su la POSSÉDER autrement que par la menace, autrement que par la FORCE, forcément une fille aussi BELLE, elle est TROP bien pour toi, TROP belle pour toi, tu n'as rien fait pour l'AIDER, la METTRE EN AVANT, l'aider à RÉUSSIR,

RÉUSSIR

RÉUSSIR

Ce qui était IMPORTANT pour elle (crois-tu) : être connue/reconnue/aimée/valorisée/vue dans la presse/aimée pour ce qu'elle représentait, pour sa BEAUTÉ, tu n'as rien fait pour la rendre HEUREUSE, et regarde-la aujourd'hui,

TERNE,

TRISTE,

AFFLIGÉE,

AIGRIE,

AMÈRE,

Attends,

Attends un peu,

elle

va

te

TRAHIR

Elle te trahit en ce moment même, elle est avec lui, dans son lit, il la prend pendant que tu te morfonds, elle ne reviendra PAS, elle ne reviendra JAMAIS car jamais tu n'as été à la hauteur avec elle, tu ne la retiendras que par la PITIÉ, parce que tu n'as rien à lui offrir, c'est fini, c'est FINI, tu l'as

PERDUE

10

« Entre. » Nina se tient devant Samir, elle occupe l'espace, on ne voit qu'elle, sa beauté sidère, il la tire vers lui, l'embrasse sans lui parler, en gardant les yeux fermés, il s'approche et respire sa peau, son parfum, glisse son visage dans son cou, inspirant/expirant, enivré d'elle, fiévreux tout à coup, brûlant de la déshabiller et de voir enfin sa chair, ce corps absolument parfait où tout semble à sa place, façonné pour susciter le désir, pour l'amour, et Samir sent qu'il ne pourra pas prendre le temps de la séduire, de l'amadouer, il ne va pas essayer de l'attendrir, d'amollir ses réticences, elle est là pour *ça*, il ne passe pas par cette phase sociale inutile, inoffensive, il ne lui demande pas de s'asseoir pour discuter, ne commande pas à boire, ne la sonde pas, il ne veut pas savoir pourquoi elle est venue ni comment, il n'a pas l'intention de l'écouter, pas tout de suite, ça viendra, mais pour le moment il veut la toucher, la sentir et la prendre, c'est tout ce qui compte, qui a du sens pour lui, cette intimité dont les années les ont privés, cette familiarité des corps, elle va dire quelque chose pourtant, et il pose un doigt sur ses lèvres, *Chut, tais-toi, viens*, elle le laisse glisser le long de son menton, de son cou, la naissance de sa poitrine. « Samir, je… » Elle le nomme et c'est une libération pour lui qui vit sous une autre identité depuis tellement d'années, c'est une reconnaissance, qu'est-ce que ça réveille en lui, quel désir ? « Répète, dis mon nom, dis-le. » *Samir, Samir.* Il l'embrasse, prend son visage entre ses mains, effleure sa chevelure, enfonce sa langue dans sa bouche, et ça y est, ça reprend, il est rempli d'elle, fou d'elle, lentement, la tire vers le lit, sur lui, *dis mon nom*, la déshabille, reste un moment à la regarder – la subjugation, une étape qu'avec elle il est sûr de passer. Il peut tenter de ruser, de ne pas se focaliser sur son apparence, mais rien à faire, sa beauté est au centre du dispositif, on ne peut pas la contourner, l'éviter, il sait qu'il devra composer avec ce sentiment d'affolement qui le saisit quand il la voit nue et il se maîtrise, ou fait semblant, la contemple/l'effleure et ne la prend qu'au moment où il est sûr de lui, au moment où il est certain de ne pas perdre le contrôle. L'intensité de l'instant, il est en elle, avec elle, c'est puissant, et quand elle est allongée, les cheveux collés à son visage par la sueur, les yeux fermés, plongée dans un demi-sommeil, il se lève enfin et commande du champagne, du vin, plusieurs plats.

Nous sommes ensemble.

Le questionnement et les révélations, ça vient plus tard, après le dîner. Ils sont allongés sur le lit, l'un contre l'autre. *Je veux que tu me dises la vérité.* Ce n'est pas une demande, c'est un ordre, et quelque chose claque en lui : il va parler. Elle veut savoir pourquoi il a emprunté l'identité et certains éléments de la biographie de Samuel pour construire sa nouvelle vie. Si ses proches connaissent la vérité. S'il a pensé aux conséquences. « Tu n'as sans doute pas imaginé que tu aurais un jour un portrait dans le *Times*… » Oui, c'est ça, elle a vu juste – jamais il n'aurait imaginé avoir une telle carrière, connaître une telle fulgurance. « D'où je viens, on évolue rarement, et on finit par crever dans le trou où l'on a grandi. » Il a revu quelquefois ses anciens amis. La plupart sont au chômage ou végètent dans des postes subalternes. Ils ont des gosses, des problèmes d'argent, des appartements trop petits, des vêtements qui ont été portés par d'autres, ils ne partent pas en vacances, attendent la fin du mois comme le messie, rêvent de changer de voiture, de télé, de vie. Certains ont mal tourné. Il ne regrette pas ce qu'il a fait. D'accord, il a menti ; oui, il a trahi. Mais dans le but ultime de faire quelque chose de sa vie quand on ne lui proposait/promettait rien. « Tu veux savoir pourquoi je me suis réinventé ? Tu veux le savoir ? » Elle ne répond pas, le regarde, *quelle importance* – tétanisée –, *quelle importance puisque je t'aime*. Il se relève légèrement et l'attrape un peu brutalement par les épaules. « Nina, ma vie entière repose sur un mensonge. »

11

« Après la tentative de suicide de Samuel, après notre rupture – et je te rappelle que c'est toi qui as cédé à son chantage, moi je t'aimais ! –, après la perte de tout ce qui comptait pour moi, j'ai quitté Paris, tu ne l'as jamais su, non ? Je n'en ai parlé à personne, seule ma mère était au courant, j'ai obtenu une bourse d'études et je me suis installé dans le Sud, à Mont-pellier, où je me suis inscrit en droit, je ne voulais plus vous voir, tu comprends ? Je ne voulais plus prendre le risque de vous croiser dans la rue. Je ne voulais même pas entendre parler de vous ! Les amis que nous avions en commun, les connaissances, je les ai tenus à distance. J'ai effacé leurs numéros de mon répertoire. J'étais décidé à t'oublier complètement. Et je n'ai jamais cherché à vous revoir… Je… non, c'est faux, je mens… une fois, une seule fois, j'ai pris le train pour Paris, je venais de m'installer à Montpellier, j'étais mal, je voulais te voir, je suis resté debout une journée entière devant ton immeuble, caché derrière une voiture, pour te guetter, mais quand tu es enfin apparue – je me souviens, tu portais une jupe en jean et un haut blanc – je n'ai pas osé te parler, j'étais tétanisé à l'idée que tu puisses me repousser, j'ai souffert comme un chien, et je suis rentré totalement détruit. Après, je n'ai fait que travailler. Chaque fois que je repense à cette période, je me vois enfermé dans ma chambre penché sur mes livres de droit. Je me vois en train d'apprendre par cœur des dizaines de livres en pensant : elle le regrettera. Au fond, tu as ta part dans ma réussite ; inconsciemment, je n'ai cherché qu'à te prouver que tu avais fait le mauvais choix, à t'épater... Je suis ridicule ? Oui, c'est vrai... J'ai été reçu au barreau après ma maîtrise de droit pénal et à toi, je peux le dire : j'ai été admis parmi les dix premiers. Puis j'ai obtenu un DEA avec mention. Cet été-là, j'ai travaillé en tant que serveur à Londres. Et quand je suis rentré, j'ai commencé à chercher du travail... C'est là que les choses sont devenues compliquées pour moi... J'avais pourtant un excellent CV je t'assure ! Ce CV, je l'avais peaufiné... Chaque diplôme, chaque ligne gagnés sur l'adversité, sur la contagion de l'échec, le renoncement. Ce CV, c'était l'œuvre de ma vie. Je n'avais alors pas le moindre doute quant à mes capacités et je l'ai envoyé aux meilleurs cabinets. Le soir même, j'avais invité ma mère et mon frère à dîner au restaurant pour fêter ça... J'étais heureux, j'étais fier... l'aboutissement d'une dizaine d'années de travail et de sacrifices personnels ! Personne ne m'a aidé ! Personne ! Et dix jours plus tard, je déchantais déjà... La claque ! J'ai commencé à recevoir des réponses négatives. Trois, d'abord, puis dix. L'horreur. J'attendais le facteur dans le hall de l'immeuble pour les intercepter... J'ai envoyé mon CV à des cabinets dont j'avais trouvé l'adresse sur les pages jaunes. Non. C'est non, mais on vous souhaite bonne chance. Non, mais on vous rappellera, ça me rendait fou ces refus alors même qu'aucun entretien ne m'avait été accordé... Ils me jugeaient inapte avant même de m'avoir rencontré ! J'étais très mal, j'ai commencé à faire du sport, de la boxe, pour ne pas totalement sombrer mais rien n'y faisait, je m'enfonçais, tu comprends ? Qu'est-ce qui ruinait la manœuvre ? Où était la faille ? Je me disais : Regarde-toi, c'est un sans-faute. Tu as été efficace/probant/dynamique. Le profil qu'ils cherchent, tu l'as. Les diplômes, non seulement tu les as mais tu les as valorisés de plusieurs mentions. Le concours d'éloquence de la conférence des avocats, c'est toi qui l'as remporté ! Haut la main ! Ils t'ont applaudi/encensé/jalousé. De toi, on disait : Il est l'un des éléments les plus brillants de sa promotion/il ira loin/je ne lui donne pas cinq ans pour devenir l'un des avocats les plus réputés de Paris. Et c'est toi qu'on refuse ! C'est à toi qu'on envoie une longue lettre ultra-motivée pour justifier ce refus. Car quand même il faut que tu saches qu'ils ont peur... ils ne veulent pas être poursuivis pour discrimination à l'embauche. Alors, ils mettent les formes... ils ont des raisons valables de te dire que ton profil ne correspond pas au poste à pourvoir ! Mets-toi à ma place, j'étais en colère ! J'avais la haine ! Je n'avais rien osé dire à ma mère, je lui avais fait croire que j'avais intégré un grand cabinet. Le matin, je me levais tôt, vers six heures, je m'habillais en costume-cravate, et je sortais de l'appartement en criant "à ce soir !", je singeais l'intégration parfaite ! Je prenais le bus, le RER jusqu'aux quartiers d'affaires. Tu veux que je te dise la vérité ? C'était l'horreur... J'avais des envies de meurtre en voyant les cadres bien rasés qui marchaient vite et empestaient les parfums à cent euros la bouteille que leurs femmes faisaient venir d'une pharmacie de Florence. Je me disais que ma vie pouvait basculer de l'autre côté en quelques secondes, je sentais cette violence en moi, elle ne m'effrayait pas, au contraire, j'étais fort de cette violence, elle se manifestait à tout moment : quand je contemplais les vitrines des boutiques de luxe en me répétant que je ne pouvais rien y acheter, que je n'osais même pas y entrer, quand je voyais ces filles superbes, ces filles à peine pubères, au bras de vieillards cacochymes. La haine. Le sentiment que tout m'était refusé – mais pourquoi ? Je m'installais dans des snacks minables et je lisais. J'en étais malade. En deux mois, j'avais perdu dix kilos ! À cette époque, je faisais quand même du sport trois fois par semaine avec un type que j'avais connu à l'école d'avocats et, un soir, en sortant de la salle, on était allés prendre un verre. Je venais encore de recevoir une réponse négative, j'étais abattu, mon ami me répétait que les choses allaient s'arranger, que je finirais par trouver un poste, et plus il le répétait, plus ça montait, la violence, comme un cutter dont on fait progressivement sauter les crans de sécurité ; à la fin, tu n'as plus que la lame en main, tu es sûr de t'entailler la peau jusqu'au sang. Il me répétait : Sois positif, ça va marcher ! Mais je ne pouvais pas être positif ! L'optimisme était une vertu de privilégiés, de titulaires d'assurances-vie et de comptes bancaires créditeurs, l'optimisme était un luxe que je ne pouvais plus me permettre. Je savais que je n'avais, sinon aucune, du moins que peu de chances d'être embauché dans un bon cabinet, de m'imposer dans un milieu qui ne s'ouvrait qu'aux élites selon un processus de transmission occulte, aucune chance de réussir à obtenir une place puisqu'un autre la briguait, plus influent, plus recommandable, et je voulais comprendre pourquoi… oh, j'avais mon idée mais j'ai quand même demandé : "Est-ce que le fait que j'aie un nom à consonance arabe explique ces refus ?" Mon ami s'est mis à rire, m'a traité de paranoïaque, c'est ridicule. Je n'étais pas paranoïaque. J'avais envoyé mon CV à des dizaines de cabinets et je n'avais obtenu que des réponses négatives, parfois même, je n'avais reçu aucun courrier en retour, alors qu'un autre étudiant de notre promotion, un type sans personnalité, sans capacité de jugement, qui avait été recalé deux fois à l'examen de fin d'année, ce type dont tout le monde disait qu'il finirait par renoncer au droit et reprendrait l'entreprise de son père, a fini par être embauché chez Bertrand et Vilar, le plus gros cabinet d'affaires de Paris… Et tu sais ce que m'a répondu mon ami ? Il m'a dit : "Je n'adhère pas à ton raisonnement. Tu adoptes une posture victimaire, tu accuses… tu accuses… c'est contre-productif." Bon, il n'occultait pas complètement la survivance de pratiques discriminatoires mais il refusait de croire à leur caractère systématique et organisé à l'échelle de la société, alors que moi, j'en étais sûr, je ne trouvais pas de poste parce que j'étais un Arabe ! Les directeurs des ressources humaines, les employeurs voyaient mon nom et pensaient aussitôt : celui-là, non. Celui-là, qu'il reste dans sa cité à sucer des graines de courge ! Et c'est là, au moment où je lui expliquais que c'était mon nom et mon identité qui posaient problème, qu'il m'a dit de changer de prénom. Il était tout à fait sérieux. Il était possible, selon lui, que dans la France d'aujourd'hui, on réussisse mieux en s'appelant Louis, Hugo ou Lucas plutôt que Mohammed. Il ne faisait que traduire une réalité sociale, politique. Il avait raison. Il m'a dit : "Écris Sam Tahar au lieu de Samir. Tu verras bien." Et un soir, j'ai tenté quelque chose, j'étais persuadé que j'avais été discriminé, tu comprends ? J'ai voulu en avoir le cœur net, alors j'ai renvoyé mon CV à une dizaine de cabinets d'avocats avec ce nom tapé en haut à gauche : SAM TAHAR. Je n'avais retiré que deux lettres inutiles, je ne trahissais personne, j'ai tenté le coup. Et tu sais quoi ? Une semaine plus tard, j'ai été convoqué à trois entretiens d'embauche. Les deux premiers se sont bien passés, l'associé principal m'avait même assuré que j'aurais une réponse rapidement. Le troisième entretien a eu lieu dans un grand cabinet de l'avenue George-V, essentiellement spécialisé en droit pénal. À l'entrée, j'ai remarqué un petit boîtier transparent apposé sur le fronton de la porte, tu sais ces petits objets qui contiennent un parchemin et que les juifs placent là pour protéger leurs habitations ? L'homme qui m'a reçu s'appelait Pierre Lévy, un juif méditerranéen, la quarantaine, qui m'a tout de suite mis très à l'aise, un type intelligent, percutant. Je ne sais pas comment, au milieu de la conversation, il m'a dit, sur un ton de connivence : "Sam, c'est le diminutif de Samuel, n'est-ce pas ?" Et j'ai hoché la tête, spontanément tu vois, je n'ai pas réfléchi, je voulais ce poste, je n'ai pas vraiment perçu le sous-entendu, ou alors si, je l'ai perçu, j'avais bien vu que le type était un juif, mais bon, je ne voyais pas le mal, je ne voyais pas le danger, Sam, Samuel, Samir, quelle importance au fond... ce n'est que quelques secondes plus tard, quand il m'a confié qu'il avait été fiancé il y a très longtemps à une "juive d'Afrique du Nord" – Claire Tahar – qui avait un frère dont le prénom était Samuel que j'ai compris qu'il me prenait pour un juif et là, j'avoue que j'ai eu une minute de flottement, j'ai eu un peu peur. Je me suis dit : Peut-être qu'il va m'embaucher parce qu'il pense que je suis un des siens, j'avais en tête le cliché des juifs qui s'entraident, plus tard j'ai compris à quel point c'était faux, à quel point, à un certain niveau social, les juifs ne veulent plus rester entre eux – l'esprit de ghetto, ça les angoisse. Pendant l'entretien, je n'avais pas dit grand-chose, je n'avais pas eu le sentiment d'avoir particulièrement brillé, je pensais même avoir été moins convaincant qu'aux deux entretiens précédents, j'avais mal dormi la veille, j'étais stressé ; pourtant, en me raccompagnant jusqu'à la sortie, il m'a annoncé que je faisais désormais partie du cabinet Lévy et Queffélec. Incroyable, non ? Dès le lendemain, il m'a présenté les deux autres associés du cabinet ; il m'a montré mon bureau – un bel espace vitré qui donnait sur la rue – et il m'a invité à déjeuner au restaurant. Lisant la carte, il m'a demandé si j'étais un peu pratiquant et j'ai répondu que je ne mangeais pas de porc, rien de plus ; je ne mentais pas. Il a ri en disant : "Ah oui, je vois, tu es un juif de Kippour." J'aurais pu le contredire ; je n'ai rien dit.

« À table, il m'a confié son bonheur d'accueillir un avocat aussi qualifié au sein de son cabinet, et j'ai commencé à avoir peur, je me suis demandé ce qui se produirait si j'avouais que j'avais été embauché sur un malentendu, que j'étais musulman et pas juif comme il le croyait, comme il le désirait peut-être.

Mais j'avais besoin de ce travail, je me suis persuadé que je lui avouerais tout plus tard, après quelques mois d'expérience, ou que je quitterais un jour son cabinet sans avoir eu à le faire, ni vu ni connu. La suite, tu l'imagines : je n'ai jamais pu le lui avouer. Et j'ai fait toute ma carrière avec lui. Travailler avec un homme pareil, un professionnel aussi expérimenté, aussi cultivé, c'était tout ce dont pouvait rêver un jeune avocat comme moi. Pierre était non seulement un avocat intelligent, mais aussi un homme généreux, un ami attentionné, le genre de type qui peut venir te chercher à l'aéroport au milieu de la nuit pour la seule joie de t'accueillir, sans que tu le lui aies demandé, un homme qui ne te laisse jamais régler la note au restaurant – elle n'apparaît même pas sur la table, il n'en est jamais question –, qui peut te faire un virement bancaire dans la journée si tu en manifestes le besoin sans même exiger de connaître la destination de cette somme ni l'origine de tes problèmes, sans te faire signer la moindre reconnaissance de dette, qui se porte caution si tu le lui demandes et surtout s'il t'aime, car c'est un affectif, un vrai : fais-toi aimer de lui et il te donnera tout ce qu'il a et, même ce qu'il n'a pas, il s'arrangera pour te l'obtenir. Ça te fait rire ? Ce que je veux te dire, c'est qu'un type pareil, on n'en croise pas deux dans sa vie. Une telle amitié, je ne voulais pas prendre le risque de l'altérer. J'étais de plus en plus mal, je me répétais que je lui dirais tout le jour où je m'installerais à mon compte et, en attendant, j'ai envisagé de changer juridiquement de prénom. J'ai engagé des démarches. J'ai commencé à réfléchir et c'est là que j'ai pensé à Samuel. Je n'avais pas imaginé que je reverrais Baron

un jour. "Samuel" ? Un bon choix, on me surnomme-
rait "Sam". J'aurais préféré un prénom plus noble,
Édouard, Paul ou Adrien, mais je pense que j'aurais
eu l'air ridicule, un prénom français accolé à mon nom
à consonance arabe attirerait l'attention, on me ques-
tionnerait, c'est sûr. Sam, c'était bien, c'était neutre.
Finalement, on me surnomme Sami, c'est doux. Quelques mois plus tard, je suis devenu officiellement
Samuel Tahar. À la demande de Lévy qui souhaitait
créer une annexe du cabinet à New York, je suis parti
pendant trois ans, aux frais du cabinet, j'ai réussi le
barreau de New York et je me suis installé là-bas. Dit
comme ça, l'expérience a l'air simple mais ce fut pourtant l'un des moments les plus difficiles de ma vie.
J'étais seul, je ne gagnais pas encore beaucoup d'argent,
je ne me sentais bien nulle part, je ne connaissais personne et même les milieux qui me fascinaient, tous ces
groupes que fréquentaient les intellectuels new-yorkais
les plus influents, avocats mais aussi journalistes et écrivains, je n'osais pas m'en approcher de peur d'en être
rejeté. La cérémonie de remise de diplôme, essaie de
l'imaginer. Bien entendu, je n'avais rien dit à ma mère,
j'avais trop peur qu'elle débarque, j'avais tiré un trait
sur mon passé et j'avais reçu mon diplôme dans la
solitude la plus totale, tous les autres étudiants étaient
avec leurs parents et moi, non. Il fallait se justifier, c'est
comme ça que j'ai pensé à utiliser l'histoire personnelle
de Samuel et la mort de ses parents. Ce jour-là, quand
j'ai entendu mon nom et que je me suis avancé – seul –
vers l'estrade, j'ai lutté pour ne pas m'effondrer. Ce
jour-là, j'ai compris ce qu'impliquait réellement mon
mensonge : la certitude que je ne partagerais jamais

rien avec personne. Ni le bonheur ni le malheur. J'étais et je serais toujours seul.

« La suite ? Un simple exercice de mimétisme. J'ai commencé à fréquenter un nouveau cercle d'amis, des juifs plutôt bourgeois qui m'ont accueilli comme un frère. J'avais de l'instinct, un certain sens social. Et je crois que je les faisais rire. Pendant cinq ans, j'avais lu toutes les biographies politiques qui avaient été publiées, les grands entretiens, j'inventais, je racontais. On réclamait ma présence dans les dîners – je savais être cinglant quand la situation l'autorisait ; je pouvais être cruel, ça emballait. Mon goût pour la transgression, ma liberté de ton, ça fascinait dans les milieux corsetés que je fréquentais alors. Les codes, je les connaissais, je les avais assimilés, seul, en les apprenant ou en observant les autres. J'avais cette faculté-là, de me fondre dans un milieu donné, d'en prendre la couleur. J'arrivais même à me plier à l'identité de mon interlocuteur, j'en adoptais les tics, les systèmes de pensée. Quand j'ai commencé à être invité dans les sphères sociales auxquelles jusque-là je n'avais jamais eu accès, j'ai pris des cours avec un maître d'hôtel dont j'avais fait la connaissance lors d'un déplacement professionnel à Paris. Je pensais : Allons-y ! Personne ne me connaît ! Je veux apprendre. Comment placer et saisir mes couverts, quelle attitude adopter à table, ces convenances sociales qu'on ne m'avait pas transmises ou de manière trop superficielle. Plus tard, pour mon trentième anniversaire, j'ai passé une semaine en Bourgogne à suivre un stage d'œnologie à l'issue duquel j'étais capable de faire la différence entre deux vins et de choisir le meilleur. Encore plus tard, j'ai découvert la musique, je m'étais senti humilié le jour où, ayant été invité à l'opéra avec quelques confrères, je n'avais pas été capable d'ouvrir la bouche de toute la soirée. Incompétence totale et là, je n'avais pas pu bluffer – je ne connaissais rien. La musique classique, je n'y avais jamais eu accès. Alors le lendemain de cet échec cuisant, je suis allé chez un disquaire qui a constitué, pour moi, une discothèque idéale. Il y avait Bach, Chopin, Mozart, Dvořák, entre autres. Au vendeur, j'avais dit : surtout, n'oubliez rien. En sortant, j'ai pris un abonnement annuel pour l'opéra et ç'a été une révélation. Le théâtre, non, je n'ai jamais pu. Je m'ennuyais. Le soir où je m'étais endormi devant la pièce d'un grand auteur polonais interprétée en langue originale sous-titrée, j'avais pris la décision de renoncer. Généralement, j'avouais : "Vous savez, je n'aime pas le théâtre." Je me suis façonné tout seul, tu comprends ? Par la seule force de ma volonté, de mon travail ! Sur la base d'un mensonge, peut-être, mais cette réussite, c'est la mienne. Ces choix de vie, ces plans de carrière, c'est moi qui les ai faits ! Les décisions, je les ai prises ! Je n'ai jamais plus voulu subir quoi que ce soit ! Ce qui explique que je n'ai jamais pu me lier avec grand monde. La connivence, l'amitié – tôt ou tard, ça implique le dévoilement, les confidences, et je me l'interdisais. Les distances, je les garde. Tu sais que j'ai failli te vouvoyer quand tu m'as appelé ? La familiarité, la complicité factice, ça te place d'emblée en bas de l'échelle sociale. Mais aux États-Unis, le problème ne se posait pas ; la distance, il fallait la créer d'une autre façon : un regard froid, une poignée de main franche, un rictus plus qu'un sourire, ça créait un rapport de force, une tension – et j'aimais ça. Les seuls avec lesquels je m'autorise une vraie connivence, ce sont mes associés. Mais même à eux, je n'ai jamais osé avouer la vérité, tu comprends ? Je suis piégé, Nina. »

Une question lui brûle les lèvres, elle hésite avant de la poser, a peur de le blesser, et se lance enfin :

— On ne t'a jamais pris pour un Arabe ? Parce que tu es typé. Je te regarde et je devine que tu es oriental.

— Si, tout le temps. Je devais me justifier. Avec les juifs, je n'avais pas ce problème, ils me voyaient comme un juif séfarade français au teint mat, au nez busqué – rien qui dénote. Mais ailleurs, oui, on me prenait tout le temps pour un Arabe.

— Et ça t'a posé des problèmes ?

— Jusqu'au 11 Septembre, non, pas trop... tu sais aux États-Unis, il y a un tel melting-pot que personne ne se distingue vraiment... Mais après, si, tout le temps. C'était atroce... Le jour même, alors que j'étais totalement traumatisé par la violence de l'attaque – j'avais plusieurs amis intimes qui travaillaient dans les tours, chez Cantor Fitzgerald –, je marchais dans les rues de New York, tétanisé, j'avais envie de hurler mais j'étais incapable de parler, et pourtant j'ai quand même voulu appeler ma mère pour la rassurer, lui dire que j'allais bien, je lui avais confié que je vivais à New York, c'est à peu près tout ce qu'elle savait de moi. Je l'ai tout de suite eue au bout du fil, c'était un coup de chance car les lignes étaient saturées, il était très difficile de joindre ses proches, cela ajoutait à l'angoisse, c'était terrible, tu ne peux pas imaginer, rien qu'en t'en parlant, j'en tremble encore, j'étais ému en entendant ma mère et je ne m'en suis pas

183

rendu compte mais je lui ai spontanément parlé en arabe… ça a duré quelques secondes comme ça avant que je ne comprenne, quand j'ai vu des regards pleins de haine se braquer sur moi, que j'étais devenu un ennemi, un paria. Ce matin-là, un type m'a même insulté en hurlant que je ferais mieux de rentrer dans mon pays et que les Américains se vengeraient et nous détruiraient tous jusqu'au dernier ! Encore aujourd'hui, j'ai du mal à parler de ça. Après, j'ai vécu une période très dure, on m'arrêtait régulièrement ; dans les aéroports, surtout, on me demandait si j'étais musulman, si j'étais arabe. Je me détestais en m'entendant mentir à chaque fois : non, je ne suis pas un Arabe musulman, allant parfois même jusqu'à dire comme ce fut le cas lors d'un voyage en Israël : *non, je suis juif*. Dans tous les milieux que je fréquentais, j'entendais des choses terribles : que les musulmans étaient inassimilables. Que tôt ou tard ils devenaient des islamistes dangereux. Qu'ils ne pouvaient vivre que sous des dictatures car ils avaient besoin d'être dominés. Qu'ils étaient doubles. Qu'il fallait les renvoyer, s'en débarrasser. Ne jamais leur faire confiance. J'ai entendu des propos d'une violence inouïe ! Et le pire, c'est que bien souvent, je devais approuver ! Un jour, alors qu'on s'occupait de l'affaire d'un médecin turc, mon associé m'a dit qu'il fallait toujours se méfier des Arabes, et j'ai souri. J'ai souri ! La part de honte ? Totale ! Mais qu'est-ce que je pouvais faire d'autre ? Je ressemblais à ces types rigides qui affichent leur homophobie pour masquer l'homosexualité qu'ils ne peuvent pas assumer ni avouer ! Mais, au fond, je n'étais pas loin de penser comme tous ceux qui exprimaient leur colère et leur crainte, j'étais écœuré de ce qui s'était passé, je ne me sentais aucune communauté de destin avec les salauds qui avaient fait ça. Leur islam n'était pas le mien, tu comprends ? Et j'ai aussi entendu des choses terribles de l'autre côté. Il m'est arrivé, par exemple, de me retrouver dans un endroit où il y avait un petit groupe d'Arabes musulmans qui ne savaient pas que je les comprenais et devant moi, expliquaient le plus naturellement du monde que les attentats du 11 Septembre avaient été fomentés par les services secrets israéliens et américains dans le seul but de justifier une attaque américaine, que les juifs avaient été prévenus avant, qu'il n'y avait pas de victimes juives dans les tours, j'assistais au retour de la théorie du complot ! – cet antisémitisme primaire, et pour tout dire, dégueulasse, je l'ai perçu aussi, j'avais envie de leur défoncer la gueule, mais je suis resté impassible, à les écouter vomir leur haine et dévoiler leur imagination obscène comme s'ils ne faisaient qu'exprimer une opinion parmi d'autres... Alors oui, disons que je n'ai jamais su trouver mon camp. J'étais seul... »

Nina se redresse, elle est émue tout à coup, se dit qu'il faut qu'il sache, la part de drame dans leur vie, la genèse de l'échec, les désillusions. Elle voudrait qu'il l'écoute : « Je t'ai dit que Samuel était éducateur social dans une banlieue difficile. Il y a quelque temps – trois ou quatre ans –, il a commencé à entendre des remarques antisémites, ça a commencé de manière insidieuse puis c'est devenu franchement menaçant. Il arrivait le matin et il voyait des messages écrits sur le mur de l'association où il travaille : "sale juif" ou d'autres choses horribles. Il a demandé sa mutation dans une autre ville et on lui a conseillé de ne pas dire qu'il était juif. Tu peux le croire ? On lui a dit de changer de prénom ou de se faire appeler "Sam". Finalement, il a pris le prénom de son père, Jacques. Il a trop peur de subir des représailles alors il ne dit rien. » « Tu sais que je n'aime pas quand tu es si sérieuse ? » dit soudain Samir. Il élude mais il est touché, et dans ces moments-là, il ne connaît pas d'autre langage que le sexe. *Viens là, tu parles trop*, et, disant cela, il la serre contre lui, et la prend. Elle ne parle plus, ferme les yeux et gémit. La vérité ? Quelle vérité ? Le sexe, il n'a jamais connu que celle-là. Il est brutal, nerveux, sensuel, mais aussi affectueux, démonstratif, passionné – tout, chez lui, trahit l'urgence, et ils viennent à peine de faire l'amour que déjà il lui annonce qu'il est temps, pour elle, de partir. Il veut être seul maintenant. *Il est tard, je vais t'appeler un taxi.* Elle avait imaginé un instant qu'elle passerait la nuit avec lui, peut-être même trois ou quatre jours, qu'il l'éloignerait de son quotidien morne et misérable, mais non, il est fatigué par le décalage horaire, il a quelques appels à passer. Elle est encore à moitié nue, le corps enveloppé d'une serviette de toilette trop courte, la peau brûlante. Il dit : *habille-toi*, et elle s'habille. Elle ne lui reproche rien ; avec lui, elle n'est pas dans la revendication agressive, l'ambiguïté sentimentale, l'attirance est là, qui dit la complicité, le reste relève d'une complexité dont elle n'a pas les codes, l'interprétation sentimentale, ce n'est pas pour elle. Elle ne cherche pas à déceler dans son comportement des éléments qui trahiraient ses sentiments, et ça plaît à un homme comme Samir, habitué à rendre des comptes à sa femme, aux femmes, un homme qui ne veut pas être possédé – dans un réflexe de résistance, peut-être. Et il conclut, en la regardant se diriger vers la porte sans un geste d'affection, sans un rictus de mécontentement – un masque lisse plaqué sur son visage aux traits parfaits tel un robot : *tu agis comme un homme*. Il lui dit qu'il aimerait la revoir, puis pose sa main sur sa joue, caresse ses cuisses sous le tissu fluide de la robe, et elle ne répond pas, ça le rend fou, *dis-moi que tu as envie de me revoir, dis-le-moi*. Elle rit sans proférer aucune des paroles qu'il espère maintenant et elle part. Quand il est seul, il se dirige vers son lit, saisit son téléphone – sa femme lui a laissé plusieurs messages, elle veut savoir s'il va bien, s'il ne se sent pas trop seul sans elle. Oui, il lui manque, elle le lui répète et ajoute : « J'aimerais tellement être à Paris avec toi. Si je le pouvais, je prendrais le premier avion et je te rejoindrais. » Son amour obsessionnel, inconditionnel pour Samir. Cette façon qu'elle a de le regarder, près de dix ans après leur rencontre, comme si elle venait d'être foudroyée par l'amour – et sans feinte, sans calcul. Elle n'est pas une de ces femmes passionnément amoureuses en public, minaudant au bras de son mari, le mitraillant de mots doux et de surnoms ridicules, non, elle l'est *tout le temps*. Devant lui, elle n'a plus la force et la superbe qui la caractérisent en société. Devant lui, elle se sent vulnérable. Est-ce qu'elle sait qu'il a des liaisons ? Est-ce qu'elle s'en doute ? Il y a une forme de résistance névrotique dans le déni de cette femme amoureuse qui ne veut rien voir, tout entière offerte aux désirs de l'homme qu'elle a élu, cette femme qui dominerait n'importe quelle autorité dans la sphère sociale et qui, en privé, s'est résolue à l'ombre, à l'inachèvement. Il la tient, elle le sait, et ce rapport ambigu, qui laisse perplexes leurs plus proches amis, constitue leur unique mode de fonctionnement. Elle le questionne, le harcèle presque, et Samir ne la rassure pas, au contraire, ce petit jeu l'excite, elle est totalement sous sa dépendance et au fond, elle aime ça.

Ils parlent longtemps et quand ils raccrochent enfin, Samir vérifie ses messages sur son téléphone portable. Nina ne lui en a laissé aucun. Cette indifférence, ça le rend fou, et il ne peut pas s'empêcher de composer son numéro, il veut entendre sa voix. Mais elle ne répond pas. Il réessaie trois quatre fois. Sans succès. Puis soudain sa voix au bout du fil, un murmure à peine audible – glaçante : « Je ne peux pas te parler. »

12

Le retour et la découverte de Samuel endormi, le visage chauffé par l'alcool, avachi devant l'écran de son ordinateur allumé sur une page consacrée à un journal d'informations. Nina s'approche, clique sur l'historique des recherches et découvre qu'il a lu des données sur Samir, s'est renseigné sur son cabinet, sa femme, ses enfants, c'est obsessionnel, et elle est terrifiée tout à coup en comprenant ce qui est en train de se jouer : la répétition. Elle n'imaginait pas, vingt ans plus tard, son désir intact (tu le vois et tu sens que tout pourrait recommencer, que rien n'a bougé, cette fixité sentimentale que le temps, l'absence, la distance n'ont pas réussi à altérer). Elle se glisse dans son lit, s'endort quand, au milieu de la nuit, Samuel la secoue légèrement, il est au-dessus d'elle, rencogné dans le lit, pupilles dilatées, la regarde de manière étrange comme s'il s'apprêtait à faire quelque chose d'inhabituel, elle le repousse, il est tard, elle est fatiguée, mais il la secoue encore, doucement d'abord, *tu me caches quelque chose, allez, dis-le, je veux savoir, raconte*, puis de plus en plus fort. *Tu es dingue !* Elle refuse, pleure, *laisse-moi, j'ai sommeil*, mais il insiste. *Non, non*. Le voilà qui s'acharne, la harcèle de questions et conclut, sans appel : *Tu dois tout dire, c'est un risque, je le prends.*

Et il se produit un événement surprenant. Alors qu'elle devrait se rendormir – car comment pourrait-il vraiment avoir envie de savoir ce qui s'est passé entre Samir et elle ? Comment pourrait-elle croire qu'il supporterait d'avoir été trompé sans souffrir ? – elle s'assoit sur le bord du lit et raconte.

— Nous avons bu un verre au bar de l'hôtel.

— Et après ?

— Nous sommes sortis et nous avons marché près du jardin des Tuileries.

— Et après ?

— Il m'a proposé de prendre un dernier verre à son hôtel.

— Et après ?

— J'ai accepté.

— Il t'a demandé de monter dans sa chambre ?

— Oui.

— Et tu as accepté ?

— Oui, j'ai dit oui.

— Tu n'as émis aucune réticence ?

— Non.

— Donc, tu l'as suivi dans sa chambre...

— Oui, c'est ça.

— Mais tu attendais quelque chose de ce moment ?

— Peut-être, je ne sais pas.

— Explique-moi, je ne comprends pas.

— Je ne sais pas, je ne me suis pas posé de questions, il m'a demandé de le suivre pour boire un verre,

190

j'ai accepté, je n'ai pas pensé à ce qui pourrait se passer.

— Tu suis un homme dans une chambre, un homme que tu as aimé, avec lequel tu as eu une vraie relation, tu le suis dans sa chambre et tu n'imagines pas ce qui pourrait – je parle encore au conditionnel, je ne sais pas encore ce qui s'est passé – survenir ? J'ai du mal à te croire…

— J'y ai pensé mais…

— Donc, tu y as pensé.

— Oui, j'y ai pensé.

— Et tu as pensé à quoi précisément ?

— À ce qui pourrait arriver s'il se montrait… disons, entreprenant.

— Et tu l'as quand même suivi ?

— Oui, j'avais envie de prendre ce risque.

— Qu'avez-vous fait dans sa chambre ?

— Nous avons parlé.

— Vous avez parlé, c'est tout ?

— Nous avons parlé, nous avons bu.

— De quoi avez-vous parlé ?

— Essentiellement de lui, de sa vie à New York. Et puis… je voulais savoir pourquoi et comment il avait pu bâtir son existence sur un mensonge en pillant la tienne.

— Et qu'est-ce qu'il t'a répondu ?

— Es-tu vraiment sûr de vouloir parler de tout cela maintenant ?

— Tu es fatiguée ?

— Oui, je suis fatiguée et j'ai sommeil.

Et disant cela, Nina s'allonge, tire le drap vers elle et se couche sur le flanc gauche, dos à Samuel.

— Vous avez baisé ?

Il a posé sa question sur un ton sec, presque glaçant. Nina ne répond pas, ne bouge pas.

— Tu n'as pas répondu : vous avez baisé ?

Alors, sans se retourner, elle répond d'une voix monocorde :

— Oui.

13

Chaque fois qu'il retrouve sa mère, Samir sort le grand jeu, l'artillerie lourde, c'est clinquant, ça claque, clac, le cliquetis des bracelets bringuebalants, des fermoirs de sacs à main, pour elle, rien n'est trop beau, c'est rodé, liasses de billets – euros, dollars –, cadeaux achetés dans les meilleures boutiques – des bijoux fantaisie/en or, en argent, des pendentifs en diamant blanc/noir ; des foulards en soie, des carrés qu'il achète chez Hermès ou chez Dior, et parfois même des robes, quand il a le temps, des tuniques amples, bigarrées – de marque toujours, il sait que ça l'impressionne, ça dit la réussite et l'appartenance –, souvenirs de *duty-free* – chocolats au lait essentiellement, elle les adore, mais aussi parfums poudrés, eaux de Cologne, bagages à main, porte-clés en cuir –, l'expiation passe par là, ça aide et ça soulage quand la culpabilité est trop forte, et ce matin-là, dès son réveil, il fait ce qu'il faut, appelle le concierge[1], réclame une voiture avec chauffeur, un bouquet de roses – les plus

---

1. Jacques Duval, 54 ans, trente ans d'ancienneté. Fils du concierge du Ritz. Est devenu « exactement » ce qu'il voulait être.

fraîches, les plus odorantes, les plus rares – et un sac Chanel, modèle classique, en cuir noir matelassé chaînes en or, aucune limite de prix, merci, le tout avant midi. *Bien, monsieur.* L'obséquiosité, la disponibilité, ces manifestations d'assujettissement qu'engendre une position sociale enviable, rien à dire, il aime ces marques de politesse excessives qu'il interprète comme une forme de respect, cette flagornerie dictée par sa position de client – dans un hôtel, il est le roi et exerce son pouvoir à sa guise, faites ci, faites ça, glisse subrepticement un billet dans une main – c'est parfait, merci. La veille, de sa chambre d'hôtel, il a téléphoné à sa mère pour lui annoncer qu'il était à Paris, *je serai chez toi pour le déjeuner.* Chaque fois, c'est une surprise, il ne la prévient jamais. L'émotion de sa mère au bout du fil, cette sentimentalité naturelle, spontanée, il veut la garder intacte. Jamais – chez aucune des femmes qu'il a approchées/aimées/rencontrées – il n'a retrouvé cette candeur qui doit moins à la simplicité qu'à l'amour, pense-t-il, la pureté de l'amour maternel. Et pourtant, c'est elle qu'il trahit. Il est là maintenant sur son lit, en caleçon, torse nu, son plateau du petit-déjeuner sur les genoux, le téléviseur allumé sur CNN, il est là et c'est à Nina qu'il pense. Il hésite un moment à l'appeler puis il renonce. L'attachement, cette maladie mentale.

Il n'a pas vu sa mère depuis deux ans. La dernière fois qu'il était venu à Paris, pendant l'hiver 2005, il l'avait trouvée vieillie. Elle se plaignait de douleurs au thorax et aux jambes, il l'avait fait hospitaliser à l'Hôpital américain pendant trois jours afin de réaliser de multiples examens, et il avait tout à coup eu peur de la perdre. Ses cheveux avaient blanchi, son corps s'était tassé et il avait remarqué qu'elle était moins alerte comme si, en s'exprimant, elle devait lutter contre une force invisible qui retenait sa pensée. C'était pourtant une femme forte, une femme dans la force de l'âge. Elle venait à peine d'avoir soixante ans.

Il appréhende à chaque fois ces retrouvailles, mais il n'a jamais cessé ses visites. Il l'aurait pu – c'est une éventualité qu'il a envisagée quand il a fait la connaissance de Ruth, quand il a rencontré son père et qu'il a compris qu'il n'y aurait aucune place pour les aveux ; il a dû se résoudre à vivre sous cette nouvelle identité qu'il s'est créée malgré lui –, il aurait même été plus opportun de le faire ; pourtant, il n'a pas trouvé le courage de rompre définitivement les liens avec sa mère, non parce qu'il souhaitait la protéger mais pour se préserver, lui : il n'aurait pas pu vivre sans elle. Quelque chose de fort le reliait encore à elle sans qu'il fût capable d'expliquer précisément quoi. Un lien filial solide ? Un amour névrotique ? Oui, sans doute, comme tout fils nourri au lait de la tendresse humaine la plus pure, sa mère restait la femme la plus importante de sa vie, mais il y avait une autre raison à la survivance de ces liens qui pourtant l'entravaient : la crainte d'écarter trop brutalement, la peur de blesser une femme qui avait eu une vie dure, une vie d'humiliations, une de ces existences sordides dont on cherche en vain à nommer les responsables, à déterminer les causes : une enfance pauvre, un mariage forcé, l'exil et la misère, la manipulation – une vie de merde. Il ne pouvait pas penser à sa mère sans être révolté, sans avoir la rage. Au fond, même à New York, dans le milieu le plus riche et bourgeois, un de ces milieux ultra-fermés où l'on n'entre qu'après avoir prouvé le prestige de sa généalogie, il n'avait jamais cessé d'être la petite gloire de Nawel Tahar, l'enfant qui avait fait de la revanche sociale sa seule ambition, le fils qui allait venger sa mère. La revoir le renvoyait chaque fois à cette promesse non tenue : celle de l'avoir toujours à ses côtés à l'heure de la victoire. Il avait gagné ailleurs, sans elle. Il la découvrait ternie, comme si un nouveau filtre obscurcissait l'image qu'il avait d'elle, une impression aussitôt tempérée par la démonstration de son amour, et elle se transformait alors, reprenait forces et couleurs, et chaque fois qu'il se retrouvait en sa présence après une longue séparation, c'était la même fête, les mêmes effusions de joie, et elle pouvait passer des heures dans sa cuisine à lui préparer les plats qu'il aimait, à ranger la maison, à s'habiller, se parfumer pour *lui*. Il ne lui avait jamais avoué qu'il avait eu des enfants et elle ne posait pas de questions. Parfois elle lui demandait s'il avait l'intention de se marier et de fonder une famille, rien de plus. Il disait qu'il avait rencontré des femmes, qu'il ne les avait pas suffisamment aimées pour les épouser. En général, elle n'insistait pas. (Une fois, une fois seulement, elle lui avait dit qu'elle rêvait d'avoir des petits-enfants et il avait sobrement répondu : « *Inch'Allah*, ça viendra. »)

Le malaise, lorsqu'il arrive à destination, la vision d'horreur – l'encrassement du territoire de l'enfance –, la sensation de pénétrer dans une zone de perdition totale – une misère pareille à une heure de Paris, c'est possible ? La dégradation des lieux, c'est tout ce qu'il voit. La sexualisation du décor, les murs recouverts de graffitis obscènes ou d'insultes machistes, les arbres écorcés à coups de canif, les carcasses de voitures gisant, éventrées, au milieu de terrains vagues ravagés de ronces piquantes comme des aiguilles, envahis d'orties d'un vert tirant sur le noir – les plus urticantes –, partout un hérissement de pièces détachées, de mitrailles et de fragments de bois taillés comme des pieux, et ces gosses de dix-douze ans qui arpentent le bitume, patrouillent, l'œil vigilant, l'injure aux lèvres, rictus harponné comme un signe distinctif, prêts à en découdre, *viens là si t'oses*. Le saccage du langage. L'abâtardissement. Les petits trafics. La misère. Il a sauvé sa descendance, une certaine idée de la transmission, hors du déterminisme, du fatalisme. Ce qu'il a désiré, il l'a eu. Ses enfants, il voulait les savoir protégés, à l'abri du besoin, bénéficiant de tout ce que la société produit de meilleur. Ils ne seraient pas exposés à la violence sociale. Et alors ? Il ne croit pas aux vertus de la souffrance, de la mise à l'épreuve, il ne croit pas que le fait d'avoir dû braver les pires difficultés pour réussir, connu la pauvreté, les privations, les humiliations et les coups, vous endurcisse. Au contraire. Il en est sûr : la misère vous rend fragile. Le manque vous affaiblit, physiquement, moralement. Au mieux, il vous imprime une forme de ressentiment – et la rage peut être un moteur social, bien sûr, elle permet parfois d'enfoncer des portes, mais entre et tu verras que ta rage te stigmatisera. Entre et tu opteras aussitôt pour le mimétisme, une forme de conformisme qui n'exclut pas l'originalité mais dit l'appartenance. Car au cœur de l'élite sociale, ce n'est pas la rage qui fascine mais le contrôle, la maîtrise de soi. La vraie capacité de résistance est là. C'est ainsi qu'on se distingue *vraiment*. Et ce contrôle – Samir l'a compris au contact de Ruth – est lié à la force mentale peut-être mais surtout à l'éducation. Apprendre à contenir ses émotions, partout, tout le temps. Ne jamais se plaindre publiquement.

Ses enfants. La haute formation qu'ils reçoivent. Leurs manières délicates. Leurs extraordinaires aptitudes intellectuelles entretenues par les heures de cours hebdomadaires que leur dispensent des professeurs émérites, triés sur le volet, des retraités de Harvard, de Stanford, des musiciens, des concertistes issus des meilleurs orchestres, ils auront tout. Et le dimanche matin, c'est lui qui, dès l'aube, avant même d'avoir fait son heure de sport quotidienne, leur fait réciter leurs leçons et vérifie leurs connaissances. Il en fait trop, bien sûr ; ce ne sont que des enfants. Dans son entourage, on se moque gentiment de lui, de son obsession de la performance qu'il ne cherche même pas à masquer. La fabrique des élites, il sait faire. Il a réussi, non ? Et dans ces moments de satisfaction, de gloire personnelle, il se persuade qu'il a fait les bons choix, se sent fort, fier, mais très vite, la honte… la honte et l'humiliation… la honte d'avoir trahi la mémoire de son père, ignoré l'histoire des siens, évacué leurs souffrances… la honte de ne pas avoir assumé ce qu'il était… la honte d'avoir forgé sa réussite sur un mensonge… la honte d'avoir abdiqué… la honte d'avoir abandonné sa mère… la honte de n'avoir jamais tenté de la reloger dans un appartement convenable… C'est son choix, elle n'a jamais voulu quitter son appartement en dépit de ses propositions répétées, sa vie c'est sa cité, sa vie, c'est cette merde, oui, mais ça grouille de vie, ses voisines sont là en cas de problème, des gosses du quartier lui font ses courses, elle n'est pas seule, alors que là-bas, *vers chez les Riches*, ils la laisseraient *crever. Ils ne sauraient même pas que j'existe !* Tu parles, songe-t-il, on s'entre-dévore partout.

Le chauffeur l'a déposé à quelques centaines de mètres de la cité, il n'a pas voulu aller plus loin, « trop dangereux », argue-t-il. N'a pas envie d'être caillassé. Samir marche vite, esquive un grand abattis de bois, fend le terrain vague, on le remarque dans ce no man's land, vêtu comme un gangster de Little Italy, les bras chargés de roses blanches, son paquet Chanel à la main, on l'interpelle, on s'incline, *oh le big boss*, il a encore ses entrées ici, il est intouchable et il le sait, on lui claque la main, la bise, *mon frère*, et on le laisse passer, bienvenue, il est des nôtres. Il monte à pied, l'ascenseur est en panne, croise une femme d'origine africaine, la trentaine, un enfant sur le dos attaché à l'aide d'un grand tissu bigarré, un pack d'eau dans la main gauche, un pack de lait discount dans la main droite, elle habite au quinzième étage, *et c'est comme ça chaque jour.* Samir lui propose de l'aider, évite de justesse une flaque d'urine, monte, essoufflé, jusque chez elle, puis redescend au huitième en se demandant comment fait sa mère pour porter ses courses, survivre. Quand il arrive devant la porte de l'appartement, inspire pour se donner du courage, expire pour évacuer l'angoisse, il est ému, sonne une fois et la voilà, elle attendait sûrement derrière la porte, car elle ouvre aussitôt et dès qu'elle le voit, ça y est, ouvrez les vannes, se met à pleurer (et ce n'est pas du cinéma, elle pleure *vraiment*) et à l'embrasser comme si elle se trouvait en présence de quelque divinité. *Mon fils... mon fils...* « Ça va maman, doucement ! Tu m'étouffes ! » – les effusions de tendresse, ça l'oppresse. *Entre, entre, yaouldi*, et il la suit, ça y est, l'enfance comme un boomerang, les souvenirs qui déboulent. Il lui offre les fleurs, le sac. Elle pleure davantage, « c'est trop, c'est trop beau, trop cher (et il faut entendre : trop cher pour une femme comme moi), il ne fallait pas, et pourquoi as-tu dépensé, je ne veux pas que tu dépenses pour moi, tu es trop généreux, un bon fils » – et c'est alors qu'elle dit, comme en écho à ce qu'elle lui a écrit : « Et, je le sais, un bon musulman. » L'exsudation, ça y est, ça reprend. La panique chaque fois qu'elle prononce cette phrase ; les pulsations de son cœur, il les entend, les sent, boum boum, boum boum, pourrait crever – et qui expliquerait à sa femme, à ses enfants, ce qu'il faisait chez cette femme ? S'il mourait ici et maintenant, que se passerait-il ? Sa mère ne préviendrait personne. Elle le ferait inhumer dans le cimetière le plus proche, au cœur du carré musulman. Ruth l'apprendrait une semaine après, par Pierre Lévy peut-être. *Il est enterré là.* Le choc. L'angoisse. Vite une chaise. Et il s'assoit. Sur la table, elle a disposé des dizaines de salades et du pain qu'elle a confectionné elle-même dans la matinée, une sorte de galette de maïs un peu épaisse et friable dont il raffole. Mais là, tout de suite, non, il n'a pas faim, il est noué – l'émotion, peut-être. Elle l'assaille de questions sur son travail, sur son existence à New York, enfin lui reproche de ne pas l'avoir invitée chez lui, au moins une fois, *pour que je voie où tu vis, une mère a le droit de savoir ça, non ?*, de ne pas lui parler de sa vie, sa maison, la femme qu'il fréquente, de ne rien savoir de lui, il ne confie que le superficiel, l'accessoire, quand elle veut TOUT savoir de lui – *tu as honte de moi ou quoi ?* –, comment et où il vit, ce qu'il mange, ce qu'il fait, qui sont ses amis, ses associés, mais ce jour-là, Samir répond vite car il devine, au détachement avec lequel elle le lui demande, qu'elle n'a en réalité qu'un sujet en tête, celui pour lequel elle a souhaité le voir : François.

« Allez, parle-moi de lui, qu'est-ce qui se passe, où est le problème ? » Le problème, c'est lui. Sa personnalité difficile, ses fréquentations, sa fragilité, son goût pour l'errance. Elle résume : « Il ne fait rien de ses journées. Il n'est pas comme toi ; lui, dès qu'il tente quelque chose, il le rate. Il a arrêté l'école en troisième, il n'a jamais pu garder un emploi plus d'une semaine, on lui avait proposé de travailler sur un marché, il n'arrivait pas à se lever le matin, il traîne, voilà ce qu'il fait, il dit qu'il ne trouve rien, il le fait exprès, il n'a pas de chance, je ne sais pas… » « Maman, il a vingt-quatre ans, c'est un adulte, laisse-le vivre sa vie, c'est tout. » « Dans sa tête, il n'a pas cet âge, crois-moi, je me fais du souci tout le temps. » D'un mouvement furtif, Samir caresse l'épaule de sa mère. « Pour une mère, avoir deux enfants dont l'un a réussi et l'autre non, c'est une grande souffrance, dit-elle d'une voix éraillée par la tristesse. Si tu avais des enfants, tu comprendrais… » Samir se raidit. Comment a-t-il pu garder si longtemps le silence sur l'existence de ses enfants ? Il pense à eux, il aimerait les appeler et leur dire : « Je vous passe *votre* grand-mère. » À plusieurs reprises, ils lui avaient demandé de leur parler de ses parents, mais là encore, il avait tout inventé. Dans son récit, sa mère ressemblait à une belle intellectuelle féministe et son père, à un grand universitaire trop autoritaire.

Elle dit qu'elle ne dort plus, ne mange plus. « J'ai besoin de toi, Samir, ne me laisse pas tomber, je t'en prie, c'est mon enfant, il est influençable, j'ai peur qu'il tourne mal, il fréquente de mauvaises personnes ces derniers temps, ils ont arrêté dix hommes dans la cité, pour un braquage, et j'ai trouvé des armes dans sa chambre, je ne t'en ai pas parlé au téléphone comme tu me l'as demandé, et d'abord de quoi as-tu peur ? Tu n'as pas de problèmes avec la police au moins ? » « Mais non, maman, je suis avocat, je m'occupe d'affaires sensibles, je suis peut-être sur écoute, voilà tout, je suis prudent. » « Viens, viens voir, je vais te montrer ce que j'ai trouvé. » Il la suit à travers le long couloir qui mène aux chambres, regarde les photos de lui et de François qu'elle a accrochées au mur – des photos où l'on remarque toujours l'incongruité de leur lien filial ; elle : brune au teint si mat ; François : blond à la peau laiteuse. Elle : habillée à l'ancienne, le corps dissimulé sous d'amples gandouras (à la maison seulement : à l'extérieur, elle ne portait que des robes qu'elle confectionnait elle-même avec des tissus qu'elle achetait au mètre au marché Saint-Pierre) ; François : toujours vêtu de sweat-shirts trop grands pour lui à l'effigie de marques de sport américaines. Il a un mouvement de recul en découvrant la chambre de son frère. Le lit est fait, les vitres ont été nettoyées, mais des affaires sont éparpillées partout : journaux, papiers, emballages vides, vêtements, canettes de Red

Bull et de bière éventrées : « Il ne veut pas que je touche à ses affaires », se justifie-t-elle en croisant le regard dégoûté de Samir. Dans un coin, une collection de paires de baskets Nike dont plusieurs montantes qui doivent valoir chacune plus de cent dollars, une PlayStation et des dizaines de DVD de films d'horreur *gore*, de jeux vidéo pour adultes ultraviolents (il aperçoit parmi eux des films pornographiques dont François n'a même pas cherché à dissimuler les pochettes ; et où a-t-il trouvé l'argent pour acheter tout ça ? se demande-t-il. Comment ose-t-il les laisser bien en évidence alors que sa mère entre dans sa chambre chaque jour pour y faire le ménage ?). *Quand il ne traîne pas, il s'enferme dans sa chambre, il joue toute la journée aux jeux vidéo, mais récemment, j'ai compris qu'il y faisait aussi autre chose...* Disant cela, elle se met à genoux et, désignant le sol, murmure à Samir d'approcher. « Regarde », dit-elle en découvrant une large excavation dissimulée sous le lino grisâtre, taché et lacéré au cutter par endroits. « Approche-toi », continue-t-elle et, braquant une petite lampe-torche qu'elle sort de la poche de son tablier, elle éclaire l'intérieur de la cache afin que Samir voie bien le revolver, le couteau, la grenade, la matraque et quelques autres armes de poing dont elle ne connaît pas les noms et qui l'impressionnent. « Tu as vu ça ? » demande-t-elle les yeux écarquillés et elle pleure maintenant, « si c'est pas pour menacer quelqu'un, pour voler, tuer, alors dis-moi, c'est pour quoi ? »

Elle s'angoisse, se persuade qu'il a participé au braquage dont elle lui a parlé, on n'a pas retrouvé les auteurs, et la police est venue fouiller dans l'immeuble : « Ils étaient là, des dizaines d'hommes armés comme des militaires, j'ai peur, Samir, j'ai peur qu'il ait fait quelque chose de mal, peur qu'il aille en prison, *la hchouma*. » « On dit *la honte*, maman… » « Non, c'est *la hchouma* ! Il y a des mots qui résonnent mieux en arabe ! La honte, c'est lisse, ça ne dit pas la violence, c'est un mot qui ment. La *hchouma*, c'est dur, ça vient de la gorge… » Elle sanglote encore, elle hurle : « Quel *mektoub*, il a eu ! » Instantanément, Samir traduit dans sa tête : « Quel destin ! » Elle a raison, « destin », ça glisse : *mektoub*, avec son « k » qui claque sous la langue, trahit la charge violente, le poids de la fatalité, alors il ne la corrige pas cette fois ; il l'entend crier : « Ah mon fils ! Heureusement que tu es là ! Ne me laisse pas seule avec lui, *yaouldi*, je t'en supplie ! » Il pense : c'est de l'hystérie, et ça l'assomme. Il n'a jamais supporté ces manifestations exubérantes et sentimentales, ces accès de fureur exhibitionniste, lui qui a fait de sa vie un secret, de la discrétion un mode de vie, et il se détache d'elle dans ces moments où il lui semble qu'ils n'ont plus rien en commun, qu'il ne vit plus comme elle, a adopté d'autres comportements, d'autres croyances, une façon de vivre plus conforme, croit-il, à l'homme qu'il est devenu, à l'avocat respecté/envié/copié. Pourtant il lui demande d'une voix douce de se calmer. Elle hoquette, menace, elle va mourir, et il ne dit rien, elle va s'arracher les habits, se griffer la peau jusqu'au sang – *c'est ce que tu veux, me voir souffrir ?* – alors, froidement cette fois, d'une voix métallique, il lui dit : « Arrête, maman. Qu'est-ce que tu voudrais que je fasse ? Il a sa vie, j'ai la mienne. Je ne peux pas gérer les problèmes de tout le monde.

Et puis tu imagines les répercussions sur ma propre vie ? Tu imagines si on apprend que mon frère cache des armes ? J'ai tout à perdre dans cette affaire. Je comprends que tu sois inquiète, je vais lui parler, je vais – dans la mesure de mes moyens – essayer de l'aider, mais je ne peux pas faire plus sans risquer de me compromettre, et ça, il n'en est pas question. » « Je t'en supplie, Samir, fais quelque chose. » À quel moment Samir comprend-il qu'il devrait rester à l'écart de cette histoire, prendre définitivement ses distances avec sa mère, son frère ? Quand le mot « prison » a été prononcé ? Quand il a découvert les armes ? Ou plus tôt, en arrivant dans la cité ? Il a chaud tout à coup, il sait ce qu'il risque si on le retrouve là, au milieu de ces armes, tout son corps est moite, il retire sa veste, sa cravate et les jette sur le lit de François. « Il ne faut parler de ça à personne, tu m'entends ? Il ne faut pas que quelqu'un les trouve ! Je ne vois pas ce que je peux faire ! Le raisonner ? Tu sais bien que je n'ai jamais eu de prise sur lui. Je le connais à peine. Nous avons vécu cinq ans ensemble ! Nous n'avons rien en commun, et tu le sais. Le seul qui aurait pu avoir une quelconque influence sur lui, c'est son père ! Tu devrais peut-être le contacter et lui parler. » À l'évocation du père de François, Nawel s'effondre vraiment, se laisse glisser par terre comme une marionnette dont on aurait coupé les fils. Samir ne fait rien, reste impassible, elle pleure toujours, rien ne semble pouvoir la calmer, alors il parle : « Je ne vois pas pourquoi tu n'appellerais pas Brunet, c'est son fils après tout, tu as passé ta vie à le protéger. Mais de quoi as-tu peur ? Il n'a qu'à l'aider, lui trouver du travail, il a les moyens de le faire, les contacts, l'argent, et c'est son devoir. Tu me demandes de me substituer à lui mais je ne suis pas son père ! Tu as fait cet enfant avec lui, tu as pris le parti de l'élever seule alors qu'il doit aussi l'assumer ! C'est son rôle ! Pas le mien ! » Soudain, un bruit sourd retentit dans l'entrée, une porte claque, des pas s'enfoncent dans le lino, une voix appelle : « Maman ? » « C'est lui », murmure Nawel en affichant une mine apeurée et, disant cela, elle ravale ses larmes, referme la cachette, se lève et entraîne Samir vers le couloir où attend François : « Maman, t'es où putain ? » « J'arrive ! »

Chaque fois que Samir voit son frère, c'est le même choc. Physiquement, ils n'ont rien en commun. François est vêtu simplement, d'un jean déchiré aux genoux et aux fesses, d'un tee-shirt noir à col rond et de grosses baskets montantes aux couleurs criardes. Voyant Samir, il s'avance vers lui et, lui tapant dans la main d'une façon un peu puérile, il dit avec ironie : « Ah ! Monseigneur est là ! » Samir ne répond rien, cette familiarité, il l'a en horreur, cette façon de se taper dans la main – tout ce qu'il déteste. Il suit sa mère qui leur demande de s'installer à table. La tension. L'agressivité. La méfiance – toutes ces forces contre lesquelles il faut lutter chaque fois qu'il vient et qu'il se trouve en sa présence, comme si Samir livrait un combat contre la face la plus sombre, la plus sordide de son histoire, et ce n'est pas la pauvreté, ce n'est pas la misère qui lui font honte, c'est son frère dont il n'a pas souhaité l'existence et avec lequel il ne partage rien. Intellectuellement, socialement, tout les oppose. François a arrêté ses études après avoir échoué à son BEP de mécanique, il écrit et parle mal – un sauvage, pense Samir en le voyant se balancer sur sa chaise, porter les aliments à sa bouche d'une façon sale, boire en émettant des bruits bizarres.

— Alors ? Qu'est-ce que t'es venu foutre ici ?

— Je suis venu pour voir maman.

— Tu fais ta visite au parloir ? Tu viens voir les condamnés à la perpétuité, tu restes vingt minutes et basta ! À la prochaine !

— Tu connais ça par cœur...

— Non, figure-toi que je suis jamais tombé. Ça t'étonne, hein ? J'ai fait des conneries, mais la prison, non...

— Ne parle pas trop vite.

— Tu es venu pour nous menacer ?

— Tu ne peux pas parler sans être agressif ?

— Mais c'est toi qui m'agresses ! Tu débarques, tu fais ta morale et tu dégages...

Samir ne répond rien. François continue de mâcher bruyamment.

— Tu ne peux pas faire moins de bruit en mangeant ?

— Je t'emmerde.

Samir le regarde. François tient son couteau serré dans son poing, tente péniblement de couper sa viande. « Tu ne sais pas te servir d'un couteau ? » Et François se lève alors brusquement, brandit le couteau en direction de Samir avec une agilité incroyable : « Tu veux voir ? » ; avant de le jeter à travers la pièce sous les cris de sa mère et les pleurs qui redoublent d'intensité. « Je suis ici chez moi ! Je vis comme je veux ! Si ça ne te plaît pas, tu dégages de là ! » Il fait quelques pas en direction de la porte de sortie, puis revient : « Et n'oublie pas de laisser du fric en partant ! » Puis il disparaît dans le couloir qui mène à sa chambre, abandonnant Samir et sa mère. « Tu vois ? demande-t-elle d'une voix étranglée par les larmes. Il devient fou ! Je n'arrive plus à lui parler ! » Et soudain, le vacarme assourdissant de la musique que François diffuse et dont ils perçoivent les paroles agressives :

On verra comment tu fais la belle avec une jambe cassée !

On verra comment tu suces quand j'te déboîterai la mâchoire.

T'es juste une truie, tu mérites ta place à l'abattoir !

T'es juste un démon déguisé en femme ! J'veux te voir brisée, en larmes !

J'veux te voir rendre l'âme !

J'veux te voir retourner brûler dans les flammes !

Samir se lève à son tour mais sa mère le retient : « Je t'en prie, n'y va pas, laisse-le se calmer. » Et il se rassoit, mange sans appétit, indifférent aux larmes de sa mère, pense à Nina tout à coup, à son désir d'être avec elle. En fond sonore, la musique et la voix de François qui reprend le refrain en gueulant : *T'es juste une sale pute ! Une sale pute ! Une sale pute ! Une sale pute ! Une sale pute ! J'vais te mettre en cloque, sale pute ! Et t'avorter à l'Opinel !*

— Tu entends ? Il est malade ! s'écrie Samir.

— Il n'est pas très bien en ce moment, ne lui en veux pas, il est au chômage. J'espère que ça va passer. Mais ce qui me fait peur, c'est ce que je t'ai montré tout à l'heure.

— Tu lui trouves trop d'excuses, il n'a qu'à chercher du travail au lieu de vivre à tes crochets. C'est un homme, maman, pas un enfant.

— Ne parle pas comme ça, il fait ce qu'il peut. Il n'a pas beaucoup d'amis, il traîne parfois avec deux types de la cité que je n'aime pas, mais il a un bon fond, c'est un gentil garçon, il faut savoir le prendre, c'est tout… il n'a pas eu ta chance…

— Quelle chance ? De quoi tu parles ?

Le silence, soudain. François a éteint la musique.

— Il n'a pas de petite amie ?

— Non. Va lui parler maintenant, il a dû se calmer.

Samir se lève, se dirige vers la chambre de son frère, réfléchissant à ce qu'il pourrait lui dire. Il frappe à la porte et, sans attendre de réponse, entre. François est assis devant son ordinateur, en train de jouer à un jeu vidéo, l'air absorbé. De là où il se trouve, Samir peut voir les images sur l'écran représentant un homme musclé armé d'une machette, le tee-shirt souillé de sang, et dont l'unique mission semble être le meurtre du plus grand nombre de personnages possible. Soudain, François se retourne, aperçoit Samir.

— J't'ai dit d'entrer ? Qu'est-ce que tu fous là, d'abord ?

— Écoute, tu me parles autrement…

— Je parle comme je veux. Si t'es pas content, tu dégages. Ici, c'est chez moi.

À cet instant-là, précisément, il a envie de le frapper mais il se contrôle. Se retrouver au commissariat du coin avec une plainte pour coups et blessures, supporter les pleurs de sa mère, les menaces de son frère, non.

— Je ne suis pas venu pour créer un conflit mais au contraire, pour vous aider. Si tu as des problèmes, je…

— Depuis quand tu t'intéresses à ce que je fais ?

— Je fais tout ce qui peut apaiser maman. Et je sais qu'elle se fait du souci pour toi. Pourquoi tu ne travailles pas ?

— Je trouve pas.

— Tu cherches dans quel domaine ?

— Un peu de tout… La sécurité, la mécanique… ça marche une semaine ou deux, pas plus. Et ils payent mal, j'en ai marre de me crever le cul pour rien.

— Tu n'obtiendras rien sans un minimum d'effort.

— Tu es venu me faire la morale ? C'est facile pour toi de parler, tu as vu comment tu vis ? Tu as eu de la chance !

— Ma chance, je l'ai prise ! Rien ne m'a été donné !

— Tu as tout le fric que tu veux…

— C'est faux, je travaille dur…

— Oh arrête, je vais pleurer…

— Si tu as des problèmes, je peux t'aider mais je t'en prie, ne fais pas de conneries et ne mêle pas maman à tes affaires.

— Eh, mais tu sais quoi ? Je t'emmerde ! T'es pas mon père !

— C'est sûr, celui-là, on aurait aimé le voir plus souvent !

Il dit ça et il le regrette aussitôt car François lui lance un regard plein de haine et dans un cri lâche : « Casse-toi maintenant. Casse-toi, connard ! »

Samir reprend sa veste, sa cravate, et sort de la pièce. François a remis le morceau, les hurlements du chanteur transpercent les murs – *Sale pute ! Sale pute !* Dans le couloir, il s'attarde quelques secondes sur un portrait de François à la maternelle : avec sa tignasse blonde tirant sur le roux, ses grands yeux bleus et son sourire qui laisse apparaître des dents de la chance, il ressemble à un de ces modèles de magazines pour enfants. Sa mère est dans le salon, il l'entend débarrasser la table. Parvenu dans l'entrée, Samir ouvre son portefeuille et en sort une liasse de billets qu'il pose sur la commode au-dessus de laquelle trône un portrait de son père. *Sale pute !* « Maman, je vais y aller maintenant », dit-il, gêné. Et, regardant les billets chiffonnés, il a un peu honte, il enrage, ce geste, il l'a déjà fait mille fois, il n'aurait pas dû les lui laisser comme ça, sans enveloppe, sans un mot, ça dénature, ça pervertit, elle ne lui demande rien, – *sale pute !* –, sa pension lui suffit, elle se contente de peu et la voilà qui proteste, elle ne veut pas de cet argent, c'est trop, « garde-le ! ». Et il s'emporte : « Arrête, maman, ça suffit ! Il faut que j'y aille. » La brutalité avec laquelle il a prononcé ces mots, il s'en rend compte en descendant l'escalier comme un bolide, un fou, il court, va s'étaler, fuir, fuir, ça claque sous ses pas – *sale pute !* –, entend encore les paroles du disque de son frère comme si elles lui étaient destinées.

14

Nina ne ressent plus le désir de parler à Samuel, elle le fuit, l'évite, ne supporte plus sa façon de penser, son mode de vie, son caractère, sa personnalité. En finir (en finir avec cette résignation, cette faiblesse constitutionnelle qui l'assigne et l'enferme dans le rôle du raté, cette posture victimaire imposée par l'écriture – cet espace où l'on ne se réalise jamais vraiment, où le doute écrase tout, en finir avec cette histoire qui repose sur la contrainte, il n'y a plus d'amour/de désir/de projets communs, ils se sont emprisonnés, tournent en rond comme des rats de laboratoire dans une cage où ils s'entre-dévoreront).

Elle ne pourra pas reprendre son existence telle qu'elle la menait avant Samir, emmaillée dans ce quotidien morne qui ne promet rien, et elle est prise d'une angoisse terrible à l'idée qu'elle pourrait finir sa vie ici, dans cette cité-dortoir où des centaines d'habitants gobent des antidépresseurs par poignées, espérant aller mieux/supporter l'horreur économique, l'horreur sociale – utopie car rien ne changera, toujours plus minable, faut pas rêver –, et Nina sonde l'avenir à la manière d'une voyante mais tout ce qu'elle voit, c'est un avenir sombre, terrorisant – vision d'épouvante, tout converge vers le malheur –, la perte de sa beauté, sa seule possession, celle qui l'a maintenue en vie, et elle en veut à Samuel alors, elle le hait, si elle en est là, c'est à cause de lui, de son manque d'exigence, de ses névroses, « Tu es petit, lui dit-elle, oui, c'est ça, un homme qui se contente de peu, qui n'a pas d'ambition, pas de rêve et qui finira comme il a commencé, un médiocre que l'on regarde sans admiration et peut-être même, oui, cela m'arrive, avec dégoût ». Samuel entend et ne la contredit pas, n'évoque pas la discussion de la veille – lâche/faible/ désarmé –, fait comme si rien n'avait troublé leur existence paisible, fait le mort, recroquevillé sur lui-même, dos voûté, ni vu ni connu, j'existe pas. S'il parle, s'il la provoque, il va la perdre, il le sent, et cette seule idée lui est insupportable ; ça le rend fou de comprendre qu'elle est si corruptible, qu'il suffirait d'un mot pour qu'elle parte. Il va attendre. Samir va rentrer à New York, il ne la rappellera jamais, il trouvera mieux, et plus jeune, ils l'oublieront, ils finiront par l'oublier, et ce jour-là, Samuel part travailler en répétant à Nina qu'il l'aime, à quoi bon ? Elle ne réagit pas, le regarde s'éloigner en pensant : Je ne l'aime plus. Enfin seule. Quel choix ? Elle sait qu'elle ne pourra plus supporter ce quotidien sans éclat, et, se persuade-t-elle, sans amour. Elle ne supportera plus qu'il la touche, lui parle, c'est fini, dissous. Elle est en short et débardeur et elle voit son reflet dans le grand miroir de l'entrée. C'est elle cette femme superbe au corps ferme, aux seins lourds ? Elle se déshabille, veut se voir nue, sous la lumière crue du soleil éclatant qui filtre à travers les lattes du store, lâche ses cheveux, se surprend elle-même, elle a perdu l'habitude de se regarder dans un miroir. Un jour, dans un magazine, elle avait lu les conseils de Brigitte Bardot à une jeune actrice : « Quand tu entres dans une pièce, relève la tête et fais comme si tu voulais coucher avec tout le monde. Tu es la plus belle femme du monde. Profites-en, ça ne va pas durer » et c'est ce qu'elle fait, elle se redresse fièrement au moment où son téléphone se met à sonner, c'est Samir, il veut la revoir, il a envie d'elle, qu'elle vienne tout de suite, elle lui manque, elle lui manque terriblement. Elle rit encore : « Tu m'as appelée au moment où je me déshabillais. Je suis nue. » « Ne dis pas des choses pareilles, je t'en supplie, tu peux me tuer avec ces trois mots. Tu es vraiment nue ? » « Oui. » « Maintenant, écoute-moi bien, tu vas juste enfiler une robe, tu ne mets rien dessous, tu m'entends ? Et tu vas prendre un taxi pour me rejoindre. » « Et si je refuse ? » « Tu ne peux rien me refuser. » Et soudain, elle raccroche. Il la rappelle, elle ne répond pas, il lui laisse trois quatre messages, elle est en train de le rendre fou, là, il est excité, il a envie d'elle, tente de se calmer mais en vain, appelle, appelle encore, il se désagrège, prend une douche, avale un verre de whisky, où est-elle ? Et soudain, une heure plus tard, on frappe à sa porte, le voilà qui se précipite, ouvre, c'est elle, moulée dans une robe en coton fermée par des boutons-pression, il l'attire vers lui, « j'ai bien cru que j'allais mourir », puis, plaquant son corps contre le sien : « Je devrais te punir pour ça. » Il l'embrasse, la serre contre lui, respire ses cheveux, l'entraîne vers le lit et s'allonge à son côté. D'un mouvement bref, il déboutonne sa robe, glisse sa main sous ses reins et l'attire vers lui, la brusque un peu, il aime la brutalité, il aime la violence, la plaque contre le matelas et la prend, façon de lui faire comprendre qu'il a le contrôle ; le voilà, le sauveur.

Elle est allongée sur lui, joue avec sa langue dans sa bouche, descend dans son cou, et caresse du bout des doigts sa cicatrice. « Est-ce que tu vas me dire un jour comment tu t'es fait ça ? » Il la repousse légèrement. « Qu'est-ce qu'il y a ? Dis-le-moi... » Il l'attrape doucement par les épaules : « Tu veux vraiment le savoir ? » Nina hoche la tête. « C'est violent. Tu pourrais être traumatisée. » Il dit cela avec ironie et aussitôt elle réplique : « J'aime cette cicatrice, ça te virilise, ça te... » « Arrête ! » Il se dégage de son étreinte, se redresse, les mains derrière la tête comme s'il cherchait à s'encourager : « C'est la première fois que j'en parle à quelqu'un. Je raconte généralement qu'en voulant défendre une femme attaquée par un type en pleine rue, je me suis pris un coup de couteau, une version héroïque, tu vois... ça impressionne toujours... C'est faux, bien sûr, ça ne s'est pas passé comme ça... J'avais quinze ans... ma mère me demande de descendre une valise à la cave. Elle ne veut pas que j'y aille seul, personne n'aime aller à la cave, c'est sale et il y a toujours des types qui fument, qui trafiquent leur dope, alors elle demande au fils du gardien de m'accompagner, une sorte de figure tutélaire, un gros caïd en fait, ma mère ne le sait pas. Il dit à ma mère qu'il s'occupe de tout... On descend, et là, dans les escaliers, il me demande si j'ai déjà couché avec une fille, je réponds que non, il me dit que c'est le moment, alors que pour moi, ça ne l'est pas du tout, j'ai un devoir de maths le lendemain, j'ai du travail, je n'ai pas envie de suivre ce malade, mais il insiste et je comprends, à son regard dément, qu'il ne faut pas le contredire ; on s'enfonce dans un long couloir, une sorte de tube à peine éclairé, un tunnel. Au bout, une dizaine de types de mon âge patientent devant une porte d'où s'échappent des cris qui me soulèvent le cœur. Il me tient par le bras, double tout le monde, me fait entrer dans la cave et là, au milieu d'une pièce humide, sur un bureau à moitié démonté, je vois une fille de treize quatorze ans, en train de se faire défoncer par un gars de seize ans, et elle hurle, elle hurle comme une bête, lui demande d'arrêter, lui dit qu'elle a mal, crie au secours, c'est horrible... horrible... tu ne peux pas imaginer une chose pareille... le chef lui dit de la fermer, il pousse le type qui était en elle et il dit à la fille : "Suce-le" en me désignant, et la fille s'approche, elle est en larmes, elle s'agenouille devant moi, le type lui donne une gifle au niveau de la tempe : "Suce-le !" ; du sang coule le long de son arcade sourcilière, elle pleure, et là, j'ai dit que je ne voulais pas, j'ai dit : "Laissez-la." Un gars a commencé à me vanner, il gueulait que je perdais mon tour, les types derrière moi se sont énervés, l'un d'eux a hurlé que j'allais les dénoncer. Le chef m'a dit : "Putain, t'es une mauviette ! C'est qu'une salope !" Mais j'ai pas pu bouger, j'étais comme paralysé par la peur et l'effroi, les autres se sont mis à le chauffer, à l'encourager à me punir pour que je la ferme, alors il a sorti son canif et il m'a lacéré le cou en me disant que si je parlais, il me le planterait ailleurs jusqu'à ce que j'en crève. Je suis parti. J'ai renoncé à chercher la valise et j'ai couru comme un fou. Je n'ai jamais rien dit. On n'a jamais porté plainte. » « Je suis désolée, murmure Nina, je n'imaginais pas que... » « Cette fille, je n'ai jamais pu l'oublier. Je suis devenu avocat pénaliste pour ça, pour ne plus jamais me retrouver dans une situation où les victimes ne sont plus protégées et où leurs bourreaux restent impunis. »

Nina caresse ses cheveux dans un geste presque maternel. « Je n'imaginais pas, souffle-t-elle, tu n'en as jamais parlé. » « Il y a tellement de choses dont je ne t'ai pas parlé. » « Je pensais tout connaître de toi. » Entendant ces mots, Samir se détourne d'elle et réplique : « Personne ne me connaît. Si un jour quelqu'un prétend le contraire, ne le crois pas. »

15

Dans toute liaison amoureuse, vient le moment où il faut trouver le meilleur moyen de capturer l'amour, de le figer dans un cadre sûr – un appartement, une légalisation. C'est une option qui mène irrémédiablement à l'échec, ils le savent, tout le monde le sait ; pourtant, ça ne dissuade personne. Au bout d'un certain temps, plus ou moins long, les amants veulent vivre ensemble alors que c'est précisément parce qu'ils ne vivent pas ensemble qu'ils s'aiment. Samir et Nina sont en peignoir de bain, allongés sur le lit aux draps défaits. Ils sont bien, ils sont heureux, reprennent le cours de leur histoire. Le portable de Samir sonne, c'est sa femme et il ne répond pas, il a trop peur d'altérer l'intensité de cette rencontre, c'est une passion rare, il le sait, Ruth peut bien l'appeler quatre cinq fois, il ne l'entend pas, il est fou, il est amoureux, c'est dangereux, c'est risqué, il est en roue libre et le dit à Nina : *Je ne peux plus me passer de toi*, mais elle tempère, reste lucide, ils n'ont pas le choix, il va rentrer et chacun reprendra sa route, elle l'affirme avec calme en espérant l'inverse, évidemment – et, bien joué, c'est ce qui se produit, il revient à la charge, *tu ne comprends pas, je t'aime, je t'aime vraiment.*

— Ce que je désire, tu ne peux pas me l'offrir, je viens d'avoir quarante ans, je veux un enfant, et tu es marié, tu as une famille.

— Et alors ? Je vais tout quitter.

— Oh, c'est ce que tu dis. Comment te croire ?

Pourquoi est-ce qu'il lui dit cela ? Pourquoi proposer une option inenvisageable alors qu'il a fait le choix d'une vie conventionnelle et parfaitement réglée, une de ces existences privilégiées, socialement enviables – en apparence seulement, car cette insouciance économique a un prix : la perte de sa liberté. Il est le mari de Ruth Berg. Le gendre de Rahm Berg. Il peut toujours essayer de l'oublier ou de faire comme si ce n'était qu'un détail – il ne doit sa place sociale qu'à sa femme et à sa famille. Il a bien réussi par lui-même, oui, mais son introduction dans les clubs les plus fermés, la rencontre avec les clients les plus influents, ceux que l'on approche que par cooptation, recommandation, sa valorisation sociale, il les leur doit. Il peut bien promettre à Nina une vie meilleure où tout serait de nouveau possible : il ment.

Elle fixe un point au mur comme si elle cherchait à échapper à son regard, à son contrôle. « On va nager ? » lui demande-t-il en se tournant vers elle. « À cette heure-ci ? La piscine de l'hôtel doit être fermée ! » Il rit, l'embrasse : « Pour moi, ils l'ouvriront. »

16

À l'aéroport, devant la salle d'embarquement, Samir demande à Nina de le rejoindre à New York. *Tu n'as pas d'enfant, tu n'as pas d'attaches ici, pars, pars avec moi,* et elle se dit ça y est, c'est le moment, c'est ma chance, elle dit *oui,* ce qu'il voulait entendre, il s'occupera de tout : de son billet/son transfert/son logement, elle n'aura à penser à rien (et alors qu'elle devrait la terrifier, la faire fuir, cette idée la rassure), il viendra la chercher, il restera avec elle, il ne la quittera plus, ils vivront ensemble. *Oui.*

TROISIÈME PARTIE

1

Samuel n'avait plus aucune raison de vivre depuis
que Nina lui avait annoncé qu'elle avait l'intention de
le quitter, sur un ton solennel et les yeux baissés
comme un condamné avant le verdict, c'était une
question d'heures, de jours, elle allait le quitter parce
qu'elle était amoureuse de Samir, et il l'était aussi,
lui avait-elle précisé, comme si leur amour comptait
double, que les chiffres parlaient pour eux, gonflaient
leurs sentiments, la réciprocité valorisant l'amour,
tandis qu'en se retirant de sa relation avec Samuel,
elle la réduisait à l'unicité, au sens unique, à l'impasse,
elle divisait, retranchait, c'était mécanique, scienti-
fique, elle avait longuement hésité à prendre cette
décision, elle en avait parlé avec Samir – et à Samuel
d'imaginer les longs conciliabules, les arguments pour
ou contre, à Samuel d'assumer les conséquences personnelles d'une telle trahison, ils s'aimaient, qu'on se
le dise, et peu leur importait qu'un tiers fût sacrifié,
l'amour légitimait la destruction, justifiait la souffrance causée, l'amour était un maître, un état tyran-
nique auquel nul n'aurait su s'opposer, elle le quittait
malgré la longue complicité, les vingt années passées

ensemble, elle le quittait en dépit des promesses qui ne valent rien, des mots prononcés qui ne pèsent pas lourd face à ceux qui le seront, elle le quittait par amour pour un autre/lassitude/ennui, avec détermination et quelques états d'âme aussitôt balayés par l'ampleur de la passion à naître, cette chance qui ne se présenterait pas une nouvelle fois, elle le quittait par indifférence comme si leurs souvenirs communs avaient été gelés, momifiés, fondus dans le plomb, inutilisables, inexploitables, c'était fini, c'était mort, leur amour, un crassier à enflammer d'un coup d'allumette craquée dans l'alcool, le plus pur, le plus fort, celui qui tue, et elle avait essayé de le raisonner, de lui expliquer que c'était mieux ainsi, avec des arguments captieux, elle et Samir d'un côté, lui, d'un autre, application stricte du principe de séparation des espèces, Tu n'uniras pas celui qui aime à celui qui n'aime plus, Tu ne mélangeras pas le pur et l'impur, le profane et le sacré, elle avait bien tenté de l'aider, de le soutenir, de l'accompagner, elle l'avait écouté quand il allait mal, aimé quand il souffrait, fait semblant de compatir lorsqu'il exprimait son impuissance, elle ne le disait pas mais elle le pensait : elle avait été exemplaire, il ne pourrait rien lui reprocher, elle avait aimé Samir sans l'avoir prémédité, sans chercher à le séduire car c'est lui, Samuel, qui avait souhaité le recontacter, c'est lui, au risque de la perdre, elle ne trahissait personne et aucun coupable ne méritait d'être désigné, ce sont des choses qui arrivent et on n'y peut rien, elle minimisait les faits, les mutait en banal fait divers, des ruptures, il y en a tous les jours, et ce n'est rien comparé à une guerre, une maladie, ce n'est rien comparé à la mort,

je m'en remettrai,
tu t'en remettras,
il s'en remettra,
nous nous en remettrons,
vous vous en remettrez,
ils s'en remettront

… mais non, quel désastre, les suites de l'amour, l'infection généralisée, on l'a amputé d'elle, ça gangrène, étrangeté médicale, regardez-le, incapable de respirer, d'analyser l'annonce avec calme, avec recul, apportez le masque à oxygène, les ventilateurs, les éventails, allumez les climatiseurs, ouvrez les fenêtres – Ouvrez ! Il étouffe ! –, il ne peut pas apprendre à relativiser, ne peut pas se calmer, la machine à pleurer s'emballe, je t'aime (il l'aime), il vous dit qu'il vous aime, et son avis n'importait pas, ce qu'il ressentait n'avait aucune signification, ne troublait personne, il s'en remettrait, c'était écrit, il finirait par l'accepter, il rencontrerait une autre fille dans la rue ou il s'inscrirait à un site de rencontres ou il demanderait à *quelqu'un* de lui présenter *quelqu'un*, il se débarrasserait de ses affaires sans émotion, il la rayerait de son carnet d'adresses ou continuerait à la fréquenter, à lui parler et pour lui dire quoi ? Nous pouvons rester en bons termes, elle l'avait dit, nous pouvons rester amis, oui pourquoi pas, comme dans *Les Choses de la vie*, dans *La Chanson d'Hélène* : *je t'aimais tant… il faut se quitter… je ne sais plus t'aimer… c'est mieux ainsi, c'était l'amour sans amitié*, il ne lui proposerait plus de sortir, il n'aurait plus le droit de prendre sa main ni de l'embrasser en public, de lui faire l'amour sans autorisation préalable, l'amour par surprise, il ne lui achèterait plus de parfums ni de livres, souviens-toi *Le Livre de l'intranquillité*, *Le Livre des êtres imaginaires*, *Le Livre de ma mère* et *Le Livre de sable*, il ne débarquerait plus à la maison sans prévenir, *à l'improviste*, il adorait cette expression qui disait la spontanéité, l'élan, le naturel, il ne lui téléphonerait plus à toute heure du jour pour dire je t'aime, pour questionner : *Où es-tu ? Avec qui ? Que fais-tu ?* Pour épier : *Tu ne réponds pas ! Pourquoi tu ne réponds pas ? Quand vas-tu finir par me répondre ?* Il ne lui demanderait plus conseil, il ne lui donnerait plus rendez-vous dans un coupe-gorge pour qu'elle ait peur et s'agrippe à lui, *comme je t'aime.* Il ne l'inviterait plus à passer le week-end à Rome ou ailleurs pourvu qu'elle soit à lui. Il ne réussirait plus à la séduire avec des mots rares. Il ne lui ferait plus de tours de passe-passe, de magie, de manège. Il ne susciterait plus ses commentaires enthousiastes. Il ne créerait plus de mots-valises pour la faire rire, un « cerf-les-fesses », une « poustache », l'« alcoolade », elle adorait ça. Il ne s'emporterait plus parce qu'elle avait oublié de fermer le bouchon de la bouteille de soda alors que le gaz s'évaporait, il en était sûr, malgré les dénégations des scientifiques. Il ne lui imposerait plus la lecture de ses manuscrits. Il ne lui demanderait plus son avis sur la place d'une virgule, l'avenir de l'apostrophe. Il ne se déguiserait plus en Groucho Marx pour la surprendre, à la sortie du métro, vêtu d'un tee-shirt sur lequel il avait écrit au marqueur noir « Your bed or mine ? ». Il ne lui lirait plus à haute voix des poèmes de Yehuda Amichaï. Ils ne se disputeraient plus pour des raisons idéologiques. Il ne l'attendrait plus devant l'immeuble de son agent avec deux hot-dogs à la main dont un sans moutarde, il n'écouterait plus le deuxième mouvement du concerto 23 de Mozart interprété par Horowitz sans penser à elle, sans pleurer. Il ne regarderait plus les femmes brunes car toutes les brunes lui rappelleraient Nina. Il ne songerait plus à reprendre ses études. Il n'irait plus courir tous les matins pour l'entendre dire quand il se déshabillait, « jamais vu un corps pareil ! ». Il ne louerait plus des DVD en se demandant si le film lui plairait. Il ne réserverait plus « une table pour deux ! ». Il dînerait d'une pizza commandée sur pizzahut.com. Il doublerait sa consommation de cigarettes et d'alcool. Il feuilletterait son dictionnaire, chercherait désespérément le mot qui exprimerait avec précision cette alliance de mélancolie et la confusion qui le transperçait avec la violence d'un arc électrique. Mais aucun mot ne dirait le sentiment d'échec et d'impuissance, la douleur, la rage d'être quitté pour un autre, aucun mot ne traduirait la colère et la haine, ne dirait la peur de l'avenir sans elle, du quotidien sans elle, de l'amour sans elle.

2

L'installation dans un grand appartement au dernier étage d'un immeuble cossu, au cœur de SoHo, choisi par Samir – une petite bâtisse en pierre grise zébrée de métal vert, avec son escalier de secours ancré à la façade selon une configuration architecturale parfaite : « Au cas où tu voudrais me quitter, lui dit Samir, tu n'as qu'à emprunter l'escalier. » Elle rit, entre dans l'immeuble (« jamais vu un endroit pareil ! »), suit Samir qui l'entraîne vers l'ascenseur. Dans la grande cabine métallisée, il l'embrasse, ils s'embrassent, indifférents au fracas du monde. « Ferme les yeux. » Il prend sa main, la dirige vers l'appartement et, une fois qu'il a ouvert la porte, une fois qu'elle se trouve sur le seuil, il lui demande de les rouvrir doucement... doucement pour ne pas être aveuglée par les rais de lumière que les immenses baies vitrées diffractent comme des rayons laser. Il lui fait visiter l'appartement. Là, la cuisine. Là, la salle de bains. Et là, *notre* chambre. D'un geste brusque, il la pousse sur le lit et la déshabille. Sa tête enfouie au creux de son épaule, elle répète : *notre chambre.*

La double vie – cette période exaltante dont l'intensité le submerge, l'impression de vivre deux fois plus fort, deux fois plus vite, va, vient, court, aime, ment, cache, dissimule, ruse, invente, manipule, joue, surjoue, déjoue les pièges, est angoissé/exalté, ne dort plus mais quelle extase. Quelle liberté de pouvoir évoluer dans deux mondes parallèles, deux mondes qui s'ignorent et sur lesquels il a le sentiment de régner pleinement, sans le risque de la trahison qu'implique toujours le pouvoir. Qui le trahirait ? Ruth ? Elle ne se doute de rien et n'est pas une de ces femmes fragiles, enclines à l'espionnage, elle est trop sûre d'elle pour ça. Nina ? Il lui offre une vie dont elle n'a même pas pu rêver, il le voit à la façon qu'elle a de s'émerveiller pour chaque chose : un cadeau, un restaurant, jusqu'à des lieux qu'il qualifierait de banals s'il ne constatait l'effet qu'ils ont sur elle. Elle est éblouie – c'est précisément ce qui lui plaît. Elle n'est pas une de ces filles blasées que les parents ont trop gâtées, une de ces héritières préservées qui n'ont jamais été insultées ailleurs que dans un lit. Le contraire de sa femme. Il a besoin des deux désormais, passant de l'une à l'autre avec une facilité déconcertante. Cette bigamie bourgeoise, consentie, il en a toujours rêvé, et c'est l'apaisement, c'est la réconciliation intime pour un homme qui a passé la majeure partie de sa vie déchiré, corseté, sous l'emprise de lois qu'il a lui-même édictées pour survivre. Sa femme est là, Nina est là, la sérénité de la cellule familiale avec des enfants à l'éducation parfaite, la sécurité mentale, matérielle que son mariage lui apporte (oui, il peut l'avouer, chaque fois qu'il reçoit ses relevés de compte bancaire et le détail de leurs biens, il est impressionné) et, de l'autre, la volupté de la transgression, la sexualité, tout ce dont il s'est senti privé en Amérique, tout ce qu'il a bridé et qu'il lâche avec une liberté qui le sidère. Il ne s'en serait pas cru encore capable, cadenassé qu'il est par le devoir – par son mensonge. Il se sent pleinement heureux, enfin, à quarante ans. Avec Nina, dans leur appartement, il est de nouveau Samir Tahar. Il s'autorise à réintégrer dans son quotidien des éléments qui le rattachent à son enfance, des choses aussi simples qu'un plat alliacé que sa mère lui préparait, une musique en arabe qu'elle écoutait en boucle quand elle était enceinte – du folklore, peut-être, mais l'identité n'est-elle pas aussi faite de fragments épars, insignifiants, inexplicables ?

Sans doute la meilleure période de sa vie, la plus conforme à ce qu'il est, à ce qu'il désire, comme si les aspirations de l'enfance – toutes ces représentations fantasmées de l'avenir – s'étaient concrétisées, comme s'il était devenu exactement l'homme qu'il rêvait d'être, à dix-huit ans, quand, installé avec sa mère et son frère dans une cité délabrée, il s'était juré de quitter cette zone pour ne *jamais* y revenir. Est-ce qu'il avait conscience d'avoir créé un monde artificiel ? Un monde dans lequel l'argent n'était ni un problème ni même un sujet d'inquiétude ? Non, sans doute – il n'en connaissait plus d'autre.

3

Le chagrin de Samuel occupait tout l'espace. C'était une douleur sourde et lancinante qui ondulait par vagues du côté du cœur, avec des élancements soudains lorsqu'il pensait à *elle*. Il se persuadait que c'était la fin, que les organes allaient lâcher l'un après l'autre comme des freins, que c'était irréparable, irrémédiable – à la casse ! Il ne pouvait pas envisager qu'il y aurait une suite, un dénouement, quelque chose s'était brisé en lui, il était détruit à l'intérieur. Un matin, il était entré dans une librairie médicale, espérant trouver une explication dans un livre de médecine, des raisonnements rationnels, la description de symptômes – est-ce qu'elle était normale, cette douleur ? Est-ce qu'elle annonçait une rupture d'anévrisme, un cancer, une mort lente par suffocation ? Est-ce que Nina l'avait quitté dans un accès de folie ? Ils étaient ensemble depuis vingt ans alors qu'il est scientifiquement prouvé que l'amour dure trois ans, ils avaient défié la Science et il faudrait capituler ? Il cracha sur la médecine et les Lois arbitraires de l'Amour. Au rayon « psychiatrie » – car il devenait fou –, il ouvrit un livre au hasard, traquant les mots qui pourraient résumer son cas : syndrome de retrait affectif, songea-t-il. Autisme pauvre : sans Nina, il n'avait plus goût à rien.

Pendant des années, il avait écouté des centaines de personnes en souffrance, il leur avait proposé des solutions dont certaines avaient profondément changé leur vie, et il en était là, à chercher des raisons à l'Inexplicable, à pleurer une femme qu'il aimait, à tenter de comprendre pourquoi elle l'avait quitté : était-elle réellement amoureuse de Samir ? Pourquoi désirait-elle garder ses distances ? Et jusqu'à quel point ? Est-ce qu'elle ne ressentait plus le moindre désir ? Le livre des questions amoureuses, il pouvait l'ouvrir à sa guise comme un texte sacré et mystique. Nina s'était retirée de son monde après l'avoir créé. Pourquoi ? Il y avait mille interprétations possibles. Aucune n'apaisait sa douleur de l'avoir perdue. Elle t'a quitté, tu comprends ? Elle ne t'aime plus ! Tu m'entends ? ELLE NE REVIENDRA PAS ! Il parlait seul. *C'est fini.* Il se le répétait, il l'apprenait en butant sur chaque syllabe comme s'il s'agissait d'une langue étrangère dont son esprit refusait l'apprentissage. Il lisait et relisait les mots de Cesare Pavese dans *Le Métier de vivre* : *Elle a fait cela. Elle a fait que j'ai eu une aventure durant laquelle j'ai été jugé et déclaré indigne de continuer.*

À peine rentré chez lui, il jeta à la poubelle toutes les affaires qu'elle avait laissées et les cadeaux qu'elle lui avait offerts : l'agenda en cuir rouge, un stylo en argent, la statuette qu'elle avait achetée chez un antiquaire avec l'un de ses cachets, et ces petits signes de tendresse – mots griffonnés sur une nappe en papier, cartes postales, lettres, grigris – qu'il avait jusque-là conservés précieusement. Puis il retira un à un de sa bibliothèque tous les livres qui la rappelaient à son souvenir : il y en avait plus de trente. Le soir même, il se mit en deuil. Il en respecta tous les rites. Il déchira sa chemise, dormit par terre. En guise de repas, il mangea deux œufs durs trempés dans de l'eau salée. Il recouvrit tous les miroirs de draps blancs afin de ne plus croiser son image. Il ne se rasa pas. Il n'écouta plus de musique. Il cessa de se laver. Il récita un kaddish pour l'amour défunt.

4

La concrétisation d'un bonheur dont Samir a longtemps exclu l'idée même. La possibilité du recom-
mencement. De la renaissance. La possibilité d'être
de nouveau amoureux. La capacité de repousser
l'échéance, de refuser la fatalité, le conformisme
social, de réinventer son existence en la vivant différemment, avec une autre femme, en d'autres lieux,
c'était envisageable, c'était « sensé » (« la vie n'est pas
un brouillon, lui avait dit un ami, il n'y aura pas de
seconde chance, ça semble évident mais la plupart
des êtres l'oublient, et renoncent »). À quarante ans,
il avait le sentiment d'avoir non seulement atteint ses
objectifs – ceux que la société détermine et ceux qu'il
s'était fixés au cours des différentes étapes de sa vie :
espoirs adolescents, rêves adultes, objectifs simples
ou excessifs – mais même de les avoir dépassés : car
s'il avait désiré être juriste, il n'avait pas imaginé qu'il
deviendrait l'un des avocats les plus influents de
New York. S'il avait espéré épouser une femme issue
d'un milieu plus favorisé que le sien, au charme indis-
cutable et qui aurait fait de bonnes études, il n'avait
pas envisagé qu'il séduirait la fille de l'un des hommes

les plus puissants des États-Unis, à la fois belle et diplômée des meilleures universités. S'il avait souvent rêvé de fonder une famille, il n'avait jamais osé se représenter un tel modèle. Deux enfants parfaits, beaux, bien élevés, brillants, ayant déjà, à quatre et cinq ans, un vrai sens social. Il avait tout eu, tout connu grâce à la chance, l'audace, le travail, les rencontres – une conjonction d'éléments favorables. Que peut-on espérer quand on a tout consommé jusqu'à l'excès ? Il lui avait manqué l'essentiel : l'amour de la femme qu'il avait le plus aimée. Et il le possédait aujourd'hui, il l'avait conquis.

Il n'a jamais été aussi heureux qu'avec Nina, à cette période de sa vie. Les choses lui paraissent alors extrêmement simples, comme si toute chose – gens, événements – évoluait paisiblement, dans un sens qui lui était favorable, sans danger, sans risque. Il l'aime, il est fou d'elle – et c'est nouveau pour lui qui n'a jamais pu s'attacher à personne, c'est nouveau, et ça justifie qu'il ne cherche pas à plier devant Berman, mais ça justifie aussi qu'il baisse la garde. Il n'est plus aussi prudent, ça pourrait lui être fatal, il le sait, essaie de ne pas y penser, il pourrait perdre sa femme, sa situation au sein de son cabinet, mais c'est le prix à payer pour vivre intensément cette histoire. C'est le prix à payer pour connaître cette tension sexuelle, naturellement, sans efforts, sans mise en scène, cette communion quasi animale dont il n'explique pas les mécanismes. On peut bien lui dire que c'est éphémère, que ça ne durera pas, qu'il prend des risques insensés pour une passion dont l'intensité finira par faiblir, il y va, il plonge. L'envahissement – ce qui définit le mieux sa relation à elle. Il est hanté par elle, par son corps et tout ce qu'il veut, c'est la posséder ; tout ce qu'il veut, c'est être avec elle, en elle. Avec Nina, il n'a pas besoin de ruser, de créer artificiellement des situations excitantes. Il pense à elle et il est excité. Il la regarde et il la désire, c'est mécanique. Il a parfois du mal à croire qu'elle est avec lui, qu'elle a tout quitté pour lui et qu'il n'a que quelques rues à traverser, un appel à donner pour la voir. Il n'a jamais eu aucune difficulté à reconnaître que la qualité qu'il préférait chez une femme était sa disponibilité sexuelle. Et avec Nina, il a exactement ce qu'il veut. Non qu'elle soit particulièrement soumise – ce n'est pas une de ces filles dociles éduquées dans l'idée que le rôle de la femme est de satisfaire l'homme, son père n'était pas si rétrograde – mais elle n'a aucun problème avec le sexe. Elle n'a aucun problème avec la jouissance. Avec la séduction, les rapports sociaux, la prédation, oui. Se faire aborder/harceler/siffler en pleine rue, sur son lieu de travail – où qu'elle aille car rien à faire, sa beauté hypnotise –, elle ne le supporte pas. Mais dans un lit, avec un homme qu'elle aime, qu'elle désire, elle n'a pas d'inhibitions. Et c'est ce qui les lie : cette intimité sexuelle, cette complicité authentique, joyeuse. Quand Samir est avec elle, il n'a pas le sentiment d'être responsable de quoi que ce soit, elle est aussi consentante que lui. La culpabilité ? Quelle culpabilité ? Il n'a fait que reprendre leur histoire où elle avait été interrompue par la force du chantage affectif, par *la force des choses*, une forme de fatalité à laquelle il s'est acclimaté, ce n'était pas le moment peut-être, alors que maintenant, il en est sûr, rien n'entravera plus leur amour. Quelle aurait été sa vie si Nina était restée avec lui à l'époque ? Il n'aurait sans doute pas fait ses études dans le Sud mais aurait été confronté aux mêmes processus discriminatoires. Il aurait peut-être fini par capituler et aurait trouvé un poste de juriste dans une boîte minable. À l'heure qu'il est, ils auraient peut-être déjà divorcé. Mais il ne veut plus penser à cette période sombre. C'est *le passé*. Rester ancré dans le réel, vivre intensément le moment présent, voilà ce qui revêt un sens pour lui, et il va, vient, la surprend, l'emmène en voyage, répond au moindre de ses désirs. Avec lui, songe-t-il, elle n'est plus cette femme craintive, pauvre, soumise. Avec lui, elle brille, on la remarque, on ne voit qu'elle, et finalement alors que c'était sa plus grande crainte, alors qu'il avait fait de la discrétion son mode de vie, de l'ombre, son espace d'action, maintenant, avec elle, au bras d'une femme aussi belle, on ne voit que lui.

5

L'alcool, dès le réveil, la bouteille à portée de main, rien d'autre qui liquéfie ce bloc de béton, ce corps mort qui gît dans sa tête, dans l'alcool ça se dissout un peu, sur le moment c'est plus supportable, ça glisse, ça chauffe, Samuel en est là, allongé sur son lit ou debout, dans un bar, parfois en bas, au sous-sol, fait la queue parmi les *bolos* pour acheter une barrette de shit, un peu de coke, de quoi tenir cinq six heures, passera vite aux drogues dures – dans sa tête, c'est l'explosion et, enfin, ça y est, ça vient, sur le papier aussi, l'énergie, la puissance. Pour la première fois, il a le sentiment d'écrire quelque chose de valable. Il vaut mieux, pense-t-il, que ces plumitifs qui ne connaissent pas la violence, le manque, la peur au ventre, l'angoisse de sortir, la possibilité du meurtre, le goût du sang et du fer, qui ne savent pas ce que c'est que d'être réveillé en pleine nuit par un gosse qui gémit, des coups de fusil, des sirènes hurlantes, des voisins qui se cognent/courent/pleurent, ceux qui n'ont jamais changé de trottoir, de territoire, quand lui a tout vu, la misère/la merde/la mort, rien ne lui fait peur, il est dedans, et il y est bien, il n'échangerait pas sa place, le trou qu'il a creusé et où il finira par crever défoncé. Il est là, assis à son bureau, lancé dans l'écriture comme il le serait sur une route, à bord d'un bolide, conduit vite, en état d'ivresse, pourrait s'écraser à tout moment, ne voit rien, n'entend rien d'autre que ce qui se joue, se dit dans sa tête, passe ses journées, ses nuits à écrire, au bord de l'épuisement, le corps tendu, le cœur en surchauffe, les pupilles dilatées, la bouche pâteuse, il ne s'alimente plus, il est incapable de se regarder dans un miroir, son image lui fait horreur, il ne se lave plus, se gratte jusqu'au sang, son grand corps flotte dans son jean, mais il a la force, encore, de prendre de la coke, ça le fait tenir, il se met en danger, il pourrait mourir, ne plus revenir, il n'a pas peur. Ce qu'il veut, maintenant, c'est écrire le réel, son réel, cette solitude, cette souffrance, cette misère, cette mise à l'écart, cet isolement social imposé par l'État, encouragé par l'État, ils sont entre eux, enclavés, il lui faudrait plus d'une heure de transport en commun pour atteindre la capitale et mettre le feu, ils ont tous renoncé, restons groupés. Il pense : tout est vrai. Il n'invente rien. Ce grand roman social, c'est sa vie. Il écrit avec, en tête, une phrase de Hemingway : « L'écrivain devrait toujours essayer de faire quelque chose qui n'a jamais encore été fait, ou que d'autres ont essayé de faire, mais en vain. Alors, quelquefois, avec beaucoup de chance, il réussira. » Pendant toutes ces années, il y avait eu une distorsion terrible entre ce qu'il voulait écrire et le résultat auquel il parvenait, comme si, soumises à l'épreuve de l'écriture, les pensées les plus puissantes devenaient des phrases ternes où chaque mot semblait mal employé, chaque signe de ponctuation à la mauvaise place, et il récrivait inlassablement sans jamais atteindre cette adéquation parfaite entre sa pensée et sa mise en forme, et ce n'était qu'à l'âge de quarante ans, au moment où Nina l'avait quitté, qu'il se sentait tout à coup en pleine possession de ses moyens, son projet s'accordant exactement avec son ambition.

Il travaille, ne sort plus que pour se procurer de la came. Il devrait peut-être se tuer pour de bon. À ce niveau-là, c'est radical. En claquant la porte, il sent ses forces l'abandonner. Ses jambes flageolent – ça devient fréquent, faut que ça cesse. Ses doigts tremblent aussi, glissent sur le mur où son corps se plaque pour ne pas vaciller. Sur le palier d'en face, un gosse de douze ans le regarde en fumant, sans faire un geste pour l'aider. Il fait le guet, assis sur une chaise branlante comme un gardien de musée – c'est l'heure, ça durera toute la soirée. Fait vivre sa famille comme ça. Cinquante euros par nuit de la main à la main. Samuel descend les escaliers, l'ascenseur est en panne, il le restera, les flics n'auront qu'à monter à pied, en gueulant, raclant le talon de leurs rangers contre le carrelage émaillé des marches – c'est Nous –, ils n'auront qu'à agiter leurs menottes, le cliquetis du métal moite, on l'entend d'en haut – c'est Nous –, ils n'auront qu'à allumer leurs talkies-walkies pour communiquer avec ceux d'en bas – on maîtrise la situation, Nous voilà –, mais quand ils arrivent, il n'y a plus rien, tout a été planqué, jeté, balancé, la nourrice est là-haut, qui veille. Une jeune veuve, trois enfants en bas âge à charge, son mari a été tué par balles, sur le parking de la cité, trois impacts dans le thorax, elle s'est placée sous la protection d'un chef de gang, pas d'autre choix, elle cache la came dans le linge du petit, parfois dans des couches en tissu qu'elle lave à la main par souci d'économie, l'écologie elle s'en tape, on lui dit bonjour, au revoir, chacun fait ce qu'il peut. Au huitième étage, c'est le saut d'obstacles. Ont placé des barrières en fer pour bloquer l'accès aux derniers étages. Ça lui prend bien un quart d'heure pour se frayer un passage et quand il arrive enfin en bas, quand il sort de l'immeuble et s'avance vers le terre-plein incendié de lumière, il reçoit un sac rempli d'ordures sur la tête, il doit y avoir des couches, ça pue la merde, il ne gueule même plus, il a l'habitude, ça recommencera demain.

La cité du Chêne pointu à Clichy-sous-Bois, le nom est romanesque ; le lieu l'est moins. Plus personne ne vient lui rendre visite là-bas : « trop dangereux ». Une enclave, un no man's land – ça pue la mort/le sexe/le fric mais ça grouille, ça vit. Il prend l'escalier qui mène aux caves, des gosses chahutent, des types trafiquent, des filles tapinent, des rats déboulent, il sait où aller mais quand il arrive devant son dealer, il s'effondre, il est en manque et n'a pas de fric. Ça va, ça va, demain, il le paiera, il promet, jure sur la tête de ses parents, sont morts de toute façon, jure sur sa vie et celle de ses enfants à naître, jure sur la mémoire des morts, puis retourne chez lui, comme il est venu, prend un comprimé d'ecstasy et écrit jusqu'au milieu de la nuit, roi du monde.

Deux jours plus tard, sa porte est défoncée. Des hommes armés sont entrés chez lui et ont tout dévasté.

Ils veulent être payés, Samuel dit qu'il n'a rien sur lui (en réalité, il ne possède rien non plus à la banque, il ne possède plus rien) mais ils voient l'ordinateur et ils se servent. Samuel hurle, s'accroche à leurs jambes, les premiers chapitres de son livre sont à l'intérieur dans un document intitulé *roman 5*, sans sauvegarde, préférerait crever là que le leur donner. Les deux types le frappent au visage, emportent l'ordinateur et lui disent qu'ils le lui rendront quand il aura apporté le fric, plus les intérêts de retard, *t'as vingt-quatre heures pas une minute de plus.* Ils le laissent baignant dans son sang, comme un animal écrasé sous les roues d'un véhicule, le visage tuméfié, une dent arrachée. Le fond, ça y est, il l'a touché.

6

Le moment d'implosion, le règne de la confusion (une confusion totale, arbitraire et définitive où l'on ne distingue plus rien – la raison décline, le regard s'opacifie, c'est le chaos –, où l'angoisse étrangle jusqu'à l'asphyxie), la destruction de l'ordre vital, sentimental qu'il avait créé, Samir peut précisément les dater. Trois semaines environ après l'arrivée de Nina à New York. Il se souvient précisément de la façon dont sa vie a commencé à se désagréger. Il avait suffi d'une phrase prononcée d'une voix morne par sa secrétaire, un lundi matin vers dix heures, pour que s'écroule son monde lisse, lissé par des années de mensonges et de petits arrangements avec lui-même, de compromissions sordides, de constructions sociales nées de son imagination mais aussi de son ambition. Une phrase : « Votre frère vous attend dans votre bureau », et c'est la fin de l'innocence. Son frère ? Quel frère ? Il n'en a pas, n'en a jamais eu, *je n'ai plus de famille, vous le savez bien*. Oui, elle le sait, elle rit presque en expliquant que cet homme – qui s'est présenté comme son frère mais sous un nom différent (« François Yahyaoui, ça vous dit quelque chose ? ») –

a annoncé qu'il recherchait « Samir Tahar ». *Ce n'est pas moi.* Elle le sait que ce n'est pas lui, et elle lui demande aussitôt si elle doit prévenir Berman. Un homme se présente au bureau comme étant son frère. Il n'a pas pris de rendez-vous. C'est peut-être un déséquilibré, un pervers. Est-ce qu'il est dangereux ? Armé ? « Il n'a pas l'air très clair, vous verrez, je peux appeler la sécurité si vous préférez... » L'effroi, soudain. « Non, ne prévenez personne, je m'en charge. » D'un coup, c'est l'angoisse, il pense à Nina, à sa femme, il imagine le pire – François n'est pas un homme qu'on maîtrise, qu'on canalise ; il sait de quoi il serait capable : la démonstration, la mise en scène. Son expression se fige dans un rictus qui le défigure, il a du mal à respirer, il a chaud ; son frère, à New York, c'est une éventualité qu'il n'a jamais envisagée, il ne lui a pas donné son adresse, ne l'a pas incité à le retrouver, il s'est toujours méfié des réseaux sociaux. Et il le déteste, le déteste *vraiment*, c'est une haine viscérale, presque physique, qui remonte loin, et pourtant il y va, s'avance vers la salle d'attente située au fond d'un couloir étroit qu'illuminent d'un halo jaunâtre, chaud, des dizaines de spots alignés selon une géométrie parfaite. Le bureau de Berman est à quelques mètres, il pourrait surgir et demander : « Il y a un problème ? » Samir appuie doucement sur la poignée, ça glisse, ses mains sont moites, puis ouvre la porte et le voit enfin, c'est lui, François, son frère.

Il faut le décrire physiquement car, ce jour-là, il fait peur. Il fait peur avec cette veste en jean tachée de noir par endroits (taches de graisse ? d'encre ? de suie ?), son jean déchiré aux genoux, ce tee-shirt à l'effigie d'un groupe de hard-rock et ses grosses baskets clinquantes aux lacets râpés. Quelque chose d'effrayant émane de son regard bleu, un éclat de démence. Tu le vois et tu sens qu'il est capable de *tout*. Il est assis sur un fauteuil en velours marron, tendu comme un revolver armé dont on s'apprête à presser la détente. Il n'a même pas le temps de parler, Samir s'est déjà avancé vers lui, après avoir refermé la porte et vérifié que personne ne le suivait, le mitraillant de questions : *Qu'est-ce que tu fais là ? Comment m'as-tu retrouvé ? Qui t'a donné mon adresse ? Qu'est-ce que tu me veux ? Maman est avec toi ?* Jamais à court de munitions. *Combien de temps comptes-tu rester ici ? À qui as-tu parlé de moi ? Qui t'a autorisé à dire que tu étais mon frère ? Qu'est-ce que tu veux, au juste ?* « Doucement, doucement… » C'est comme ça qu'il l'accueille ? Il vient de faire huit heures d'avion, il a voyagé dans un charter *pourri* avec escale, le corps écrasé par le fauteuil d'en face, recroquevillé comme un animal malade et d'ailleurs il a vomi plusieurs fois pendant le vol, il est épuisé, il n'a pas dormi de la nuit pour voir son frère et tout ce qu'il trouve à lui dire c'est : « Qu'est-ce que tu fais là ? »

— Putain, c'est pas une façon de parler à son frère ! T'es un crevard !

— Je t'en prie, calme-toi.

— Me calmer ? Mais comment je pourrais me calmer ? Tu m'accueilles comme si j'étais une merde !

— Je n'avais pas prévu que tu viendrais, c'est tout.

— J'ai voulu te faire une surprise…

Il a coupé ses cheveux et l'on discerne par endroits son crâne blanc piqué de taches de rousseur. Il a encore maigri depuis la dernière fois qu'ils se sont vus, chez leur mère. Son ossature saillante, cette pâleur cadavérique et cette pomme d'Adam qui pointe comme la lame d'un silex – on ne voit que ça. Un grand sac de sport vert à la poignée déchirée gît à ses pieds.

Je t'interdis de venir à mon cabinet sans me prévenir.

François joue nerveusement avec une chaînette en métal argenté qu'il a sortie de sa poche, regard fixé sur la moquette.

J'bougerai-pas-mon-cul-d'là.

Samir entrouvre les stores, réfléchit à l'issue, énumère les hypothèses, être réactif, rapide, le sortir de là, par tous les moyens. Il se retourne et doucement, d'une voix soudain affable, lui propose de le retrouver dans un café situé à quelques mètres de là : « Nous serons plus tranquilles. Ici, je suis tendu. Ici, je suis stressé. » Il n'a pas envie d'être vu avec lui, dans son bureau, et d'y avoir une conversation personnelle. Il n'a pas envie que quelqu'un frappe à la porte, entre et dise : « Bonjour, je suis X, Y, collaborateur du cabinet. Et vous ? » Oui, il est un peu paranoïaque, il l'est devenu, par la force des choses, il possède deux téléphones portables, n'évoque jamais de questions privées dans ses bureaux – la peur de la révélation, de la transparence. François accepte, se lève brusquement en dépliant ses longues jambes avec agilité, prend son sac et sort le premier : *À tout de suite.*

Le soulagement et la crainte. Le sentiment d'avoir gagné quelques instants et de repousser le moment de la défaite.

Je suis foutu.

La sueur qui colle à sa peau – matière spumescente, c'est l'angoisse qui dégorge. Accélération cardiaque, ça s'emballe et pétarade : est-ce qu'on peut mourir de peur ? Il est incapable de réguler sa confusion. Quand il s'avance vers la sortie cinq minutes plus tard, sa secrétaire lui demande qui était l'homme qui s'est fait passer pour son frère. Et il répond spontanément, dans un sourire : « Un client prêt à tout pour que je le représente. » L'assurance qu'il dégage dans ces instants-là et qui écrase les doutes, les questionnements.

Dans l'ascenseur, il est pris d'une crise de panique, manque d'étouffer ; sa lucidité déréalise tout. Qu'est-ce qu'il veut ? Il se sent piégé et ça le terrifie. Il se sent fragilisé, et pour un homme qui ne se laisse jamais intimider, c'est une situation inédite ; il se raisonne : *Calme-toi !* Mais rien ne semble plus pouvoir retenir cette tempête intérieure qui enfle. Devant le miroir, il ajuste sa cravate, se repeigne. *Allez, allez, calme-toi.* Il sait qu'il doit l'impressionner. Le rapport de force, il va l'imposer d'emblée, et son frère va rentrer à Paris sans avoir rien su, rien décelé, avec quelques billets en poche. (Il finit par s'en persuader, par y croire *vraiment*.) Mais quand il entre dans le café où il lui a donné rendez-vous, son frère n'est pas là. Samir arpente chaque recoin du café, demande au serveur s'il n'a pas vu « un homme blond avec un sac de sport

247

vert ». Non, il n'a vu personne de ce style-là. Pourtant, Samir lui a bien noté le nom et l'adresse du café. Pendant vingt minutes, il l'attend, incapable de se concentrer sur autre chose (il ne lit pas le journal, ne touche pas au thé qu'il a commandé, ne répond pas au téléphone, c'est sa femme, encore), contacte sa secrétaire pour savoir si quelqu'un ne lui aurait pas laissé de message (« Si, votre femme, réplique-t-elle, elle a essayé de vous joindre sur votre portable et ne comprend pas pourquoi vous ne répondez pas ») et finalement, il se lève et quitte les lieux. Le premier round, il vient de le perdre.

En retournant à son cabinet, il essaie de trouver une explication à l'absence de son frère : il a regretté son attitude, il n'a pas trouvé le café, il est mort, oui, il aimerait apprendre sa mort accidentelle ; de lui, ne plus jamais avoir de nouvelles.

François ne réapparaît pas au cabinet et, à dix-neuf heures, Samir se rend directement chez Nina pour lui raconter ce qui s'est passé. S'allonge et parle. Avec elle, il est lui-même ; l'amour, la confiance désentravent la parole. Il se sent libre de lui dire exactement ce qu'il pense, il n'est pas dans la retenue, le calcul, le contrôle – toutes ces postures de défiance qu'il adopte au quotidien avec sa famille, ses collaborateurs, pour correspondre aux représentations personnelles, justes ou fantasmées, qu'ils ont de lui. Il le lui dit : il ne sait plus ce qu'il doit faire, cette situation le paralyse, il n'a pas été capable de se concentrer de toute la journée, de répondre à ses clients, il est ailleurs. « Comprends-moi : je n'ai pas de prise sur lui. » Il n'a jamais réussi à cerner sa personnalité et même, à Nina il peut l'avouer, il ne l'a jamais aimé. Nina l'écoute, tente de le rassurer : « Il finira bien par partir, il est peut-être venu te demander de l'argent, rien de plus. » Oui, il le pense aussi, et pendant quelques instants, ça l'apaise d'y croire. L'argent, il peut le lui donner, mais l'affection, l'amitié, une forme de fraternité, non. Il ne décèle pas ses intentions, François est un mystère pour lui, mais ce dont il est sûr, c'est qu'il doit s'en méfier. « Tu crois qu'il est simple mais il est complexe. Tu crois qu'il est inoffensif mais il est dangereux. Il n'a pas la formation intellectuelle, le langage, l'éducation pour exprimer les nuances de sa personnalité, la sophistication que prend parfois l'expression de sa violence. Il a été rejeté par son père et ça, il ne le pardonnera jamais, ni à lui, ni à nous, et voilà pourquoi il est là aujourd'hui : m'en faire payer le prix. » Nina est persuadée qu'il a trouvé des informations sur Internet et qu'il est venu, spontanément, pour passer quelques jours : « Il va partir. » S'il le recontacte, il n'aura qu'à jouer le jeu. Samir la serre contre lui, l'embrasse. Avec elle, les événements paraissent simples comme s'ils avaient été analysés par un esprit raisonnable, confiant.

Le soir même, sur le chemin qui mène à son domicile, à bord de son véhicule, Samir appelle sa mère et lui demande des nouvelles de François. Elle ne cache pas son trouble, elle a du mal à trouver ses mots, et ce n'est qu'au bout d'une dizaine de secondes qu'elle lui annonce que François est parti, il a quitté la maison avec toutes ses affaires *et tu sais ce qu'il m'a dit ?* Non, Samir ne sait rien, préférerait ne rien savoir, il aurait dû cesser toute relation, voilà ce qu'il pense, mais sa mère continue, elle parle vite, d'une voix heurtée : « Il m'a dit qu'il ne reviendrait jamais. » Samir ressent instantanément une douleur au cœur, son téléphone lui glisse entre les mains et tombe. Du haut-parleur résonne la voix de sa mère qui appelle son nom. Il enfonce son pied sur la pédale de l'accélérateur de plus en plus fort, l'engin s'envole presque, cette légèreté soudaine, une forme d'innocence qu'il ne retrouvera plus s'il s'arrête, appuie encore, dépasse les véhicules, les camions remplis de marchandises, et là, matières inflammables, il distingue le signal à tête de mort – DANGER –, il pourrait se projeter contre la citerne et exploser au milieu de la route, l'évite pourtant, roi de l'esquive, roule vite, et tout à coup, la voiture dérape sur la chaussée, Samir s'accroche au volant, manquant d'être projeté vers l'avant. Du sang s'écoule de son nez, tache les fauteuils en cuir. Samir se hisse légèrement pour se voir dans le rétroviseur mais quand il y parvient, il ne discerne que son regard épouvanté.

7

La dégringolade – Samuel a toujours aimé ce mot, sa sonorité rugueuse qui exprime la chute, la violence de la chute, mais qui évoque aussi une comédie, une « rigolade », la tragicomédie, c'est ça, et il en est là, à attendre que quelque chose se passe, qu'une solution s'impose à lui – ou qu'on le bute, il en a rêvé le soir même puisque les types l'ont menacé, il pourrait mourir – et alors ? Il est seul désormais, qu'ils le butent et qu'on en finisse, d'ailleurs tout se perd, mate-le, brèche-dent avant l'heure, peuvent bien lui casser ce qu'il en reste et les côtes aussi, pour le plaisir, ossature friable, crac ; il ne sent plus son corps, seule sa main résiste encore, sa main et sa tête qui travaillent, disent le néant et la souffrance, le manque et la solitude. Il n'a plus de came, son compte bancaire est débiteur et son ordinateur, volatilisé. Il n'a pas le choix, appelle Nina et la supplie de lui envoyer de l'argent, un mandat, un virement, il est en train de crever, il ne l'appellera plus, le lui promet, jure, et elle cède – le prix de sa tranquillité mentale et morale. L'humiliation d'avoir été payé par elle, de l'avoir contactée dans le seul but d'obtenir de l'argent, ça n'est rien face au manque/à la peur/la tension, ça n'est rien face à la certitude qu'il l'a perdue ; la damnation, c'est maintenant, la certitude qu'il ne tiendra pas longtemps, s'obstine pourtant, s'accroche à la vie, à ce qu'il pourrait encore en faire. Et le lendemain, c'est réglé, il donne l'argent, récupère son ordinateur, c'est bon, sans mots ni violence, il est quitte, ne compte plus sur eux pour obtenir quoi que ce soit, ils ne lui donneront rien. La came ? Ils la réservent à d'autres qui consommeront et paieront selon le seul système d'échange qui fonctionne encore, consommer/payer, consommer/payer, crèvera seul, n'a plus les moyens d'être un élément actif de ce système. L'alcool suffira.

Il passe désormais ses journées à boire, à lire et prendre des notes comme s'il rédigeait un précis du désespoir amoureux et de la solitude, en pensant : je ne suis pas seul. D'autres écrivains ont vécu, aimé, souffert et ont su faire de cette épreuve une matière littéraire. Il n'a jamais été aussi discipliné, travaillant des heures à son roman, se réveillant en pleine nuit pour écrire dans une sorte de transe des passages d'une violence sidérante, comme s'ils lui étaient dictés par une forme de rage constitutive – intoxiqué, asphyxié par l'angoisse et la colère dans le ventre de sa mère déjà –, mais c'est lui. C'est lui cet écrivain à la langue heurtée, aux phrases déstructurées, dont les mots s'enchaînent avec une puissance qui emporte tout, saccage ce qui était construit, révèle ce qui était dissimulé, souille ce qui était pur, ébranle ce qui était calme.

C'est l'urgence après des années de réflexion et d'attente. C'est la maîtrise après des années de passivité. Ce moment où enfin, à quarante ans, il se sent à l'acmé de sa maturité intellectuelle, en pleine possession de ses moyens, et pour un homme comme lui, qui a fait de sa vie un exercice de renoncement, c'est jouissif. Rien ne l'excite plus que d'obéir à l'agencement des mots, d'écrire des phrases dont le rythme le trouble, d'inventer des personnages et de vivre avec eux, dans le monde qu'il leur a créé, celui d'une virtualité nécessaire pour supporter l'autre monde, le réel. Il est bien, seul, lancé dans le processus d'écriture. Il sait où est sa place, à son bureau, son ordinateur allumé, ses dictionnaires à portée de main, toujours ouverts, ses cahiers noirs à la couverture cartonnée éparpillés un peu partout, ses milliers de notes accumulées au cours de ces vingt dernières années – coupures de presse, essais, extraits de livres, des centaines de pages rédigées à la main et qu'il lui faut déchiffrer. Jamais il n'a ressenti avec une telle intensité la nécessité de s'extraire du monde, non pour se marginaliser – il avait parfois le sentiment que sa vie n'avait été jusqu'à présent qu'un lent processus d'éviction sociale – mais pour y trouver sa place, que seule l'écriture confère. Il n'y a que l'écriture qui offre une vue directe sur le monde, sans déformation possible. Il aime cette vie-là, il aime l'état de tension extrême dans lequel le plongent ces instants de retrait, et il repense à cette interprétation issue du mysticisme juif que son père lui avait donnée un jour : après avoir créé le monde, Dieu s'en était retiré, laissant l'homme se réaliser. Intellectuellement, il avait été très proche de son père qui l'avait initié très tôt à la littérature, profane, sacrée, à la philosophie et à l'exégèse. Depuis que Nina était partie, il relisait, annotait les documents, les livres dont il avait

hérité – des essais ayant trait au judaïsme, essentiellement. En rencontrant Nina, après avoir appris la vérité
sur ses origines, il avait rompu tous les liens avec ses
parents mais aussi avec sa judéité, et voilà que tout
ce qu'il avait assimilé pendant ces longues années
d'apprentissage remontait désormais, les textes sacrés
et les prières, les commentaires et les interprétations
mystiques, les commentaires des commentaires et les
questions auxquelles on répond par une autre question, les commentaires des commentaires des commentaires, les récits hassidiques et les contes, son roman
était plein de ce mysticisme glorieux, de personnages
bibliques aux noms imprononçables – tout ce qu'il
avait occulté pendant vingt ans se révélait et il accueillait les mots sans chercher à les trier, dessillé enfin,
dans un état de grande quiétude, comme si, en le quittant, Nina lui avait permis de renouer avec lui-même.
Longtemps, il n'a pas été capable d'évoquer son origine, ses parents, et maintenant, si – c'est même l'objet
de son livre. Cette double histoire – la sienne et celle
de ses parents –, il l'écrit enfin dans le roman sur lequel
il travaille et qu'il intitule *La Consolation*, car au
fond, il n'a cherché que cela toute sa vie : à être
consolé, et même maintenant, seul, tout ce qu'il aimerait, c'est être avec Nina. Elle lui manque, elle lui
manque terriblement, quand il pense à elle, il ressent
une douleur forte, comme si une pince lui encochait
le cœur, mais il a réussi à se convaincre qu'il parvenait
enfin à écrire parce qu'elle n'était plus là. Il a relu le
Journal de Kafka, les pages qu'il consacre au rapport
entre création et célibat. Il écrit bien parce qu'il est
seul et il sait désormais qu'il ne renoncera plus à cette
solitude, qu'il n'acceptera plus jamais de vivre avec

une femme, de s'engager, et encore moins d'avoir des enfants. La vie sociale, bien qu'elle lui offre un poste d'observation enviable, le détourne de l'écriture et tout ce qu'il veut désormais, c'est écrire. Longtemps, il s'est demandé ce qui, malgré ses échecs répétés et constants pour être publié, l'avait fait persister dans le processus d'écriture. Il avait parfois l'impression d'être un nageur inexpérimenté, chétif, immergé dans un bassin construit à des fins de compétition et dont le seul exploit consistait à se maintenir à la surface, à ne pas se laisser couler, alors qu'il rêvait de fendre l'eau chlorée d'un battement de jambes, en apnée, les yeux grands ouverts, maîtrisant l'espace, car c'était ainsi qu'il percevait la zone littéraire : une étendue immense à conquérir, qu'on ne franchissait pas sans un certain entraînement, il fallait avoir du souffle, de la technique, de la volonté, il fallait avoir la rage d'avancer, de continuer, de plonger les jours où l'on aurait préféré rester couché, de mettre la tête sous l'eau quitte à ne pas remonter. Le plus souvent, on se noyait.

Ce rapport étroit, intime, à l'écriture, il l'avait eu dès l'enfance quand, assis sur les genoux de son père, il décryptait des passages de la Torah. Un homme trouvait l'aboutissement de sa vie dans la lecture et l'interprétation des textes. Une vie sans livres n'était pas concevable, et il pouvait l'avouer maintenant que Nina n'était plus là, ce fut le principal sujet d'incompréhension entre eux. Non qu'elle fût réfractaire à la littérature, c'était une femme curieuse et douée d'une intelligence instinctive, mais elle ne comprenait pas qu'on pût lui sacrifier son temps, son énergie, ses amis, elle ne comprenait pas ce qui, dans le livre, absorbait tellement Samuel. Son obstination la déroutait. Les tiroirs remplis de lettres de refus, il travaillait encore, espérant quoi ? La publication, la reconnaissance, il ne fallait plus les attendre. « Sois lucide ! » l'exhortait Nina. Pour écrire – pour choisir de vivre seul une grande partie de la journée sans aucun contact avec l'extérieur –, il fallait être fou ou accepter le risque de le devenir. Samuel l'est – et de plus en plus. Fou de solitude et de manque, fou de tristesse, et un jour où la pression est trop forte, un jour où il sent qu'il pourrait *encore* passer à l'acte, il décide de rappeler Nina. « J'ai besoin de te parler, j'ai besoin d'entendre ta voix. » Il lui dit qu'il s'est remis à écrire et ajoute qu'il aimerait qu'elle lise. « Non, c'est non, on ne doit plus se parler, tu ne dois plus m'appeler, c'est fini. »

Je ne te demande rien,
Pas d'argent,
Je veux simplement entendre ta voix.
Nos conversations me manquent.
Tu me manques,
Je souffre,
Je souffre trop.

Au bout du fil, elle reste froide et impassible ; lui, silencieux, cherchant les mots qui pourraient trouver un écho en elle comme un homme fouille dans les affaires de sa femme pour y dénicher une lettre, un objet compromettant, car c'est ce qu'il veut, la compromettre. Il veut la blesser – et qu'elle regrette et rentre, il lui pardonnera tout –, la contraindre à la manipulation et au mensonge : trahis-le. La veille, comme s'il cherchait inconsciemment à ajouter de la douleur à la douleur, il avait relu le livre de souvenirs du poète Joseph Brodsky, *Loin de Byzance*, et il se surprenait maintenant à dire à Nina les mots que la mère du poète restée en Russie répétait à son fils exilé aux États-Unis : « La seule chose que je souhaite dans la vie, c'est te revoir. » Mais elle, non, c'est fini, elle ne veut ni le revoir ni lui parler, elle a *tourné la page, changé de vie*, et celle-ci lui convient : *plus intense, plus folle, plus riche* – une vie à sa mesure. Elle insiste, ne cherche pas seulement à le dissuader, à l'écarter, mais à l'achever. Il y a une forme de sadisme dans son acharnement, et c'est une facette d'elle-même qu'ils découvrent ensemble. Lui est effaré, il souffre ; elle, jubile : elle se plaît dans le rôle de la prédatrice qui saisit/broie/achève, active enfin, pleinement consciente de ce qu'elle entreprend : mettre un terme à vingt ans d'aliénation sentimentale, se venger de ce qu'il lui a fait perdre, saccager l'humanité en elle, et s'imposer. Elle l'écrase de sa supériorité, sa force nouvelle, dopée par l'amour de Samir, l'argent, la confiance, la certitude que tout est désormais possible, l'assurance d'être installée, d'avoir sa place en haut de l'édifice social quand lui est en bas, et va y rester, *restes-y et oublie-moi !* Elle est cruelle, et alors ? Elle ne lui doit rien, et elle le lui dit sur un ton cassant : « La dernière chose que je souhaite dans la vie, c'est te revoir. » Pourquoi le mépris ? Pourquoi la brutalité ? Que teste-t-elle, là, sa résistance ? Il y a un long silence qu'aucun murmure ne vient rompre et soudain, il renaît, se relève comme un boxeur mis à terre, entend le compte macabre : 1-2-3, déjà debout, fier, armé de ce qui lui reste de dignité et de force, se venge tout à coup de ce qu'elle lui fait subir, inverse le rapport de force, c'est moi qui te domine maintenant, c'est moi qui mène le jeu : « Tu es donc heureuse ? Heureuse dans cette prison dorée, ce cocon artificiel dont les fondations reposent sur du sable ? Plus que tu ne l'as été avec moi, au temps où tu étais pauvre, peut-être, mais libre ? Est-ce que tu as réellement la vie dont tu rêvais ? Ton ambition, ce n'était donc que ça : te placer sous la dépendance financière d'un homme riche ? Avoir un statut sentimentalement précaire mais qui te mettrait à l'abri du besoin ? C'est une fausse sécurité, et tu le sais. Il peut te quitter du jour au lendemain et tu n'auras plus rien. Il t'aime, il te désire, oui, pour le moment. Mais jusqu'à quand ? Tu crois qu'il sera encore avec toi quand tu auras atteint un âge critique ? Il te reste quoi ? Trois, quatre années de bonheur tranquille, et après ? Tu veux que je te dise ce qui se passera après ? Il commencera par te tromper, tu ne le sauras pas ; puis il te trompera ouvertement en t'assurant que ça ne compte pas, une aventure rien de plus. Enfin il te quittera pour une autre, une femme plus jeune, plus désirable, et tout cela sans jamais divorcer de sa femme qui lui a tout donné. Ce que je dis te choque ? C'est pourtant la réalité. Elle est injuste, terrible et alors ? Qu'est-ce qu'il t'offre ? Une vie pleine d'aisance. Tu as un bel appartement, une femme de ménage, des sacs de marque ? Tu ne vois pas qu'il te traite comme une pute ? Qu'il ne te respecte pas ? Tu ne vois pas ce qu'il y a de machisme et de misogynie dans l'isolement qu'il t'impose au nom de son amour pour toi ? Au fond, tu es devenue exactement ce que tu détestais à vingt ans, une de ces femmes de quarante ans qui croient qu'elles en paraissent dix de moins parce qu'elles portent encore des minijupes qui

258

dévoilent leurs cuisses, des femmes qui minaudent devant les hommes comme des petites filles devant leurs pères, dressées pour séduire/écouter/s'extasier – des jouets sexuels qui obéissent à l'ordre viril, aux fantasmes des hommes de pouvoir qui les ont choisies ! Tu disais : je serai toujours indépendante, je m'assumerai. Et regarde-toi aujourd'hui. Est-ce que tu lui répètes qu'il est beau et intelligent quand il passe te voir entre deux rendez-vous avec ses clients ou le soir, avant de rentrer chez sa femme ? Est-ce que tu le soulages de la tension qu'il subit au travail ? Est-ce que tu le remercies quand il te laisse du fric sur la table en partant, des espèces toujours, de grosses coupures bien lissées qu'il a retirées au guichet le plus proche avant de passer te voir ? Ou est-ce que c'est un accord tacite entre vous : Je te donne tout ce que tu veux et, en retour, tu m'offres ce que je suis en *droit* d'attendre ? »

Elle est au bout de sa résistance, elle va pleurer, le sent, alors soudain, lâche son téléphone, *salaud*.

cette femme en retrait, c'est elle, cette femme discrète/disponible/différente, il a vu juste, il a vu les billets que Samir laisse sur le guéridon de l'entrée ou qu'il glisse subrepticement dans son portefeuille, les dessous, les accessoires érotiques qu'il lui offre ou lui fait livrer – surprise ! –, il a vu les vêtements, chaussures, sacs qu'il lui achète chaque jour sans regarder à la dépense pour qu'elle soit la plus belle et qu'il la désire encore longtemps, il l'entretient – et bien –, et il a vu le jour où Samir est entré et a saisi la tête de Nina par les cheveux, avant de la plaquer sur son sexe alors qu'elle était malade – non, je ne te force pas, jamais je ne ferai une chose pareille, mais fais-moi plaisir, je t'en prie –, MALADE, c'est ce qu'elle lui a dit, pas ce soir, je suis fatiguée, enrhumée, MALADE, et lui, insistant, regarde dans quel état je suis, tu ne peux pas me laisser comme ça, fais QUELQUE CHOSE, et elle s'exécutant, femme docile, oui, il l'a vue, et c'est comme si le monde entier la voyait nue sur des écrans géants. Elle, pleurant. Et eux, riant.

8

Samir est choqué, sonné, quand il rentre enfin chez lui, à près de vingt et une heures, traversant la pelouse détrempée de Central Park – un détour pour récupérer un peu, il étouffe, la présence de son frère l'asphyxie ; il est toxique, toxique et venimeux. Aucune mithridatisation possible. Avec lui dans son entourage, c'est le canon pointé sur la tempe – à tout moment, il peut libérer sa charge. Samir n'est plus au centre du conflit social, il s'en est progressivement retiré à mesure qu'il gravissait les échelons de la réussite. La lutte ? Quelle lutte ? Son combat est essentiellement professionnel : il veut gagner ses affaires, remporter des procès, augmenter ses honoraires, toucher des primes, être celui dont on dit qu'il est le *meilleur* dans son domaine d'activité, c'est tout. François est de l'autre côté de la rive, du côté où le risque de noyade est maximal, mais, songe-t-il, qu'il coule, *ce n'est pas mon problème*.

En franchissant le seuil de son appartement et en voyant ses enfants en pyjama de coton, les cheveux peignés sur le côté et exhalant une odeur d'eau de Cologne pour bébé, leur nounou anglaise, cheveux tirés vers l'arrière, sanglée dans un tablier noir et blanc, il se dit qu'il aime sa vie et qu'il est prêt à tout pour la préserver. Il aime ce calme qu'on impose sans effort, cette régularité métronomique, cette discipline naturelle, tout ce qui concourt à cet ordonnancement parfait des choses, ces petits détails qui le confortent dans ses choix : il est *fait* pour cette vie-là et pas une autre. À l'instant précis où il pousse la porte de chez lui, il s'est souvent imaginé ce que serait sa vie si, à l'intérieur, l'attendait une autre femme, d'autres enfants, une femme musulmane comme lui, moderne, laïque, religieuse ou traditionaliste, peu importe, mais une femme avec laquelle il partagerait une identité commune et même certaines valeurs, et cette idée, pour une raison qu'il ignore, au lieu de le faire rêver, l'angoisse. Ses enfants poussent des cris de joie, sautent dans ses bras, le couvrent de baisers. Il les questionne sur leur journée, caresse leurs cheveux avec affection ; déjà, la baby-sitter les tire par la main en leur demandant d'aller se coucher et ils la suivent docilement. C'est ce qui le fascine le plus : ce contrôle de soi, cette discipline, cette maîtrise. Il se souvient du moment où son père rentrait du travail, à une ou deux heures du matin. Il était déjà couché sur le petit matelas en mousse que sa mère avait récupéré chez un voisin, la tête plongée sous la couverture bleue qui avait été tricotée par sa grand-mère (avec une laine de mauvaise qualité, rêche et terne – il sait aujourd'hui que la qualité du tissu que l'on porte sur soi, dans lequel on s'enveloppe, est un signe de valeur sociale), il n'avait pas peur du noir, au contraire, dans le noir, tout devenait possible. Il entendait le cliquetis de la clé dans la serrure, les pas lourds de son père, la chasse d'eau qu'il tirait d'un coup bref, le ronronnement du téléviseur qu'il allumait et devant lequel il finissait par s'endormir aussi brutalement que si quelqu'un était entré et lui avait tiré une balle dans la tête avec un silencieux. Parfois, Samir se levait et rejoignait son père pour l'embrasser et se glisser entre ses bras. Son père le rejetait. *Va te coucher.* Froid. Dur.

Samir appelle sa femme et perçoit sa voix en provenance du salon. Il pose sa sacoche, retire sa veste et y va, mais quand il pénètre dans la pièce, il a un choc : son frère est là, assis en face de sa femme, un verre de vin à la main. Vêtu d'un costume noir et d'une cravate bleue, il ressemble à un de ces agents d'assurances qui faisaient du porte-à-porte dans les années 50. Samir est tétanisé à cet instant, ne sait pas ce qu'il doit dire ou faire. Sa femme – après s'être étonnée de la présence de sang sur sa chemise (ce n'est rien, explique-t-il, j'ai saigné du nez, voilà tout) – le lui présente sous le nom de François Duval et lui explique qu'il travaille chez Pierre Lévy, qu'il vient passer quelques jours à New York et a souhaité le rencontrer. « Ah oui, Pierre m'a prévenu, réplique-t-il d'une voix fausse… Enchanté », et aussitôt, il lui tend une main moite et s'assoit près de lui. « Tu n'avais pas prévenu le gardien, précise Ruth. Il a fallu que je descende. J'ai eu un doute quand même, dit-elle en riant, je t'ai appelé mais tu ne répondais pas. » « Heureusement que j'avais une carte de visite », plaisante François. Samir est crispé, nerveux, engage tant bien que mal la conversation en anglais ; François a un niveau déplorable et c'est en français que Samir poursuit, lui demandant brutalement quel est son but, pourquoi il a osé venir chez lui et le défier devant sa femme. Ruth les regarde sans comprendre. François l'observe puis se tourne vers Samir : il veut vraiment qu'il lui réponde, là, tout de suite ? Oui, Ruth ne parle pas français. Allez ! On y est. Et soudain, François panique. Ça le terrifie de s'exprimer devant cette femme, face à Samir, de se mesurer à lui. Déjà, quand il est arrivé et qu'il s'est trouvé devant elle, avec l'obligation de se justifier, de l'amadouer pour qu'elle le laisse entrer chez eux, il avait été pris d'une angoisse terrible, elle ne s'était pas méfiée, elle avait sans doute eu un peu pitié de ce Français qui baragouinait et cherchait ses mots. Lui aussi, comme les autres, est impressionné par l'argent, le lieu, le décorum, l'assurance qui dit la puissance. Il croyait avoir la main, mais non, ici aux États-Unis, dans cet appartement immense, où chaque objet a été choisi chez les antiquaires les plus prestigieux, où chaque chose semble à sa place, au milieu de ce personnel qui entre et sort, il n'est rien. Ruth les regarde. Samir se tourne vers elle et lui dit qu'il est désolé : François parle très mal l'anglais, ils vont continuer la conversation en français si elle n'y voit pas d'inconvénient. Non, ça l'arrange, elle a du travail (et elle pense intérieurement : et rien à lui dire). Avant de s'éclipser, elle salue François en lui souriant, lance quelques formules de politesse, n'oublie rien des codes de son rang, et s'éloigne vers la cuisine. Ils sont seuls et face à face maintenant. Samir attaque le premier, s'emporte, tremblant. Là, il pourrait le frapper, se retient. « De quel droit oses-tu débarquer chez moi sans prévenir ? Qu'est-ce que tu veux au juste ? » Vite, la menace : il pourrait porter plainte contre lui, le dissuader de revenir, l'empêcher physiquement, il a des réseaux, des relations. Il ne devrait pas le prendre en otage, il ne devrait pas jouer à ça, pas avec lui, ici, à New York, où il lui suffirait d'un mot pour le faire expulser du territoire, enfermer, est-ce qu'il sait ce qu'il risque ? Est-ce qu'il comprend la gravité de ce qu'il a fait ? Non. François ne comprend pas, esquive : tout ce qu'il veut, c'est rencontrer sa famille, ses neveux, voir où vit son frère. « Ton frère ? » – Samir ironise. Il n'est rien pour lui, il n'est pas et ne sera jamais de sa famille, sa seule famille, c'est sa mère. Et il se met à parler trop fort : « Rentre chez toi ! » « Doucement... tu veux que ta femme connaisse ta véritable identité ? Tu veux que j'aille la rejoindre dans la cuisine et que je lui raconte la *véritable histoire* du père de ses enfants ? Je peux le faire... » Samir se lève, se sert un verre d'alcool qu'il avale d'un trait, lui demande fébrilement comment il l'a retrouvé. « Oh, t'es pas très prudent, Samir. » (Et aussitôt « Samir » a un mouvement de recul, comme si son frère parlait d'un étranger.) « Ici, ne m'appelle jamais Samir. » François affiche un rictus de dédain. « Quand tu es venu voir maman, tu as laissé ta veste dans ma chambre. J'ai fouillé tes poches, j'ai trouvé ton passeport, je l'ai ouvert, je l'ai lu et je l'ai remis à sa place ; j'ai aussi pris une carte de visite du cabinet, c'est tout. Mais au fait, comment je dois t'appeler maintenant, Samir ou Samuel ? » « Qu'est-ce que tu cherches ? Tu arrives à New York, tu débarques à mon cabinet puis chez moi. Tu veux du fric, c'est ça ? Combien ? » François se penche vers le guéridon à sa gauche et, désignant le grand chandelier à sept branches qui y trône, demande : « Oh, c'est joli, ça vient d'où ? » Samir ne répond pas. « C'est juif, ce truc, non ? » Il le provoque, il le voit bien, Samir reste impassible. François déambule maintenant à travers la pièce et, désignant un tableau ancien représentant des rabbins en train d'étudier une page du Talmud, ajoute : « Tu as des photos de rabbins chez toi ? Tu es devenu juif ? », puis, continue, montrant cette fois des livres de prières, s'arrêtant sur chaque objet comme s'il dressait un inventaire qui attesterait de la judéité d'une personne, et soudain Samir se braque, lui demande de s'arrêter – *ça suffit !* – et de le suivre. « Attends-moi dehors, je vais parler à ma femme. » Samir sort de la pièce, dissimule mal son trouble et rejoint Ruth pour lui expliquer qu'il doit l'accompagner à son hôtel. « Il ne peut pas prendre un taxi ? » « Non, c'est un *nouveau* collaborateur, je ne peux pas le laisser rentrer seul. Et puis, je dois lui parler. » Et il s'éloigne.

Dehors, François tourne autour de la voiture de Samir. Il l'admire, la convoite, s'imagine en train de la conduire, pense aux femmes qu'il « pourrait avoir avec une caisse pareille » et, quand Samir réapparaît, demande : « Tu me laisseras la conduire ? » Samir ne réplique rien. Dans la voiture, François allume l'autoradio, sélectionne un rap brutal et regarde distraitement par la fenêtre.

— Tu me laisseras la conduire ou pas ?

— Peut-être… Pas maintenant… Pourquoi est-ce que tu n'es pas allé dans le café que je t'ai indiqué tout à l'heure ?

— J'étais énervé après ton accueil… Quand je suis sorti, je me suis dit que je ne voulais plus te revoir.

— Alors pourquoi es-tu venu chez moi ?

— Pour voir où tu vivais... ça m'intriguait...

— C'est à moi de décider si j'ai envie de t'inviter chez moi ou pas...

— Tu m'aurais dit de venir ? Vraiment ? Arrête, Samir, tu n'en as jamais rien eu à foutre de moi... Tu m'as donné rendez-vous parce que tu as la trouille, c'est tout...

— Pourquoi est-ce que j'aurais peur ?

— Tu me poses la question ? Ta propre mère ne sait pas que tu as des enfants ! Elle qui rêve que tu te maries et que tu aies des gosses ! Si elle savait... J'aimerais déjà comprendre pourquoi tu ne lui as rien dit. T'as des trucs à cacher ?

Samir ne répond pas, les yeux fixés sur la route, imperturbable.

— C'est ta femme que tu protèges. Parce que maman et moi, tu t'en tapes, non ? Tu as dû lui dire que tu venais d'un bon milieu, t'as pas osé lui présenter ta mère... Et je vais même plus loin, elle sait pas que t'es un...

— Arrête ! Maintenant tu vas m'écouter. Je vais trouver une chambre d'hôtel et te donner de l'argent pour que tu puisses t'acheter des vêtements et rester quelques jours. Je te paye un guide pour visiter la ville, la statue de la Liberté, Central Park, l'Empire State Building, etc. Après ça, tu rentres chez toi, tu ne dis rien à maman, et tu m'oublies. Tu m'as bien entendu ?

Mais pour toute réponse, François le défie d'un sourire et réplique : « C'est bon, tu as fini ? Maintenant, je peux essayer ta caisse ? »

9

Le soir même, après avoir déposé ses affaires dans la chambre d'hôtel que Samir lui a réservée, François sort – blouson de cuir, jean cintré, bagouzes –, drague une fille[1] à proximité d'un club où Samir a promis de le rejoindre vers minuit et lui propose de le suivre mais elle dit non. Devant la boîte, le videur[2] s'esquive, il n'a même pas eu besoin de prononcer le nom de Tahar – un Blanc, un blond, un bon, laissez passer, c'est ce qu'il fait, s'avance d'un pas sûr, s'enfonce dans l'opacité trouée de lumière – éclats diffractés des stroboscopes qui incendient la salle, halos aveuglants des spots multicolores qui réveillent quoi ? Le désir ? L'animalité ? Clignotants des appareils électroniques et jusqu'à la brillance des objets clinquants qui se balancent aux bras des filles, bling bling, n'en a jamais vu de semblables, les plus belles, les plus

---

1. April Vincente, 19 ans, d'origine hispanique. Étudiante moyenne, April ambitionnait de « fonder une famille ».

2. John Dante, 35 ans, ancien boxeur. Lui qui rêvait d'être « champion du monde » depuis l'âge de 8 ans, avait dû se contenter d'être agent de sécurité.

faciles, Salopes/Putes/Putains, elles rient, rient fort, *mate un peu, presque à poil, elles se baissent et tu vois leurs chattes, leurs seins, c'est chaud bouillant*, les modèles des films pornos qu'il regarde en boucle, pense-t-il, des filles qui couchent et sucent dès le premier soir, peut-être même au premier regard, aucune vierge, martèle-t-il, aucune de ces filles pures dont il rêve, femmes-enfants iconiques qu'aucun homme avant lui n'aurait touchées, rien que des corps décomplexés aux sexes qui puent (le déodorant, le sperme, le sang, la sueur, la merde) – d'elles, il déteste tout : leur haleine vineuse, leurs manières viriles, leurs sourires corrupteurs, l'Homme, c'est lui, saurait comment les prendre s'il en avait l'opportunité, si elles lui laissaient une chance, sait ce qu'elles veulent au fond, petites putes, être dominées, être baisées, et il bande tout à coup, merde, retiens-toi – si elles se laissaient faire, si cadenassées devant lui, minaudant, intimidées, tu parles, attendent que *ça*, et soudain aperçoit une grande rousse[1] près du bar, on ne voit qu'elle, cette fille au teint carné avec des seins énormes qui s'entrechoquent quand elle danse, pour-rait se la faire, quelle merveille, il aimerait la baiser, pose sa main sur son sexe dur, imagine ce qu'il lui ferait s'il avait du fric, exigerait qu'elle le suce, calmos, voit son reflet dans un des grands miroirs qui donnent à la boîte une allure de bordel – ils se matent en train

---

1. Graziella Beluga, 21 ans, originaire du Texas. Abusée par son père à l'âge de 10 ans, elle avait vécu dans plusieurs familles d'accueil avant de s'installer à New York pour y travailler comme fille au pair au sein d'une famille française dans l'espoir de « chan-ger de vie ».

de se peloter ou quoi ? Ça les excite aussi ? – mais c'est son père qu'il voit : son père, blanc, blond, teint ventre-de-biche quand il voudrait être tête-de-Maure, cheveux frisés, basané, rentre partout avec sa gueule d'ange, oh le mignon, personne ne se méfie, pas comme ses potes à tête de rebeus ou renois, encore pire, rentrent nulle part, font peur, lui, non, alors que tout ce qu'il veut, c'est faire sauter la planque, la banque, foutre le feu, chez son père aurait dû tout faire péter, les draps en lin – blancs –, la vaisselle en porcelaine – blanche –, leurs sexes épilés – blancs, très blancs, talqués –, il le hait, il hait cette bourgeoisie blanche, propre, courtoise, inamicale, avaricieuse, le cul lavé de près et la bouche amère, acide, aigre, il hait son père, lui est inadaptable, indomptable, tous ses professeurs l'ont dit, il le sait, et alors ? Il hait son père, son frère, son opportunisme revendiqué, la distance qu'il instaure comme s'il appartenait à un cercle virtuel au seuil duquel tu dois rester, et c'est pour ça qu'il est venu, il y pense là tout de suite : pour le détruire. Le jour de sa chute, au premier rang, bien placé, applaudira à s'en écorcher les paumes, clap, clap, mais le voilà qui arrive, Samir, le torse moulé dans un tee-shirt noir, le voilà qui s'avance vers lui : « Qu'est-ce que tu fais là, debout ? J'ai réservé une table, suis-moi. » Pourquoi fait-il ça ? Pourquoi s'ingénier à jouer les frères modèles ? Pour le tenir, le ferrer, et il le met en confiance, lui sert à boire, en quatre cinq verres, François est détendu, ça claque dans sa tête, demande encore un verre, deux, trois, quatre, cinq, Samir s'est levé et a disparu vers les toilettes accompagné d'une blonde squelettique, il l'a séduite sans effort alors que lui n'ose pas faire un signe à la rousse, la salope, six, sept, et dix minutes plus tard, François sort du club en titubant, car il l'a vue se diriger vers la sortie. Il parcourt cinquante mètres et ça prend quinze minutes, il tangue à droite, à gauche et c'est là, derrière une grosse berline, qu'il aperçoit la rousse du bar, un peu à l'écart, adossée à la bagnole, la jupe légèrement relevée, le chemisier ouvert et il pense : *elle n'attend que ça*. Il s'approche d'elle, commence à lui parler, elle ne devrait pas fumer seule, ils partagent ? Mais elle n'a pas envie de partager, de parler, veut fumer, c'est tout, et brutalement le somme de dégager, en anglais. Il ne comprend pas tout ce qu'elle dit mais elle gueule et il perçoit alors la violence du rejet, le blanc de ses yeux est strié de veinules rouges, elle est énervée, elle a trop bu. Il dit : « salope », en français, et se jette sur elle, déchire son chemisier *(sale pute !)*, relève sa jupe et glisse violemment sa main dans son slip, il appuie fort, tente d'introduire ses doigts dans son sexe, indifférent à ses hurlements, à ses coups de poing, de pied *(sale pute !)*, il la tient fermement de la main gauche, baisse son pantalon de la main droite, sort son sexe *(sale pute !)*, elle pousse un cri strident qui déchire la nuit et soudain ça y est, il jouit sur son ventre au moment où le videur arrive, une barre en fer à la main, François discerne sa silhouette massive, lâche la fille et détale en direction de la route, court à perdre haleine, personne ne le suit car personne ne pourrait le rattraper : sa force, ce sont ses jambes, agiles et souples, qui semblent glisser sur le bitume, des cannes de sprinter. Comme un vague murmure, il perçoit le hurlement d'une sirène de police qui se mêle aux râles que la fille lâche encore. Loin, très loin déjà.

10

Francis Scott Fitzgerald confiait qu'il avait commencé à être écrivain le jour où il avait appris que sa mère avait perdu deux enfants avant sa naissance, et Samuel aussi peut précisément dater ce moment où il est né à l'écriture : à la mort de ses parents. C'est le sujet de son livre – l'identité, le deuil, la filiation. Il ne s'était jamais remis de la mort de ses parents. Ce qu'elle recelait de drames : la tentative de suicide, la rupture avec Nina, la lente reconstruction, pour finir où ? Il ne s'en était jamais remis et voilà qu'il écrivait sur ce sujet. L'état d'inconscience qui précède l'écriture. L'écrit qui ne résout rien et aggrave tout.

Ce qui l'accablait, c'était le contraste entre l'exigence intellectuelle de ses parents (exigence qu'imposaient aussi leurs choix religieux car eux, comme leur fils, étudiaient les textes sacrés, ne renonçant pas pour autant aux autres lectures : littérature, philosophie), leur obsession de la réussite scolaire, leur glorification absolue du savoir et le résultat de ce parcours, de ces années de travail. Il aurait pu – il aurait dû – être chercheur en physique quantique, rabbin, philosophe, généticien, et au lieu de cela, il s'était inscrit en droit à cause d'une erreur informatique, avait tout abandonné pour finir éducateur social dans une banlieue où il devait désormais cacher qu'il était juif. Quel échec, écrivait-il, pour que la dissimulation devienne la clé de la survie ! Quel échec de se dire qu'il avait fui sa famille, renoncé à ce qu'il était par simple opposition, par rejet peut-être, mais par désir personnel, de son fait, et qu'il devait maintenant mentir sur lui-même pour ne pas être insulté, renié, pour avoir une place qui n'était plus celle qu'il avait choisie. Il avait cru qu'il serait publié mais tout ce qu'il avait écrit avait été refusé, écarté sans justification ni motif, si bien qu'il avait cessé d'envoyer ses livres. Les lettres de refus, il les conservait dans une grande boîte à chaussures. Il ne s'était jamais résolu à la jeter. Est-ce que Nina avait cru en lui, à ses potentialités littéraires ? Non, jamais, et désormais, il écrivait contre elle.

11

Samir ne comprend pas pourquoi son frère s'est enfui, l'autre soir, de la boîte de nuit où il lui avait donné rendez-vous. Il ne comprend pas pourquoi il ne répond pas au téléphone. Il est inquiet. Il ne peut pas expliquer à sa femme pourquoi il est si déprimé, pourquoi il ingurgite depuis quelques jours des anxiolytiques avant de s'endormir, pourquoi il n'a plus envie de faire l'amour/se lever/se laver/s'habiller/vérifier les devoirs de ses enfants, et il prend alors seulement toute la mesure de son mensonge, de ce qu'il implique – cette douleur : Je ne peux *jamais* être moi-même. Il ne peut pas s'asseoir près de sa femme, près d'un ami et dire : Voilà, je suis Samir Tahar. Et même avec Nina dont il est si proche, Nina qui sait presque tout, il a souvent l'impression d'interpréter un rôle – des sensations fugaces dont il a du mal à définir précisément l'origine. Dans le cabinet où il travaille, ses collègues racontent qu'il est anxieux, nerveux. Ils ont raison : il l'est. *Il cache quelque chose.*
  Ça va, Sami, tout va bien ?
  Non, ça va mal. Il cache l'homme honteux qu'il est devenu, ce parvenu qui préférerait mourir que

d'avouer d'où il vient ; il cache ce frère qu'il méprise, cet étranger vulgaire, sans finesse ni instruction, cet individu inquiétant, aux manières brutales, électrisé par sa violence intérieure ; il cache ses états d'âme : pulsions de rage, ça monte et descend, le vertige d'être à la merci des autres, du hasard, de ne plus être maître de rien. Dans l'état où il est, il ne voit rien d'autre que la fuite – sa disparition organisée avec Nina. Il sait qu'il ne pourra jamais supporter la honte de voir la vérité révélée au grand jour, et la présence de François à New York est une menace – la pire. Car il réapparaît tout à coup, sans fournir la moindre explication sur son silence, et l'appelle maintenant tous les jours, plusieurs fois dans la même journée – des conversations au cours desquelles il paraît perturbé, menaçant. Si Samir n'en parle pas à quelqu'un, il sent qu'il va crever – mais qui ? En société, il donne encore le change – jusqu'à quand ? Il ne tient plus sans quelques rails de coke. À l'intérieur, c'est la confusion totale et un jour où il n'en peut plus, où il sent qu'il pourrait sombrer, il décide d'appeler Pierre Lévy et de tout lui dire. Lévy est à New York pour quelques jours, c'est le moment, songe-t-il, et même si leur dernière rencontre à Paris s'est soldée par un échec, il sait qu'il peut compter sur lui. Il l'appelle et Pierre remarque aussitôt, au son de sa voix, que quelque chose ne va pas : « Qu'est-ce qu'il y a, Sam ? » « J'ai des problèmes, Pierre, des problèmes graves, il faut que tu m'aides. » Et il lui donne rendez-vous dans un grand restaurant sur Madison, le soir même. Il a à peine raccroché le combiné que déjà, il se sent mieux. Savoir qu'il va enfin pouvoir avouer sa véritable identité le plonge dans un état d'apaisement soudain et Nina approuve : ce désir de vérité, de transparence, ce n'est que l'amorce d'une entreprise de changement plus vaste. Un jour, ils seront ensemble, lui enfin sous sa véritable identité. Elle l'en persuade et il la croit.

Pierre, je t'ai demandé de venir pour te parler d'une chose grave. Il n'y a qu'à toi que je puisse dire la vérité.

Et il dit tout.

Je suis un Arabe, un Arabe musulman. Mon vrai prénom, c'est Samir.

Il faut quelques secondes à Pierre Lévy pour réagir. S'il est accablé par le mensonge de Samir (et il le lui dit : cette trahison est « monstrueuse »), il se sent néanmoins responsable du chaos dans lequel se trouve son ami, c'est lui qui, le premier, l'a pris pour un juif, l'a présenté en tant que tel. D'une certaine façon, il a été le déclencheur de cette mystification, mais il aimerait comprendre pourquoi Samir ne lui a pas dit la vérité plus tôt. *Impossible !* Ce mensonge entretenu, amplifié, alimenté par son imagination, un mensonge codifié – une construction sociale solide à laquelle, chaque jour, il apportait de nouveaux éléments comme pour se convaincre du bien-fondé de son entreprise première –, il l'a créé de toutes pièces ! Y mettre fin ? Comment ?

— Je n'avais pas d'autre choix ! Si je te l'avais avoué à l'époque, tu m'aurais renvoyé du cabinet !

276

— Non… pas du tout… Pour qui tu me prends ? Je pense que j'aurais essayé de comprendre ce qui t'avait amené à mentir !

— C'est faux, tu m'aurais viré ! Et comme les autres, tu ne m'aurais pas embauché si tu avais su que j'étais un Arabe !

Pierre se tait, laisse s'écouler un long moment. Cette posture victimaire, il l'a en horreur. Lui qui a accédé à son poste sans l'aide de quiconque, à force de travail, de détermination, ne supporte pas la défense de Samir, et il le lui dit brutalement. Il avale quelques gorgées de vin, pose son verre dans un geste d'une extrême lenteur. « Tu veux connaître le fond de ma pensée ? » D'un hochement de tête, Samir acquiesce.

— Tu tiens un discours de faible, tu as une mentalité d'humilié. Cette façon de voir, de penser, c'est étroit, c'est petit… Cela laisse entendre qu'on est immuablement victime de ses origines, de son histoire et de son éducation. C'est faux. Tout, dans la vie, n'est qu'une question de détermination et de désir. Tout n'est qu'une question d'opportunités, de rencontres et de chances à saisir. J'en ai la certitude, et je vais aller plus loin : j'en suis la preuve. Une porte se ferme ? Tu frappes à une autre, au pire, tu la défonces…

— J'avais envoyé mon CV à des dizaines de cabinets, on ne m'a pas accordé un seul rendez-vous ! Tu trouves ça normal ? Tu ne veux pas reconnaître qu'il y a un vrai problème de discrimination…

— C'est vrai, il y a une discrimination réelle mais tu te trompes, elle est sociale pas raciale… Ton adresse t'a peut-être porté préjudice, mais ton nom…

— Tu dis cela tout simplement parce que tu n'y as jamais été confronté !

— Oh, en tant que juif, j'ai eu ma part d'humiliations, crois-moi... La ségrégation, l'exclusion, je sais ce que c'est... tu crois qu'on ne m'a pas traité de « sale juif » à l'école ? Qu'une fille ne m'a pas quitté après avoir appris que j'étais juif ? Que je n'ai pas entendu de clichés antisémites de la bouche même de mes plus proches amis ? Oh, et puis moi aussi j'ai cru avoir perdu des opportunités à cause de mon nom... On en est tous là, crois-moi...

— Tu me parles d'anecdotes, moi je te parle d'accès à l'emploi, d'intégration, je te parle d'une humiliation organisée à l'échelle sociale !

— Tu veux entendre une vérité brutale ? Le genre de choses qu'on ne dit pas publiquement pour préserver la paix civile ? La vérité, c'est que les Arabes se sentent humiliés et les juifs, persécutés. La vérité, c'est que les Arabes réagissent encore comme si on cherchait à les dominer, à les coloniser, et les juifs, comme s'ils risquaient toujours d'être exterminés. Chaque groupe doit composer avec ça... et parfois même, ça mène à une concurrence victimaire : qui a le plus souffert ? Qui souffre le plus ? Qui a le plus de morts ? Qui est le bourreau ? La victime ? C'est nous ! Non, c'est nous ! C'est pitoyable, c'est indigne. Ça me désole... Ça me désole de n'exister qu'à travers le prisme du rapport de faiblesse, de la compétition des martyrs... Tu te sentais vraiment si discriminé ? Tu as bien réussi tes études, non ? Tu es arrivé parmi les premiers, tu me l'as dit toi-même... Tu es peut-être tombé une fois sur un professeur qui a été plus dur avec toi à l'oral parce qu'il avait des préjugés racistes, et alors ? C'est une situation que n'importe qui peut avoir vécu ! Le fils de famille, grand bourgeois avec son nom à particule, qui arrive à l'examen avec des souliers vernis à mille euros et une montre de luxe peut aussi se faire sacquer sur le seul fondement des apparences. Tu veux que je te dise ? C'est la paranoïa qui t'a amené à mentir sur ton identité…

— Parano, moi ? Les juifs ne sont pas paranoïaques peut-être ? Dès qu'ils sont visés par la moindre remarque, dès qu'ils se sentent mal-aimés, lésés, critiqués, ils dégainent leur arme, l'antisémitisme ! On dit un mot contre Israël ? On est traité d'antisémite avec une poursuite de la Licra sur le dos. Ils ratent un examen oral ? L'examinateur est un antisémite ! Ils échouent à un entretien d'embauche ? Le recruteur est un antisémite, ça va, on connaît la chanson, même mes propres enfants la connaissent ! Leur mère la leur a apprise ! C'est obsessionnel chez eux, cette peur de ne pas être aimés, acceptés. Avec les juifs, on est dans la revendication agressive, jamais dans l'introspection, l'examen de conscience ! Mais quand un Arabe dit qu'il subit des injures raciales, un délit de faciès, des discriminations, on dit qu'il se plaint trop, exagère, joue les victimes, les insatisfaits, on dit qu'il s'intègre mal, que c'est de sa faute, qu'il n'a qu'à retourner d'où il vient, dans les pays où ont grandi ses parents, changer de prénom, et c'est ce que j'ai fini par faire ! Je ne suis pas paranoïaque, crois-moi, je sais ce que je dis, j'ai envoyé plus de cinquante CV, je n'ai pas reçu une proposition d'entretien, et dès que j'ai changé mon prénom, je suis devenu intéressant, intelligent, on a commencé à m'écouter, à prendre en considération mes opinions, je suis devenu visible ! La francisation de mon prénom m'a conféré une légitimité que mes compétences, mes diplômes ne m'accordaient pas ! Tu peux croire une chose pareille ? Au vingt et unième siècle ! Dans une démocratie ! Oh, parlons-en ! Le nombre de fois où l'on m'a demandé mes papiers d'identité, où j'ai été arrêté au volant de ma voiture pour un contrôle, c'était devenu une blague avec mes amis mais ma femme, crois-moi, ça ne l'a jamais fait rire... Qu'on me prenne pour un Arabe, ça la rendait dingue ! Quoique dans mon Aston Martin, on m'arrêtait moins, c'est sûr ! Reconnais-le, Pierre, tu m'as embauché parce que tu as pensé que j'étais juif. Parce que j'avais d'excellentes qualifications, que j'étais compétent, peut-être... mais aussi, avoue-le, parce que tu me prenais pour un des tiens et que ça te rassurait. Ça te rassurait de travailler avec un juif... ne dis pas le contraire, la première chose que le fils de mon associé remarque en arrivant dans une nouvelle classe, c'est la présence ou non d'un juif, et s'il y en a un, tu peux être sûr que c'est avec lui qu'il va se lier même si apparemment ils n'ont rien en commun, c'est lui qu'il invitera le week-end dans la résidence familiale d'été et ce sont ses parents que Berman et sa femme finiront par rencontrer pour parler encore et toujours du pouvoir politique et des juifs, d'Israël et de l'Iran, de la recrudescence de l'antisémitisme et du prix de l'immobilier à Jérusalem et Tel-Aviv parce que c'est ainsi que ça se passe !

— Oui bon, c'est possible, dans un réflexe grégaire et alors ? L'esprit clanique, je l'ai comme tout le monde... je ne suis ni meilleur ni pire... cela ne préjugeait en rien de mon attitude future à ton égard si tu m'avais avoué la vérité.

— Tu m'aurais formé comme tu l'as fait ? Tu m'aurais donné les clés de ton cabinet ? Tu aurais payé mes études à New York et confié la succursale que tu voulais créer ? Tu aurais été cet ami, ce mentor, si tu avais su que j'avais menti ? Tu te souviens de ce que tu me disais ? « Tu es comme un fils pour moi »...

— Je me serais peut-être senti trahi, c'est vrai, mais j'aurais essayé de comprendre ! Quelle image as-tu de moi ? Tu me vois comme un type sectaire, obtus, pour ne pas dire raciste ? J'ai pourtant embauché un nouveau collaborateur d'origine maghrébine, je te rappelle...

— Je suis censé te féliciter ?

— Ne sois pas stupide... Je l'ai choisi pour ses diplômes, son parcours et parce qu'il m'a fait bonne impression au cours de l'entretien ! Sofiane est brillant, il se démarque chaque jour par son travail. Si je ne l'avais pas embauché, un autre grand cabinet l'aurait fait, crois-moi ! Ton problème, c'est que tu divises l'humanité en blocs monolithiques ! La réalité est plus complexe ! Il y a sûrement beaucoup d'employeurs qui ne t'auraient pas embauché parce que tu t'appelles Samir, parce qu'ils ont des préjugés qui leur ont le plus souvent été transmis par leurs propres parents, on appelle ça la bêtise, l'ignorance, et aucune société, fût-elle juste et équitable, ne pourrait les effacer, mais il y en a d'autres, ils ne sont peut-être pas nombreux, tu aurais sans doute mis plus de temps qu'un autre pour les convaincre, il y en a qui t'auraient fait confiance et qui t'auraient donné ta chance après un, deux, trois entretiens, un CDD, une mise à l'épreuve, d'accord, et qui auraient fini non seulement par t'embaucher mais quelques années plus tard te proposer de t'associer avec eux ! Tu as envoyé quoi ? Cinquante CV ? Et tu as renoncé quand il aurait fallu en envoyer cent !

— J'avais besoin de ce travail alors je l'ai pris. Et je reste convaincu que tu m'aurais renvoyé si je t'avais tout avoué à l'époque.

— Tu as sans doute raison, je ne t'aurais pas gardé… pas à cause de la révélation de ton identité mais parce que j'aurais perdu confiance en toi.

À cet instant, Samir baisse la tête, reste prostré un long moment.

— Je suis foutu, Pierre. Ruth n'a jamais su que j'avais un frère, elle croit que je suis juif. Si elle apprend la vérité de la bouche de mon frère, je perds tout ce que j'ai construit, je perds ma famille, ma carrière, ma situation, je serai à la rue, tu comprends ?

— Tu penses à toi mais est-ce que tu as pensé à elle, à tes enfants ?

— Ne m'enfonce pas davantage…

— C'est important ! Tu as épousé une femme dont tu connaissais l'histoire, la généalogie ! Une femme dont toute l'existence est judéocentrée ! Tu n'aurais pas dû la séduire en sachant que tu ne pourrais jamais lui dire la vérité ! Tu l'as trompée, tu ne dois pas faire comme si rien ne s'était passé, comme si ce n'était pas grave !

— Ce qui te gêne, c'est qu'un Arabe ait séduit une juive et lui ait fait deux enfants, avoue-le.

— Ne dis pas de conneries ! Ce qui m'horrifie, c'est qu'un homme mente non seulement à sa femme mais élève ses propres enfants dans un déni identitaire. Ça, c'est impardonnable.

— Quel déni ? Mes enfants sont juifs… ils ont été élevés en tant que tels, ils portent même le nom de leur mère ! De ce côté-là, j'ai perdu…

— Tu leur as dénié une partie de leur identité.

— Quelle importance ?

— Quelle importance ? Oui, tant qu'ils ne l'apprennent pas, tu as raison : aucune importance, mais imagine que ton frère leur révèle tout, imagine le choc, le traumatisme…

— Tu reconnais donc qu'ils ne supporteront pas d'apprendre que je suis un musulman…

— Mais dans quel monde vis-tu, Sami ? Tu as épousé la fille de Rahm Berg ! L'homme dont le père a combattu dans les rangs de l'Irgoun, c'est toi-même qui me l'as dit ! Qu'est-ce que tu crois ? Qu'ils vont entendre tes révélations en souriant et t'accueillir avec tambours et trompettes ? Tu leur as menti, Sami… Alors, crois-moi, maintenant, tu dois tout leur dire. Même si ce sera dur, même si tu as beaucoup à perdre…

— Jamais.

— Il y a un proverbe yiddish qui dit ceci, médite-le : *Avec le mensonge on peut aller très loin ; mais on ne peut pas en revenir.*

— Que veux-tu que je fasse ?

— Tu dois avouer la vérité ! Ils la découvriront un jour ou l'autre.

— Jamais, tu m'entends ?

— Et ton frère ? Tu crois qu'il ne va pas le leur dire ?

— C'est pour ça que je suis venu te voir, pour que tu m'aides ! Pour que tu me conseilles ! Pas pour obtenir ton jugement !

— Écoute-moi, maintenant. D'accord, tu ne dis rien pour le moment, mais tu essaies d'éloigner ton frère.

— Comment ?

— D'après toi, qu'est-ce qu'il cherche à obtenir ?

— De l'argent. Je vais lui demander combien il veut et m'en débarrasser.

— Très bien. Le problème avec l'argent, c'est que tu vas lui en donner une fois pour le faire taire et qu'il va continuer à t'en demander encore. Et alors qu'est-ce que tu feras ?

— Je ne sais pas...

— Pense en termes stratégiques ! Ce que tu veux, c'est qu'il parte. L'argent ne suffira pas à le maintenir à distance. Non, ce qu'il faut c'est que tu lui donnes autre chose, qu'il attend aussi. De l'intérêt, de l'affection... Sois un frère et tu n'entendras plus parler de lui.

— Tu crois ça ?

— Pour une fois, fais-moi confiance.

12

Le lendemain, Samir invite François à déjeuner – exercice de contrition imposé. Il lui dit qu'il regrette *sincèrement* la façon dont il s'est comporté avec lui à son arrivée à New York. Il regrette d'avoir été si brutal, de ne pas avoir tenté de comprendre ses motivations, d'avoir instauré cette distance de sécurité et créé ce climat de suspicion, de tensions, alors même que François était venu avec des intentions louables, dans le but de faire la paix quand lui n'avait su que lui déclarer la guerre. Il regrette de ne pas avoir agi *comme un frère* : « J'aurais dû t'accueillir chez moi, t'intégrer à ma famille et au lieu de ça, je n'ai pensé qu'à t'éloigner comme si tu représentais une menace alors que c'est moi qui t'ai protégé quand tu étais enfant, c'est moi qui te gardais quand maman partait travailler. » Il joue la carte affective cette fois – l'offensive, l'agressivité convulsive, ça casse avec un homme élevé sans père par une mère fragile –, le prendre par les sentiments, voilà, espérant le convaincre de rentrer en France, et il le lui annonce d'emblée dans le restaurant indonésien bon marché où il lui a donné rendez-vous, un lieu calme, retiré, où il est sûr de ne rencontrer aucune de ses connaissances, il a bien réfléchi, il peut l'aider, fait mine de s'intéresser à lui, le questionne, *je veux TOUT savoir*. Et il parvient à l'amadouer, François cligne nerveusement des yeux clac-clac à la façon d'un rétroprojecteur qui crache ses diapositives, un peu gêné, il n'a rien du braqueur imaginé par sa mère, il a peut-être dealé une fois ou deux, conservé les armes d'un autre pour rendre service, pour un billet – les crans de sécurité, il ne saurait même pas les décrocheter, c'est un gosse inoffensif, une petite frappe, ne ferait de mal à personne, un impulsif, oui, un type qui peut se montrer manipulateur et agressif quand il se sent menacé, attaqué ou perdu, sans doute, mais pas au-delà ; au grand duel du rapport de force, il perd à tous les coups. Il n'a pas le charisme, l'intelligence perverse, la cérébralité que confèrent une éducation structurante, l'assimilation des codes sociaux les plus complexes. Il est simple, fruste – pas mauvais. Au pire, il peut être frontal, donc un peu dangereux, mais maîtrise-le et il se soumet. Dompte-le et il te mange dans la main. Rien ne masque son manque de profondeur. Entendant Samir, il se sent en confiance. Et vite, comme s'il faisait une déposition après une agression, il lui dit : « D'accord, je vais tout te raconter. »

Au commencement, il y a le nom, François Yahyaoui. Son prénom, il ne l'a jamais supporté. Son prénom, c'est l'horreur. François, ça fait français, et il n'a aucun problème à reconnaître que oui, ça l'emmerde. Il préférerait s'appeler Mohammed, Djamal, Kamel comme tout le monde et Tahar comme son frère. Il préférerait être brun aux yeux noirs comme sa mère, musulman comme ses amis. Dans cette cité à forte concentration maghrébine, il a beaucoup de mal à s'intégrer, on le surnomme le Blond, le « roumi », rien à faire. Parfois, on l'appelle François Ier, et c'est pire pour lui qui n'a jamais supporté de porter le prénom d'un père qui ne l'a pas reconnu. Sa mère a une version qu'elle lui demande de répéter et il s'exécute, elle est romanesque et le valorise. Tu dis : Mon père était militaire de carrière. Tu dis : Mon père était pilote, il est mort en plein vol. Il ajoute : C'était un héros. Tu dis : Mon père était français. Puis tu te la fermes. C'est une période très dure pour sa mère. Samir vient de quitter la maison. Brunet lui a coupé les vivres. Quelques mois auparavant, après plusieurs tentatives de rapprochement avortées, François avait une nouvelle fois essayé de renouer les liens avec son père. Il l'avait attendu à la sortie de l'Assemblée nationale, il l'avait vu arriver de loin, accompagné d'un jeune cadre en costume-cravate qui portait d'épais dossiers sous le bras, il avait ressenti une certaine fierté, mais quand il s'était approché de son père, ce dernier avait fait semblant de ne pas le reconnaître et avait continué son chemin. Il l'avait regardé marcher jusqu'au restaurant le plus proche – une de ces brasseries parisiennes bruyantes où la carte ne propose aucun plat à moins de vingt euros, où il n'avait même pas les moyens de se payer une boisson – et entrer sans se retourner, il en avait pleuré de rage dans les couloirs du RER.

À partir de là, il tourne mal. Il ne travaille plus en classe et traîne dans la cité. C'est un gars de son immeuble[1], le fils du gardien, un métis aux cheveux bruns et aux yeux verts, qui lui propose de faire le guet moyennant quelques dizaines d'euros. Son rôle, c'est de prévenir les autres en cas d'intervention policière. Il est là, il fait sa ronde autour de l'immeuble, surveille les issues, ne parle pas trop, reste concentré. En général, les flics débarquent en voiture et en bande, gyrophares allumés, ils ont peur de pénétrer sans escorte dans la zone, on les voit arriver de loin. Mais parfois, quand ils soupçonnent un important trafic ou qu'ils recherchent un gros poisson, ils font irruption par surprise, en tenue de civils, tout est calme et hop, d'un coup sortent de camionnettes venues d'on ne sait où, vous attrapent, vous plaquent face contre terre et, les mains derrière le dos, vous menottent ; pour les charges, on verra après. Ils se précipitent même dans les escaliers en hurlant, frappent aux portes : Police, ouvrez ! Et c'est la panique. Dans ces cas-là, il faut réagir instantanément et ici, tout le monde le sait, François est l'homme qui court plus vite que son ombre. Il peut grimper treize étages sans s'essouffler et parcourir la ville sans ressentir le moindre point de côté. C'est un don, chacun le sien, autant en profiter.

En tant que guetteur, il fait ses preuves. On lui propose de vendre du shit, il accepte, on lui fait confiance, c'est une promotion. Bon, ce n'est pas grand-chose, quelques boulettes sous le manteau, pas de quoi fouetter un chat. Il traîne dans les gares et les parkings, repère ses clients, et c'est là, dans une

---

1. Barnabé Cissé, 26 ans, rêvait de « gagner le maximum de fric pour passer sa vie sur les plages de Punta Cana ».

voiture, qu'il est arrêté par des flics en civil. Il est placé dans un centre fermé, raconte une version à faire pleurer le juge et, finalement, est condamné à exécuter une peine d'intérêt général. Le voilà qui nettoie les murs tagués d'une école primaire, ramasse les feuilles mortes à la pelle et les détritus qui jonchent le sol de la cour de récréation : briques de jus d'orange éventrées, papiers de bonbons qui collent aux doigts, cartes à collectionner, il fait ses heures sous l'autorité d'un éducateur de vingt-cinq ans, un idéaliste d'extrême gauche un peu placide, tout le monde est content. Quand il rentre chez lui, il veut reprendre du service et le fait savoir, ça devient sérieux, et à force de coller aux basques des petits caïds, on lui propose de planquer des armes en provenance des Balkans. Il accepte illico, ne pose pas de questions. Officiellement, ces armes serviront à assurer la sécurité de la cité mais en réalité, tout le monde le sait, elles seront utilisées pour former de jeunes aspirants au djihad ou achetées par des gangs de braqueurs, des dealers, ce n'est pas son problème, et c'est un marché en or pour lui, pense-t-il, pas question de laisser passer une telle chance de réussir, de se faire une place au soleil. Il a découvert un endroit tranquille dans une forêt proche, personne ne s'y aventure, il peut même tirer parfois. Les armes, les coups de feu, ça l'excite. Il aime l'odeur de la poudre, le bruit sourd des détonations, et, plus que tout, il aime lancer des grenades, ça se dégoupille comme une canette, ça peut déflagrer, c'est dangereux, bien sûr, mais quel kif.

« C'est à cette époque que je t'ai revu chez maman. Je me suis dit que si tu avais réussi, moi aussi je pouvais le faire. »

Au fond, même s'il aime les armes, même si ce petit trafic l'excite et lui donne parfois le sentiment d'être dans un film d'action, il sait que ça le mènera plus sûrement en prison qu'en Australie où il rêve de partir depuis qu'un gars de la cité y a fait fortune en fabriquant des survêtements à l'effigie d'un tigre blanc. « J'ai trouvé ton adresse... la suite, tu la connais. »

François est ému, boit pour cacher son trouble, et Samir comprend que ça y est, c'est bon, il l'a amadoué, il le tient. Il lui dit qu'il va l'aider : « Tu vas rentrer et je paierai tes études, je ne te laisserai pas tomber. Mais tu dois me promettre que tu ne toucheras plus à la came, aux armes, que tu te tiendras tranquille. Et puis... arrête ces jeux vidéo ultraviolents, ces trucs-là, ça monte à la tête, ça déréalise tout... » François acquiesce, docile tout à coup. « Bon, réplique Samir, tu peux rester encore deux ou trois semaines, je m'occupe de tout et... »

Mais non. François veut rentrer tout de suite en France. Il est blême, on dirait qu'il va vomir. Et c'est à ce moment-là qu'il confie à Samir qu'il a des problèmes, raconte la soirée en boîte, la fille qu'il a un peu forcée, il regrette et il a peur maintenant, il a peur qu'elle porte plainte ou qu'elle parle, il avait bu ce soir-là, *tu m'avais fait boire, je n'ai pas l'habitude de boire autant.* Il ne se souvient plus de ce qui s'est réellement passé – et s'il lui avait fait du mal ? Il ne veut pas avoir à rendre des comptes pour un acte qu'il a oublié, et *elle l'a cherché,* hurle-t-il, *elle m'a allumé comme une pute avec sa minijupe et son haut tellement ouvert qu'on voyait tout. Elles te cherchent ces salopes, tu y vas et après elles viennent chialer. Qu'est-ce qu'elles veulent au final ? Qu'on leur*

demande l'autorisation alors qu'elles t'ont bien fait
sentir qu'elles étaient open ? *Putain, Samir, j'ai*
la trouille maintenant, elle est capable d'inventer
n'importe quoi, que je l'ai violée alors que je l'ai à peine
touchée, elles sont capables de tout, c'est des cinglées !
Je veux rentrer. Ce discours, ça révulse Samir : Est-ce
qu'il a violé cette fille ? Est-ce qu'il a essayé de la
toucher ? Il a envie de le secouer jusqu'à ce qu'il se
souvienne, qu'il avoue et passe le restant de sa vie en
prison ; pourtant, il ne le contredit pas, il doit sauver
sa peau. Son unique préoccupation, c'est de l'éloigner
de New York, de le tenir à distance de lui et de sa
famille. Il le persuade qu'il est en danger aux États-
Unis : « Tu as des raisons d'avoir peur. Il est possible
qu'elle porte plainte contre toi. Tu ne sais pas ce que
tu risques en restant ici. Demain, des flics spécia-
lisés dans les crimes sexuels – et crois-moi, ce sont
les pires – peuvent débarquer à ton hôtel avec des
échantillons d'ADN qui t'accableront. Ils te coffre-
ront pour vingt ans et même le meilleur avocat du
pays ne pourra pas alléger ta peine. Tu auras les associations féministes sur le dos. Tu auras l'opinion
publique contre toi. Et en plus, tu es français. Écoute-
moi, il faut que tu rentres, je vais m'occuper de ton
billet. » Il va à l'encontre de ses convictions pro-
fondes, il se trahit – la peur dicte désormais chacune
de ses paroles. « Attends, continue François, il y a
autre chose. » Comment est-ce qu'il va faire à son
retour ? Il a besoin d'argent, il ne peut plus continuer
comme ça : « Je veux me ranger, ça suffit les conneries. » Il est venu pour obtenir de l'aide, pour essayer
de s'en sortir, « pas pour replonger dans les petits
deals merdiques ».

— Je vais t'aider…

— Tu ferais ça pour moi ?

— Oui.

— Et pourquoi tu le ferais ? Tu me l'as dit toi-même, je ne suis rien pour toi.

— Si je ne le fais pas pour toi, alors dis-toi que je le fais pour maman. Pour qu'elle ne se soucie plus de toi en permanence. Qu'elle ne se réveille plus la nuit pour savoir si tu es bien rentré, si tu n'es pas ivre ou sous l'emprise de la dope. Qu'elle ne m'appelle pas pour me dire qu'elle ne s'alimente plus parce qu'elle ne pense qu'à toi, à ce que tu es en train de faire ou parce qu'elle a peur que tu te sois fait arrêter par les flics alors qu'elle tient plus que tout à sa réputation – l'honneur, c'est une valeur qui compte pour elle. Pour toutes ces raisons, je vais te faire parvenir de l'argent mais en échange, promets-moi que tu vas te bouger, que tu vas chercher un travail ou même reprendre des études. Promets-moi que tu ne vas pas utiliser ce fric pour acheter de la came ou le flamber au casino.

— Tu le saurais par maman, non ?

— J'ai autre chose à faire qu'à t'espionner, François. J'ai un boulot, une famille. Je préfère te faire confiance.

Ce mot – confiance – restaure tout, et c'est François qui poursuit alors d'une voix calme, apaisée :

— L'idéal serait que tu me verses une pension mensuelle… enfin, je veux pas abuser.

— Combien ?

— Je ne sais pas… dis, toi…

— Non, vas-y, je t'écoute. Détermine-la en fonction de tes besoins véritables…

— Deux mille euros par mois ? Ça t'étrangle pas, tu vis tranquille et moi aussi, j'ai de quoi vivre, j'ai de quoi gâter maman, je rentre en France et tu n'entends plus parler de moi.

Le soulagement de Samir. Deux mille euros, ce n'est rien pour lui, il aurait pu exiger cinq mille, et ça le fait rire tout à coup, c'est d'accord.

— Mais comment tu vas faire, je veux dire, pour me donner le fric ?

— Je vais ouvrir un compte que j'approvisionnerai chaque mois, c'est simple. En quarante-huit heures tout sera réglé.

— Et si ta femme le découvre ?

— Tu te fais du souci pour moi, maintenant ? C'est nouveau, ça...

— Je ne veux pas que tu perdes tout à cause de moi...

— Elle ne découvrira rien, je ferai les choses discrètement, j'ai des contacts dans le milieu bancaire, aucun problème de ce côté-là.

— Samir, demande alors François, pourquoi est-ce que tu laisses maman crever dans son trou à rats alors que tu as les moyens de lui louer le plus bel appartement ?

— Elle refuse de déménager, c'est son choix, pas le mien.

— Tu sais, je pourrais la persuader...

— Tu veux plus, ça ne te suffit pas ?

François ne réplique rien, attrape son sac de sport et lui annonce qu'il va prendre le métro pour aller à l'aéroport, il veut partir tout de suite, réserver le premier vol pour Paris, mais non, dit Samir, je vais te raccompagner (moins par affection que pour s'assurer qu'il est bien parti), et ils s'embrassent presque au moment de se quitter, petite tape amicale sur l'épaule. *Oublie ce qui s'est passé ! Bon voyage !* répète Samir en le regardant s'éloigner vers le sas de sécurité et en agitant sa main dans le vide – *À bientôt !* – alors que tout ce qu'il espère, c'est ne plus jamais le revoir.

13

C'est une question que l'on pose souvent aux écrivains : Combien de temps mettez-vous pour écrire un livre ? – comme si l'écriture avait un lien quelconque avec l'architecture, la construction, le bâtiment, on pourrait prévoir des délais de fabrication, une date de livraison, chacun récupérerait son dû, on serait quittes. Bien qu'il n'y ait pas de règles, l'écriture supporte mal les contraintes. Il y a quelque chose d'asocial dans l'acte d'écrire : on écrit contre. Dans ces conditions, comment parvenir à établir les bases d'un contrat social quelconque ? Samuel n'y est jamais parvenu, c'est pourquoi il avait choisi d'être éducateur, pour rester dans une zone marginale peuplée d'êtres aussi souffrants que lui, à des degrés différents peut-être, mais blessés, fêlés. Depuis le départ de Nina, sa vie s'est organisée autour de sa solitude, écrire lui permet de maintenir la dépression à distance : il écrit pour survivre, ne pas tomber malade, il travaille, entraperçoit les pierres de l'édifice et peut désormais répondre : « Un an. »

Il y a une autre question, plus rarement posée, et qui est pourtant au centre du dispositif créatif : À quel moment sait-on qu'un livre est fini ? Cette question-là, Samuel y est confronté chaque jour depuis un mois : il relit, ajoute, retranche, corrige – sa stabilité morale ne dépend plus de l'amour d'une femme mais de la place d'un mot, d'un point-virgule, du rythme d'une phrase. La musicalité de la langue. Ce besoin d'être connecté à l'écrit comme si l'on excavait en soi – pour y remonter quoi ? –, il n'a rien trouvé d'aussi intense pour supporter le cours chaotique de l'existence. Quand Samuel lit sans annoter, il sait que son texte est fini, il n'y a plus rien à apporter, il peut l'envoyer. Il décèle bien çà et là des baisses de rythme, des ruptures qui pourraient déstabiliser son lecteur, il pressent ce qui pourrait ne pas plaire. Il ne change rien. Écrire, c'est accepter de déplaire. Le souci de perfection, l'obsession du « bien faire », du « bien écrire », ça l'angoisse. La littérature est désordre. Le monde est désordre – comment rendre compte autrement de sa brutalité ? Les mots ne devraient pas être à la *bonne place*. La littérature est là, précisément, dans cette zone d'insécurité.

Samuel ne vise rien ; sa seule ambition, c'est d'écrire, nourrir quotidiennement son texte, ce prédateur insatiable et froid. Faire dépendre son équilibre affectif, mental de sa capacité à mettre en mots sa propre fiction, c'est une folie, non ?

Son plus grand regret, c'est de ne pas avoir pu faire de sa vie un espace littéraire, de ne pas avoir été reconnu en tant qu'écrivain. Il avait bien tenté de se faire publier à différents moments de sa vie, mais il garde de cette période un souvenir effroyable comme s'il avait contracté une maladie grave, mortelle, quelque chose de violent qui affectait tout son être, oui, il s'en souvient comme d'une période où il avait à tout moment envie de se tirer une balle dans la tête. Il accumulait les lettres de refus, son roman ne correspondait pas à la ligne éditoriale, les éditeurs étaient au regret de lui annoncer que…, etc. – des condoléances. Il lisait et relisait la phrase de Singer : « Pratiquement chaque jour, j'envisageais de me suicider. Ce qui me tourmentait le plus, c'était mon manque de succès comme écrivain. » Il n'avait même pas su être un écrivain.

Il n'avait pas le sentiment d'avoir réussi quoi que ce soit dans sa vie.

Samuel ne craint plus de voir son texte refusé. Quelque chose en lui a lâché prise, une forme d'ambition, non pas l'ambition littéraire – il a toujours eu l'obsession de créer une langue qui lui soit personnelle, une langue identifiable, une voix forte, qui porterait loin –, mais l'ambition sociale. Il ne cherche plus à être connu/reconnu – cette obsession rageuse qui détruit tout. Susciter l'admiration, être aimé pour ce que l'on fait, avoir une place sociale clairement identifiable, il y a renoncé à l'approche de la quarantaine, et il peut l'avouer, l'assentiment des autres n'est plus une condition à son bonheur, il se sent soulagé, la pression est moins forte, le corset, moins serré, il est passé de l'autre côté… Hier, c'était encore possible, hier, c'était même une obligation, un impératif : Réussir ! Une norme sociale à laquelle il fallait se soumettre (ou être marginalisé, exclu de la société des hommes), mais aujourd'hui, c'est fini, et il le dit sans rage, sans crainte d'être jugé. Les fragments d'une promesse... les preuves de son ambition ou de celle que ses parents ont placée en lui – la construction d'un être d'EXCEPTION, d'ÉLITE : une mystification sociale.

Et ainsi, quand il envoie son manuscrit à quatre éditeurs, il se persuade qu'il n'attend rien. Il est calme, lucide. Il sait que personne ne peut réussir en littérature. Écrire, c'est se confronter quotidiennement à l'échec.

14

Retour au calme/à une existence cloisonnée : deux appartements, deux femmes, deux vies. Nina a bien montré quelques signes d'impatience, elle est *lassée* de cet isolement, elle le vit *mal*, mais Samir la rassure : elle a sa place dans sa vie. Un peu à l'écart, un peu dans l'ombre, mais elle l'a. Et puis, lui explique-t-il pour l'apaiser : « Les choses les plus intenses, les histoires d'amour les plus importantes se vivent dans l'ombre, dans le secret. » « Mais je ressens un manque, tu comprends ? » Non, il ne comprend pas : « Objectivement, tu as tout. » *Tout* : l'argent, le confort matériel, la complicité sexuelle. Il pense : cela devrait lui suffire. Ce qu'il vivait au quotidien avec elle démentait les craintes de Berman : jamais il ne s'était senti aussi serein, délié des angoisses, de la confusion, de la culpabilité que la mécanique de l'imposture engendrait. Il entrait dans cette phase d'euphorie personnelle, sociale, où il réussissait tout ce qu'il entreprenait, gagnant les procès avec une autorité nouvelle, avec une frénésie et une excitation exceptionnelles. Il jouait, il gagnait.

Ça dure un temps.

Samir et Nina vivent en vase clos, déconnectés du monde extérieur, elle ne voit personne d'autre que lui, Samuel avait raison, elle mène une vie de geisha, s'en persuade, se raisonne, pas une vie de pute, non, non, mais au fond, elle doute. (Que fait-elle d'autre que l'attendre ? Obéir à son désir ? Jouit-elle d'une quelconque indépendance ? Non. Et elle a parfois un sentiment – qu'elle réprime – de révolte.) Longtemps, sa seule ambition a été d'être aimée de Samir mais ses désirs ont évolué (et le discours dur de Samuel n'est pas étranger à cette nouvelle revendication) : elle veut un enfant. Cela fait maintenant près d'un an qu'elle vit recluse dans ce bel appartement que Samir a loué pour elle, elle ne manque de rien, mais ce statut de maîtresse entretenue qui lui avait convenu au début, au temps de la passion amoureuse, ce statut-là, dont elle pressent qu'il la dégrade, qu'il la met hors jeu, elle ne le supporte plus. Elle n'en peut plus de vivre au gré de la disponibilité et des désirs de Samir, dans l'ombre ; elle veut mieux. Mais il y a autre chose : la peur de vieillir. La peur de vieillir et d'être évincée quand il se sera lassé d'elle – cette insidieuse menace que Samuel a évoquée par jalousie peut-être, pour la faire souffrir, et pourtant elle sait qu'il dit vrai. Elle le sait parce qu'elle connaît le goût de Samir pour les femmes jeunes – dans la rue, il ne se dissimule pas pour les regarder ; elle l'a même vu donner sa carte de visite à une vendeuse d'à peine vingt ans tandis qu'elle essayait des dessous qu'il avait choisis pour elle. Elle le sait parce qu'elle l'a entendu raconter une anecdote à propos de l'un de ses clients qui lui avait dit : « Je quitte ma femme à un âge où elle peut encore espérer trouver quelqu'un. » Il avait ri, alors que c'était tragique. C'est tragique de comprendre qu'au-delà d'une certaine limite, votre ticket n'est plus valable. Les femmes auront beau lutter contre le temps, ruser pour paraître plus jeunes, plus désirables, c'est un combat qui, socialement, dans une société virilisante, est perdu. Nina peut espérer avoir une liaison qui durerait deux trois ans et après ? La vérité – qu'elle ne veut pas entendre –, c'est que Samir finira par la quitter. Il a trop le goût du changement, des premiers émois, des étreintes faciles. En toutes choses, c'est un consommateur, un jouisseur. Qui a toujours aimé la compagnie des belles femmes, des plus belles, celles que les autres hommes n'osent même pas approcher. Elle en est sûre, et elle pense qu'un enfant la préservera – c'est une assurance, oui, et alors ? Tout le monde en prend. Cette situation, il aurait dû l'anticiper, c'était prévisible. Tôt ou tard, la question de la maternité se pose. Et Nina a tout planifié. Un soir, elle sort le grand jeu – maîtresse imaginative/entreprenante, tout ce qu'il aime –, et après avoir fait l'amour, elle le lui annonce : elle désire un enfant. Elle ne dit pas qu'elle recherche une légitimité, non, ça viendra plus tard, pense-t-elle, naturellement, avec l'enfant. Samir appréhendait ce moment, il pensait qu'elle avait fait le deuil de la maternité, il l'espérait, elle n'en parlait plus et voilà qu'elle recommençait, *c'est impossible*, il le lui rappelle : ils sont bien ensemble, il l'aime, ils s'aiment, ils sont libres, sans attaches, pourquoi créer un *problème* ? Un enfant ne ferait que compliquer les choses. *Un problème ?* Elle insiste : « Tu me l'avais promis avant que je parte. » Il a promis, peut-être, il a affirmé cela dans un excès de confiance, d'amour, et il faut être réaliste,

il est marié,

il a déjà deux enfants,

il ne peut pas prendre le risque de détruire tout ce qu'il a construit,

il ne veut pas la perdre,

mais elle doit se raisonner, se calmer.

Elle l'écoute, ça résonne en elle, et déjà la peur monte, innerve le ressentiment, et elle le lui dit avec une froideur qui le glace : « Fais-moi un enfant ou ne reviens jamais. » C'est excessif, manichéen, puéril ; ça trahit la fragilité de sa position, pourtant elle lui adresse une menace et il la sait capable de la mettre à exécution. La panique qui s'empare de lui. L'insidieux chantage. Et si elle lui faisait cet enfant contre son gré ? Elle l'assure qu'elle prend la pilule ; elle ment peut-être. « Je ne te comprends plus. » « Tu ne me comprends pas ? Je me retrouve dans un pays étranger, sans amis, sans autre contact que toi, dans un appartement où je vis seule – tu m'as toujours déconseillé de travailler ! –, je veux autre chose, c'est tout ! Je veux être liée à toi autrement que par cet appartement. » « Je t'aime, cela devrait te suffire. » « Si tu m'aimes, tu dois me faire cet enfant dont je rêve. » C'est alors qu'il se tourne vers elle et lui dit avec une distance qui la pétrifie : « Tu gâches tout, je ne te comprends plus. Tu as tout ce qu'une femme peut désirer. » Puis, sans un regard vers elle, il prend sa veste et il s'en va.

15

Sur le moment, ça va, mais au bout de deux trois jours, Samir n'en peut plus, c'est physique, il a envie de la voir, elle lui manque, son absence n'affaiblit pas le désir, au contraire, et il se retrouve seul, incapable de se concentrer sur ses dossiers, répondant évasivement à ses clients, ne rappelant personne, annulant tout. Le manque, ce trou en lui dont la béance le terrifie, et qu'elle seule saurait combler. Il se voit au bord du précipice. Sans elle, il a le vertige, il pourrait tomber, il a peur, il tremble. Il n'imaginait pas qu'elle lui manquerait autant, cette idée l'obsède parce qu'elle trahit un sentiment nouveau dont il s'était jusqu'à présent départi : la dépendance. Il pense à elle tout le temps, sans répit, la souffrance devient vite insupportable, il aimerait résister, il ne veut pas céder devant elle, perdre au bras de fer qu'elle a imposé, et il l'avoue : il est impressionné par sa résistance. Elle n'a pas appelé, n'a pas manifesté le moindre remords, signe d'inquiétude, quelle force. Car après tout, se répète-t-il, sans moi, elle n'est rien ; elle dépend de moi pour se loger, s'acheter à manger, elle est ici à New York, totalement isolée, sans argent personnel, elle devrait avoir peur de me perdre, je pourrais la quitter, ne plus la rappeler. Oui, sans moi, elle n'est rien. Il la rabaisse, la rabaisse mentalement, façon de garder la face, mais c'est lui qui est au plus bas, c'est lui qui crève. Il n'avait pas ressenti cela depuis le jour où elle lui avait préféré Samuel et il conclut qu'il n'aurait pas dû la revoir. Il ne veut pas reconnaître qu'il n'est rien sans elle, c'est nouveau pour lui qui n'a jamais voulu s'attacher à personne ni retomber amoureux. C'est fait : *Tu l'aimes. Tu l'aimes et tu souffres.* Il n'avait pas envisagé cette option-là, il s'était jeté dans l'amour comme on saute d'un bateau en pleine mer. Il perd pied loin d'elle, il s'enfonce, attiré dans les profondeurs par les boulets que représentent désormais ceux qu'il aimait le plus au monde : sa femme, ses enfants. Son confort, sa vie de famille, il les a en horreur. Il se persuade alors qu'il pourrait prendre le risque de concevoir cet enfant, Ruth n'en saurait rien. À terme, il finirait peut-être par divorcer. Il se sent assez fort désormais pour affronter la colère de Berg – la mise en scène de cette autorité factice qu'il abhorre. Il est décidé, devrait partir tout de suite pour l'annoncer à Nina, c'est le moment, mais il est vingt et une heures et sa femme vient de l'appeler : « Tu ne rentres pas ? C'est shabbat, n'oublie pas d'acheter du gâteau au fromage blanc pour mon père. » *C'est shabbat.* Ces rituels juifs auxquels il se sent étranger, ces repas interminables au cours desquels tout tourne autour d'*eux*, cette judéité encombrante à laquelle il n'a jamais su totalement s'acclimater, il aimerait y renoncer. Et y renoncer définitivement. Au fond, il ne s'est jamais senti juif au sens religieux. Ce qu'il a aimé – et profondément –, c'est la solidarité, une forme de familiarité qu'ont les juifs entre eux et qui fait qu'un juif argentin sera toujours heureux de rencontrer un juif français. Il n'a jamais connu ça. Il s'est senti étranger quand il habitait une chambre de bonne dans le XVIᵉ au milieu des petits-bourgeois que leurs parents maîtrisaient par la distribution massive de fric. Et il s'est senti différent quand il est retourné vivre à Sevran avec sa mère et son frère – quels souvenirs ! L'effroi. Il peut affirmer qu'il ne s'est jamais senti bien nulle part. Il est encore à son cabinet, presque tous ses associés et collaborateurs sont partis – le vendredi, ils quittent parfois le travail en début d'après-midi. Seul Berman travaille dans son bureau. Une pâle lumière filtre à travers les stores, il a envie d'appeler Nina, se retient. Il lui écrit un SMS : *Je t'aime. Je veux un enfant de toi.* Mais il l'efface aussitôt. Alors il prend ses affaires, sort, court jusqu'à la rue voisine, entre dans une pâtisserie et achète dix parts de gâteau au fromage blanc pour son beau-père en pensant : Qu'il s'étouffe avec. En sortant du magasin, il a une envie irrépressible de voir Nina, de l'embrasser, de la serrer contre lui, il faut qu'il lui parle, qu'il la touche mais il se raisonne : demain matin, il la réveillera. Demain matin, il lui annoncera qu'il veut vivre avec elle. Cette information, il ne peut pas la garder pour lui – c'est trop fort. Il a besoin que d'autres sachent. Il n'ose pas téléphoner à Pierre pour le lui dire, il n'a pas envie de le lui confier par téléphone, et ce sera Berman qui recueillera ses confidences. Demi-tour, direction le cabinet, droit devant jusqu'au bureau de Berman qui s'apprêtait justement à partir : « Non, reste, il faut que je te parle ! » « Ça ne peut pas attendre lundi ? » « Non ! Ça ne peut pas attendre ! » Berman, sidéré par ses révélations, *Je suis amoureux, il fallait que j'en parle à quelqu'un... tu comprends ? Ce que je vis est trop intense. J'ai retrouvé cette femme que j'aimais à un moment où je ne l'espérais même pas ! À un moment où j'étais mort ! Et je me sens vivant avec elle. Avec ma femme, il ne se passe plus rien, je suis transformé, et je vais te faire un aveu : je ne me reconnais plus. Elle s'appelle Nina Roche.* Berman l'écoute, il ne dit rien, ne le juge pas – que lui dirait-il, lui, le bon père de famille, le mari moral, le fils dévoué qui n'a jamais dépassé les contours, citoyen modèle qui vote à chaque élection, paie ses impôts, traverse aux passages piétons, un homme qui n'aime pas le risque ? Le plus indigne des deux, c'est lui, il le sait, il est devenu asthmatique à la naissance de son quatrième enfant, étouffe sous le poids de sa famille, du bâtiment protégé et ultrasécurisé qu'il s'est créé selon les lois iniques de la transmission, il a fait comme son père et il est malheureux comme lui, il envie Samir, son mépris des conventions, son assurance, il n'est pas fait comme ça, pour ça, il le lui avoue : il n'envisagerait jamais de changer le cours de sa vie. Et Samir continue : « Il faut que je te dise quelque chose parce que ma décision engage le cabinet, il est probable que quelques clients, sous la pression de mon beau-père, décident de changer d'avocats. » Entendant cela, Berman essaie en vain de l'interrompre. « Écoute-moi ! » crie maintenant Samir. Puis, se radoucissant : « Je vais quitter ma femme. Demain, je vais le lui annoncer. » « Tu ne peux pas faire une chose pareille ! » « Et pourquoi ? » « Tu ne peux pas faire ça tout simplement parce que ce n'est pas une attitude juive. » C'est un simple jugement moral, lié au poids de la tradition, à l'éducation. Au fond, ça le choque ; avoir une aventure, une simple liaison de quelques heures qui ne serait vécue que sur le mode de la culpabilité et achevée avec soulagement (avec la certitude qu'il n'y aurait JAMAIS de répétition), peut-être... mais cette double vie, non ; cette organisation méticuleuse autour d'une femme avec location d'un appartement et mise à disposition de tout ce dont elle pourrait rêver ; cette trahison, non. En l'entendant, Samir s'emporte : « Et que serait une attitude juive, selon toi ? Parce qu'il y aurait une posture morale qui serait l'apanage des juifs ? Un corollaire à l'élection (et il le dit avec ironie, il le dit avec violence) ? S'il y avait une morale juive, ça se saurait ! » L'effroi de Berman. Il regarde Samir, tétanisé par ses propos, et il a alors le sentiment que quelque chose ne va plus : son associé est un étranger. Il conclut froidement : « Tu es devenu fou... Je ne te reconnais plus, Sam... » Mais Samir s'acharne : « Tu veux que je te dise ? Tu me fous la trouille avec ton moralisme révulsif, ta probité, ton souci de bien faire. C'est irréaliste de croire qu'on peut vivre sans trahir. Irréaliste de penser qu'on peut rester pur. La pureté, c'est une notion qui ne devrait s'appliquer qu'aux éléments. Une pierre peut être pure. Et l'eau du bain rituel dans laquelle tu te plonges une fois par an à la veille de Kippour pour te purifier justement de tous les coups tordus que l'exercice de notre profession nous oblige à faire ! Tu sors du bain et tu es saint, mais crois-moi, tu te salis dès que tu te frottes au monde. » « En tant que juif, j'ai pourtant le devoir de... » « Arrête avec ça ! Le juif n'est pas plus moral qu'un autre, il est simplement plus moralisateur. » Berman se fige : « En parlant comme ça, tu t'exclus de ta communauté. »

Samir le toise alors, imperturbable : « En ai-je jamais fait partie ? » En l'espace de quelques secondes, leur complicité semble saccagée et Berman se persuade qu'il a en face de lui un juif honteux, traître à la cause juive, indifférent aux siens, un de ces juifs qui, après avoir digéré les discours assimilationnistes les plus virulents, les recrache sans filtre, un juif sans morale, sans scrupules et pense-t-il, sans amour pour son semblable, Tahar le révulse tout à coup, pourtant il ne lui reproche rien directement, se contentant de lâcher ces mots sur un ton monocorde : « Je crois que nous n'avons plus rien à nous dire. »

QUATRIÈME PARTIE

La Consolation

« Un chef-d'œuvre ! »
ÉRIC DUMONTIER[1]

« Un choc. »
DAN SBERO[2]

« Un grand livre ! »
SOPHIE DE LATOUR[3]

« La naissance d'un écrivain. »
MARION LESAGE[4]

« Un récit bouleversant. »
LÉON BALLU[5]

---

1. Éric Dumontier avait écrit cet article pour faire plaisir à l'attachée de presse de Samuel, une blonde magnétique dont il était fou amoureux.

2. Critique littéraire redouté, Dan Sbero avait déclaré : « Ma plus grande réussite fut sans conteste mon interview de Saul Bellow deux jours avant qu'il n'obtienne le prix Nobel de littérature. »

3. Sophie de Latour, 34 ans, ambitionnait de diriger les pages culturelles du journal pour lequel elle travaillait.

4. Marion Lesage était aussi l'auteur d'un roman oublié, vendu à 400 exemplaires : *De l'inconvénient d'être mort*. Elle avait été récemment renvoyée de la rédaction de son journal. Officiellement, pour raisons économiques. Officieusement, pour avoir refusé les avances du directeur de rédaction.

5. S'il avait réussi sa vie professionnelle, Léon Ballu, 55 ans, avait confié à son psychanalyste qu'il avait « complètement raté » sa vie personnelle.

1

Samir n'avait pas appelé Nina depuis quinze jours. Ces deux semaines d'attente, elle les avait passées dans un état de prostration, l'isolement accentuant la gravité de l'événement, lui conférant un caractère particulier, comme si, en se mettant en retrait, elle donnait à Samir l'espace suffisant – un vide immense, espérait-elle – pour qu'il se rendît compte à quel point elle lui était nécessaire, à quel point sa vie sans elle paraissait insignifiante : la stratégie du pire. Et puis, quand elle avait compris qu'il n'appellerait plus, soit parce qu'il avait jugé son ultimatum menaçant et pris la décision de ne plus la voir, soit parce qu'il ne l'aimait plus ou pas suffisamment pour perdre sa famille, elle avait décidé de ne pas se laisser aller et de nouer des contacts avec les quelques personnes qu'elle avait pu rencontrer à New York, des femmes essentiellement, dont elle avait fait la connaissance chez le coiffeur ou dans la salle de sport de l'un des hôtels les plus luxueux de la ville, un de ces lieux où tout est organisé pour satisfaire chacun de vos besoins et où Samir l'avait inscrite de sa propre initiative. Combien de numéros de téléphone possédait-elle ?

Trois ou quatre, pas plus. Elle ne voyait pratiquement personne en dehors de Samir, il lui avait fait clairement comprendre qu'il souhaitait qu'elle fût disponible pour lui au moment où lui-même l'était. Il fallait donc qu'elle accordât ses déplacements aux siens. Une fois, une seule fois, elle avait donné rendez-vous à une femme qu'elle avait rencontrée à la salle de sport, une Française, dans ce petit cinéma situé près de la 5e Avenue, qui diffusait des films français, et elle avait dû annuler à la dernière minute à la demande de Samir qui lui avait rappelé qu'elle devait accorder son emploi du temps au sien, *c'est la moindre des choses.* Leurs entrevues se déroulaient toujours selon un rite immuable : il l'appelait pour lui dire qu'il arrivait. Elle devait se tenir prête (c'est-à-dire être coiffée, maquillée, habillée pour lui). Quand il surgissait, elle l'embrassait (elle *devait* l'embrasser. Une fois, il était entré et l'avait trouvée au téléphone, il en avait été excédé et le lui avait longuement reproché). Ils faisaient l'amour puis ils déjeunaient ou dînaient. Après ça, il partait, non sans lui avoir au préalable demandé si elle ne manquait de rien. Pour lui, elle avait renoncé à tout ce qu'elle avait construit : sa relation avec Samuel d'abord, qui, si elle n'avait pas été parfaite, si elle n'avait pas été passionnelle (l'avait-elle jamais été ?), lui avait convenu au point qu'elle avait sérieusement envisagé d'avoir un enfant de lui ; sa carrière ensuite – car bien qu'elle fût limitée et qu'elle ne lui procurât pas des revenus importants, elle était fière de voir sa photo dans les catalogues des grandes enseignes ou sur les affiches 4 × 4 qui ornaient le magasin pendant les périodes de promotion. Elle était mannequin, certes sans prestige, évoluant dans l'univers de la grande distribution et de l'alimentation, moins noble que celui du luxe ou de la haute couture, mais il y avait quelque chose de jouissif à être régulièrement choisie pour incarner la Française idéale, cette mère de famille saine et équilibrée, cette employée modèle, épouse souriante, mère dévouée qui posait avec le cartable *le plus solide à un prix défiant toute concurrence*, le *meilleur* jambon ou les couches *les plus absorbantes*. Les femmes la regardaient et avaient envie de lui ressembler ; elles la voyaient, et aussitôt elles voulaient utiliser les mêmes produits qu'elle ; c'était un métier qui, s'il était mal rémunéré eu égard aux innombrables heures de pose que nécessitaient ces photographies à visée commerciale ainsi qu'aux traitements auxquels elle devait soumettre quotidiennement son visage et son corps pour rester aussi désirable, présentait néanmoins de nombreux avantages : aucune journée de travail n'était semblable à la précédente, elle organisait son temps comme elle le souhaitait et était amenée à rencontrer des gens qui ne cessaient de lui répéter qu'elle était d'une beauté stupéfiante ; c'est vrai qu'elle l'était, mais son enfance auprès d'un père rigide et paranoïaque lui avait fait perdre toute objectivité sur elle-même – oui, pour Samir elle avait renoncé à la vie qu'elle s'était choisie, et voilà qu'il la quittait au bout d'un an sans lui avoir fait l'enfant dont elle rêvait, sans même avoir organisé leur rupture, sans lui avoir dit clairement ce qui se passerait au cas où il ne reviendrait plus. Sa mère l'avait abandonnée, Samir l'avait abandonnée ; ni sa gentillesse, ni sa beauté, ni aucune de ses qualités n'avaient suffi pour conserver leur amour, ils s'étaient lassés d'elle ou lui avaient préféré d'autres histoires, d'autres personnes – un homme rencontré sur son lieu de travail pour sa mère ; sa femme, pour Samir, cette héritière dont elle avait vu la photo sur Internet.

Elle appelle ses quelques connaissances, elle leur raconte ce qui lui est arrivé – et aucune d'entre elles ne daigne la revoir. À New York, elle est cette femme sans relations et sans prestige personnel, cette femme désargentée. Régulièrement, Samir lui donnait de l'argent et elle n'a plus rien, elle survit avec ce qui lui reste et se demande jusqu'à quand elle pourra occuper l'appartement puisqu'il ne lui a pas annoncé leur rupture. Est-ce qu'elle doit partir ? Attendre encore ? Où pourrait-elle aller ? Elle n'a pas de quoi payer un loyer ; bientôt, elle n'aura même plus de quoi s'acheter à manger. Elle a peur tout à coup de tout perdre, et elle pense que c'est ce qu'il a voulu lui prouver en ne la rappelant pas : tu es sous ma dépendance. Sans moi, ici, tu n'es rien. Résister, oui, mais comment ? Par quels moyens ? Elle se résout à appeler Samir pour lui demander de l'aider. C'est une démarche difficile. Elle n'a pas envie de le faire. En agissant ainsi, elle capitule et, dans le même temps, elle renonce à l'enfant, à la vie commune, à sa place dans sa vie. Elle s'enfonce dans la précarité. Elle creuse la tombe où elle finira par tomber. Pessimisme excessif ? *Non, je suis réaliste*, pense-t-elle, et aussitôt, elle compose son numéro et constate que son portable est sur messagerie. S'il sonnait dans le vide, elle aurait pu croire qu'il filtrait ses appels et l'évitait, mais non, chaque fois qu'elle composait son numéro, elle tombait invariablement sur la messagerie. Elle essaie trois ou quatre fois en quarante-huit heures et soudain, c'est la panique. Et s'il avait eu un accident ? Un problème médical ? Elle n'en serait pas informée, car qui pourrait la prévenir ? Elle appelle les hôpitaux du coin pour savoir s'il n'a pas été hospitalisé dans leurs services, cela lui prend plusieurs heures, et finalement, elle ne retrouve pas sa trace, aucun patient n'a été enregistré sous ce nom-là. Au bout d'une semaine, elle décide de contacter le cabinet de Samir – c'est le seul endroit, songe-t-elle, où elle serait susceptible d'obtenir des informations sans risquer de le compromettre. Le ton désagréable de la secrétaire[1] la met tout de suite mal à l'aise et elle bégaie presque en demandant à parler à Maître Tahar. « Il est absent pour quelque temps », répond son interlocutrice. « Il est en vacances ? Quand reviendra-t-il ? » insiste Nina. « Je ne peux pas vous le dire. » « Est-ce que quelqu'un pourrait me le dire ? » Il y a un long silence, puis la secrétaire revient enfin vers elle : « Je ne sais pas quand rentrera Maître Tahar. S'il s'agit d'une affaire juridique urgente, je peux vous passer son associé. » « Oui, c'est urgent et confidentiel », réplique Nina. « Dans ce cas, ne quittez pas. Qui dois-je annoncer ? » Nina a une hésitation, puis précise : « Nina Roche. » Chopin en fond sonore, Nina attend et trois quatre minutes plus tard, elle entend une voix masculine au bout du fil. « Maître Berman au téléphone. » Elle se présente et Berman comprend

---

1. Et il faut reconnaître que Maria Electraz est une terreur. 56 ans, divorcée avec trois enfants, Maria n'a qu'une obsession : son travail. Réputée pour filtrer les appels, Tahar l'a surnommée *Check-point*.

instantanément, Samir lui a parlé d'elle, il ne veut surtout pas qu'elle lui pose des questions par téléphone. Il pourrait lui demander de rappeler ultérieurement mais il devine qu'elle serait capable de contacter Ruth, alors il lui donne rendez-vous dans un café à quelques centaines de mètres du cabinet : « J'y serai dans quinze minutes. »

Quand Berman entre dans le café, il la remarque tout de suite, il sait que c'est elle – éclat diamantin dans une mine de charbon, une pépite. Dans ce café bondé, en cette fin d'après-midi, il y a de très nombreuses jolies femmes mais une femme aussi belle, à la sensualité aussi attractive, elle se distingue tout de suite, et sans effort, sans la mécanique agressive de l'exhibition, sans l'attirail artificiel de la séduction planifiée avec son cortège de soins esthétiques – ongles et cheveux laqués, visage poudré, yeux surlignés de noir, corps moulé dans des robes qui dévoilent tout – et de regards obliques. Elle est là, sans afféterie, et d'une beauté si pure ; il envie Samir en la voyant, il se dit que lui-même n'aurait sûrement pas été capable de lui résister, rectifiant aussitôt sa pensée : Non, il ne serait pas capable de lui résister. Il s'avance vers elle, lui serre la main avec une amabilité excessive, et s'assoit. Il la détaille, il ne peut pas s'empêcher de la regarder, elle est habituée à ces instants en suspens pendant lesquels ses interlocuteurs s'attardent sur son visage, sur son corps. Il lui explique qu'il lui a donné rendez-vous « parce qu'il y a des choses dont on ne peut pas parler par téléphone ». Il lui dit qu'elle n'a pas besoin de se présenter, il sait qui elle est et pourquoi elle est venue.

Nina cache mal son étonnement. Samir ne lui a jamais dit qu'il avait parlé de leur relation à quelqu'un et ce détail la rassure, la valorise, elle se détend presque. Est-ce qu'il sait où est Samir ? Est-ce qu'il va bien ? Elle n'a plus de nouvelles et s'inquiète, c'est pourquoi elle n'a pas pu s'empêcher de l'appeler. À la crispation des lèvres de Berman, elle comprend que quelque chose de grave a dû se produire – probablement d'irrémédiable, car pourquoi prend-il cet air affligé tout à coup, pourquoi approche-t-il sa main de la sienne dans un geste amical alors qu'elle ne le connaît pas, qu'elle le voit pour la première fois ? Le bascule-ment vers l'horreur. Les effroyables déviations que les vies empruntent parfois. Elle sent son cœur tres-saillir dans sa poitrine comme si un torrent de sang affluait des artères, détruisant l'édifice fragile de sa cage thoracique et transformant un rythme lent, tacatac tacatac, en une succession de saccades révul-sives qui disent la peur et l'angoisse. Elle aimerait pouvoir exiger qu'il lui dise tout, tout de suite, qu'on en finisse, plantez l'aiguille et ponctionnez. Pour-tant, elle demeure impassible et immobile, comme quelqu'un qui sait que son tour approche et qu'il doit rester calme, calme et mutique, avant le choc fatal. Ils restent un long moment sans se parler, indifférents aux cris des serveurs, au brouhaha de la salle, au flot ininterrompu de paroles et soudain Nina se surprend à prier intérieurement, à prier pour que Samir soit vivant, au moment où Berman murmure comme il psalmodierait : « Je suis désolé, je suis désolé, je ne sais pas comment vous annoncer le drame qui est arrivé. »

2

Que pouvait-il y avoir de plus fort pour un homme qui avait fait de son désir d'écrire l'impulsion de toute sa vie – un homme qui avait organisé son existence professionnelle, personnelle, sociale autour de cette vocation alors que rien dans sa formation ne l'y prédestinait, alors que personne ne l'y avait encouragé, surtout pas Nina qui n'avait jamais accordé la moindre crédibilité à son travail pour une raison qui lui était restée obscure, car si elle ne le lisait pas et ne demandait pas à le faire, elle n'hésitait pourtant pas à acheter devant lui les ouvrages qu'il lui conseillait, des romans qu'elle lisait avec concentration, les commentant avec un sérieux redoutable, le sérieux de quelqu'un qui aurait placé la littérature au cœur de ses préoccupations, au-dessus de tout même (et quelle tentative d'abaissement, quelle jalousie larvée se jouaient dans ce contraste entre ce désintérêt pour son travail et son intérêt pour celui d'autres écrivains, parfois moins doués ?), alors même que ses textes avaient été refusés par plusieurs éditeurs comme si tout (hommes, conjoncture) s'était opposé à la concrétisation de ses aspirations littéraires – oui, que pouvait-il y avoir de plus excitant que d'être publié par un grand éditeur et d'être aussitôt consacré comme un véritable écrivain ? Tout au long de sa vie, il s'était considéré comme un raté – parce que ses parents, écrasés par les figures intellectuelles tutélaires qu'ils n'avaient cessé de se choisir, l'avaient élevé dans une position d'infériorité et de dénigrement, selon laquelle l'homme n'est rien devant ses maîtres et devant Dieu ; il l'avait pensé aussi le jour où il avait appris la vérité sur ses origines, s'imaginant alors être le fils d'un alcoolique, d'un minable, d'un détraqué – quel autre genre de père aurait pu engendrer un être aussi veule que lui, un homme qui n'avait connu qu'une seule chance dans sa vie, celle d'avoir rencontré une femme aussi belle que Nina et d'avoir su la garder pendant vingt ans, fût-ce par le chantage et la ruse ; un raté ! Il en avait eu la confirmation chaque fois que Nina l'avait quitté pour Samir, chaque fois qu'il avait perçu ce commentaire dans les regards de leurs interlocuteurs : elle est *mieux* que lui – tout dans son quotidien le renvoyait à cette image méprisable, il se voyait comme un homme terne, incapable de retenir ou de séduire quiconque, physiquement, intellectuellement, incapable même de mener à bien les études qu'il avait commencées, et que cherchait-il à prouver en sabotant systématiquement et de manière aussi efficace les plans que les hasards de la vie lui avaient permis de dessiner, sinon sa propre nullité, son incompétence, oui, toute sa vie il s'était senti médiocre et voilà qu'on lui répétait qu'il était « brillant », « génial », « talentueux ». Mais de qui parlaient-ils ? Il voulait leur dire qu'ils se trompaient. L'entreprise de rabaissement continuelle, l'autoflagellation, c'était sa manière de justifier ses échecs, de se protéger en somme, et il avait fini par trouver un certain confort dans cette place marginale où personne ne vous demande de comptes, où personne ne daigne s'aventurer, il s'y était habitué.

Rien ne l'avait préparé à cet accueil. Quelques semaines à peine après avoir envoyé son manuscrit, il avait été contacté par un éditeur dont il admirait le catalogue et cet homme avait demandé à le rencontrer. Il lui avait téléphoné en fin de matinée – c'était un lundi matin, il s'en souvenait précisément –, il avait simplement décliné son identité et prononcé ces mots : « Vous êtes l'auteur de *La Consolation* ? » « Oui. » « Avez-vous déjà signé un contrat avec un autre éditeur pour ce livre ? » « Non. » « Vous habitez Paris ? » « Près de Paris. » « Pourriez-vous venir à mon bureau demain ? Disons... à 15 heures ? » « Oui. » Et, au moment de raccrocher le combiné, il l'avait entendu prononcer ces derniers mots : « Ah, et j'oubliais... votre livre... il est très bien, vraiment, vous avez beaucoup de talent », avant d'ajouter : « Et je n'ai pas l'habitude de prêter du talent à ceux qui n'en ont pas. »

Il n'avait pas dormi de la nuit. Il n'avait fait que répéter ce qu'il allait lui dire, et finalement, le jour du rendez-vous, ils n'avaient presque échangé aucun mot. L'éditeur parlait très peu, Samuel, pas du tout. Mais il avait un contrat d'édition signé. Plus tard, quand un journaliste le soumettrait au Questionnaire de Proust, à la question *Où et quand avez-vous été le plus heureux ?* il répondrait : « Dans le bureau de mon éditeur. » Au cours des semaines suivantes, ce dernier l'avait appelé plusieurs fois pour suggérer quelques changements. Il se souvenait d'un appel à l'aube à cause d'une virgule : fallait-il la conserver ou la retirer ? Il avait un doute. C'était dans ce monde-là et pas ailleurs qu'il voulait vivre désormais, un monde où la place d'une virgule importait plus que la place sociale.

3

Vous êtes en état d'arrestation.

Il est six heures du matin lorsque des policiers surarmés (des militaires ? Combien sont-ils ?) font irruption au domicile de Samir. *Les mains en l'air ! Tournez-vous ! Pas de mouvement brusque ! Ne bougez plus !* Cliquettement des menottes, claquement de bottes, quelle brutalité, faire mal, le malaise, l'autorité, c'est Nous, *Mais qu'est-ce que vous me reprochez ? Je n'ai rien fait ! Expliquez-moi ce qui se passe !*

Juste un coup d'œil à travers la vitre, vers le ciel nébuleux pour connaître l'heure du jour, entre chien et loup, le soleil éclaire à peine l'étendue brumeuse, bleu Klein. *Allez, suivez-nous !* Un des hommes plaque une main épaisse, moite, sur la tête de Samir pour le maintenir tandis qu'un autre le menotte devant Ruth qui hurle qu'elle ne comprend pas, hurle et menace, invoque son influence, son pouvoir, *vous ne pouvez pas faire ça, vous le regretterez*, exige les identités de ces inconnus qui se sont présentés comme des policiers, mais qui sont-ils ? « Qui êtes-vous ? crie Ruth. Montrez-moi vos cartes, je porterai plainte contre vous ! »

Vous verrez ça avec les autorités, madame.

Ruth se tient courbée sur le seuil de son appartement, on dirait qu'elle va tomber, tête en avant, en pyjama de soie beige, les cheveux à peine chiffonnés, le visage déformé par la fatigue/l'incompréhension/la colère. Il ne reste plus rien de la patricienne intouchable, la souveraine du contrôle, jamais prise en défaut d'urbanité – un modèle social. Comment aurait-elle pu imaginer vivre un jour une scène aussi effroyable ? Une arrestation à l'aube avec un dispositif aussi brutal, ça ne peut arriver que dans les films, dans le Bronx ou dans des thrillers aux intrigues mécaniques, pas dans un immeuble cossu de la 5ᵉ Avenue, pas dans ce bâtiment où il faut brandir une pièce d'identité pour espérer entrer, une allure de yuppie ou des cheveux blancs à l'éclat poudreux qui disent la respectabilité sociale – un coffre-fort qu'aucun braqueur n'a jamais réussi à forcer, regarde un peu : un vigile armé à l'extérieur, un gardien revêche et paranoïaque à l'entrée et des caméras de surveillance placées çà et là par les meilleurs techniciens, directement reliées au commissariat central où des hommes, des femmes, se relaient toutes les quatre heures pour vérifier que personne ne porte atteinte à la sérénité des lieux. À la moindre alerte, cinq hommes armés de fusils d'assaut débarquent en moins de cinq minutes, et ils sont plus de cinq ce matin-là, sept ou huit peut-être, non pas pour défendre un des propriétaires de la forteresse mais bien pour l'arrêter comme un criminel, un mafieux, un contrebandier, l'horreur. Ruth se redresse, relève le menton et aperçoit son voisin[1] qui est sorti de chez lui et les observe de son palier d'un air dur, qui juge et achève. Dans ces immeubles où le mètre carré vaut plus de trente-cinq mille dollars, on n'aime pas les scandales, tout ce qui pourrait contribuer à dévaloriser le bien, et le voisin rentre chez lui comme s'il n'avait rien vu, ne veut rien savoir de ce qui se joue dans l'appartement d'à côté. Ruth regarde en direction de la porte du voisin, cette porte qu'il a pris soin de fermer à double tour, elle a entendu la clé dans le mentonnet, le bruit métallique du cran de sécurité, et elle sent qu'elle pourrait s'évanouir de honte. Quelque chose est mort, là, devant sa porte, qui l'évince définitivement ; elle se retient de pleurer, regarde les policiers sans crier cette fois, son mari se débattre comme un poisson pris au piège d'un filet aux mailles abrasives, puis elle les suit après avoir enfilé un pardessus. Ils pénètrent dans l'ascenseur – Samir répète toujours qu'il n'a rien fait, questionne : « Qui êtes-vous ? Que voulez-vous ? Montrez-moi vos cartes ! » Ruth emprunte l'escalier de service, dévale les marches, haletante, manquant trébucher plusieurs fois et les retrouve en bas devant le gardien éberlué par ce vacarme et l'homme de ménage qui passe la serpillière dans le grand hall de marbre rose sans oser s'arrêter. Les policiers avancent, attrapant Samir par le bras, sortent avec fracas sous le regard de quelques badauds qui courent autour de Central Park. Certains s'arrêtent, prennent

---

1. Allan Dean, 76 ans, rentier. Son unique ambition était d'acquérir l'appartement des Tahar.

des photos ou filment la scène, avant d'en diffuser le contenu sur Internet, les salauds. Une fourgonnette de couleur sombre est stationnée devant l'immeuble. Ruth s'approche mais Samir n'a même pas le temps de lui adresser un mot, il est déjà à l'intérieur, coincé entre deux policiers massifs, la porte claque. La fourgonnette démarre en trombe, aussitôt suivie par deux autres voitures de police, toutes sirènes hurlantes.

La fourgonnette roule à tombeau ouvert, brûle tous les feux rouges, la pluie inonde le pare-brise, les essuie-glaces oscillent comme un métronome, tic-tac. Samir perçoit les bruits de la ville et les voix qui s'élèvent des talkies-walkies attestent de la « réussite de l'opération ». Il se répète alors les premiers mots du *Procès* de Kafka : « On avait sûrement calomnié Joseph K. car, sans avoir rien fait de mal, il fut arrêté un matin. » C'était exactement ce qui lui arrivait : il n'avait rien fait de mal ; pourtant des hommes étaient venus l'arrêter.

4

La chance – ou la malchance – de connaître ce succès à un moment où il ne l'espérait plus. La chance – ou la malchance – d'être célébré, admiré, aimé pour un livre, parce qu'il avait écrit un livre, alors qu'en tant qu'homme il avait eu le sentiment d'avoir été écarté, d'être resté profondément seul, non par choix mais parce qu'il n'avait jamais été populaire, jamais su être au centre des choses, il avait passé sa vie sur le banc de touche. Qu'avait-il fait de si extraordinaire pour qu'on évoquât son nom partout ? Il avait romancé une histoire personnelle, il avait aligné des mots – c'était tout. Avait-il réellement écrit un livre exceptionnel ? Il avait eu de la chance, voilà ce qu'il pensait, il avait été lu au bon moment par des personnes qui étaient ce jour-là dans les meilleures dispositions, les critiques qui avaient eu son livre entre les mains venaient de tomber amoureux ou l'avaient lu en état d'ivresse. Tout succès repose sur un malentendu, et le sien, plus que les autres ; il y avait eu une erreur, une méprise terrible ; dans quelques jours, quelques semaines, tout le monde le saurait, et il retournerait dans l'anonymat qui avait toujours été le sien. Mais ce scénario dramatique ne se produisait pas. Chaque jour lui apportait son lot de rencontres et de nouvelles heureuses. La semaine précédant la parution, de grands papiers avaient été publiés et son livre était entré dans la liste des meilleures ventes le jour même de sa sortie en librairie. Des éditeurs étrangers se manifestaient pour en racheter les droits. Des enchères commençaient. Il imaginait sa tête reproduite sur ces affiches diffusées dans les westerns avec la mention d'une somme colossale : *Wanted.* Tout le monde le voulait et était prêt à payer pour ça.

Devant l'ampleur de son succès, il fut contraint de se mettre en disponibilité professionnelle et de s'installer provisoirement dans un bel hôtel parisien, aux frais de son éditeur. Ses journées se résumaient désormais à répondre à des interviews, des questions de lecteurs, à poser pour des magazines et à voyager, en province, à l'étranger, pour dédicacer son livre dans des librairies où il était accueilli avec les honneurs dus à une personnalité politique de dimension internationale. Chaque fois, il se disait qu'il y avait erreur sur la personne – ce n'était pas lui qu'on attendait, qu'on adulait. *Pourquoi moi ?*

Au début, il avait été flatté par tous ces panégyriques. On lui répétait qu'il était exceptionnel et il avait fini par le croire. Il se sentait important. Il se sentait intouchable. Il avait désormais accès à des lieux dont il n'aurait jamais espéré franchir un jour l'entrée, à des personnalités qu'il rêvait de rencontrer, des intellectuels, des politiques, mais aussi des acteurs, dont un très grand qu'il admirait depuis l'enfance et qui lui avait demandé avec insistance de lui écrire un rôle.

Ce que vous avez écrit sur la filiation, sur le déterminisme, sur la pression que les parents, la société, font peser sur nous, je l'ai vécu – voilà ce que ses lecteurs lui répétaient, lui écrivaient, et il les écoutait, impuissant, ne voulant être le porte-parole de rien ni de personne.

Avec les femmes aussi, il se trouvait pourvu de qualités nouvelles. Des créatures superbes lui téléphonaient, lui proposaient de sortir, et c'est comme ça qu'il s'était retrouvé dans le lit d'une romancière[1] (ce qui, loin d'être un détail, complexifiait sa situation, l'écriture intensifiant les conflits comme si chacun des amants trouvait dans l'opposition, la colère et la rage les moteurs de sa créativité), Léa Brenner une femme de cinquante-deux ans, auteur d'une œuvre exigeante, couverte d'honneurs, qui avait contribué à le propulser sur la scène littéraire parisienne en écrivant une critique élogieuse de son livre dans un grand supplément littéraire, critique aussitôt disséquée, imprimée sur le bandeau rouge qui entourait le roman de cet auteur encore inconnu (« plus pour longtemps », clamait-elle partout) : « Prodigieux » – un mot dont on ne savait s'il était dicté par l'amour ou l'admiration, les deux sans doute, et qui semblait qualifier à la fois le texte lui-même (car Léa Brenner l'avait *vraiment* jugé intéressant et y avait même décelé l'ironie et le mordant

---

1. Léa Brenner était devenue écrivain pour « décevoir » son père.

des meilleures nouvelles de Tchekhov), mais aussi l'amour qu'elle avait instantanément ressenti pour l'homme (alors qu'il était froid et distant).

Quatre mois auparavant, avant même que le livre fût disponible en librairie, Léa Brenner lui avait adressé un petit mot chez son éditeur, lui expliquant qu'elle avait beaucoup aimé son texte dont elle avait reçu les épreuves la veille. Elle l'aimait sans l'avoir jamais rencontré, elle l'aimait pour l'avoir *lu*. Elle savait qu'on perd parfois à vouloir rencontrer les auteurs des livres qui nous ont troublé, elle se souvenait d'une soirée passée auprès d'un écrivain américain dont elle avait étudié le travail à l'université, et qui, ce soir-là, lui avait paru obscène, décevant, sans finesse alors que son œuvre était si puissante. On eût dit que l'écrivain, accaparé par son œuvre, tout entier en elle, se vidait de sa substance, s'asséchait après avoir donné le meilleur de lui-même.

Elle s'était imaginé faire l'amour avec Samuel, la lecture alimentait l'attraction érotique ; chez elle, les mots seuls suffisaient à déclencher le désir. Voilà pourquoi elle n'avait de liaisons qu'avec des écrivains. Avant lui, elle avait eu une longue histoire avec un écrivain israélien dont, disait-elle, elle préférait ne plus parler car l'évocation de son nom suffisait à la faire pleurer.

Samuel lui avait répondu par un petit mot poli et, le soir même, elle lui avait écrit une nouvelle lettre, très longue cette fois, dans laquelle elle évoquait non seulement son travail avec force détails, mêlant analyse critique et dithyrambe, mais aussi – et c'est ce qui toucha Samuel – la disparition de ses parents. À la fin, elle lui proposait de prendre un café chez elle, dans le grand appartement qu'elle louait dans le VIIe arrondissement de Paris.

Trois semaines plus tard, il se trouvait dans son salon aux murs tapissés de livres anciens, impressionné comme un étudiant, lui qui n'avait fait qu'emprunter les livres dans les bibliothèques municipales ou n'avait acheté que des formats poche, moins chers, ou proposés à moindre prix chez les bouquinistes des bords de Seine.

Elle était restée figée, cet homme la troublait et, quand il lui avait serré la main, elle avait su qu'ils feraient l'amour le jour même.

Ils firent l'amour et ce fut un fiasco. Samuel n'arriva à rien, elle lui dit que ce n'était pas grave, ça l'était pour lui, il prit ses affaires et partit. Elle le rappela jusqu'à ce qu'il cédât. Ils se revirent quelque temps. Ils pouvaient parler pendant des heures de poésie russe, de littérature sud-américaine ou italienne, de politique et de philosophie. Dans un lit, leurs corps n'avaient rien à se dire. Non qu'elle fût repoussante, c'était au contraire une femme superbe, grande et fine avec des cheveux blonds très courts et une peau laiteuse, mais il n'avait jamais pu créer avec elle la moindre intimité sexuelle. L'injustice de l'attraction sexuelle. Pourquoi ne s'attachait-il pas à son corps, à l'odeur de sa peau ? Elle avait tout pour lui plaire, alors pourquoi ne ressentait-il qu'une profonde indifférence ? Au bout de deux échecs, elle lui avait conseillé de consulter un médecin et il avait refusé. Elle ne comprenait pas : il ne la désirait pas et ne l'avait jamais désirée. Il avait tellement aimé Nina, tellement aimé son corps. Il lui suffisait de la voir, de l'effleurer pour avoir aussitôt envie d'elle. Elle lui manquait avec une intensité nouvelle. C'était la première fois, depuis son départ, qu'il avait une liaison avec une femme, et il venait de comprendre qu'il n'en aurait plus jamais. Il avait cru qu'il avait réussi à l'oublier mais ça débordait de partout, ça fuyait de tous côtés. Maudit et béni dans le même temps, gagnant et perdant, heureux et malheureux, c'était donc possible.

5

L'arrestation de Samir n'a duré que quelques minutes. Devant l'immeuble, le calme est revenu. Ruth rentre dans le hall, les poings serrés dans les poches de son pardessus. Elle a l'impression que son mari a été englouti – on l'a saisi de force et il a disparu comme s'il avait été broyé par les mâchoires puissantes d'un requin, pulvérisé sous l'effet d'une Tsar Bomba, ou bien purement et simplement effacé de la surface du monde. C'est le premier drame de sa vie, ses parents l'ont préservée de tout, lui ont épargné la peine, le manque, les héritages du deuil. Aucun homme ne l'avait fait souffrir car aucun homme ne l'avait quittée. Aucune amie ne l'avait blessée car personne n'avait songé à rompre avec elle, personne ne s'était délibérément privé du plaisir d'être invité chez elle, de passer ses vacances dans sa résidence d'été et de dire : « J'étais chez Ruth Berg. » Aucun professeur ne l'avait lésée – elle était belle, intelligente, influente, pourquoi l'auraient-ils pénalisée ? « Dieu Lui-même n'a jamais osé t'infliger la moindre épreuve ! » avait plaisanté une amie, mais cela n'avait pas fait rire Ruth, persuadée que tôt ou tard, le bonheur se payait. Et elle le payait maintenant, elle payait pour toutes ces années d'insouciance, ces années où, exhibée et sécurisée comme une toile de maître par un père aimant – un père littéralement fou de sa fille qui n'hésitait pas à dépenser des fortunes pour la satisfaire, qui avait organisé toute sa vie autour de la concrétisation de ses rêves –, elle n'avait jamais subi la moindre critique. Un regard sur elle et on ne pouvait émettre la moindre réserve, elle s'habillait chez les meilleurs stylistes, elle avait du goût, des opinions. On ne pouvait pas non plus lui reprocher de manquer de raisonnement, de réflexion, elle était fine – et spirituelle avec ça, son père aimait raconter dans les dîners que Woody Allen avait dit, après l'avoir rencontrée : « Si je devais me réincarner en femme, j'aimerais que ce soit en Ruth Berg ! » Un revers ? Non. Pas même un petit échec. Et personne ne l'avait jamais traitée publiquement de « sale juive ». Oh, elle savait que son père recevait régulièrement des missives à caractère antisémite mais elle, non, jamais. Même cela lui avait été épargné. À peine une désillusion le jour où elle avait compris que son père ne l'autoriserait à trouver l'amour que dans le vivier de jeunes bourgeois juifs bien nés – des types qui avaient fait Harvard, Princeton, Columbia – qu'ils fréquentaient alors. Et même ça, elle l'avait bravé. Elle avait aimé un Français aux origines incertaines et son père avait fini par l'accepter. Pourquoi ? Simplement parce qu'il ne voulait pas la perdre, pas même la contrarier. Comment aurait-elle pu imaginer qu'elle aurait à affronter une situation aussi dramatique que l'arrestation de son mari à l'aube, à son domicile ? Ruth, tu as été préservée du malheur pendant trois décennies, songe-t-elle, et maintenant, c'est ton tour. Tu vas connaître les tourments de Job. La souillure est là. La tache est immense. Tu pourras récrire la biographie familiale, il y aura toujours l'arrestation de ton mari, fait divers sordide qui vous salira tous jusqu'à la troisième génération ! Voilà ce qu'elle pense en remontant chez elle. Y avait-il eu des signes qui annonçaient cette chute ? N'avait-elle rien vu, ou rien voulu voir ? Elle est là, dans l'entrée de son appartement, le visage vaporisé de larmes amères, les yeux levés vers la photo d'un célèbre rabbin, elle l'implore de l'aider, elle prie, elle prie pour l'innocence de son mari et la protection de sa famille, elle prie pour le retour à une vie normale, elle prie pour que ce ne soit qu'un cauchemar et elle prie pour elle, pour redevenir celle qu'elle était avant le drame, cette femme gâtée, insouciante et légère, qui aime la glace au thé vert, les films de Visconti, les vacances à Porto Cervo et les pulls en cachemire bleu marine. Soudain, elle entend les pas de ses enfants. Les voilà qui surgissent, les yeux encore ensommeillés, demandent ce qui se passe, où est leur père. Elle les rassure, une urgence, rien d'autre, qu'ils aillent se recoucher, ce qu'ils font aussitôt avec une docilité qui la bouleverse. Puis elle se ressaisit, racle sa gorge pour retrouver un ton monocorde, une voix qui ne trahit rien, et appelle l'avocat de la famille, Dan Stein. Il est tôt mais elle sait qu'en voyant son nom sur l'écran de son téléphone portable, il répondra immédiatement. Elle n'appelle pas son père, pas encore, il est à l'étranger et surtout, avec lui, tout prend une tournure politique. L'informer, c'est l'exposer, et pour le moment, elle ne voit pas de raison de le faire. Oui, bien sûr, c'est elle qu'elle protège car sitôt que son père aura eu connaissance des faits, il prendra la situation en main, et il le fera peut-être d'une façon qui lui déplaira. Ruth sait que son père n'a jamais vraiment aimé Sami et qu'il n'attend qu'une occasion pour l'évincer de leur existence. Il n'attend qu'un faux pas pour lui annoncer solennellement : Tahar, dehors, retourne d'où tu viens. Elle décrit les faits à Stein qui l'écoute avec calme puis, quand elle lui demande enfin ce qu'elle doit faire, il lui répond : « Ne faites rien, j'arrive. »

Vingt minutes plus tard, il est chez elle, son attaché-case dans la main droite, son téléphone portable dans la main gauche dont la sonnerie, qui imite le son d'une harpe, ne cesse de retentir. C'est un homme de taille moyenne, au visage rond, avec, en son centre, un nez large et aplati, aux narines anormalement grandes, et la première remarque qui vient à l'esprit de celui qui le voit pour la première fois est : Qu'est-ce qui est arrivé à son nez ? Pendant vingt ans, il avait supporté un nez immense et bosselé avant de décider de se faire opérer mais, après l'échec de l'acte chirurgical, il s'était retrouvé avec un nez plat, large et court, si bien qu'on le prenait pour le fruit d'un métissage, ce qu'il ne démentait plus : « Oui je suis le fils de Mordechaï Stein et de Tina Turner », plaisantait-il. Dans la sphère familiale, il peut être un taiseux, mais place-le dans un tribunal et tu verras ce qu'est un rhétoricien. Il a le sens du tragique, du spectacle, de l'émotion et il a de l'humour. Avant d'être l'un des plus brillants pénalistes américains, il avait fait du stand-up au Caroline's Comedy Club sur Broadway. Son modèle, c'était Lenny Bruce et ses outrances géniales, et il ne se faisait pas prier pour reprendre devant ses amis les sketchs de l'humoriste. Il se mettait en scène et tout le monde riait, et puis son père était mort d'une crise cardiaque et sa mère lui avait dit : « Dan, soit tu passes ton diplôme d'avocat, soit je subis le même sort que ton père, est-ce que j'ai besoin d'un *bodh'èn* dans ma famille ? Non. Alors qu'un avocat, ça peut toujours servir. » Et il avait cédé au chantage, il avait tout arrêté et il était devenu ce juriste brillant, cet avocat qui menait ses procès comme des spectacles, les salles d'audience étaient pleines à craquer ; quand Stein plaidait, on savait qu'on allait passer un moment inoubliable. Mais ce matin-là, dans l'appartement des Tahar, Stein fait profil bas. En chemin, il a appelé le bureau du procureur et n'a obtenu aucune information. Il veut savoir si Ruth sait quelque chose, si elle a connaissance d'un danger, d'une affaire. « C'est un enlèvement. » Elle a lancé cette phrase d'un coup, sans se départir de sa morgue, et Stein se demande si elle est sérieuse, il ne croit pas une seconde à cette piste, non parce qu'il n'y aurait aucun risque – des personnalités de leur importance suscitent toujours les convoitises –, mais parce qu'il n'imagine pas que des hommes armés débarqueraient à l'aube dans l'immeuble le plus sécurisé de la 5e Avenue pour y enlever un homme. Ils attendraient qu'il soit sorti. Voilà la conviction de Stein. Pourtant, il ne dit rien, par peur d'offenser sa cliente : à huit cents dollars de l'heure, il sait où est sa place. Ruth s'explique : à aucun moment, elle n'a eu le sentiment d'avoir face à elle de vrais policiers : « Ils ne lui ont pas énoncé ses droits, ne lui ont pas dit qu'il pouvait contacter un avocat et ils ont agi avec une brutalité inouïe, je n'ai même pas vu leur carte, ils sont venus, ils l'ont pris et ils sont repartis. » Stein lui demande à plusieurs reprises si son mari avait des ennemis, s'il se sentait menacé, et tout à coup, oui, ça lui revient, Ruth dit qu'il est souvent absent, physiquement mais aussi mentalement : « Il a l'air soucieux quand il est avec nous, il a l'air méfiant, oui depuis quelques semaines, il est inquiet, je lui en ai parlé d'ailleurs mais il m'a rassurée. » Stein lui recommande d'attendre une heure ou deux. Si dans ce laps de temps elle ne reçoit aucune nouvelle, alors elle devra prévenir la police. Ruth acquiesce, droite et digne, et raccompagne Dan Stein vers la sortie. Deux heures plus tard, elle n'a pas reçu le moindre appel.

6

Cagoulé comme un homme que l'on mène à la potence, Samir hurle qu'il veut savoir où on l'entraîne et pourquoi. Il est toujours dans cette fourgonnette dont les pneus crissent sur la chaussée. Ils roulent longtemps. Et soudain, le véhicule s'immobilise. Il entend des portes claquer. Il sent des mains qui le saisissent brutalement, doigts agrippés à lui comme des pinces métalliques, et le font sortir, bête de foire qu'on exhibe – les rires, les insultes. Il étouffe sous le tissu noir, il aimerait respirer à l'air libre, il le dit. Pour toute réponse, ces mots : « Ferme-la. » Il marche quelques dizaines de mètres, corps vacillant, incertain de sa trajectoire, comme s'il avait bu alors qu'il n'a jamais été aussi lucide que dans cet instant de terreur. On le fait entrer quelque part, il essaie de deviner où : une cave ? une grotte ? un sous-sol ? Il fait froid et humide ; il sent une odeur de sueur et de renfermé. Des voix, des sons, des cris lui parviennent – « où est-on ? » demande-t-il. « Dans un endroit où personne ne viendra te chercher », réplique une voix masculine. Une main épaisse comme une face d'ogre lui retire sa cagoule, l'égratignant à la paupière droite.

Il lui faut quelques secondes pour s'adapter à la lumière, il est dans un lieu bétonné qui ressemble à une salle d'interrogatoire : une table, trois chaises et une ampoule qui pend au bout d'un fil électrique défectueux. « Déclinez votre identité, posez votre doigt là, tenez cet écriteau entre vos mains, un peu plus haut, oui, au-dessous du menton, ne bougez plus, clic ! » *Tête de tueur ! Crapule !* Fouille au corps, cherchez bien, bien profond : « Il cache quelque chose. » *Salaud ! Ordure ! Chien !* L'incompréhension, la confusion, la terreur, oui, c'est ça, Samir est terrifié. Il se répète que c'est un cauchemar : *Je vais me réveiller.* Qu'est-ce qu'on lui reproche ? Il n'a rien fait de mal, il peut le prouver, c'est une erreur. « Relâchez-moi ! Appelez mon avocat, ma femme ! Je suis le gendre de Rahm Berg ! » Et l'un des hommes se met à rire : « Eh bien, on va voir maintenant si ton beau-père va continuer à te soutenir. » « Je suis innocent ! Je n'ai rien fait ! » Clac, la porte est fermée. Le voilà derrière les barreaux d'une cellule minuscule et isolée.

Une histoire de mœurs, songe Samir – et ici, c'est un crime. C'est un crime de revendiquer une sexualité trop agressive, trop libre. Le libertinage, peut-être, mais pas à New York dans le milieu corseté qu'il côtoie. Il avait acquis la certitude qu'un jour ou l'autre ses aventures sexuelles lui causeraient un préjudice irréversible – une plainte pour harcèlement, pour détournement de mineure. Pourtant, il n'avait pas modifié ses habitudes sexuelles, se croyant invincible, intouchable. Son goût pour le sexe, son goût pathologique pour le sexe, associé aux deux ou trois relations qu'il avait eues avec des mineures il y a un ou deux ans, ça suffisait pour le coffrer pendant une dizaine d'années. Ça suffisait à faire de lui un criminel. Est-ce que l'une d'elles avait porté plainte contre lui ? C'est possible. *Tout* est possible. Il est fait comme un rat, encerclé, il y a sûrement des preuves, des traces de salive, de sperme, des mots écrits et oubliés, des SMS litigieux, provocateurs, transgressifs, des mails compromettants truffés d'allusions sexuelles, il l'a fait ! Il en est capable ! Mais chaque fois, il est passé à autre chose… Chaque fois, le goût de la nouveauté et de la prédation a anéanti ses réticences. Il pense tout à coup à cette secrétaire à l'essai qu'il a refusé d'embaucher, officiellement par manque de qualification, officieusement parce qu'elle avait refusé ses avances, alors qu'il en était sûr, elle en avait envie, elle en avait autant envie que lui ! Ce sont des choses qu'il devine ! Il sent *ça*. Il revoit cette hôtesse de l'air dont il n'a pas pu s'empêcher de flatter la croupe sur un vol New York-Los Angeles en s'écriant « mais quel cul ! » (elle avait paru un peu offusquée, puis elle avait souri après qu'il lui eut présenté ses excuses), et cette jeune procureure avec laquelle il avait eu une brève liaison dans le seul but de l'influencer, d'infléchir sa charge (elle ne lui plaisait pas, elle était laide, c'était la première fois de sa vie qu'il avait séduit une femme pour obtenir une faveur professionnelle, il l'avait immédiatement regretté et s'était juré de ne plus jamais céder). Depuis quelques mois, la peur avait mitigé le désir, il savait qu'une histoire pourrait sortir, réelle ou inventée, il l'avait dit au cours d'un déjeuner à Berman : « Un jour une femme portera plainte contre moi et dira que je l'ai violée dans un parking. Elle le fera pour de l'argent. Car jamais je ne ferai une chose pareille. Jamais, tu m'entends, je ne violerai une femme et tu sauras qu'elle a menti. »

Voilà à quoi il pense dans cette cellule où on l'a enfermé. J'ai été faible. J'ai été léger. Inconscient. Berman m'avait mis en garde ! Pierre m'avait mis en garde ! Je ne les ai pas écoutés ! Je vais tout perdre ! Je suis en train de tout perdre ! Se calmer/réagir/trouver une solution – vite. Il énonce mentalement les noms de tous les avocats qui pourraient le représenter sur une telle affaire. Il y en a trois ou quatre qui lui viennent à l'esprit, des ténors du barreau, des obsédés de la procédure, des types capables de repérer n'importe quel vice de forme, n'importe quelle faille chez l'adversaire, des hommes célibataires ou divorcés dont les appartements personnels sont sur le même palier que leur cabinet. Puis il pense à Ruth, à Nina – à leurs réactions au moment où elles apprendront la vérité. Et la question lancinante qui le broie : Jusqu'où iront les enquêteurs pour dévoiler cette vérité ? Jusqu'à la dépossession totale ? Jusqu'à la démystification ? La peur a infiltré tout son être.

7

Sur les recommandations de son avocat, Ruth a contacté les services de police. En franchissant le seuil du commissariat, elle tremble, elle pense à son mari, elle est terrifiée. À l'accueil, une petite femme blonde à l'air revêche[1] lui demande de remplir une fiche et de patienter, mais au bout de trois quarts d'heure, Ruth revient à la charge, elle n'en peut plus d'attendre, son mari a été arrêté il y a plusieurs heures, et elle ne sait rien : « On ne peut pas traiter les gens de cette façon ! On ne peut pas venir arrêter un homme à son domicile et refuser de fournir des explications à sa famille ! Nous sommes en Amérique ! Nous avons des droits, non ? Je vous demande simplement de les respecter ! » « Je vous conseille maintenant de vous calmer et de vous asseoir jusqu'à ce qu'on vous appelle ! Vos récriminations n'y changeront rien », réplique la fille sur un ton agressif. « Il n'y a pas que vous ici. On vous appellera quand ce sera votre tour. » Dans la tête de Ruth, c'est la confusion ; elle imagine le pire : un rapt,

---

1. Samantha de la Vega, 45 ans, n'hésitait pas à dire qu'elle détestait son mari et son métier.

une fausse accusation, un scandale financier, elle se dit maintenant que tout est possible, la machine est enclenchée, elle n'a pas les codes et elle est seule, pour la première fois de sa vie, personne ne l'accompagne, ne l'assiste. Une heure et quart plus tard enfin, elle est amenée dans le bureau d'un policier[1], une petite pièce aux murs blancs sur lesquels sont affichées des photos de personnes disparues. L'homme lui demande de s'asseoir et de faire sa déposition. Elle le regarde fixement tandis qu'il tapote sur son clavier ; elle raconte tout, n'omet pas un seul détail, essaie de dérouler les événements dans leur ordre précis. Soudain, il lève les yeux vers elle et dit qu'il y a un problème. « Quel problème ? » demande Ruth, anxieuse. « Je reviens. » L'attente dure une éternité pendant laquelle Ruth imagine le pire, la mort de Samir, et cette idée la rend fébrile, elle pourrait s'évanouir, elle le sent, quand soudain, le policier revient, accompagné cette fois d'un homme qui est vraisemblablement son supérieur hiérarchique[2]. L'homme, la petite soixantaine, s'assoit près de Ruth et lui annonce d'une voix atone qu'ils n'ont aucune information pour le moment.

— Comment ça, aucune information, vos services l'ont arrêté oui ou non ?

— Je ne peux rien vous dire.

— Donc, c'est peut-être un coup de la Mafia, c'est ce que vous êtes en train de me dire ?

— Non, la Mafia n'a rien à voir avec cette histoire...

---

1. David Beer, 26 ans, avait choisi de s'engager dans les forces de police par « vocation ».
2. John Delano, 62 ans, avait mené la carrière dont il rêvait.

— Vous reconnaissez que mon mari a bien été arrêté par vos services ?

— Il a été arrêté, oui, mais pas par nos services.

— Je ne comprends pas…

— Je ne peux rien vous dire de plus pour le moment.

— Ils n'ont même pas voulu me montrer leurs cartes ! Ils ont arrêté mon mari et l'ont embarqué comme un vulgaire criminel.

— C'est exact.

— Cela ne vous choque pas ?

— Moins que les faits pour lesquels votre mari a été arrêté.

Elle hurle maintenant :

— Qu'est-ce que vous insinuez ? Je ne sais même pas ce qu'on lui reproche ! On ne nous a rien dit ! Ni à moi, ni à mon avocat ! J'ai le droit de savoir qui a porté plainte contre mon mari !

— Vous le saurez en temps utile.

— Non, vous êtes obligé de me le dire ! Nous sommes dans une démocratie, non ? Et puis, j'ai les moyens de le savoir, vous savez…

— Pas de menace, madame, pas de menace… Dans un cas pareil, si j'étais vous, je m'abstiendrais…

— Où voulez-vous en venir ? Allez, dites-le ! J'ai le droit de savoir ! Qui a porté plainte ?

Et soudain, le chef de la police se tourne vers elle, mains sur les hanches à la façon d'un justicier, et d'une voix calme lui répond :

— Les États-Unis d'Amérique.

8

Personne n'est formé pour supporter la notoriété. Il n'est pas naturel d'être connu/aimé par des milliers de gens. Dix ou vingt mille, c'est déjà beaucoup. Mais des centaines de milliers ? Comment Samuel aurait-il pu imaginer que ce basculement de l'anonymat à la notoriété serait si violent, physiquement, moralement, une expérience humaine intense qui électrise et fait disjoncter le cerveau ? Il subit le flot incessant des appels, le flux des lèche-culs, la ronde des flagorneurs qui souhaitent se placer sur la cartographie sociale, les demandes de rencontres (les gens qui veulent vous voir/revoir, vous approcher, vous inviter, vous êtes devenu *intéressant*, on veut être vu à vos côtés, votre présence devient une valeur sûre, une valeur ajoutée, vous êtes *formidable, doué, exceptionnel, rappelle-moi*). Cette réussite, il en a rêvé, il l'a ardemment convoitée, il ressentait de la rage au temps où il en était privé et maintenant il a un peu honte de reconnaître qu'il ne supporte pas cette notoriété factice, superficielle – la horde des courtisans. Il ne supporte plus ces déplacements aux quatre coins de la France ou à l'étranger quand il voudrait rester chez lui à écrire. Il ne supporte pas non plus la médiatisation et les préparatifs qu'elle nécessite : les heures passées entre les mains d'une maquilleuse, d'une coiffeuse pour être « séduisant à l'antenne », « accrocher la lumière », les aveux qu'il faut faire face caméra, les poses qu'on lui demande de prendre, il aimerait pouvoir dire non, ou aimer ça, mais il se ferme, Michel Houellebecq a raison, le succès rend timide.

Ce qui lui manquait ? Le silence, le silence qui précède, porte et accompagne l'écriture. Chaque matin, en découvrant les nombreux messages qui s'accumulaient sur son téléphone portable, il était pris d'une angoisse insurmontable. Il se trouvait placé malgré lui aux manettes d'une machinerie bruyante, lui qui avait choisi l'écriture par goût du silence et de la solitude.

Il ne supporte plus le contact humain, les rencontres, les séances de dédicaces derrière des stands. Il a alors le sentiment d'être une bête de foire, une génisse dont on vient tâter le flanc ; dans ces cas-là, il se méprise. Il se méprise de sourire à un lecteur potentiel qui lui dit, saisissant son livre : « Donnez-moi une bonne raison de l'acheter. » Il se méprise de brandir son livre après qu'un libraire lui eut reproché de ne pas oser le vendre à la criée, comme du poisson frais : *vous ne savez pas faire*. Il se méprise de ne pas avoir frappé ce plumitif qui lui avait dit, sur le quai d'une gare : « Vous avez dû beaucoup manœuvrer et ruser pour obtenir cette reconnaissance dès votre premier livre. » Il se méprise de ne pas avoir cité cette phrase de Jim Harrison, devant son éditeur le jour où ils s'étaient violemment disputés parce qu'il avait refusé de participer à une émission diffusée à une heure de grande audience : « Être un auteur tient à la fois de la malédiction et de la mission. Je m'en suis rendu compte à vingt et un ans, lorsque mon père et ma sœur ont été victimes d'un accident de la route. Après une telle perte, il n'y avait plus de compromis possible, avec les éditeurs ou qui que ce soit d'autre. » Il se méprise d'avoir accepté la demande de portrait d'un grand quotidien et d'avoir confié sa vie à un inconnu qui le trahirait en écrivant que son père était un « illuminé » parce qu'il était devenu un juif orthodoxe. Il se méprise de ne pas avoir eu le courage d'envoyer une lettre d'injures à un journaliste qui avait écrit : « Samuel Baron utilise la mort de ses parents pour émouvoir son lecteur. » Et plus que tout, il méprise ceux qui ne lui parlent plus que de l'argent qu'il gagne, qui modifient leur comportement au gré de sa réussite matérielle. L'argent affecte tout. Il affecte les relations avec vos amis, votre famille, les personnes que vous rencontrez et il vous affecte, vous, colonisateur discret qui prend ses aises, vous mutez sans le savoir, vous devenez ce que vous détestez.

9

« Je veux parler à mon avocat ! Je suis innocent !
Je n'ai rien fait ! Je veux sortir d'ici ! » – revendications
stériles, Samir reste enfermé. Une heure plus tard,
deux hommes s'approchent et ouvrent la porte de sa
cellule pour l'en faire sortir. « On va t'interroger maintenant et confronter ta version avec celle de ton frère. »
Entendant cette phrase, Samir manque défaillir. Et
tout à coup, tout lui revient : le dîner dans ce restaurant indonésien excentré, les confidences de son frère
et l'agression dont il lui avait parlé, sa peur, son désir
de rentrer au plus vite en France. Il ne l'avait pas pris
au sérieux. « Mon frère a fait quelque chose de mal ? »
L'un des policiers se met à rire en répétant : « Quelque
chose de mal ? »

— Écoutez, moi je n'y suis pour rien, je n'ai rien
fait ! Je le jure.

— C'est ça…

— Je ne suis au courant de rien !

— C'est ce que vous dites tous ! C'est ce qu'on
vous apprend à répéter ! Vous n'êtes que des menteurs ! Des menteurs et des parasites !

Ils l'entraînent dans une salle d'interrogatoire surchauffée. Samir réclame à boire.

— Si tu veux boire, il va falloir parler…

— Je n'ai rien à dire…

— Puisque tu le prends comme ça…

Et sur ces mots, l'un des hommes augmente le chauffage et agite devant Samir une bouteille d'eau fraîche.

— Tu en veux ? Eh bien il va falloir être plus coopératif.

— Je ne comprends pas ! Qu'est-ce qu'on me reproche ?

— Fais semblant de ne pas le savoir…

— Je ne sais pas !

— Tu es poursuivi pour complicité dans une entreprise terroriste contre les intérêts américains.

L'angoisse qui dévaste son corps en quelques secondes, coule et fermente. Ce qui se passe quand un homme est détruit. Au moment où il sent les dents métalliques et aiguisées de la broyeuse s'enfoncer en lui. Ce qui se produit à l'instant de la chute. Est-ce qu'on a peur ? Est-ce qu'on se sent léger, délesté du poids du mensonge, des compromissions, des artifices ?

— Al-Qaïda, ça te dit quelque chose ?

Entendant ce mot, Samir se met à trembler. Il lui faut quelques secondes pour se calmer et répondre.

— Quel rapport avec moi ? Je n'ai rien fait !

— Tu es soupçonné d'être un membre d'Al-Qaïda.

— C'est délirant ! Je ne comprends pas ! Qu'est-ce qu'on me reproche ?

Le policier joue avec la bouteille d'eau, puis, au bout de quelques secondes, répond enfin :

— Je te l'ai dit : tu es un terroriste.

Samir perd connaissance. Quand il recouvre ses esprits, il demande à être vu par un médecin. L'un des policiers se met à rire :

— Tu commences déjà ton cinéma ? Je vois que tu connais la procédure...

— De quoi parlez-vous ? Je me sens mal ! Je n'arrive pas à respirer !

— Je vais te dire ce qui va se passer : tu demandes à être vu par un médecin, puis tu exiges de parler à un avocat, tu réclames à manger, tu nies toutes les accusations portées contre toi, tu vas affirmer qu'elles ont été fabriquées par les services de renseignement, classique... mais là, crois-moi, ça ne va pas marcher...

Samir a les mains menottées dans le dos. Ça le fait souffrir, il supplie qu'on le détache : « Je-suis-innocent c'est-une-erreur-je-n'ai-rien-fait-je-suis-avocat. » Un homme très blond s'approche de lui :

— Vous êtes soupçonné d'avoir participé à une entreprise terroriste pour le compte d'Al-Qaïda.

— Je n'ai rien fait, de quoi parlez-vous ? Je ne comprends pas ! Vous ne pouvez pas avoir le moindre commencement de preuve puisque je n'ai rien fait ! Qui a formulé une telle accusation ?

— Ta gueule !

— C'est un coup monté, un mensonge, libérez-moi ! Vous n'avez pas de preuves !

— En matière de lutte contre le terrorisme, une simple suspicion suffit pour vous coffrer.

— Quel est ton lien avec Djamal Yahyaoui ?

— Djamal ?

— François Djamal Yahyaoui affirme être ton frère.

— Il s'appelle François, pas Djamal, oui, c'est mon demi-frère. Mais quel rapport avec moi ? Il a été mêlé à un attentat ?

— Ton frère est un djihadiste. Il a été arrêté en Afghanistan où il s'entraînait en vue de commettre un attentat contre les intérêts américains. La police fédérale a la preuve que tu as financé ses activités terroristes.

— Quoi ?

— On a trouvé son compte bancaire en France et constaté que tu l'approvisionnais chaque mois depuis un an. Cet argent servait à financer les déplacements de ton frère, ses formations paramilitaires et à diffuser ses appels au meurtre.

Il lui faut un temps avant de répondre, il a le sentiment d'avoir été immergé et maintenu dans une eau noire, de la vase plein la bouche, incapable de respirer, cherche ses mots, butant sur les syllabes.

— C'est une erreur ! François est venu à New York parce qu'il avait besoin d'argent. Il traversait une mauvaise passe. Il n'est pas interdit de donner de l'argent à son frère ! J'ai accepté de l'aider mais je ne savais rien de ses activités ! Je ne pouvais pas savoir ce qu'il faisait de cet argent ! Je suis avocat, je vous rappelle ! Et puis, pourquoi est-ce que j'aurais financé des activités terroristes ? Dites-moi, quel pourrait être mon lien avec le terrorisme islamique ?

— Justement, c'est ce qui nous préoccupe.

— Je suis un citoyen américain, j'ai un demi-frère en France dont je sais peu de chose et que j'ai dû aider pour éviter à ma mère de le faire, c'est tout !

Mon frère n'est pas un islamiste, mon frère n'est même pas musulman ! Je ne comprends pas ! Comment a-t-il pu en arriver là ?

Le type a un moment d'hésitation puis se lève en concluant : « On va te le dire. »

10

Après son bref séjour à New York, François rentre en France, au milieu de l'année 2007. Il se lie d'amitié avec un ancien détenu, Éric, dit Mohammed. Les circonstances de leur rencontre ne sont pas claires : certains disent qu'il l'a connu dans la cité, d'autres affirment que c'est sa propre mère, Nawel, qui les aurait mis en contact après avoir incité François à donner une partie de l'argent versé par Samir aux œuvres sociales de la mosquée. Éric/Mohammed est un type d'une quarantaine d'années, brun aux yeux noirs, charismatique, dont l'activité principale est de faire connaître l'islam au plus grand nombre, un prosélyte qui, livres à la main, prêche autour de la cité. Un matin, alors qu'ils sont à Paris, il propose à François de l'accompagner dans une mosquée qu'il a l'habitude de fréquenter. Éric/Mohammed a découvert l'islam en prison par l'intermédiaire d'un codétenu. Là-bas, il s'est converti et, explique-t-il à François, a « trouvé la paix ». Des centaines de fidèles se pressent autour du lieu de culte caché derrière le porche d'un immeuble à la façade décrépite. François entre. L'imam – Hamid Oussen – est un homme de petite taille qui porte une tenue traditionnelle, un *qamis* d'un blanc immaculé et une épaisse barbe noire. Il parle, et d'emblée, François est subjugué par l'aura qu'il dégage. Éric/Mohammed le murmure à François : il a de l'admiration pour cet homme, il sait toucher les jeunes qui se réunissent régulièrement autour de lui. Il s'adresse à eux, les écoute, tout cela avec douceur. Sans forcer. Il comprend leur détresse sociale, se révolte contre les injustices qu'on leur fait subir. Il vibre quand il parle et c'est bientôt toute la salle qui tremble. La vérité est dans la prière, dit-il. Prions ensemble. Et lorsqu'ils s'agenouillent, serrés les uns contre les autres, François sait que la vérité est là, dans cette prière commune récitée d'une même voix, il sait qu'il est un des leurs – un sujet de Dieu. Un soir, en sortant de la mosquée, François va parler à Hamid Oussen. Ce qu'il a vu, entendu, l'a bouleversé. Il n'imaginait pas qu'il trouverait une telle fraternité, il ose le mot. C'est la première fois que l'imam remarque ce jeune homme blond aux yeux bleus qui dit se prénommer François et il lui demande s'il est un converti. François hésite à répondre, cet homme vêtu d'une gandoura blanche l'impressionne, et c'est finalement Hamid Oussen qui, comprenant sa gêne, l'entraîne à l'écart et l'exhorte à lui raconter son histoire. Ils sont là, assis par terre sur de grands coussins en velours pourpre. François évoque son père, qu'il n'a jamais connu, mais dont il sait qu'il est « un homme politique célèbre » ; sa mère, qui a cherché « à se fondre dans la société française pour faire de lui un vrai Français » ; son frère, qu'il ne voit plus et qui lui envoie régulièrement de l'argent « pour se donner bonne conscience » – il se sent seul. Hamid l'écoute, le plaint, analyse : « Tu ne sais pas qui tu es vraiment. Tu dois choisir ton camp. » Hamid a retenu l'essentiel : François prétend être le fils d'une personnalité politique. Ça l'intrigue. Il ne sait pas s'il a affaire à un jeune homme dérangé, un mythomane, ou si François dit la vérité, mais si c'est vrai, pense-t-il aussitôt, il doit se méfier de ce qu'il pourrait lui confier. Il l'invite chez lui, dans un beau pavillon du centre-ville où il vit avec sa femme – une petite brune dont les cheveux sont dissimulés sous un grand foulard – et leurs quatre enfants, tous enveloppés dans des tenues traditionnelles. Là, au cours d'un dîner composé d'une soupe de pois chiches et de pain cuit au four, il lui pose une multitude de questions, il veut savoir ce qu'il cherche réellement. François lui paraît perturbé, c'est un jeune homme très inhibé, plein de rage contenue, qui semble n'avoir pour ambition que de venger l'honneur perdu de sa mère ; sa cible, c'est son père, pense-t-il. Mais Hamid le contredit : le responsable n'est pas seulement cet homme mais toute la société qu'il incarne, « cette société dont les valeurs ne sont pas les nôtres. Ils osent nous dire que nous traitons mal nos épouses parce que nous protégeons leur vertu, leur pudeur, mais regarde ce qu'ils font subir à leurs femmes ! Regarde comment cet homme a traité ta mère ! Comme un objet ! Il a violé son honneur et il s'est débarrassé d'elle ! Crois-moi, les mécréants sont dans l'erreur alors que nous avons trouvé la vérité ! » François est ému, il sent les larmes monter, il respire fort pour les contenir. Hamid pose une main sur son épaule et lui tend un livre sur l'islam : « La paix, tu la trouveras dans ce livre. » François saisit l'ouvrage et le pose sur la table. Il se sent apaisé tout à coup. La religion, ça l'aide à se situer, à trouver sa place dans le monde. « Qu'est-ce que je dois faire ? » demande François. « Pour commencer, tu dois changer de prénom. » François exulte, il en a toujours rêvé et c'est avec Hamid qu'il choisit de s'appeler Djamal. Quand il rentre chez lui ce soir-là, il l'annonce à sa mère : *Dorénavant, tu m'appelleras Djamal.* Et elle ne proteste pas, Djamal signifie « la beauté ». Oui, *Djamal*, c'est beau, ça promet une vie meilleure.

Djamal ne quitte plus Hamid. Auprès de lui, il se sent bien, fort, il comble ses lacunes. Du patrimoine culturel, religieux, de sa mère, il ne connaît rien. Il ne lit ni ne comprend l'arabe. Il ne mange pas de porc mais n'a jamais respecté le ramadan. Il aimerait apprendre. Ensemble, ils étudient quelques textes et des rudiments d'arabe. Dans ces moments de complicité, Djamal se sent renaître. En Hamid, il pense avoir trouvé un père, un frère, un guide spirituel. Chaque vendredi soir, il se rend à la mosquée. Hamid y a de très nombreux fidèles, des amis dont certains sont des militants islamistes liés au Groupe salafiste pour la prédication et le combat. Là, au milieu de centaines de fidèles, François sait où est sa place. Jamais il n'a ressenti avec autant d'intensité cette communion spirituelle, cette conviction qu'il est compris, aimé, qu'il fait partie d'une seule et même famille. Ces repas pris ensemble, à même le sol. Ces chants qui réveillent son âme. Sa famille ne peut pas comprendre. Sa mère, son frère, ne savent pas ce que c'est que de trouver une famille à soi, d'appartenir à une communauté, un groupe, un clan, d'avoir non pas un mais cent frères, mille frères autour de soi partageant le même idéal, œuvrant pour le même but.

Sa mère ne s'inquiète pas encore, son fils étudie, prie, ça viendra plus tard quand elle le verra changer physiquement et tenir un discours radical qui la glace et dont elle devine qu'il n'est que le résultat d'un endoctrinement. Quelques mois après sa rencontre avec Hamid, Djamal arbore une barbe épaisse et porte un *qamis* blanc que celui-ci lui a offert. Il aime s'exhiber dans cette tenue en pleine rue ou dans les transports en commun, il affirme avec fierté son identité, il se sent fort, aguerri, puissant. À la maison, il exige que sa mère ait la tête couverte. Un soir où il invite Hamid chez eux, il lui demande même de voiler son visage. La première réaction de Nawel est de refuser, puis elle finira par céder sous la pression. Hamid conseille des lectures à son disciple, lui montre certains documentaires afin, lui dit-il, « que tu affirmes ta conscience politique ». Cet adjectif « politique » est nouveau pour Djamal, il ne s'est jamais intéressé à la vie politique, à la société, il n'a pensé qu'à survivre, à gagner de l'argent. « Tu ne t'en es jamais rendu compte parce que avec ton physique, on te prend pour un vrai Français, mais la France est raciste. À la cantine, ils font exprès de servir du porc pour que nos enfants crèvent de faim, pour nous provoquer… Quand je suis au volant de ma voiture, je suis sûr d'être arrêté une fois sur deux et quand je prends le métro, les contrôles d'identité, ça tombe toujours sur moi. Pour trouver un bon travail quand on est arabe, tu peux crever, et un logement, oublie. Les Français ont fait venir nos parents, ils leur ont promis l'eldorado et au lieu de ça, ils les ont parqués comme des bêtes dans des cités-dortoirs, ils les ont exploités, maltraités, maintenant ils veulent s'en débarrasser, et tu voudrais quoi, que nous, leurs enfants, on dise merci ? Les juifs sont toujours là à pleurer sur leurs morts mais nous, qui pleure sur nos victimes ? Tu veux que je te dise ? Les morts n'ont pas tous la même valeur ! Nous, on veut nous faire croire qu'on n'est pas grand-chose. Regarde ce qui s'est passé en Tchétchénie, ils ont massacré les musulmans ! C'était un nettoyage ethnique ! Regarde ce qui se passe en Palestine ! Et ici, tu as vu comment on nous traite ? On va se lever. *Allah akbar !* On va tout faire péter en France, premier pays islamophobe ! » Hamid s'interrompt un instant. Djamal ne parle pas, il se contente de le regarder comme sous l'effet d'une hypnose. « Tu sais, reprend Hamid, il n'y a qu'une façon d'aider nos frères opprimés dans le monde, il faut se battre à leurs côtés ! Il faut avoir le courage de prendre les armes ! » Djamal est ému par ce discours et c'est naturellement qu'il accepte de participer à des randonnées organisées par Hamid au cœur de la forêt de Fontainebleau – pas vraiment pour découvrir les joies de la nature, Djamal sait qu'il s'agit en réalité d'un réseau de recrutement de djihadistes français que des instructeurs commencent à former en vue de les envoyer en zone pakistano-afghane. Des hommes se préparent au djihad aux portes de Paris. Des types choisissent de partir en Tchétchénie, en Afghanistan, pour devenir des terroristes, ils quittent des démocraties pour des dictatures, des vies d'hommes libres pour des existences hasardeuses, contrôlées par les talibans dans les montagnes du Cachemire.

Une balade aux accents paramilitaires. Ils sont une soixantaine de volontaires âgés d'environ une vingtaine d'années à se présenter au lieu du rendez-vous, chaussures de randonnée aux pieds et sac à dos. Hamid est là, un sourire accroché aux lèvres, il les compte tandis qu'ils montent à bord d'un car. Quand ils sont tous installés, il prononce un discours de bienvenue. Il est amical, passe entre les rangées, salue chaque participant, s'attarde un instant auprès de Djamal dont il admire l'engagement. Puis il retourne à sa place et, d'une voix grave, rappelle le but de l'opération. Son visage devient dur, il a quelque chose à leur montrer. Un petit écran diffuse alors des images de guerre, des images, précise Hamid, de « leurs frères musulmans assassinés à travers le monde, comme des chiens, sans pitié » – corps démembrés, décapités, brûlés, explosés, visages défigurés, après ça, ils ont la haine, après ça, ils peuvent tenir un flingue et tirer sans trembler, sans hésiter. Pas sûr qu'ils soient encore capables de tuer mais ça viendra, quand ils seront isolés, ailleurs, en Tchétchénie ou en Afghanistan ; alors seulement ils prouveront qu'ils sont vraiment des combattants. Ils courent, vocifèrent. Au bout d'une heure et demie, ils arrivent à destination. La forêt est épaisse, ils marchent pendant des heures, sans manger, sans boire, on les éprouve physiquement, moralement, on les casse, et, pour tenir, ils crient des chants guerriers qui disent la lutte et la délivrance prochaine, la mort de l'ennemi occidental qui humilie et domine, brise et colonise. Leurs cris sont couverts par les bruits crachés par un transistor, quelle fureur : grondement de moteurs d'hélicoptères, détonations d'armes à feu, tirs de kalachnikovs, explosions, ça met dans l'ambiance, ça promet beaucoup. C'est brutal. C'est violent. Les plus faibles trébuchent ou glissent, tombent ou se laissent tomber, geignent ou maudissent, on les relève et on les pousse. Certains s'effondrent. Ceux-là préfèrent renoncer. Ils ne sont pas capables de faire une randonnée de cinq heures en pleine forêt et ils voudraient résister plusieurs semaines dans les montagnes d'Afghanistan, les armes à la main ? Ceux-là, qu'ils restent en France à aider leur mère, surveiller leurs sœurs et couper leur shit. Mais les autres, ceux qui résistent à l'effort, à la tension, aux pressions, qui en crèvent mais qui tiennent, qui tombent mais se relèvent, qui souffrent sans gémir, regardent les images les plus cruelles sans détourner les yeux ni pleurer, ceux-là partiront, manieront des armes et combattront. François-Djamal est de ceux-là. Déjà, en s'inscrivant, il sait où il va, ce qu'il veut. À sa mère il dit qu'il fait du sport, de l'entraînement. Elle voit son corps changer, se muscler, ses traits s'affiner. Djamal participe à plusieurs randonnées en Haute-Savoie ; dans ces zones montagneuses, l'épreuve est encore plus physique, il faut affronter la roche avec les mains. À chacune d'elles, on le remarque : sa ténacité... son sang-froid... son courage... sa détermination. Ses amis s'en souviennent, on l'appelle Djamal le Blond. Il ne veut pas dire qu'il est le fruit d'une liaison adultère entre une musulmane et un chrétien, une employée et son patron, une Française d'origine tunisienne et un Français de souche, on le rejetterait, il en est sûr, et ce qu'il veut, c'est appartenir au groupe. Il dit que son père était un Français qui s'est converti à l'islam après avoir eu une révélation. Que son père est mort et lui a laissé une petite somme d'argent. Les prosélytes, on aime ça chez les Randonneurs et au-delà. Il n'a pas le sentiment de trahir qui que ce soit. Il explique aussi qu'il porte le nom de sa mère, un nom à consonance arabe, parce que c'est ce qu'il est, ce qu'il veut être : un Arabe. On le lui répète : « Le christianisme est la religion des esclavagistes. » En rentrant de ses randonnées, il se radicalise, sa mère ne pratiquait qu'un islam relâché, mou, sans conviction, un islam qui courbe l'échine, quand lui rêve d'un islam fort, dur – pur. Qui ne se dilue pas dans la République. Ce désir de pureté, cette intransigeance morale, ce rigorisme guerrier, ça terrifie sa mère qui se tait pourtant et se plie aux nouvelles règles édictées par son fils : tu porteras le voile à la maison et dehors… tu ne parleras pas aux hommes… tu ne me contrediras pas, et la voilà, femme docile, exécutant ses ordres et lui, monarque omnipotent qui domine/contrôle/condamne.

Enfin, il va partir… Djamal épouse une jeune musulmane qu'il a rencontrée dans la cité. Elle s'appelle Nora et travaille sur les marchés. Il fait sa connaissance par hasard, au cours d'un dîner organisé par une de ses tantes. Il entre et il la remarque tout de suite : brune aux cheveux longs et bouclés qu'elle cache sous un bandana. Nora n'a pas une beauté tapageuse et c'est justement ce qui séduit Djamal. Elle est issue d'une mouvance traditionaliste mais elle tombe amoureuse de lui au premier regard, ce blond, ça détonne, et se persuade qu'il ne lui imposera rien. Ils se marient dans la plus stricte intimité à la mairie de Sevran. Djamal prend Hamid pour témoin. Le couple s'installe dans un studio. Leur propriétaire est un marchand de sommeil, un ancien gendarme passé de l'autre côté, qui rachète à bas prix des appartements qu'il loue ou sous-loue à la découpe à des tarifs exorbitants. Les familles s'entassent parfois à quinze dans un trois-pièces, une famille par chambre. Les conditions de vie sont précaires mais pour la première fois de sa vie, Djamal est heureux. L'islam l'a apaisé et il aime sa femme. Mais il lui manque quelque chose. Un soir, il demande à Hamid pourquoi il n'a pas été envoyé en Afghanistan pour combattre : « Je ne peux pas rester là sans rien faire ! Tu as vu comment ils traitent les nôtres ? Tu as vu les mensonges qu'on nous fait gober ? On est faits comme des rats, Hamid ! Et moi je veux servir Allah de toutes mes forces ! » Pour la première fois, Hamid est mal à l'aise. Djamal a effectué toutes les randonnées sans faiblir, il a fait preuve d'une loyauté à toute épreuve. Pourtant, Hamid n'a jamais pu se départir de sa méfiance initiale. Djamal est peut-être un informateur d'une quelconque cellule antiterroriste. Malgré la complicité qui règne entre eux, il ne se sent pas encore prêt à l'envoyer là-bas, à lui donner les noms de ses contacts. Il a alors l'idée de tester Djamal et lui propose, deux mois seulement après son mariage, de l'envoyer au Yémen afin qu'il y suive une formation religieuse et linguistique. Cette idée plaît à Djamal. Son rêve est précisément de se rendre dans un pays musulman, un pays où il pourrait enfin vivre sa foi sans se sentir jugé, opprimé, et il l'annonce à sa femme : il va partir pour éprouver son désir. Nora ne dit rien, le laisse faire. Elle sait, au fond d'elle-même, qu'elle ne le suivra jamais là-bas, elle espère qu'il renoncera à ses plans à son retour, elle n'en doute pas et, en lisant la première lettre qu'il lui envoie, elle comprend qu'elle a vu juste : c'est difficile.

Déjà, le voyage en avion à bord d'un appareil aux fauteuils défoncés, aux sièges si rapprochés qu'il est obligé de garder ses genoux serrés, est une épreuve terrible. Il se sent mal mais ne dit rien. Pendant le vol, il prie, lit des passages du Coran, puis finit par s'endormir. À sa descente de l'avion, il vomit sur le tarmac. La chaleur est suffocante, ses vêtements collent à sa peau comme un bandage sur une plaie brûlée ; il a soif, il a faim, et sa première réaction en récupérant son bagage est de se dire qu'il ne tiendra pas deux jours dans ce pays. Mais il se trompe, non seulement il tient, mais il s'y plaît. Une fois qu'il a posé ses affaires chez un couple de Yéménites qui ont accepté de l'héberger, qu'il a rincé son visage à grande eau et partagé avec eux un plat de boulettes de viande qu'il dévore avec les doigts, il se sent mieux. Le jour même, il s'inscrit dans une université yéménite pour y étudier le Coran et parfaire son arabe ; c'est du moins ce qu'il dira plus tard, la véritable raison est sans doute plus trouble, on raconte que le directeur de cette université est chargé de recruter des volontaires pour le compte d'Oussama Ben Laden. Il repère les étudiants étrangers les plus actifs, les plus zélés, puis il s'en approche, leur parle, les forme, il le fait avec prudence, ne choisit que les éléments les plus fiables, pas des esprits fragiles – les soumis, les dociles, il les laisse à l'étude. Dans le cas de Djamal, ce n'est pas clair. S'il est partisan d'un islam très dur, il ne tient pas encore un discours ultrapolitisé. Il aime ces journées d'étude et de méditations rythmées par la prière, le déjeuner en communauté – il y a de la fraternité dans ces moments-là. Le soir, il dîne d'une soupe brûlante ou d'un couscous qu'il partage avec les hommes dans un grand plat en terre cuite posé au centre tandis que les femmes, assises par terre, égrugent des amandes dans un chaudron pour en extirper l'huile. Après le dîner, Djamal aime se réfugier autour d'un grand feu de camp et passer le reste de la soirée à écouter les cantilènes qu'entonnent les insomniaques. Puis, au milieu de la nuit, il retourne dans sa petite chambre et écrit à sa femme des lettres dans lesquelles il explique qu'il est en apprentissage, qu'il servira Allah jusqu'à sa mort : *Je suis parti pour découvrir comment gagner le ticket pour le paradis, j'ai trouvé ce que je cherchais.*

Un matin, il est arrêté à sa sortie de l'université. Des militaires l'ont plaqué contre un mur, menotté et incarcéré dans une cellule minuscule à l'intérieur de laquelle il a subi toute la nuit des interrogatoires : est-ce qu'il a des liens avec le directeur de l'université ? Avec Ben Laden ? Pourquoi est-il venu au Yémen ? Où vit-il ? Que fait-il de ses journées ? Quelles sont ses intentions ? Ses opinions politiques ? Djamal est terrifié. Sur le moment, il ne comprend pas très bien ce qui se passe, il a prié, a étudié, c'est tout, affirme-t-il. Il a bien rencontré quelques prêcheurs mais il n'a pas donné suite à leurs appels, s'en est éloigné. C'est sa version. Les hommes qui le questionnent, armes à la main, ont la leur : des actes terroristes ont été perpétrés dans le pays par l'armée islamiste qui sème la terreur. Est-ce qu'il est au courant ? Il jure que non. L'un des hommes armés le dévisage avec haine : « Je reprends : le pouvoir yéménite traque les agitateurs et on a de bonnes raisons de croire que tu en fais partie. » Djamal leur répète qu'il n'y est pour rien, il est ici pour apprendre et enrichir sa langue, il est ici dans un but pacifique ;

mais il n'a pas le temps de finir sa phrase, l'homme a planté son poing dans son œil gauche, il saigne, hurle, ne voit plus rien : « Tu te rappelles, maintenant ? Tu retrouves un peu la mémoire ? Je redemande : Qu'est-ce que tu es venu faire au Yémen ? Tu es un islamiste, c'est ça ? » *Non, non.* Djamal tremble, il se pisse dessus, il sent le liquide couler le long de ses jambes et il a honte, il a chaud, il ne comprend pas bien la langue. Et le voilà qui se met à pleurer, on le traite de femme, on l'enferme dans une cellule minuscule, sombre, qu'il partage avec trois autres types barbus, aux regards mornes et aux cheveux embroussaillés. Des odeurs d'urine, de sueur et de merde flottent, s'incrustent sur ses cheveux, ses vêtements, sa peau, il a envie de vomir, de frapper sa tête contre le mur jusqu'à la faire exploser. Il se terre dans un coin, genoux repliés contre la poitrine et se met à prier pour sa délivrance prochaine. Sans plus y croire. Au mur, il y a des inscriptions en arabe dont il ne connaît pas la signification. Il sanglote et s'endort enfin.

Il est réveillé au milieu de la nuit par un maton qui le tâte à l'aide d'un bâton comme s'il était un serpent venimeux en hurlant : « Sors ! Doucement ! » Djamal est emmené dans une pièce à peine éclairée par une ampoule, à l'écart, une sorte de cave humide sans fenêtre sur l'extérieur. L'interrogatoire reprend : Qui es-tu ? Pourquoi es-tu venu ? Quels sont tes liens avec le directeur de l'université ? Etc. Djamal réclame un avocat ; son interlocuteur se met à rire : « Tu t'es cru où ? Tu n'es pas en France ! » Il reçoit des coups, des menaces, ne cède pas et, à force de le demander, parvient à obtenir un contact au consulat de France. C'est son sésame pour la liberté. Jamais il n'a ressenti avec autant de désir la nécessité d'affirmer qu'il est français. À son interlocuteur envoyé par le consulat, il répète inlassablement ce qu'il a déjà dit à ses geôliers : « Je suis venu pour étudier et apprendre la langue, c'est tout. »

À cette époque, il ne demande pas d'aide à sa mère, ni même à Hamid, il veut s'assumer, et il y parvient puisque au bout de trois semaines, il est libéré. Devant la porte de la prison, l'homme qui l'héberge l'attend. Ensemble ils rentrent chez lui et dînent silencieusement à la lueur d'une bougie dont la flamme vacille sous le souffle des voix qui s'élèvent, des rires qui fusent : on fête le retour de Djamal. En fin de soirée, deux hommes vêtus de noir pénètrent dans l'appartement par une porte dérobée, saluent Djamal avec chaleur et lui remettent un billet d'avion pour la France. Qui sont ces hommes ? Quand leur a-t-il demandé du secours ? La réponse est floue. En rentrant chez lui, il dira à sa femme qu'il lui restait un peu d'argent mais elle n'y croit pas et le soupçonne pour la première fois d'avoir été aidé financièrement par ceux qu'il appelle « mes frères ».

À son retour, Nora ne le reconnaît plus. Il s'est radicalisé, est devenu méfiant, paranoïaque, suspicieux, obsessionnel. Et surtout : antisémite. Il voit des juifs partout, dilapide l'argent que Samir continue à lui verser dans l'impression et la diffusion de tracts antisémites. Le couple se déchire. Djamal retrouve Hamid, qui ne doute plus de lui. Dans la cité, il fréquente une petite mosquée installée dans un ancien gymnase et se lie avec d'autres « frères ». Il ne parle pas de son expérience au Yémen, c'est un échec pour lui qui n'a pas su y trouver sa place. Un matin, un des fidèles de la mosquée lui conseille de suivre une formation de boucher préparateur en produits carnés. Il lui dit : « Le halal, c'est l'avenir », lui démontre, chiffres à l'appui, l'importance du marché et l'intérêt de cette activité pour la renaissance d'un islam pur : si les musulmans ont le choix, ils consommeront halal – *tu pourras même ouvrir un jour ta propre boucherie, inch'Allah.* Grâce à l'argent de Samir, ce sera enfin possible, songe Djamal ; il s'inscrit à une formation qui lui plaît et obtient son diplôme. Deux mois plus tard, il trouve un poste d'opérateur en transformation des viandes. À l'abattoir, il reçoit les bêtes, les caresse pour les apaiser puis les dirige vers le piège de tuerie, un appareil rotatif orienté vers La Mecque spéciale-ment créé pour respecter l'abattage rituel. La tête du bovin est bloquée, le cou tendu. Djamal déclenche la rotation du piège le long d'un axe horizontal – sorte de rail aérien – de façon que le bovin se retrouve les pattes en l'air. L'animal beugle, il faut faire vite, Djamal place le couteau sous sa glotte et l'égorge sans effroi, sans émotion, d'un coup sec, pour ne pas le faire souffrir. Ça pisse le sang, ça gicle dans l'échau-doir, mais il y va, ça ne lui fait pas peur, c'est un acte sacré, il est fier d'avoir été choisi pour le faire. Puis, quand l'animal ne respire plus, il le dépouille de son cuir, l'éviscère, fend la carcasse – crac, la bête s'équa-sille –, Djamal exécute le parage de la viande, la pèse ; enfin, la réfrigère. Il n'y a plus qu'à s'ablutionner. C'est prêt. Non seulement Djamal aime son travail mais il le prend très au sérieux. C'est lui qui égorge

le mouton pour l'Aïd ; il le fait proprement, à l'abattoir. Il enregistre les commandes, organise des livrai-
sons. Il ne supporte plus de trouver des têtes de
moutons, des carcasses éventrées et des entrailles
puantes jetées telles quelles dans le vide-ordures de
son immeuble comme il lui est arrivé de le voir. Ça
lui répugne même, il y a des écorcheries pour ça, et
bientôt, il se charge d'égorger aussi les bêtes de ses
voisins. Un soir, en rentrant de la prière, il aperçoit
sur le terre-plein de la cité, un mouton encordé entre
deux arbres dont la tête pend et, face à lui, deux très
jeunes adolescents armés d'un couteau immense. Le
premier encorne l'animal tandis que l'autre se prépare
à l'équarrissage. Djamal s'approche et s'en prend à
eux avec une telle virulence qu'ils restent interdits,
sans oser répliquer. Ils ont du sang plein les mains,
la tête de l'animal pend, il vit encore, il gémit. Djamal
leur arrache le couteau des mains, le brandit au-
dessus de sa tête et d'un coup bref, achève l'animal.
Alors seulement il les regarde droit dans les yeux et
les menace : la prochaine fois qu'il les surprendra en
train d'égorger un animal en pleine rue, ils auront
affaire à la lame de son couteau. Ça lui est sorti
comme ça. Il a un peu honte de le reconnaître mais
il aime les bêtes. Au Yémen, où les chiens et les chats
errent en toute liberté, en quête de restes, il s'était
pris d'affection pour un chaton maigre et affamé qu'il
avait trouvé dans une poubelle. Il l'avait soigné et
remis en liberté – personne n'en voulait.

Sa vie désormais, c'est l'abattoir et les amis qu'il
s'y est fait. Avec ses collègues, il aime bien traîner le
soir à la mosquée, après le travail. Il discute d'un

370

passage du Coran, de la politique, il rêve encore de partir combattre, il se sent bien auprès d'eux mais quand il rentre chez lui, à une heure tardive, encore imprégné des odeurs des cadavres : viscères, peaux, sang, sa femme le repousse. Il la dégoûte. Il lui fait peur. Elle ne veut plus faire l'amour avec lui, et un soir où il l'embrasse, elle le lui dit : « Avec toi, je ne ressens rien. » Elle voit son visage se crisper et prend peur. Pourtant, elle lui tient tête et, la première, prononce le mot « divorce ». À quel moment est-ce qu'il devient violent ? Au moment où elle lâche ce mot ou, un peu plus tard, quand elle se met à le frapper de toutes ses forces parce qu'il a tenté de l'embrasser en tenant sa tête fermement entre ses mains qui puent le sang ? Il se jette sur elle, la plaque contre le mur, retire sa ceinture, baisse son pantalon et la prend brutalement, en s'enfonçant en elle, en l'insultant – *Sale pute* –, répétant que si elle le quittait, il la tuerait. Au bout de quelques minutes, il la lâche enfin, se rhabille, Nora est en larmes, une main sur ses seins, elle crie, le menace d'appeler la police. *C'est ça, vas-y, fais-le, et je te balance par la fenêtre.* Il ne supporte plus d'être dominé par les femmes, sa mère d'abord, sa femme, maintenant, quand lui rêve d'une société où chacun serait à sa place : l'homme dans la ville, la femme à la maison. Profitant d'un moment d'inattention, Nora s'enfuit ce soir-là, son chemisier déchiré à la main, laissant ses affaires, et se réfugie chez ses parents. Il ne la reverra plus. Elle ne portera pas plainte, terrifiée par les menaces qu'il lui adresse dès le lendemain.

Djamal ne veut plus vivre dans cet appartement qui lui rappelle la honte que sa femme lui a infligée en demandant le divorce. Il partage son temps entre l'appartement de sa mère et celui de deux frères – des activistes qu'il a rencontrés au cours d'un dîner chez Hamid. Cet été-là, il décide de partir pour le Maroc afin de trouver une épouse, un des frères lui a parlé d'une jeune fille de seize ans, d'une bonne famille, que ses parents voudraient marier. Trois semaines avant son départ, il a pris soin de brûler son passeport et d'en déclarer la perte afin d'en obtenir un nouveau, vierge de tout tampon étranger.

Au Maroc, il rencontre sa future femme[1], une fille jeune, un peu épaisse mais au regard pur. Il discute avec le père, fixe le montant de la dot, l'épouse quelques jours plus tard. Le soir de la noce, il lui fait l'amour sur le petit matelas que ses beaux-parents ont posé dans une des pièces de la maison. Quand il a fini, il donne à la famille le drap taché de sang. Il entend les youyous à travers la paroi du mur. Il est heureux.

À son retour, il s'installe avec sa nouvelle femme dans un F2 qu'il sous-loue encore et reprend son travail. Il voit toujours Hamid, mais depuis quelque temps il lui paraît soucieux, inquiet, questionne, cherche à savoir pourquoi. Et un jour, Hamid le met dans la confidence, il va partir combattre aux côtés de ses frères opprimés. Il n'en peut plus de rester là sans rien faire dans ce pays « où on ne nous aime pas ».

---

1. Latifa Oualil, 16 ans. N'a aucune idée de ce qu'elle veut faire de sa vie.

Les nuits qui suivent la confidence de Hamid, Djamal dort mal, rêve qu'il s'évade aussi, armes à la main, héroïque. Par l'intermédiaire de Hamid, il entre en contact avec des hommes chargés du recrutement d'Occidentaux. Djamal a un parcours irréprochable, des références. Surtout, il a un physique d'Européen, on se méfiera moins de lui, et ils lui demandent tout de suite de raser sa barbe et de troquer sa tenue traditionnelle contre un jean et une chemise : « Il ne faut pas qu'on te remarque. » Il se présente de nouveau à eux, transformé cette fois, et ils rient : « Avec cette tête, même le Ku Klux Klan t'accepterait ! » Le jour même, ils lui remettent un faux passeport ainsi qu'un numéro de téléphone qu'il doit composer dès son arrivée à la gare de Londres. Devant son interlocuteur, il devra prononcer une phrase codée puis prendra un métro et descendra à la station Finsbury Park. À la sortie, un homme barbu portant une écharpe bleue l'attendra. Le problème, quand il arrive, c'est que la plupart des hommes portent des barbes et des écharpes de couleur foncée. Il reste bien trois quarts d'heure à attendre qu'un homme correspondant à la description faite par Hamid s'approche de lui et lui dise quelques mots. Il le suit, marche longtemps, une heure peut-être, avant d'arriver devant un petit immeuble en brique blanche. L'homme lui fait signe d'entrer. À l'intérieur, des hommes vont et viennent, le lieu ressemble à un centre d'études, mais Djamal n'en est pas certain et quand il demande à l'homme qui est venu le chercher de lui dire où ils se trouvent, il comprend qu'il ne doit pas poser de questions, le type a froncé les sourcils, posé un doigt sur sa bouche, *chut*. Djamal ne se sent pas très rassuré, l'homme ne lui parle presque pas, il lui montre simplement une pièce en lui répétant qu'il doit l'attendre là jusqu'à ce qu'il revienne. Il reste peut-être quatre ou cinq heures dans cette pièce exiguë dans laquelle flotte une odeur d'urine et de sueur, sans voir personne, puis l'homme revient avec une boîte en aluminium, une bouteille d'eau et une cuiller en plastique. Il lui dit qu'il passera la soirée ici et qu'il repartira dans la nuit pour prendre l'avion de 6 h 50 pour Islamabad. Le plat est glacé, il vient sans doute d'être décongelé, c'est un ragoût d'agneau aux pommes de terre, mais la viande est grasse, gélatineuse, et dégage une odeur écœurante, comme si la bête avait été cuite dans ses viscères. Djamal renonce à manger et sort de son sac un exemplaire de *L'Art de la guerre* de Sun Tzu. À deux heures du matin, il est réveillé par la voix de l'homme et la lumière crue d'une lampe-torche braquée sur lui. Il se lève péniblement, encore endormi, entend les dernières recommandations puis, son billet d'avion et son ticket de train pour l'aéroport en main, sort de l'immeuble et s'enfonce dans la nuit glacée.

Il n'a aucun mal à passer la douane et se retrouve dans l'avion où il s'endort sitôt installé. Quand il se réveille, l'hôtesse annonce que l'avion va atterrir à Islamabad dans quelques minutes.

Ce qui le surprend en premier à la descente de l'avion, c'est cette touffeur insupportable, pire qu'au Yémen. Et aussi les éclats de poussière agglomérés venus d'en haut, d'en bas, formant une pâte jaunâtre qui colle aux paupières, s'infiltre partout. Djamal retire son blouson et le tient serré contre lui. Il est très impressionné par la foule composée exclusivement d'hommes enturbannés, aux cheveux noir de jais, qui se presse aux alentours de l'aéroport. Des animaux faméliques errent entre les carcasses de voitures, suivis par des hordes de mouches épaisses et de moustiques dont le bourdonnement semble répondre à l'agitation des hommes. Des vendeurs à la sauvette courent, leur marchandise miteuse à la main, tentant d'échapper aux regards des policiers en uniforme qui rôdent, armes tendues, lustrées par la sueur qui s'écoule par tous les pores de la peau. Après une heure de recherches, il parvient à trouver un endroit où téléphoner et appelle son contact. Il doit rester où il est, sans boire ni manger, le visage exposé aux rayons brûlants du soleil. Pour la première fois, Djamal voudrait redevenir François, rentrer chez lui. Cette chaleur mortelle, cette langue inconnue, cette misère – tout l'éloigne de son désir premier. Il ne dit rien pourtant et quand, deux heures plus tard, un homme arrive enfin, lui demande de le suivre, il s'exécute. L'homme est un grand brun massif, au visage de boxeur et aux mains épaisses, dont le corps exhale une odeur d'huile de moteur. Il monte à bord de sa camionnette blanche branlante. À l'intérieur, la chaleur est suffocante, ils grillent. La voiture roule à vive allure. À travers la vitre, il regarde le paysage céruléen piqué de vert, les montagnes qui s'étendent à perte de vue, les femmes encagées dans des tchadors qui portent des enfants aux visages burinés par le soleil, les troupeaux de chèvres qui avancent dans un nuage de poussière, auréolés de mouches qui vrombissent. Le trajet dure une éternité, la route est caillouteuse, la camionnette bringuebale comme si elle était montée sur ressorts ; Djamal vomit plusieurs fois, et enfin, ils arrivent devant une grande mosquée, un

« centre de prêche et de bonne conduite » qui prône le djihad. À quelques mètres de la mosquée, un vieil homme décharné, serrant dans ses mains des ciseaux et un peigne, coupe les cheveux d'un homme plus jeune, agenouillé devant lui, à même le sol, en pleine rue. Des mèches de cheveux noirs glissent par terre. Un peu plus loin, un homme penché au-dessus d'un énorme plat en fonte havit des morceaux de viande saignante. Djamal suit ses guides qui s'engouffrent dans la mosquée. Il est accueilli par un homme en blanc qui lui donne un nouveau nom et lui annonce qu'une chambre a été réservée pour lui dans un hôtel voisin. Il y restera quinze jours – le temps qu'une enquête soit menée. Est-il un espion ? Un journaliste ? Avec son physique d'Européen, Djamal suscite la méfiance. Dans sa chambre d'hôtel, il commence à se demander ce qu'il fait là. Des taches noirâtres maculent la moquette bleu canard. La peinture des murs s'écaille par endroits et, à travers les interstices, il remarque la présence de cafards. Mais l'essentiel de son temps, c'est à la mosquée qu'il le passe. Entretiens, prières, repas se succèdent selon un rythme immuable et enfin, à l'issue des quinze jours, on lui annonce que c'est bon, il va partir pour l'Afghanistan. On lui explique comment les événements vont se dérouler. Djamal est calme. Le responsable de l'acheminement des étrangers volontaires vers les camps d'entraînement – un homme d'une trentaine d'années, vêtu d'une tenue militaire – l'accompagnera et l'aidera à franchir les points de contrôle de la police pakistanaise sans être inquiété. Après avoir traversé la frontière, Djamal découvre les camps du Lashkar-e-Taïba – un mouvement créé à la fin des années 80 pour participer au djihad contre les Soviétiques en Afghanistan et qui, par la suite, adhérera au front islamique menant la guerre contre « les juifs et les croisés ».

Djamal arrive dans un camp retiré, divisé en plusieurs secteurs où résident aussi les responsables du Lashkar. On lui remet un uniforme militaire : treillis, chemise kaki et une sorte de béret. Là, il fait la connaissance de deux hommes : Abdel, dit Abdel de La Mecque, et Mohammed, un membre de l'armée pakistanaise mobile qui fait des allers-retours entre ce camp et l'Afghanistan et rend compte de la situation sur place. C'est lui qui est chargé du recrutement des étrangers, quelle que soit leur nationalité.

Djamal reste dans ce camp pendant quelques semaines, puis est envoyé dans un autre camp, camouflé dans les montagnes du Pendjab. Les unités sont mobiles pour éviter d'être repérées. La journée au camp se déroule selon un rituel immuable : réveil à trois heures du matin suivi de la prière collective au cours de laquelle sont proférés des discours sur l'importance du djihad et de la guerre sainte. Comme à Fontainebleau, on leur montre des images de guerre, de mutilations et d'exactions commises sur une population musulmane. Avec d'autres hommes venus des quatre coins du monde, Djamal suit un entraînement militaire sous forme de marches sur plusieurs dizaines de kilomètres, de jour, de nuit, au cœur des montagnes, de tir, de montage ou démontage d'armements. Il est initié aux techniques d'embuscade, de camouflage, de maniement d'armes – grenades, kalachnikovs, snipers, mortiers –, mais aussi à la fabrication et l'installation d'explosifs et de déclencheurs. Ils exécutent les ordres, courent et crapahutent, rampent, avancent

377

en roulant dans le sable, sautent dans des tranchées, portent des poids, attaquent un convoi militaire. Il fait froid, il a faim, l'épuisement le gagne ; là encore, les plus faibles sont écartés, mis hors jeu, renvoyés dans leur pays d'origine. Djamal vit là, entouré de deux ou trois mille moudjahidin mais aussi de Turcs, de Kurdes, d'Anglais, d'Américains et de Tchétchènes, roule sa caisse, paradant même, se voit héros-idole, demi-dieu, va, vient, plastronne – sûr de lui, fier, rogue, brave l'ennemi, cerveau brûlé. Un cheikh militaire les guide, qui rend des comptes à Abdel, repère pour lui les meilleurs, ceux qui résistent comme l'acier réfractaire, les futurs appelés, ceux qui mourront en martyrs. Auprès d'eux, Djamal a un but, il existe, il est important, alors que chez lui, à Sevran, en temps de paix, il n'est rien.

Parfois, au beau milieu de la nuit, les hommes sont réveillés par une clameur, regroupés et évacués du camp ; les armes, bien dissimulées – ils font les morts. L'armée pakistanaise et des officiers américains vont débarquer, c'est ce qui se dit… ils fuient sans crainte, informés à chaque fois et en temps utile par des membres de l'armée pakistanaise elle-même, c'est rodé. Là, dans une zone retirée, Djamal se consacre au nettoyage des camps – décrassage rapide, asepsie sommaire –, ramasse les cartouches qu'il réunit dans une grande boîte en métal. Ça dure quelques heures, parfois quelques jours, et c'est bon, on repart, quand l'armée américaine a enfin quitté les lieux, *partie bredouille, miteuse, pitoyable – on les détruira tous, les chiens !* Le soir, au coin du feu, on récite des versets du Coran qui disent la victoire prochaine, *et nos ennemis périront sous notre glaive, nous envahirons leurs terres, nous les tuerons tous jusqu'au dernier !*

Ils s'endorment à même le sol, enroulés dans des couvertures de fortune qui sentent la sueur et la poussière, défient le froid et la chaleur, le vent et la peur, et rêvent de femmes dont ils découvrent les corps marmoréens sous les tchadors les plus épais, femmes pures et vierges qui ne crient pas pendant l'amour, s'offrent sans résistance, ouvrent et ferment leurs cuisses sur commande, c'est beau, songent-ils, c'est beau comme le paradis céleste, ces corps épilés et sans tare qu'ils pourraient déflorer, rêvent si intensément qu'ils n'entendent pas les soldats américains qui les tiennent au bout du fusil, prêts à leur faire éclater la tête, les secouent avec des barres de fer, grenades à la main, prêts à les balancer en cas d'attaque surprise, et Djamal se réveille, hurle qu'il est français – Je suis français ! –, qu'il n'a rien fait – Je suis français ! Je n'ai rien fait ! Je suis innocent ! –, mais l'un des soldats le frappe au visage avec la crosse de son arme, manquant lui arracher l'œil droit, et Djamal s'effondre dans un nuage de poussière cendreuse.

Je – suis – franç...

11

« C'est à cause de ce frère dont Sami ne m'a jamais parlé qu'il est aujourd'hui en prison, dit Berman à Nina. Après son arrestation en Afghanistan par les soldats américains, son frère a été emmené aux États-Unis et incarcéré à Guantánamo. Mais on ne comprend pas le rôle précis ni le degré d'implication de Sam dans cette affaire, cela reste très mystérieux. » Nina a écouté Berman sans l'interrompre comme si elle était étrangère à cette histoire, comme s'il parlait d'un homme qu'elle ne connaissait pas. Est-ce qu'elle avait pu se tromper à ce point sur lui ? Est-ce qu'un homme pouvait avoir, non pas deux mais cinq, six visages ? Qui était vraiment Samir ? Un mystificateur cruel, un schizophrène attachant, un pervers poly-morphe ? Était-il victime d'une effroyable machina-tion ou fallait-il voir en lui un activiste ? Un terroriste, non. Un islamiste, un intégriste, non plus. Il aimait l'alcool et le sexe, la provocation et la transgression. Et il l'aimait, elle. *Vraiment ?* Tout se troublait en elle, elle n'était plus capable de démêler le réel du fantasme, le fait du ragot, le vrai du faux, elle sentait la nausée monter comme une bile éruptive et mortelle, et si Berman n'avait pas mis un terme à son monologue, elle se serait évanouie dans ce café où il lui avait donné rendez-vous et dans lequel vrombissait comme un moteur un brouhaha assourdissant qui l'assommait davantage, elle se serait évanouie et peut-être même qu'elle serait morte, car, pour elle, quelle était l'issue ? Elle ne possédait absolument *rien*. Pendant ces longs mois à New York, elle s'était laissé porter, infantiliser peut-être, mais quelle légèreté : les problèmes domestiques, le règlement des factures, les heures à quêter un travail – les carcans que la survie sociale impose, elle en avait été débarrassée.

« Vous ne pouvez pas rester à New York, lui dit Berman, vous allez être interrogée, votre présence risque de lui nuire davantage ; ils vont geler ses comptes bancaires. Croyez-moi, la meilleure chose que vous ayez à faire est de rentrer au plus vite en France. » Nina ne répond pas. Elle a le sentiment que Berman ne connaît pas la véritable identité de Samir car il n'arrête pas de répéter qu'il ne croit pas à cette histoire : « Je ne vois pas pourquoi un juif servirait les intérêts des islamistes radicaux. » Elle se convainc qu'il vaut mieux garder le silence. « Qu'en pensez-vous ? » Elle dit qu'elle voudrait le voir, lui parler. Mais Berman l'en dissuade :

— Vous ne pourrez ni le voir ni lui parler. Il est totalement isolé. Ils le traitent comme un individu dangereux, vous comprenez ? Personne n'a le droit de l'approcher. Même pour ses avocats c'est, à chaque fois, une démarche extrêmement complexe. Leur but, en le tenant à l'écart, c'est de le fragiliser, de le faire craquer, de lui faire croire qu'à l'extérieur tout le monde l'a abandonné ; une technique de torture comme une autre.

— Dans ce cas, je vais lui écrire.

— Je ne pense pas que ce soit une bonne idée. Qu'est-ce que vous croyez ? Qu'ils respectent sa correspondance ? Toutes les lettres qu'il reçoit sont soumises à la censure. Elles sont lues attentivement et si, par chance, elles lui sont transmises, c'est toujours après que des phrases entières ont été barrées de noir. Ne prenez pas cet air affligé, en matière de lutte anti-terroriste, il n'y a plus de règles. Ils peuvent tout faire. Alors imaginez ce qu'ils découvriront dans vos lettres... Les juges apprendront qu'il avait une double vie, ils risquent de l'accabler davantage, cela contribuera à brosser le portrait d'un homme double, secret. Et, à bien des égards, manipulateur. Il n'en faudra pas plus pour le garder en prison pour des mois encore...

— Cela m'est égal, je dois le voir et...

— Cela vous est égal ? Mais dans quel monde vivez-vous ? Nous ne sommes pas dans une comédie romantique, Nina.

Ce machisme primaire, ça la révulse, pourtant, elle ne réplique rien et l'écoute lui faire la leçon comme si elle était une enfant de six ans.

— Écoutez, Nina, qu'attendez-vous de lui ? Il va probablement rester longtemps en prison. Pour le moment, vous ne lui serez d'aucune aide. Vous pourriez même être une nuisance. Il n'a besoin que de ses avocats. Personne d'autre.

— Je patienterai.

— Patienter ? Mais où ? Ses comptes vont être bloqués, le propriétaire va rompre son bail, vous n'aurez aucune garantie... Et puis, pourquoi feriez-vous ça ? Il vous a mise en danger, non ?

— Je vais rester parce qu'il va avoir besoin de moi, parce que nous sommes ensemble.

Sur un ton excédé, Berman lâche enfin :

— Vous n'êtes pas ensemble ! Sami est marié, il a une femme, une famille, et la seule personne dont la présence lui sera essentielle, c'est sa femme. Par son soutien, par son influence, elle seule pourra l'aider. Vous n'imaginez même pas les frais d'avocat qu'une affaire comme celle-là va lui occasionner. Sans sa femme, je ne suis pas certain qu'il soit capable d'y faire face.

— Vous ne comprenez pas... je l'aime... je ne le laisserai pas...

Entendre cette femme superbe, cette femme pour laquelle il ressent une attirance érotique violente, avouer qu'elle aime Tahar, c'est un coup, un coup rude porté aux convictions de Berman, à son éthique rigide, ses certitudes – tout ce qui lui a permis de mener cette existence calme, morale, et qu'il serait prêt à remettre en cause s'il percevait la moindre réciprocité. Il aimerait être aimé d'elle et le lui dit : « Sam a de la chance de vous avoir. » Nina sourit légèrement, un sourire triste qui dit la fin de l'innocence.

— Nina, je peux vous aider à rester ici. Vous n'êtes pas près de revoir Sami, mais je serai là pour vous.

Il se rapproche d'elle, pose sa main sur son bras. Nina le retire brusquement.

— Je suis désolé.

Nina détourne son regard.

— Ne jouez pas les effarouchées. Je vous le répète, je pourrais vous aider.

— Ah… et que feriez-vous ?

— Pour commencer, je pourrais essayer de vous reloger car il n'est pas prudent de rester dans cet appartement. Les enquêteurs vont vérifier ses mouvements bancaires et risquent de venir chez vous. Ou alors, c'est sa femme qui l'apprendra et vous vous retrouverez face à elle. C'est la pire des options.

— Et après, que se passera-t-il ?

Berman approche de nouveau sa main de celle de Nina, attrape un de ses doigts.

— Après, tout dépendra de vous.

Il a envie d'elle, là, dans ce restaurant bondé, il se sent mal, atrocement coupable, il a chaud, il sue dans sa chemise en coton, pourtant il insiste :

— Qu'est-ce que vous en pensez ? Cela vous laisserait le temps de vous organiser, de réfléchir à votre avenir ici.

— Je ne veux pas de votre aide.

Il relâche son doigt brutalement, se recule alors légèrement comme s'il s'éloignait d'une source de chaleur toxique.

— Nina, il y a quelque chose que vous devez savoir et qui modifiera peut-être votre décision…

Elle se fige tout à coup.

— Je vais être un peu brutal, je suis désolé… Est-ce que vous êtes prête à l'entendre ?

— Allez-y.

— La veille de son arrestation, j'ai eu une très longue discussion avec Sami… à propos de… de votre relation. Il était tard, nous étions seuls dans les bureaux, nous avons bu un verre et là, il m'a confié que vous l'aviez menacé de ne plus vous revoir s'il ne quittait pas sa femme... il m'a dit que vous vouliez un enfant...

Nina crispe ses lèvres, larmier gonflé d'eau salée.

— J'ai pensé qu'il souhaitait obtenir un conseil, mais non, pas du tout, il avait déjà pris sa décision quand il m'en a parlé...

Nina détourne son regard.

— Il allait vous annoncer qu'il vous quittait.

12

C'est un choc, un bloc de béton dans lequel on le coule, un cauchemar, Samir va se réveiller indemne, mais non, les menottes cisaillent ses poignets, il aimerait comprendre ce qui se passe/se joue/s'achève sous la lumière blanche de l'ampoule oscillant au-dessus de sa tête dans un mouvement qui l'hypnotise, il questionne/réclame/menace/crie : « Appelez mon avocat ! Où est ma femme ? » « Ta gueule ! » Depuis combien de temps est-il enfermé dans cette cellule minuscule ? Il n'a aucune notion du temps. Il a l'impression d'avoir la tête maintenue dans un sac en plastique, il respire mal, ses membres se contractent par intermittence, tout son métabolisme semble enrayé comme si, à son sang, s'était mêlée une substance toxique qui l'empoisonnait, atrophiait chacun de ses muscles et le menait vers une mort lente et atroce. La nuit surtout, les cris, les hurlements de détresse des codétenus dont certains évoquent le vagissement de bêtes sauvages, d'enfants qu'on égorge, le maintiennent dans un état de terreur dont il ne sort qu'au petit matin, exsangue, assoiffé, épuisé par le manque de sommeil et l'angoisse de devoir revivre ce même cauchemar. Les interrogatoires au milieu de la nuit pour le faire craquer. Le harcèlement psychologique. La menace. Les humiliations. Les brimades.

Vous saviez ce que préparait votre frère.

Non, il ne le savait pas. Non, il ne savait *rien* !

Quels étaient vos liens avec Djamal Yahyaoui ? Connaissiez-vous la destination des sommes d'argent que vous lui versiez régulièrement ? Pourquoi lui versiez-vous autant d'argent ? Pourquoi êtes-vous venu aux États-Unis ? Quel est votre lien avec la mouvance islamiste ? Êtes-vous juif ? Êtes-vous converti à l'islam ? D'où vient cette cicatrice ? Pour qui travailliez-vous ? Saviez-vous que votre frère préparait un attentat terroriste ? Saviez-vous qu'il vivait en Afghanistan ? Saviez-vous qu'il s'était converti à l'islam radical ? Pourquoi étiez-vous inscrit à un club de tir ? Quelles étaient vos relations avec la communauté musulmane organisée de New York ? Que pensez-vous de Ben Laden ? Saviez-vous que votre frère s'apprêtait à tuer des Américains ? Projetiez-vous de participer à un attentat contre les États-Unis d'Amérique ? Quels sont vos sentiments vis-à-vis de l'Amérique ? Vous considérez-vous comme un citoyen américain ? Que faisait votre frère sur le sol américain ? À quel moment vous a-t-il fait part de ses projets de conversion ? Saviez-vous qu'il était marié et que sa femme portait le tchador ? Saviez-vous que votre frère avait lancé un appel au meurtre de juifs en France ?

Je n'ai rien fait ! C'est une erreur ! Une effroyable méprise !

L'erreur judiciaire, l'accusation fondée sur une dénonciation, une rumeur – la hantise de Tahar –, et il est là, maintenant, dans sa cellule, le visage plongé dans ses mains, les traits tirés par la fatigue/le choc/la puissance du choc. Il se calme, il sait qu'il n'a rien fait, rien à se reprocher, et il finit par s'endormir, épuisé. Toutes les cinq minutes, un gardien braque sur lui une lampe-torche pour vérifier qu'il n'a pas tenté de se tuer (mais avec quoi ?). Il décide de faire la grève de la faim, espérant ainsi attirer l'attention sur son cas, prouver son innocence. Il repousse systématiquement les plats qui lui sont proposés malgré l'insistance des gardiens qui ont reçu l'ordre de le surveiller : il ne doit pas mourir. Au bout de quinze jours, amaigri, le visage creusé, l'œil terne, il est transféré en urgence à l'hôpital militaire où il subit des examens et est alimenté par une sonde.

Les terroristes, on les veut vivants.

Il est seul sur ce lit aux draps blancs, perfusé comme un grand accidenté. Pour la première fois depuis son arrestation, il pleure. Il aimerait se rouler en position fœtale et se balancer lentement puis de plus en plus vite. Quand il comprend qu'ils ne le laisseront pas mourir, qu'ils n'alerteront personne puisqu'ils ont les moyens de le maintenir en vie, il cesse sa grève de la faim.

Quelques jours plus tard, il est renvoyé dans sa cellule où il végète dans un état comateux. Il s'impose de faire quotidiennement quelques exercices de gymnastique. Il ne tient jamais longtemps. Il pense : je suis en train de disparaître. Je vais mourir sans savoir ce qui s'est réellement passé.

Un matin, Samir est réveillé brusquement. Il a les yeux ensommeillés, le teint cendreux, les cheveux et la barbe hirsutes – il fait peur. « Ton avocat est là », annonce le gardien. Son avocat ? Il soupire. La fin du cauchemar ? Le gardien le guide jusqu'au parloir où l'attend Dan Stein. Ils se retrouvent tous les deux, face à face.

— Dan, crie Samir en plaquant ses mains contre la vitre, je deviens fou ! Dan, sors-moi de là !

— C'est Ruth qui m'a contacté la première, dès que tu as été arrêté chez toi, je sais que tu as fait des demandes mais on ne me les a transmises que très récemment. Pendant ce temps, on a fait ce qu'on a pu mais jusqu'à présent, ils ont refusé toutes nos requêtes.

— Ils ont le droit de faire ça ?

— Ils ont tous les droits, Sami ! C'est déjà une chance qu'on ait eu la possibilité de t'approcher. Parfois, ils gardent des types pendant des semaines comme ça, sans leur accorder la moindre garantie juridique. Il y a un intérêt supérieur : la sécurité des États-Unis. Face à cela, tu n'es rien...

— Dan, je ne sais pas ce qui m'arrive, je ne comprends pas ce qu'on me reproche, je n'ai rien fait ; sors-moi de là !

Stein ouvre sa sacoche, en sort un bloc-notes, un stylo. Il veut savoir s'il connaît le motif de son arrestation. Oui, oui, on le lui a dit, et il ne comprend pas, ce doit être une erreur, un coup monté, un complot, un... Mais Stein le coupe :

— Allons à l'essentiel. Le temps presse. Les lois antiterroristes se sont durcies depuis les attentats du World Trade Center, tu devrais le savoir, ils peuvent faire ce qu'ils veulent de toi, tu comprends ? Depuis que le Congrès a voté le Patriot Act, on peut restreindre les libertés individuelles les plus élémentaires dès qu'il s'agit de lutter contre la menace islamiste. Ils pensent que tu es un agent dormant, Sami, que tu es venu aux États-Unis il y a longtemps pour t'y faire une place, te fondre dans la société américaine, devenir transparent, insoupçonnable, dans le seul but de commettre à terme un attentat important. Mais ce qu'ils ne comprennent pas – ce sur quoi ils butent vraiment –, c'est la raison pour laquelle un juif servirait les intérêts d'islamistes radicaux. Ils ont mis la CIA et le FBI sur le coup. Je ne serais pas étonné d'apprendre qu'ils ont contacté le Mossad.

— Quelles sont leurs conclusions ? demande-t-il avec une pointe d'animosité dans la voix.

— Soit tu n'es pas juif… c'est une possibilité…

Disant cela, Stein regarde fixement Samir qui masque mal sa gêne.

— Soit tu t'es converti à l'islam radical… Soit enfin, tu es vraiment une victime, et ce qu'ils aimeraient alors comprendre, c'est : pourquoi toi ? Pourquoi chercherait-on à te faire tomber ? Qui est visé ? Toi, ta femme, le cabinet, ton beau-père ?

— Je suis innocent des faits qui me sont reprochés.

Dan Stein le regarde soudain avec une certaine animosité :

— Je ne suis pas encore sûr d'accepter cette affaire.

— Mais pourquoi ? Tu ne peux pas me laisser tomber, je te l'ai dit, je suis innocent ! Que veux-tu ? Que je me mette à genoux et que je te supplie ? Eh bien, je t'en supplie, j'ai besoin de toi !

— Il faut que je réfléchisse.

— Je suis ton confrère, le mari de l'une de tes meilleures clientes ! Celui dont l'année dernière tu fêtais les quarante ans, tu as oublié ?

— J'aimerais d'abord comprendre comment ton frère pourrait être un islamiste radical alors que tu es juif et, plus que tout, ta femme et moi voudrions savoir pourquoi tu as caché l'existence de ton frère.

— C'est très simple : François n'est pas mon frère mais mon demi-frère. Nous n'avons pas le même père. Il n'a jamais été musulman. Il s'est converti et je ne l'ai jamais su. Je le connais à peine ! Je n'ai pratiquement pas vécu avec lui ! Je t'en supplie, crois-moi, je n'ai rien à faire dans cette histoire !

— Prouve-le.

La Consolation

« Une imposture ! »
SOPHIE MAUROIS[1]

« Un roman mineur. »
DAVID KASSOVITZ[2]

« Après avoir lu ce livre,
le lecteur aussi a besoin d'être consolé. »
TRISTAN LANOUX[3]

« Le plus mauvais roman de la rentrée. »
JEAN DE LA COTTE[4]

---

1. Critique littéraire réputée pour son intégrité et l'exigence de ses choix, Sophie Maurois ambitionnait de tout abandonner pour s'installer en Irlande avec un écrivain de quarante ans son aîné.

2. David Kassovitz avait justifié sa critique acerbe par ces mots : « Quand un séfarade se plaint, on n'y croit pas. »

3. Écrivain, chroniqueur connu pour son humour cinglant et ses charges brutales, Tristan Lanoux aimait confier qu'il avait tout ce dont un homme pouvait rêver : les meilleurs livres et les plus belles femmes.

4. Connu pour ses engagements à l'extrême droite, Jean de la Cotte, écrivain raté, avait dit à un confrère, parlant de Baron : « Celui-là, je vais me le faire. »

13

La décharge de chevrotine. Samuel avait pourtant été prévenu : *les hommes lynchent en meute.* Les critiques féroces, il voudrait ne pas les lire. Il n'achète plus la presse, n'écoute pas la radio, ne regarde pas la télévision et ne se connecte pas aux réseaux sociaux. Mais il reçoit toujours un appel, un SMS, d'une personne qui avoue être désolée pour lui comme si quelqu'un était mort.

Il l'avoue, ça le fait souffrir. Il n'imaginait pas que cela l'atteindrait autant. Il ne peut pas lire une critique négative sans être dévasté. Il se souvient du jour où, après avoir été éreinté dans la presse, il avait songé à se jeter sous les roues d'un camion sur l'axe autoroutier Paris-Honfleur. La disproportion peut sembler criante entre le fait d'être critiqué d'un point de vue artistique et le désir irrépressible de mettre fin à ses jours – et d'une façon aussi brutale, d'une manière qui dit tout du renoncement à soi. Pour lui, non. Le plus éprouvant, ce n'est certainement pas le succès – le succès, la reconnaissance qui l'accompagne, ces libraires qui veulent vous inviter, ces journalistes qui demandent à vous interviewer, ces lecteurs qui vous écrivent pour vous dire que votre livre les a bouleversés/enthousiasmés/transportés et/ou qu'il a changé leur vie, l'argent qui n'est plus un *problème* et vous offre une liberté que nous n'avez jamais eue auparavant, la liberté d'écrire quand vous voulez, où vous voulez, toutes ces articulations de la réussite, il était heureux de les connaître –, le plus difficile, la plus douloureuse épreuve à laquelle il ait eu à faire face en tant qu'écrivain célébré, c'est l'expérience de l'impopularité. Être haï, critiqué, méprisé publiquement, c'est inédit, et ça le met dans un état d'effroi terrible. Il ouvre un journal et y lit que son livre est « mauvais ». Il allume la télé et il se voit dans cette émission littéraire au cours de laquelle, devant des centaines de milliers de téléspectateurs, un journaliste lui dit, le désignant d'un index accusateur : « Vous, je ne vous aime pas », et il a beau lui tenir tête, il a beau résister aux attaques en lui répliquant qu'il a le droit de ne pas aimer son livre mais pas lui, qu'il ne connaît pas, qu'il n'a jamais rencontré auparavant, il est détruit. Moralement, physiquement, susciter tant de haine, ça déglingue, ça rend paranoïaque. Il se demande ce qui, dans son livre, dans son attitude, dans sa façon de s'exprimer, de répondre aux interviews, a pu engendrer ce flot d'injures. À tout moment, il a l'impression que quelqu'un va surgir et lui tirer un coup de carabine en pleine tête. Pendant des années, en tant qu'éducateur social, il avait été perçu comme un homme de valeur, un homme « bien », on le considérait, on l'aimait, et voilà que des gens qu'il n'avait jamais vus affirmaient publiquement qu'ils le détestaient. Il a aujourd'hui le sentiment de subir une profonde injustice. Et il relit les mots de Thomas Bernhard

après la parution de son livre *Gel*, se les appropriant :
« J'étais persuadé que l'erreur d'avoir placé tous mes
espoirs dans la littérature allait m'étouffer. Je ne voulais plus entendre parler de littérature. Elle ne m'avait
pas rendu heureux. »

Jamais il n'a été aussi malheureux qu'à cette
époque, et son réconfort, il ne le trouve que dans
l'alcool. Il se remet à boire, sort tous les soirs, fréquente les cocktails et les soirées mondaines, claque
la bise à gauche, à droite, et un matin, dans une
émission à grande audience, signe son arrêt de mort
lorsqu'il conclut, répondant au journaliste qui lui
demande comment on réagit face à un tel boulever-
sement : « Le succès est la pire chose qui me soit
arrivée. »

14

Claquemuré, seules quelques nouvelles parviennent jusqu'à Samir – toujours plus mauvaises. Les clients du cabinet demandent à récupérer leurs dossiers en cours, changent d'avocat. Et déjà le scandale est à la une des plus grands journaux américains :

Un avocat français soupçonné d'avoir participé à une tentative d'attentat contre les États-Unis d'Amérique.

Berman contacte Pierre Lévy, lui raconte tout, dans une litanie de reproches – la voix est gonflée d'amertume. Tout ce qu'il a bâti se délite, il règle ses comptes, définit les responsabilités : « C'est toi qui m'as recommandé ce type ! C'est toi qui l'as fait venir ici, qui l'as formé, qui as financé ses études ! Tu as une responsabilité morale dans cette affaire ! Qui est vraiment Sami Tahar ? Est-ce que tu le sais ? Tu veux que je te dise ce que j'en pense ? Tu as accordé ta confiance à un homme qui a su te séduire et te tromper ! Tu m'as recommandé un avocat qui est en train de causer ma ruine ! » Pierre Lévy est effondré. Non, il ne le sait pas. Il a écouté la version de Berman, il a lu la presse, mais il est dans un tel état de confusion qu'il ne parvient pas à répliquer. Il est le seul à savoir que Samir est un Arabe musulman et tout à coup, lui aussi a un doute. Et s'il avait été manipulé ? Si Samir avait orchestré ses aveux de manière à obtenir un jour – et ce jour était arrivé – sa protection, sa caution en cas de procès ? Objectivement, les faits accablaient Samir, tout portait à croire qu'il s'était inventé un profil irréprochable de manière à ne pas attirer l'attention sur lui. Tout portait à croire qu'il était coupable ! « Maintenant, c'est toi qu'il réclame ! continue Berman. Il dit que c'est à toi et à toi seul qu'il dira sa vérité ! » Pierre réplique aussitôt qu'il va venir à New York et tente de convaincre Berman de l'erreur judiciaire dont Sam serait victime. « Une erreur judiciaire ? C'est vraiment ce que je nous souhaite car si l'on apprend qu'il était un espion, un agent, un traître – comment savoir ? –, on peut fermer le cabinet ! Et tu sais ce que ça signifie pour moi ? J'ai une famille à charge, des dizaines de crédits sur le dos ! Qu'est-ce que je vais devenir ? » « Tout va s'arranger, crois-moi », répète Lévy sans y croire lui-même. « Tu es optimiste, je reconnais bien là en toi le juif séfarade, car moi je pense exactement l'inverse : la situation ne peut qu'empirer, aucun client ne voudra faire appel à nous, le cabinet Shelley et associés a déjà récupéré un tiers de notre clientèle... Si l'on ne trouve pas rapidement une stratégie, on va droit dans le mur. » « Est-ce que tu as fait appel à Tim Vans ? Il s'est occupé de la communication du patron de Vertigo après leur scandale financier, et ils ont retrouvé une certaine respectabilité. » « Je n'ai pas les moyens de verser deux cent mille dollars d'honoraires à un type pour qu'il écrive et diffuse un communiqué de presse ! » « J'arrive ! » À peine a-t-il raccroché que Pierre Lévy organise précipitamment son départ. Le soir même, il prend un vol pour New York et obtient, après de multiples démarches administratives, une autorisation pour s'entretenir avec Samir. Il *doit* lui parler.

Quand Pierre Lévy pénètre dans le parloir, il a du mal à cacher son trouble. *Sami ?* Samir le regarde d'un air un peu hagard, lèvres contractées. Une pelade troue sa chevelure par endroits – géographie nouvelle qui marque et délimite le territoire de la douleur. Ses bras maigres pendent le long de son corps décharné comme des membres artificiels, tiges de fer inertes, manipulés au gré de la pression des menottes. Au niveau du pli des poignets, des stries rougeâtres témoignent des frottements incessants du métal contre la peau. Et il y a ce visage émacié, au teint cireux, presque jaunâtre. Il y a ces yeux creusés dans leurs orbites qui trahissent une peur nouvelle. Il y a ces poils de barbe noirs et drus qui dévorent son visage et lui donnent un aspect négligé. Il paraît faible et malade. Si différent du Tahar que Lévy avait revu à Paris. Ce que peut produire la chute d'un homme. Ce que produit la confusion mentale. Cette métamorphose, comme si le corps se contractait sous l'effet d'un élancement interne violent. Samir masque mal sa surprise. Jamais il n'aurait pu imaginer qu'ils autoriseraient Pierre Lévy à le voir. Il avait fallu une intervention au niveau politique, Lévy n'avait pas hésité à contacter plusieurs de ses relations pour avoir accès à Samir. Il avait donné des garanties. Et il était là : « Tu es venu, murmure Samir, merci. » Samir s'assoit et s'effondre, enfouit son visage entre ses mains, cela dure trois quatre minutes avant qu'il se redresse :

— Pierre, je t'en supplie ! Sors-moi de là !

— Ne t'inquiète pas, je suis venu pour t'aider.

— Je sais ce que tu dois penser…

— Tu vas me l'expliquer, non ?

— Je n'ai fait que donner de l'argent à mon frère, je ne savais pas qu'il finançait des activités terroristes, comment aurais-je pu le deviner ? C'est la vérité ! Je n'étais au courant de rien !

Pierre s'approche de Samir et chuchote :

— D'abord, est-ce que quelqu'un à part moi sait que tu es musulman ?

— Non, enfin… quelques personnes…

— Tu l'as dit à tes avocats ?

— Non.

— Tu ne confies pas un élément aussi important aux personnes qui te soutiennent ? Comment voudrais-tu que Stein te défende ? Tu imagines le jour d'une audience si la partie adverse annonce cela devant ton avocat ?

— J'ai cru préférable de me taire…

— Tu te rends compte de ce que cela implique ?

— Que veux-tu que je fasse ?

— Il va falloir que tu le révèles ; tôt ou tard, ils le découvriront…

Samir acquiesce, baisse légèrement son visage. Sans regarder Pierre Lévy, il demande :

— Est-ce que tu doutes de moi ?

— Tu veux que je sois honnête ? Je ne sais pas. Reconnais que c'est troublant.

— Tu penses que je t'aurais avoué ma véritable identité si j'avais eu l'intention de participer à un attentat terroriste un an plus tard ?

— Non.

— Je ne savais pas ce que mon frère faisait des virements…

— Tu n'as pas eu la curiosité de te renseigner sur la destination de l'argent ?

— Ma mère m'a dit qu'il voyageait et qu'il s'était inscrit à une formation de boucher, qu'il envisageait d'ouvrir une boucherie où elle travaillerait à ses côtés… et j'y ai cru… Je n'ai pas douté un seul instant !

— Ta crédulité, ta légèreté, ta bonne foi – tous ces bons sentiments vont être difficiles à plaider devant un juge… Ta mère t'a dit qu'il s'était converti à l'islam radical, non ?

— Non, elle ne m'a rien dit ! Sinon, j'aurais arrêté de lui envoyer de l'argent ! Évidemment, je me serais méfié ! Est-ce qu'elle a eu peur que je lui coupe les vivres ? Je n'en sais rien ! Comment aurais-je pu me douter de ce qu'il tramait ? Il était en France et moi, ici ! Est-ce que tu me crois, Pierre ?

— Il faut que tu dises tout à Ruth et à Dan Stein.

— Mais je ne peux pas ! Si je fais ça, Ruth demandera le divorce ! Quant à Dan, il renoncera à me défendre…

— Tu n'as plus le choix, Sami… Si tu ne dis rien, ils le découvriront par eux-mêmes et ce sera pire ! De grands articles vont sortir, Berg va mener une enquête personnelle sur toi – des témoignages de ton amoralité, il en trouvera, crois-moi, Berman sera le premier à lui en donner ! Il t'en veut à mort ! Et il me tient pour responsable de tout ce qui arrive ! Je me suis porté garant... C'est moi qui ai eu l'idée de créer cette succursale à New York et de t'en confier la direction. Et Berg, tu y as pensé ? Est-ce que tu sais seulement ce qu'un homme comme lui est capable de faire quand il se sent offensé ? Si elle l'apprend par la police, ta femme pensera que tu as vraiment financé ces opérations terroristes. C'est ce que tu veux ? Perdre l'estime de ta femme ? Car alors, tu perdras tout. Tu passeras le restant de ta vie en prison et tu ne verras plus jamais tes enfants !

— Je n'ai fait qu'aider mon frère, c'est tout ! Je ne savais pas ce qu'il faisait de cet argent ! Je suis innocent !

— Est-ce que tu as eu des contacts avec lui depuis cette affaire ?

— Non, aucun, je sais seulement qu'il a été incarcéré à Guantánamo.

— Ne cherche pas à en savoir plus. Ce n'est plus ton problème.

— Je suis innocent...

— Il faut que tu expliques ça à Stein, aux enquêteurs et au juge. Mais en attendant, tu vas tout dire à ta femme.

15

Quand elle a appris le motif de l'arrestation, Ruth n'a pas cillé, elle n'est pas une fille du chaos/du scandale. La première pensée qui lui a traversé l'esprit fut qu'il s'agissait d'un terrible malentendu, d'une erreur judiciaire, d'un complot contre son mari, le cabinet, contre les intérêts de son père, contre elle, jalousée/enviée/admirée, tant de gens qui guettaient sa chute, en rêvaient, en temps réel, le saut dans le vide, elle n'a pas eu peur, son mari est innocent – comment un avocat juif américain pourrait-il financer des groupuscules islamistes antisémites et antiaméricains ? Il y a bien une logique dans l'accusation. Qu'elle soit établie. Soyons sérieux. Soyons objectifs. Oui, le chef de la police le confirma avec calme, ce serait étonnant, et alors ? Il en avait vu d'autres, il savait de quoi étaient capables les hommes : la trahison, la manipulation, les crimes d'orgueil, l'endoctrinement et la folie, oui, la folie des hommes, il ne voyait que ça, chaque jour, rien ne l'étonnait, la capacité d'assimilation, de transformation du Mal, ça le fascinait. *Tout est possible.* Les êtres doubles, les agents secrets, elle connaissait ? Il avait des preuves et il devait les vérifier, mener son enquête, les faits étaient là, d'une objectivité flagrante. « Vous ne pouvez pas les nier. Un Français converti à l'islam radical a été arrêté en Afghanistan alors qu'il s'apprêtait à commettre un attentat contre les intérêts américains. Ce Français, Djamal Yahyaoui, est connu des services de renseignement pour ses positions extrémistes : antisémitisme, négationnisme, incitation à la haine raciale. » Le regard de Ruth se voila ; ce qu'elle entendait la sidérait, elle tapota machinalement ses doigts sur le rebord du bureau, tac tac, les émotions refluaient – ses tourments existentiels, profondément ancrés dans son histoire personnelle : une histoire familiale de la perte. « Or, continuait le chef de la police, cet homme qui a été arrêté les armes à la main possédait un compte bancaire en France qui était régulièrement approvisionné par *votre* mari. » « C'est impossible. » « Nous avons des preuves ! C'est cet argent qui a permis à Djamal Yahyaoui de financer ses voyages au Yémen, au Pakistan, l'achat d'armes sophistiquées et la diffusion de ses prêches antisémites. Et je peux vous dire que ce sont des appels au meurtre. Venez, je vais vous montrer quelque chose. » L'homme l'entraîna dans une pièce adjacente composée d'un immense bureau sur lequel étaient posés des écrans. « Asseyez-vous », dit-il en désignant une chaise au dossier défoncé. Il lança alors une vidéo sur laquelle on apercevait un homme portant une barbe d'un blond vénitien, à la peau blanche, portant une longue gandoura crème, vociférant, face caméra : « Vous avez vu comment on nous traite ! C'est ça le pays des droits de l'homme ! Ce pays est contrôlé par les sionistes ! Mais on se vengera ! *Allah akbar !* On les aura tous ! » Ruth l'écoutait, sentait l'effroi monter. Sur les images, elle reconnut l'homme qui était venu chez elle un soir et s'était présenté comme un confrère de son mari. Elle ne se souvenait plus de son nom. Il était habillé différemment et il ne portait pas de barbe le jour où ils s'étaient rencontrés, mais aucun doute, c'était bien lui sur l'écran. L'angoisse tout à coup, mais elle gardait le contrôle, elle conclut froidement : « C'est un coup monté. » *Ce qu'il faudra démontrer.*

Un complot. Un complot antisémite. On veut le faire tomber en tant que juif. Mais pourquoi de cette façon ? Pour briser quoi ? Stein – auquel Samir n'a encore rien révélé – a sa petite idée. « C'est de la manipulation. On sème le doute, le trouble. Laisser penser qu'un juif français pourrait être un ennemi des Américains. Et pas n'importe quel juif : le gendre de Rahm Berg. C'est votre père qu'on vise. C'est son groupe qu'on veut fragiliser. L'accusation est grotesque, outrancière ? Plus elle l'est, plus elle va susciter de rumeurs, de palabres, de concaténations stériles. Souvenez-vous de ce qui s'est passé après le 11 Septembre. Certains ont dit qu'il n'y avait pas de juifs parmi les victimes. Que les juifs avaient été préalablement informés de l'imminence d'une attaque terroriste. C'est de la désinformation. C'est de la provocation. Ce qu'ils veulent : impliquer votre père, vous faire tomber. Vous déstabiliser. Une pratique assez courante dans le cadre de la communication d'entreprises à haut niveau. » Ce raisonnement convainc Ruth. Son mari est innocent et rien – ni les propos des inspecteurs, ni les remarques perfides de Berman qui accable une fois encore Sami –

ne peut remettre en cause cette certitude. *On* l'a manipulé.

L'homme qui récitait la prière du vendredi soir, verre de vin béni à la main et kippa sur la tête, assistait à des ventes aux enchères d'objets judaïques dont il revenait toujours avec, au choix, des bibles enluminées, des portraits de rabbins aux visages parcheminés par les nuits d'étude, des livres en hébreu ayant appartenu à Rachi, Buber, Steinsaltz, ne manquait jamais un office de Kippour, déjeunait au moins trois fois par semaine dans un restaurant cacher où il était *sûr au moins de ne pas trouver de porc* dans son assiette, cet homme ne pouvait pas avoir un lien avec des mouvements islamistes, et quand Ruth le retrouva au parloir, quand elle vit son visage émacié, ses cheveux ébouriffés comme si un oiseau avait voleté dans sa crinière, ses mains croisées dans un mouvement de défense comme s'il anticipait une attaque (et peut-être qu'il a été frappé, songeait Ruth, et la vision de son mari soumis aux coups de tortionnaires, lui fit monter les larmes aux yeux), elle le rassura : elle allait le sortir de là. Elle l'aimait, le soutiendrait. *J'ai confiance en toi.* Elle le lui répétait : elle l'aimait, elle serait toujours à ses côtés, il pouvait compter sur elle, son amour, son soutien, elle avait engagé les meilleurs avocats pour le défendre, dans quelques jours il serait libéré. Elle savait bien qu'il n'avait pas versé cet argent ; les transferts de fonds avaient été effectués à son insu, il n'avait jamais été précautionneux dans ce domaine, il s'agissait bien d'une manipulation bancaire et… Mais aussitôt, Samir l'interrompit, décrispa ses mains et dit d'une voix solennelle : « C'est moi qui ai versé l'argent sur le compte bancaire de

François Yahyaoui. » (L'aveu, l'horreur de l'aveu.)
« Quoi ? » Il vit le regard affolé de sa femme, le cli-
gnotement de ses paupières, il vit la tension de son
corps qui s'agitait. Quelque chose était définitivement
perdu, qui ne renaîtrait plus. « Quoi ? Qu'est-ce que
tu viens de dire ? Répète ! » « Calme-toi, je t'en prie,
je vais t'expliquer. » « M'expliquer quoi ? » « Écoute-
moi. » Et elle se tut. Elle recula légèrement, s'éloigna
de la vitre comme si elle maintenait une distance de
sécurité entre elle et lui, comme si tout à coup elle
prenait conscience qu'elle se trouvait face à un grand
fauve et avait peur. « Tu te souviens de l'homme qui
est venu à la maison, le type qui s'est présenté sous
le nom de François Duval et qui s'est fait passer
pour un avocat du cabinet ? » Oui, elle s'en souvenait
(elle le dit froidement comme si elle cherchait déjà à
distendre leurs liens). « Cet homme est François
Yahyaoui. C'est mon demi-frère. Je ne t'en ai jamais
parlé parce que je l'ai très peu connu, j'étais très jeune
quand je me suis installé ici. Il est venu aux États-Unis
dans l'unique but de me soutirer de l'argent. Il m'a
dit qu'il n'avait plus rien et qu'il souhaitait continuer
ses études, voilà pourquoi j'ai fait ce virement. Pour
l'aider. J'ai eu pitié de lui, tu comprends ? J'ai eu
pitié ! » « Tu as un frère et tu ne m'en as jamais rien
dit ? » « Je le connais à peine. Je n'ai absolument
rien en commun avec lui, je l'avais sorti de ma vie.
En parler, c'était le réintégrer. C'est un paumé, un
raté, qu'est-ce que tu voulais que je fasse d'autre ? »
« Et tu fais un virement mensuel à un homme que tu
connais à peine ? Tu aurais pu refuser, il serait rentré
chez lui, c'est tout… » « Non, les choses sont plus
compliquées que ça ! J'ai été obligé de céder sinon il

m'aurait fait chanter ! » « Du chantage ? Mais pourquoi ? Tu as quelque chose à cacher ? »

Oui.

C'est le moment de tout lui dire, se persuada-t-il,
puisqu'elle finirait par l'apprendre, par la presse, les
enquêteurs, c'est le moment de rompre le cercle
vicieux du mensonge et de la mystification ; ça le rendait nerveux, ça l'effrayait, mais il se lança, lui avoua
tout, depuis le début, parlait vite, leur temps était
compté, comment dire l'essentiel d'une vie en quelques minutes ? Enfin, il révéla : « Mon vrai prénom,
c'est Samir. Ma mère s'appelle Nawel ; elle est vivante.
Je ne suis pas juif, Ruth. Je suis musulman. »

Et là, il se produisit quelque chose de totalement
inattendu, une option que Samir n'avait pas envisagée, une pure tragédie que ne venait tempérer
aucune comédie, ni l'accalmie que suscite parfois
l'émotion quand elle se mêle au drame. Il avait imaginé qu'elle le quitterait sur-le-champ (c'est-à-dire
qu'elle se lèverait sans un mot et sortirait de la pièce),
qu'elle l'absoudrait par amour (il en doutait) ou
qu'elle le rejetterait sur une période plus ou moins
longue au cours de laquelle il serait amené très naturellement à lutter pour retrouver sa confiance, lutter
pour la garder, obtenir son pardon et retrouver la
place qui était la sienne avant la révélation, cette place
enviée, enviable qui lui avait permis d'accéder à tout
ce dont il s'était senti privé : la respectabilité, la considération – des notions qui pouvaient paraître désuètes
mais qui, pour un homme comme lui, parti de rien,
revêtaient un intérêt majeur car elles le gonflaient

d'assurance, d'orgueil, lui qui avait été élevé par des parents sans pouvoir, sans argent, sans illusions, des gens simples, pauvres, oui il avait envisagé chaque possibilité avec une certaine lucidité mais à aucun moment – aucun – il n'avait pensé que sa femme deviendrait totalement folle. Car dès qu'il eut terminé sa confession, elle se jeta sur la vitre du parloir et frappa, cogna de toutes ses forces avec une détermination rageuse, sans regarder – fulminations pathologiques, il ne l'avait jamais vue dans un état pareil, cette femme était une parfaite étrangère, elle aurait pu fracasser la vitre et le tuer – quand les policiers surgirent enfin, oh très vite, tout cela n'avait duré que quelques secondes, et l'enfargèrent, *ça suffit*. Mais quand elle releva la tête, il croisa son regard à travers le plexiglas taché de stries sanglantes, et il comprit qu'ils étaient entrés en guerre.

16

Les heures suivantes, Ruth les passe dans un état de prostration, recroquevillée sur elle-même, mutique, incandescente, enfermée à double tour dans le bureau de son mari avec Pierre Lévy et Dan Stein qui a appris la vérité de la bouche de Lévy – état de crise/d'urgence, Ruth a été claire : elle ne veut plus *le* voir, elle n'a plus confiance en *lui*, elle va *le* quitter, *débrouillez-vous*. Stein, sur l'insistance de Lévy, a renoncé à se retirer brutalement de l'affaire. Ils argumentent, avancent leur défense, deviennent stratèges, chefs de guerre, communicants, l'affaire est grave, l'affaire est sensible, ils doivent être forts, soudés, *ensemble*, et c'est Pierre qui convainc Ruth de revenir sur sa décision, la persuade non seulement de l'innocence de Samir mais aussi de la nécessité du pardon : « Il a menti parce qu'il y a été obligé ! Il n'avait pas d'autre choix s'il voulait travailler, exercer son métier. Vous n'imaginez pas les processus de discrimination en France. Aux États-Unis, c'est différent. Il y a des barrières, des garde-fous. La discrimination est un véritable enjeu politique, social, électoraliste. Chez nous, ça reste un tabou, une question qui dérange. Je ne dis pas qu'elle n'est pas abordée, elle l'est – mais mal. Pourquoi, aux États-Unis, les futurs avocats ne passent-ils pas un grand oral comme ils en ont l'obligation en France pour être admis à l'école d'avocats ? Tout simplement parce que ici, vous avez soulevé avant nous le problème de la discrimination, du délit de faciès, de l'inégalité raciale ! En France, un étudiant noir, d'origine maghrébine, un étudiant avec un nom à consonance juive ou étrangère, peut être interrogé à l'oral et si, à l'issue de cet examen, il est recalé, il pensera souvent qu'il l'a été en raison de ses origines. La suspicion de l'inégalité – ce poison. Et le pire, c'est qu'ils ont parfois raison ! Quand j'ai reçu le CV de Samir, j'ai noté ses compétences et relevé le fait qu'il était juif. Est-ce que cela a influencé mon choix ? Peut-être. Est-ce que je l'aurais choisi s'il m'avait avoué qu'il était d'origine maghrébine ? Sans doute, car il m'est souvent arrivé d'embaucher des employés ou des collaborateurs issus de milieux et d'origine très divers. Je n'ai aucune certitude mais lui l'a pensé. Il a cru qu'il réussirait mieux en contournant la question ethnique et il a échoué puisque la seule réponse qu'il ait pu apporter, c'est une mystification identitaire. Il a trahi, menti, mais comment lui en vouloir ? Comment aurais-je agi si je m'étais trouvé dans la même situation que lui, avec mes doutes, des obstacles dressés par la société elle-même en violation des impératifs égalitaires les plus élémentaires ? Eh bien, je crois que j'aurais fait comme lui ! Et je vais vous avouer quelque chose, il m'est arrivé de mentir par omission, de ne pas dire que j'étais juif par crainte d'être lésé… » « Avec ton nom, plaisante Stein, c'est un peu difficile… » « Oui, mais il m'est arrivé de ne pas le revendiquer, d'entretenir le doute, on peut porter un nom à consonance juive et ne pas l'être. » « C'est rare. » « Oui, mais c'est possible. »

Ruth reste impassible, figée, comme prisonnière des glaces, gelée de l'intérieur, cette attitude froide la conserve, la maintient en vie à un certain niveau de conscience. Si elle pleure, elle s'effondre. Elle est choquée, Pierre la comprend, il le serait aussi placé dans la même situation, découvrant un autre visage de la personne aimée, il souffrirait. Elle en veut à Samir, c'est normal, humain, personne ne réagirait différemment. Elle découvre qu'elle a vécu avec un homme dont elle ne savait rien, que leur complicité était fictive, il y a de quoi être déçue, bien sûr, déçue et abattue, et lui aussi l'a été, en apprenant la vérité ; sur le moment il s'est senti trahi : « J'ai cru en lui, j'ai mis à sa disposition tous les moyens de sa réussite, j'ai fait ce que son propre père n'aurait peut-être pas fait pour lui et pourquoi ? Je pourrais en conclure qu'il ne m'a jamais fait confiance, qu'il m'a manipulé, mais non, il faut pouvoir se mettre à la place de l'autre, il faut comprendre les mécanismes de survie qui s'enclenchent quand on est mis en danger dans son essor, son intégrité – dans tout son être ! » Stein écoute Lévy sans intervenir, sans parler, puis soudain rebondit, entre dans le jeu, car il a un problème moral, et souhaite l'exprimer devant Ruth : il veut être sûr de l'innocence de Samir avant de se présenter officiellement comme son avocat. Juif, il ne défendra pas un terroriste islamiste. Lévy balaie ses craintes d'un revers de la main : « Là-dessus, nous sommes tous d'accord. » « Mais comment être sûr à ce stade ? »

« La suspicion a suffi pour l'enfermer et l'accuser d'un crime terrible. L'intuition, les liens d'amitié, la confiance, devraient suffire pour nous convaincre de son innocence et tout tenter pour le faire libérer. » Lévy se lève et sort de sa poche une lettre que Samir a écrite à sa femme, à ses enfants, dans laquelle il leur demande pardon, une longue missive émouvante, dure, qui tire les larmes, il a pleuré en l'écrivant. Pierre la remet à Ruth en lui demandant de réfléchir et de revenir sur sa décision : « Sam a besoin de nous. Nous ne pouvons pas le laisser. Il a été manipulé par son frère. Il est innocent et nous le prouverons. »

17

L'annonce à Rahm Berg, c'est Ruth qui va la faire. L'annonce officielle dans le bureau privé avec vue plongeante sur Manhattan – une pièce immense sur les murs de laquelle ont été accrochés des diplômes, photos de famille où représentant Rahm Berg avec des personnalités du monde entier : des présidents, des acteurs, *ceux qui comptent*. L'influence, le prestige, le pouvoir de Berg se lisent sur les murs de son bureau, sa vitrine – exposition sociale plein soleil. Sur le bureau, dans son axe de vision, une grande photo de Ruth et de ses enfants prise en pleine mer, sur le yacht familial. Elle y apparaît souriante et détendue, cheveux emmêlés par le vent, un coup de soleil sur le nez, en chemisier de lin. Aucune photo de Tahar, au grand désespoir de Ruth qui a tenté maintes fois d'imposer à son père une *vraie* photo de famille, *au complet* : « Je ne suis pas veuve, ni même divorcée. » Pour toute réponse, il lui lançait un regard froid. Aucune négociation possible.

Ruth avance lentement, juchée sur ses escarpins dont les talons métalliques et pointus comme des tiges d'acier griffent le parquet en point de Hongrie. L'angoisse dès le seuil franchi malgré les calmants qu'elle a absorbés avant de venir. Elle marche comme un zombie, le visage défait par la fatigue, les larmes qui commencent à rouler dans ses yeux et cet effroi qui la tenaille. Elle n'a jamais su exactement ce qui, chez son père, l'impressionnait le plus : sa prestance, son charisme, cette faconde corruptrice qui ne laisse personne indifférent ou, au contraire, cette timidité réelle ou fabriquée qu'il oppose parfois, en privé, comme si l'intimité le terrifiait, le plaçait dans une situation de témoin à charge sommé de s'expliquer et de répondre de ses crimes. Ils sont face à face, tendus, Rahm Berg a compris que quelque chose de grave allait survenir – mais quoi ? Le matin même, sa fille l'a appelé et d'une voix sépulcrale lui a annoncé qu'elle devait lui parler « tout de suite. Non, pas par téléphone, c'est très grave, j'arrive ». Son père revient d'un long déplacement en Inde, il n'a eu connaissance de rien. Dès que sa fille franchit le seuil de son bureau, il l'assaille de questions : Est-ce qu'elle est malade ? Est-ce que l'un de ses enfants est malade ? « Non, non… » Alors, il est soulagé, il respire. Plus rien ne peut l'atteindre, pense-t-il, mais quand Ruth commence à parler, quand il comprend ce qu'elle est venue lui dire, il perçoit l'intensité du séisme et les ravages que cette affaire va entraîner dans leur vie. Il peut perdre sa réputation, et cette seule idée suffit à le mettre dans un état second. Le voilà qui s'emporte. Il est debout, face à la vitre et son ombre s'y réfléchit. « Non seulement je ne ferai rien pour cette ordure, mais ne compte pas sur moi pour lui pardonner et te donner mon absolution ! Tu te rends compte que tu as épousé un type proche des mouvements islamistes ? Le père de tes enfants est soupçonné de terrorisme ! Dans quelle effroyable affaire nous as-tu mis, Ruthie ? » Ruth baisse les yeux, guette le pardon. Car pourquoi – sinon pour obtenir l'assentiment de son père – est-elle venue lui annoncer que son mari était incarcéré « à tort » ? Elle aurait pu laisser la police le lui dire. Elle aurait même pu agir dans l'ombre, en refusant de s'expliquer, mais non, elle sait ce qu'elle lui doit et elle sait ce que, sans lui, elle ne pourrait plus faire, ce que, sans lui, elle perdrait à coup sûr. La puissance de Berg. Son influence. Tout ce qui fascine et révulse chez lui. Tout ce qui a séduit Samir. Il y a une forme de tyrannie chez cet homme qui a été élevé dans le milieu le plus pauvre du quartier juif de Brooklyn par une mère asthmatique et un père sans autorité, une inclination naturelle au dédoublement : aimable, doux, charmeur puis arrogant, méprisant, détestable. Il peut vous envoyer des fleurs et annuler six fois votre rendez-vous. Vous traiter de minable et, dans le même temps, vous nommer à la tête de l'une de ses innombrables sociétés. Un caractériel attachant, un affectif pervers, Ruth a appris à composer avec cette personnalité impressionnante. Elle prend un risque en lui parlant, n'élude rien.

— Il a menti sur son identité, il m'a trahie, peut-être… Mais il est un bon père et un bon mari. Et il est innocent !

Rahm Berg se tourne vers sa fille et se met à rire bruyamment. C'est ce qu'il fait quand il est ému ou en colère. Ruth scande :

— Il n'est coupable de rien ! Il a été manipulé ! Son avocat pense même que c'est toi qu'on vise !

— Moi ? Peut-être... mais cela n'enlève rien au fait que tu as épousé un musulman ! Ma fille a épousé un Arabe ! Mon père doit se retourner dans sa tombe !

— Il n'a rien fait !

— Comment peux-tu affirmer une chose pareille ? Ton mari est mis en cause dans une affaire de terrorisme à l'échelle internationale ! Et il t'avoue tout à coup qu'il est musulman, qu'il t'a menti pendant toutes ces années. Que cherchait-il à cacher, dis-moi ? Ah ça, il ne pouvait pas trouver un lieu plus sûr que notre famille ! Qui aurait pu se méfier du gendre de Rahm Berg ?

— Tu es en train de dire qu'il m'a épousée dans le seul but d'avoir une couverture ?

— C'est possible ! Ces types sont capables de tout pour arriver à leurs fins criminelles ! Tu as épousé un manipulateur ! Un menteur ! Voilà le drame ! Voilà la vraie tragédie ! Ce mariage, c'était une erreur ! Et ça, crois-moi, tu ne pourras jamais le réparer ! Cela devrait suffire pour que tu ne le revoies plus jamais, que tu divorces sur-le-champ ! Sur quels éléments te bases-tu pour dire qu'il est innocent ? On le soupçonne d'avoir participé à une entreprise terroriste, tu sais ce que cela signifie ? Tu crois que le FBI aurait pris le risque de l'arrêter chez lui, comme ça, s'ils n'avaient pas en leur possession des preuves tangibles, irréfutables ? Et si c'était le cas, s'il avait vraiment d'une façon ou d'une autre – par conviction ou pour de l'argent, je n'en sais rien – aidé des terroristes, tu penses que tu pourrais continuer à le soutenir ? Tu vas rester mariée à un terroriste ? Et pour quelles raisons tu ferais ça ? Par amour ? Aveuglement ? Sens de la justice ? Tu es complètement folle, Ruth ! Mais ces types-là, la justice, la démocratie, les droits de l'homme, ils s'en moquent. Ces types-là utilisent les outils que les démocraties mettent à leur disposition et les détournent de leur but ! Pour *nous* tuer !

— Il n'a pas pu faire une chose pareille. C'est impossible. Il est victime d'une machination, voilà tout, après avoir été victime de discrimination...

— Tu es totalement sous l'emprise de ce pervers ! Il n'est victime de rien. Je me fous de son innocence ! Il t'a trahie. Il t'a menti. Il s'est fait passer pour un juif. Ça suffit à faire de lui un coupable. Tu défends un monstre qui tuerait des juifs s'il le pouvait. Et à bout portant. Sans états d'âme.

— C'est faux !

— C'est la vérité et tu ne peux pas l'entendre. Tu veux que je te dise le fond de ma pensée ? Je suis sûr qu'il est coupable. Tu t'es fait avoir – et moi avec – par une ordure.

— Tu parles de mon mari...

— Et alors ? Tu prétends le connaître ? Moi je vais te le dire : tu ne le connais pas du tout ! Voilà le problème ! Tu dors avec lui, il est le père de tes enfants, mais tu ne sais rien de lui.

— Il a été piégé !

— Piégé ? La seule qui l'est en ce moment, c'est toi, et par un type qui ne mérite qu'une chose, c'est de passer le restant de ses jours en prison ! Et crois-moi, ce n'est pas moi qui l'en ferai sortir.

Elle ne dit rien, elle fuit le regard de son père, s'isole dans un coin de la pièce, ouvre la fenêtre et allume une cigarette. « Ruth, ce que tu vis est très dur, terrible. J'ai toujours soutenu tes choix, tu sais que je n'ai pourtant jamais approuvé cette union, ce type qui débarque de France, qui prétend être orphelin, qui ne peut pas prouver sa judéité, personnellement j'ai toujours trouvé ça bizarre ; ça ne me plaisait pas de lui donner ma fille unique ; et pourtant, je l'ai accepté. Pour toi... Mais là... tout l'accable. Tu imagines ? Il est musulman. Même s'il est innocenté et libéré, il restera un musulman, et il s'assumera en tant que tel ! Tu crois vraiment qu'il se sent juif et qu'il reprendra sa vie d'avant comme si rien ne s'était passé ? Non, il deviendra vindicatif, hargneux, plein de rage, parce qu'il se sera senti humilié... C'est ce père que tu veux pour tes enfants ? Tu n'as pas le choix, Ruth, coupable ou innocent, quitte-le. Si tu ne le fais pas, tu ne me reverras plus. Ni moi, ni aucun membre de notre famille. »

18

Il ne faut pas plus de quelques jours aux enquêteurs pour découvrir que la vie de Samir repose sur une mystification identitaire.

C'est un Arabe, un Arabe musulman.

L'avocat qui a représenté les familles de deux jeunes soldats américains tués près de Kaboul est celui dont le frère vient d'être arrêté par les Américains dans les montagnes d'Afghanistan !

À partir de là, son isolement est renforcé ; les visites, limitées. Cette découverte l'accable, le rend coupable – et de façon irrémissible. Il a menti sur son identité, son histoire, ses origines – et dans quel but ? « Un musulman ne se ferait pas passer pour un juif s'il n'avait pas intérêt à le faire, un intérêt qu'il considère comme supérieur », affirme le chef de la police. Et ça ne s'arrête pas là, ils enquêtent, il faut les voir débouler dans le cabinet avec leurs chiens, leurs questions, leurs sous-entendus, approximations, affirmations, fouillant les dossiers, les consciences, on a notre petite idée sur la question, parlez-nous de lui, et les voilà qui affluent, les ennemis – les siens, ceux de son beau-père –, les « amis », les confrères jaloux, les clients trahis, les femmes abandonnées, les employés humiliés, les voisins envieux, ils arrivent pour raconter, des anecdotes plein la tête, ça grouille. Les langues se délient contre du fric ou contre rien, pour le plaisir de médire/maudire, ça jase, et Berman lui-même témoigne contre Samir, balance tout, c'est le moment, donne les détails, raconte les femmes, les filles, les mineures, raconte les putes, les call-girls jusqu'au cabinet ; des lettres de dénonciation arrivent sur le bureau du procureur, il menait une vie *parallèle*, une vie de *débauche* et, même, « entretenait une *maî-tresse*, une maîtresse qu'il a fait venir de France et qu'il a installée dans un appartement comme un poly-game ! Il avait *une double vie* ! Et il voulait qu'on l'approuve ! Il voulait qu'on lui dise : Bravo ! Toi au moins tu es un homme libre ! La réalité, c'est que Tahar est un manipulateur. Un homme dont la dupli-cité n'étonne plus personne ». Or, Samir le sait : la vérité, ici, c'est sacré. La famille, c'est sacré. Déroge à ces deux principes et tu es mort. Le cataclysme. L'humiliation, la vraie, pour Ruth découvrant ces révélations dans la presse. *Tu as lu ?* Oui, elle a lu. Elle est la femme trompée, trahie, qui n'a rien vu, rien voulu voir, on guette sa réaction. Va-t-elle le sou-tenir ? Le quitter ? Quand elle entre quelque part maintenant, le silence se fait dans la salle. On ne lui réserve plus la meilleure table. Et chez le coiffeur, on la fait patienter comme n'importe quelle cliente. Ses amis ne l'appellent plus pour l'inviter. Elle est désor-mais considérée comme une paria. Les idées noires, ça prolifère et se propage dans sa tête parfaite. Comment ne pas perdre publiquement la face ? Pendant une courte période, elle décide d'espacer ses sorties. Elle reste enfermée chez elle, espérant que la tension se calmerait. Mais rien ne se calme. Son père ne veut plus lui parler. Ses amis se détournent d'elle. Ses voisins exigent qu'elle parte. Que sait-elle au fond de cet homme dont elle est tombée amoureuse au premier regard, cet avocat français sans famille, sans passé, cet homme insaisissable dont elle n'a jamais su percer les mystères, cerner les contours y compris dans l'intimité ? Que sait-elle sinon ce qu'il a bien voulu lui dire ou inventer pour la séduire, la manipuler ? Que penser d'un homme qui possède deux téléphones dont l'un auquel elle n'a jamais accès, qui refuse de se justifier en cas de retard, qui disparaît parfois pendant un ou deux jours sans donner de nouvelles et qui invoque *sa liberté*, *son individualité*, *son refus d'une vie formatée et conformiste qui briderait les instincts et les désirs* ? Quel avenir au côté d'un homme qui n'est pas celui qu'il prétendait être ? Quel avenir au côté d'un homme qui aura fait de la prison ? Un homme pareil, elle ne le connaîtrait jamais vraiment, elle ne parviendrait jamais à le posséder. « Un homme dangereux », avait dit son père. « Une bombe à retardement. » Qu'est-ce qu'elle lui a trouvé ? Qu'est-ce qu'il avait de plus que les autres ? Elle avait refusé Rudy Hoffman. Elle avait refusé Ben Lewinsky. Elle avait refusé Lenny Cohen, Aaron Epstein, Nathan Mandelstam – ces juifs qui avaient grandi dans le même milieu qu'elle, qui avaient fait les meilleures études, qui riaient aux mêmes blagues qu'elle, et regardez-les aujourd'hui. Ils étaient tous mariés et avaient trois quatre enfants. Ils avaient réussi leur vie personnelle. Pas moi, songe-t-elle, pas moi. Une semaine plus tard, elle demande officiellement le divorce et la garde exclusive de ses enfants.

19

Quand Samir apprend que sa femme refuse désormais de lui parler, il s'effondre. Nina ? Il y pense aussi, beaucoup. Qu'est-elle devenue ? On l'a sans doute renvoyée puisqu'il ne payait plus le loyer de l'appartement. Quant à son frère, il n'a pas de nouvelles. Il ne sait même pas si sa mère est au courant qu'il a été arrêté et enfermé à Guantánamo. Il ne sait même pas ce qui va lui arriver et il passe une bonne partie de la matinée à écrire une longue lettre à ses enfants, dans laquelle il leur raconte la véritable histoire de ses origines. Il est convaincu qu'il ne parviendra pas à établir le moindre lien avec eux s'il ne leur dit pas la vérité. Il demandera à Stein de la leur remettre ainsi qu'un nouveau mot destiné à Ruth.

« Je suis le fils de Nawel Yahyaoui et Abdelkader Tahar ....
Je suis né le... à .... J'ai vécu à Londres puis j'ai grandi dans la cité de .... J'ai fait des études de droit ....
Je n'ai pas trouvé de travail. La discrimination, je

l'ai connue .... Il m'avait
pris pour un juif .... j'ai été lâche,
peut-être ....
je regrette que vous n'ayez pas connu ma mère
.... un jour peut-être .... c'était
une souffrance atroce .... Il n'y a qu'avec
vous que je me sentais pleinement heureux
....
....
....

J'ai eu peur de tout perdre en disant la vérité
.... j'ai été celui
qu'ils voulaient que je sois ....
Longtemps, j'ai été un homme sans identité
....
.... je veux vous revoir ....
Je vous aime .... <u>Ne me jugez pas.</u> »

Puis il s'endort. Près de lui, un exemplaire du
Coran en version bilingue anglais-arabe. Les hommes
qui l'interrogent le lui ont donné alors qu'il ne l'avait
pas réclamé. Il ne devine pas quelle heure il est ni s'il
a dormi longtemps quand le gardien le réveille pour
lui dire qu'il a un parloir avec l'un de ses avocats.
Pierre Lévy est là, qui l'attend. Samir s'assoit, les
épaules rentrées vers l'intérieur comme s'il cherchait
à se cacher.

— Je sais ce que tu vas me dire, murmure Pierre.

— Alors pourquoi es-tu venu ? Je t'ai écouté, j'ai
tout dit à Ruth et voilà le résultat : je suis seul, son
père l'a montée contre moi, elle a demandé le divorce,
elle ne veut plus que j'entretienne le moindre contact
avec mes enfants... J'ai tout perdu...

— Elle l'aurait su de toute façon…

— Qu'est-ce que tu en sais ? Ils auraient peut-être abandonné les charges avant…

— Abandonné les charges ? Mais tu rêves ! Est-ce que tu sais seulement qu'ils peuvent te garder enfermé ici pour une durée illimitée et qu'ils ne sont même pas obligés d'organiser un procès !

Entendant cela, Samir prend sa tête entre ses mains et la serre comme s'il allait la fracasser contre la vitre.

— Je suis désolé, ce n'est pas ce que j'ai voulu dire. Je veux simplement te faire comprendre qu'ils mènent une enquête et qu'ils ne te relâcheront pas tant qu'ils n'auront pas éclairci tous les éléments de ta biographie. Depuis qu'ils savent que tu es musulman, ils sont convaincus de ta culpabilité…

— Eh bien, qu'ils cherchent, je n'ai rien à me reprocher !

— Stein et moi allons te faire sortir de là, crois-moi, nous avons de bonnes raisons de croire que tu seras libéré.

— Mais de quoi tu parles ? Je vais finir ici ou être transféré à Guantánamo où je resterai enfermé dans une cage à lapins jusqu'à la fin de mes jours, et tout ça pour quoi ?

— Calme-toi, je te dis que les nouvelles seront bonnes, ils n'ont aucune preuve contre toi, ce n'est qu'une question de temps…

— Mais je n'en peux plus, Pierre ! Je suis innocent, je n'ai fait que verser de l'argent à mon frère ! Ruth ne me croit pas, elle ne veut plus me voir… elle refuse de me donner des nouvelles de mes enfants. Elle refuse de me donner leurs lettres !

— Je sais…

— Alors que je ne suis coupable de rien !

— Ce n'est pas si simple…

— Qu'est-ce que tu veux dire par là ?

— Ici, d'une certaine façon, tu l'es. Et double-ment : parce que tu es un Arabe musulman et parce que tu as cherché à le cacher.

— Je suis coupable parce que je suis musulman ?

— Dans ce contexte précis, dans ce pays-là, avec les traumatismes que l'Amérique a subis ces dernières années, tu es coupable, c'est ce que la partie adverse va démontrer.

— C'est raciste.

— C'est politique. La question raciale est poli-tique. Regarde, parmi les éléments à charge retenus contre ton frère, au milieu du *Guide du parfait terro-riste*, des prêches de Ben Laden et des manuels pour apprendre à fabriquer des bombes, on a noté le Coran. Incroyable, non ?

— Les terroristes bafouent les valeurs de l'islam. L'islam dans lequel j'ai été élevé, ce n'est pas celui-là… Quel rapport avons-nous avec ces gens-là ? Comment mon frère a-t-il pu devenir un intégriste ? Quels événements se sont produits pour que ce type un peu simple, obsédé par les filles et les objets de consommation courante, ce type qui disait « adorer New York » et avait fait une heure de transports en commun pour se rendre dans la boutique la plus branchée de SoHo, un immense magasin de baskets où il avait passé plus de deux heures à mater un modèle à 1 500 dollars – je te jure que c'est vrai ! – oui, que s'est-il produit dans sa vie pour qu'il choisisse de devenir ce combattant armé, haïssant l'Amérique, prêt à mourir au nom d'Allah ?

— Il a dû être endoctriné, c'est tout...

— Mais sur quoi se basent-ils pour me maintenir en prison ? Je n'ai rien à voir avec lui...

— Le vrai problème, ce n'est pas que tu aies versé de l'argent à François, effectivement, je ne vois pas comment ils pourraient prouver que tu en connaissais la destination, mais que tu aies menti sur ton identité. Tu es musulman et tu t'es fait passer pour un juif, et ça, aux yeux des juges, c'est une circonstance aggravante.

— Oui, mais parce qu'on m'a perçu comme tel ! Parce que la société m'a obligé à renoncer à mon identité. J'avais honte de nier mes origines, mon histoire et celle de mes parents, tu peux me croire...

— Tu as épousé la fille de Rahm Berg – le grand défenseur de la mémoire juive – et tu as menti pour ça !

— D'accord, je suis coupable. Et maintenant, je fais quoi ?

— Maintenant, tu fais ce que je te dis.

20

À l'instant où Nawel Tahar apprend que ses deux fils sont incarcérés aux États-Unis et impliqués dans une affaire de terrorisme à l'échelle internationale, qu'ils risquent la prison à perpétuité, elle s'évanouit, comme si son corps ne pouvait supporter l'annonce – c'est trop fort, trop dur – et qu'il se dégonflait, souffle de vie venant à manquer, sortez les masques à oxygène !

Je ne respire plus.

Plus tard, aux pompiers qui étaient venus la réanimer après avoir reçu un appel de ses voisins que son silence prolongé avait inquiétés, elle avait avoué qu'elle se serait jetée dans le vide si elle en avait eu le courage : *Je voulais en finir avec cette douleur.* Dans le camion de pompiers qui roule à travers la ville, toutes sirènes hurlantes, en direction de l'hôpital le plus proche, elle a l'impression de flotter, son corps est en lévitation, maintenu par une force invisible.

Je veux mourir.

Elle se réveille dans un lit, les bras étendus le long du corps, dans une chambre aux murs roses, seule, absolument seule, comme elle pourrait l'être au moment de l'annonce d'une rupture définitive, comme elle pourrait l'être face à la mort, oui c'est ça, elle est une morte vivante, physiquement là mais absente, tout se disloque en elle, et ce n'est qu'à l'instant où elle se sent précisément chuter (sa tension baisse, son rythme cardiaque décélère, ses mouvements deviennent anormalement lents) qu'elle se décide à prendre son téléphone et à contacter François Brunet. Elle ne l'a pas vu depuis des années mais elle sait ce qu'il devient. Elle lit tous les articles qui lui sont consacrés dans les magazines politiques et même, parfois, dans des journaux grand public où il pose avec femme, enfants et chiens, dans le jardin de la maison de famille de son épouse où poussent mille variétés de fleurs et il donne au journaliste venu l'interviewer le nom de chaque espèce, retenant les plus poétiques : Là, une dame-d'onze-heures, là, le cabaret des oiseaux, les jacinthes chevelues et, au fond, la véronique à épis – le prénom de sa femme. Il le dit avec tendresse alors qu'il n'a jamais aimé ce prénom, alors qu'il n'a jamais supporté sa femme. Toutes ces fleurs, ça fait rêver Nawel, journal à la main. Elle envie son existence bourgeoise, son épouse aux cheveux lissés qu'il tient par les épaules devant le photographe comme un artiste exhiberait son œuvre. Elle aimerait être à la place de sa femme, dans ses bras, sur la photo. Elle découpe tous les articles

429

le concernant et les relit parfois. Les réponses qu'il a données aux journalistes, elle les connaît par cœur. Elle le voit à la télévision le mercredi après-midi lors de la retransmission des débats parlementaires. Quand elle aperçoit sa silhouette dans l'hémicycle, quand elle l'entend s'exprimer en public, elle est émue. Elle se répète intérieurement : J'ai fait l'amour avec cet homme. Une passion sexuelle très forte, c'est tout ce dont elle se souvient. Il ne l'a pas contrainte, non, elle aimait être sous l'autorité de cet homme. Ce qu'elle préférait, c'était son apparente indifférence, sa colère froide – cette distance qu'il instaurait naturellement comme s'il vous prévenait que vous ne feriez jamais partie de son monde, que vous ne tisseriez aucun lien avec lui. Mais quand ils faisaient l'amour, ils étaient plus intimes et proches qu'ils ne l'avaient jamais été et ne le seraient jamais avec personne. Voilà à quoi elle pensait quand elle l'entendait s'exprimer sur la politique fiscale de la France à la télévision.

Après la visite du médecin, elle décide de l'appeler mais c'est sa secrétaire qui lui répond : C'est à quel sujet ? Qui êtes-vous ? Etc. La procédure ordinaire de sélection. Elle insiste, menace presque, et il finit par la rappeler au numéro qu'elle a laissé. Il dit « Allô ? Que voulez-vous ? ». Il est froid, *elle tombe mal*, il a du travail, des dossiers à préparer, enfin, il liquide : « Je n'ai rien à vous dire. » Elle réplique qu'elle est à l'hôpital. Il est désolé, demande quand même, par politesse, pour quelle raison et elle avoue : « François est en prison. Je vais très mal. » Entendant le mot « prison », Brunet a des sueurs froides. Il sait ce qu'il peut perdre si cette histoire s'ébruite, il sait ce que, dans une carrière politique, un dommage, même collatéral, peut provoquer. Et ce fils lui porte préjudice. De lui, il ne veut rien savoir, il le dit à Nawel qui s'emporte et lâche : « Vous ne comprenez pas... C'est très grave... François s'est converti à l'islam radical et a été arrêté en Afghanistan par les Américains. Il est enfermé à Guantánamo. » Et là, le monde de Brunet s'écroule – ce monde protégé, bourgeois, où l'on ne parle qu'en chuchotant, où l'on ne se plaint pas. « C'est impossible. » « Si, je vous dis la vérité. » Trop tard, Brunet se ferme, il ne s'est jamais occupé de cet enfant. Ce n'est pas son problème. Il ne peut rien faire pour lui. « Vraiment ? » Pour la première fois, Nawel monte en première ligne, choisit l'offensive : « S'il est devenu fou, c'est à cause de vous ! Parce que vous l'avez rejeté ! Parce qu'il a grandi sans père ! Vous devez m'aider ! » Brunet ne réplique rien. Et Nawel continue. « Vous voulez que vos proches l'apprennent de ma bouche ? Cette affaire va sortir dans la presse et vous serez sali par ce scandale. Si vous ne m'aidez pas, je raconterai tout. »

J'arrive.

Et il y va. Il n'a pas le choix. Il doit lui parler, la convaincre de se taire et de disparaître. Deux heures plus tard, il est dans sa chambre d'hôpital, Nawel a trouvé la force de se farder et de s'habiller : une chemise de nuit rose, un peu de rouge à lèvres. Le souci de lui plaire, elle l'a encore malgré les drames. Quand il pénètre dans la chambre, il ne peut pas s'empêcher de revoir la scène de la naissance de son fils, il était entré, avait vu Nawel les cheveux relevés en chignon puis le petit être dans le berceau – sa copie conforme. Vingt-cinq ans plus tard, il rejoue cette séquence, les protagonistes ont vieilli, l'enfant n'est plus dans le berceau mais en prison. François Brunet s'avance vers Nawel, voit son beau visage crispé par la douleur, ces yeux dont il n'avait jamais pu oublier l'intensité, et tout à coup, il est ému. Ça le bouleverse de revoir cette femme qu'il a aimée. Ça le bouleverse bien plus qu'il n'aurait pu l'imaginer. Il a envie de s'asseoir sur son lit et de la prendre dans ses bras, de la serrer contre lui pour la consoler. Pourtant, il ne dit rien, lui tend une main molle et lui annonce qu'il lui transmettra les coordonnées d'un bon avocat, qu'il réglera les honoraires, ses frais de déplacement et d'hébergement, c'est tout ce qu'il peut faire. Elle se met à pleurer, l'implore de l'aider, et il l'accuse, c'est de sa faute, elle a mal élevé François, elle n'a pas su lui donner une éducation convenable, elle a fait de lui un sauvage, un être sans morale. Alors seulement, elle le regarde fixement, avec une dureté inhabituelle, et d'une voix ferme lui ordonne de partir, et c'est ce qu'il fait aussitôt, en baissant la tête.

Devant le miroir de la salle de bains de sa chambre d'hôpital, Nawel se regarde. C'est encore une belle femme, « plus belle que celle de François », songe-t-elle, et elle se dit qu'elle aurait pu avoir une vie différente, une existence plus excitante, si elle ne s'était pas laissé asservir par ses fils, par les hommes.

Elle leur a tout donné – mais eux, qu'ont-ils fait ?
Elle est passée du joug de son père à celui de son
mari puis est devenue l'esclave de François Brunet et
de ses fils. Elle n'ira pas aux États-Unis. Elle ne
contactera plus jamais Brunet. Pour la première fois
de sa vie, elle veut être une femme libre.

21

La suspicion, le jugement racial, la discrimination, encore, et pour un avocat comme Tahar, dont la réputation dépasse largement les frontières de l'État de New York, un homme respecté, admiré et craint, ce n'est pas seulement injuste, c'est insupportable, et cela justifie qu'il s'emporte devant ses avocats qui se succèdent au parloir comme des tacticiens militaires – réfléchissant à la meilleure stratégie –, des psychologues formés pour apaiser les troubles qu'une incarcération arbitraire dans une cellule minuscule ultra-sécurisée pouvait faire surgir – et Samir a besoin de les entendre, de leur parler, il se sent isolé, oppressé, il étouffe, comme si sa tête était coincée dans une cangue –, des chefs de guerre, car c'est bien de cela qu'il s'agit, expliquent-ils à Samir, d'une guerre ouverte contre tous ceux qui chercheraient à porter atteinte aux intérêts américains, aux valeurs de la démocratie et de l'Occident, et ils te perçoivent comme une menace, tu comprends ? Une menace *réelle.* Lui, une menace ? Le type le plus inoffensif et le moins belliqueux de la terre, un de ceux qui ont fait de la règle *tu ne parleras pas de religion ni de politique au cours d'un dîner* un proverbe personnel. Bon, cela ne l'a jamais empêché de s'exprimer librement devant ses proches, des amis, des personnes qu'il connaît bien, qui ne s'offusqueraient pas de ses provocations, les appréhenderaient avec humour, c'est possible, il en a fait l'expérience, mais aujourd'hui on lui demandait de justifier ses opinions à la lumière des événements : on lui demandait d'expliquer pourquoi, au cours d'une soirée, il avait critiqué Salman Rushdie en disant qu'il ne devait son exceptionnelle notoriété qu'à la fatwa qui avait été lancée contre lui par l'ayatollah Khomeyni et non pas aux qualités littéraires de ses livres, et qu'il aurait dû rester chez lui au lieu de fuir pour se mettre à l'abri « d'un danger qu'il avait cherché » ? N'avait-il pas violemment critiqué la politique israélienne devant l'un des plus proches collaborateurs de son beau-père, ce qui avait eu pour effet de créer une tension familiale qu'il avait eu les pires difficultés à apaiser ? Ne lui arrivait-il pas de jeûner pendant le ramadan ? N'avait-il pas prononcé une « diatribe antiaméricaine » devant deux confrères français ? N'était-il pas inscrit à un club de tir ? Et si oui, dans quel but ? N'avait-il pas confié à un collaborateur du cabinet qu'il avait l'intention de s'inscrire à des cours de pilotage pour apprendre à voler ? N'avait-il pas été aperçu aux abords d'une mosquée ? N'avait-il pas dit, une fois, à sa femme, quelques mois après les attentats du 11 Septembre : « Il y a un vrai racisme antiarabe, tu ne trouves pas ? » ou encore « Ben Laden est une création de la CIA » ? N'a-t-il pas été aperçu au côté du président de l'American-Arab Anti-Discrimination Committee dans un restaurant de Manhattan ? Et n'avait-il pas porté un badge

sur lequel était inscrit « L'islam n'est pas notre ennemi »
au cours d'une manifestation de soutien en faveur de
deux victimes musulmanes agressées en pleine rue ?

— Chaque détail, chaque parole, chaque acte sera
retenu contre toi, lui explique Dan Stein sur un ton
professoral, alors souviens-toi de tout ce que tu as pu
dire ou faire, de façon que nous puissions anticiper
les arguments de la partie adverse.

— J'ai mangé un kebab sur Steinway Street, est-ce
que ça fait de moi un coupable ?

— Tu n'imagines pas ce qu'ils vont te reprocher.
Ils vont fouiller ton passé, perquisitionner ta maison,
interroger toutes les personnes que tu auras côtoyées
et même les femmes que tu as essayé de séduire ! Ils
vont chercher à te compromettre ! Par tous les
moyens ! Est-ce qu'ils t'ont maltraité ?

— Tu veux dire : est-ce qu'ils m'ont torturé pour
obtenir mes aveux ? OK. Est-ce que les pressions psy-
chologiques, les brimades, le harcèlement, les tentatives d'intimidation, les insultes, le chantage, la menace
sont considérés comme des formes de torture ? Est-ce
que les gifles, les situations les plus inconfortables et
humiliantes – j'insiste sur le terme « humiliantes » –
peuvent être incluses dans la définition de la torture ?
Non, ils ne m'ont pas battu à mort ni pendu par les
pieds si c'est ce que tu veux savoir, je pense qu'ils
auraient bien voulu mais j'ai dû leur répéter dix fois
que j'étais avocat pénaliste, que je connaissais mes
droits et que j'étais prêt à tout pour prouver mon
innocence. Il est fort probable qu'ils n'aient pas envie
qu'une plainte soit déposée à la Cour internationale
des droits de l'homme.

— Bon, à l'audience, sois calme.

En début de matinée, Samir est transporté en fourgon blindé, pieds et mains menottés. Il a l'impression d'être un prédateur, un animal sauvage que l'on transfère d'un zoo à un autre sous haute escorte parce qu'il pourrait causer une blessure mortelle. Il est surveillé par plusieurs hommes surarmés dont certains sont très jeunes, et lorsqu'il demande à l'un d'entre eux (le plus âgé) de bien vouloir desserrer ses liens dont le métal cisaille sa peau, il entend cette réponse lapidaire : « Non. Vous êtes considéré comme un individu dangereux. » Au bout d'une heure de route, on le somme de descendre, tête baissée : est-ce qu'il veut un foulard pour cacher son visage ? « Non, je ne suis pas un homme honteux, je n'ai rien à me reprocher », dit-il. À son arrivée, des photographes sont là, appareils et téléobjectifs braqués, qui volent son image pour la vendre à des tabloïds. Des journalistes rôdent, micros tendus comme des armes, pointés vers sa bouche : *crache*. Il ne dit rien et s'avance, cligne mécaniquement les paupières, aveuglé par la lumière des flashs qui crépitent, applique fidèlement les conseils de ses avocats : ne pas parler à la presse, faire profil bas : *même si quelqu'un t'interpelle, insiste ou te provoque, reste silencieux.*

Il entre dans le tribunal, la peur épinglée au cœur, hagard/harassé, tous ces regards braqués sur lui, s'assoit derrière un box, tape nerveusement du pied, bat la mesure de son angoisse, ça submerge – comment rester calme, comment ne pas trembler quand tout se désagrège autour de lui ? Il a la douloureuse sensation de recevoir par intermittence les éclats d'une bombe à fragmentation, il a mal partout sans être capable de situer précisément la source de la douleur – son corps est une plaie. Des aphtes géants brûlent sa langue et ses gencives ; des plaques de psoriasis sont apparues sur ses avant-bras et lui provoquent des démangeaisons qu'il n'arrive pas à réfréner ; des vésicules dévorent sa lèvre inférieure ; des remontées acides enflamment son œsophage – et personne, en prison, n'a fait quoi que ce soit pour le soigner.

Ses avocats – Stein et un de ses collaborateurs les plus proches, Pierre Lévy ayant décidé, bien qu'il soit diplômé du barreau de New York, de ne pas plaider car il n'a pas exercé aux États-Unis depuis des années – le rejoignent, vêtus de costumes sombres, le saluent d'une pression amicale et prennent place à ses côtés : « Il ne manque plus que la lèpre », murmure-t-il à Stein, en lui montrant sa bouche et les plaques rougeâtres qui recouvrent ses bras. Quelques mots échangés au creux de l'oreille – chuchotements à peine audibles. Stein lui fait signe de se taire, le juge vient de pénétrer dans la salle par une porte dérobée comme un acteur entre en scène. Le silence se fait dans la salle. Le juge est un homme très mince, âgé d'une cinquantaine d'années, aux cheveux gris tirant sur le violet. Ce professionnel redouté est réputé conservateur et rigide. Il s'assoit sur le lourd fauteuil qui trône au milieu du prétoire, et lentement, d'une voix à peine audible, rappelle les faits et énonce les chefs d'accusation. Samir l'écoute avec le sentiment qu'il parle d'un autre, un homme qui aurait fait de la vengeance terroriste le cœur de son existence, qui n'aurait concentré ses efforts que dans un but :

celui de porter atteinte aux intérêts américains et de tuer le plus de victimes possible. Il se souvient qu'il avait participé quelques années auparavant à une rencontre avec de futurs avocats et que l'intervenant principal qui l'avait convié – un grand professeur de droit qui avait enseigné dans les plus prestigieuses universités américaines – avait brossé de lui un portrait des plus élogieux, insistant sur sa puissance rhétorique, sa diplomatie et son courage, rappelant, pour faire rire la salle, que c'était là un exploit pour un avocat français qui avait dû composer avec la résistance de la langue et la complexité du droit pénal américain. Il n'y a pas si longtemps, des centaines de futurs avocats l'avaient applaudi au terme d'une prestation oratoire qui avait duré près d'une heure, sans notes, sans préparation, saluant le « grand avocat », tandis que maintenant, devant le juge, il a le sentiment d'être un imposteur. Le procureur se lève – une femme à la peau diaphane, aux traits purs, vêtue d'un tailleur en coton bleu. Simple, classique. Une femme dont Samir aurait pu tomber amoureux, pour laquelle il aurait eu du désir.

Elle l'achève.

Il est coupable d'avoir financé des activités terroristes.

Il est coupable d'avoir eu des liens avec un Français converti à l'islam radical, qui avait l'intention de commettre un attentat contre les intérêts américains.

Elle parle longtemps mais Samir n'écoute plus ce qu'elle dit. À quoi bon ? Pourquoi rester concentré sur les détails de sa propre exécution ? Qu'ils organisent sa mort sans lui. Pour la première fois, il lâche prise. Il pense à ses enfants. Il pense à Nina. Les reverra-t-il un jour ? Il est là, songe-t-il, dans une salle de tribunal, dans le box des accusés, lui dont les plaidoiries étaient citées en exemple.

Quand elle a fini, elle s'assoit en prenant soin de ne pas découvrir ses jambes. Le juge racle sa gorge. D'un regard, il balaie la salle. Samir tremble, il tremble *vraiment*, voit le tressaillement de ses doigts. Et ça le révolte tout à coup. Ça le révolte d'être traité comme un criminel de guerre, un paria, un terroriste et il se met à crier : « Je suis innocent ! »

Stein le saisit aussitôt par le bras, lui demande de faire profil bas. Le juge le fixe du regard et, sur un ton cassant, lui ordonne de se taire ou il le condamnera pour outrage à magistrat. Samir ne répond rien mais ne détourne pas les yeux, ne baisse pas la tête. Le juge se lève et se retire quelques instants dans une salle attenante avant de se prononcer. Ça dure une éternité. Puis il revient. Samir ferme les yeux et, quand il les rouvre, il voit le visage impassible du juge, le regard pointé vers lui, plein de mépris et de rage.

Je demande le maintien en détention de M. Samuel Tahar.

22

Une photo de Samir menotté paraît dès le lendemain dans les quotidiens français, rubrique faits
divers, une image en pleine page, centrée, regard au
cœur de la cible ; sa détresse, on ne voit que ça. La
photo est un peu floue, mais on aperçoit Samir, les
yeux fuyants, les mains attachées derrière le dos, serré
de près par deux hommes armés aux corps massifs,
aux gestes agressifs. Sur les côtés, des personnes mas-
sées derrière des barrières de fer semblent hurler
quelque chose. L'une d'elles, une femme au visage
marqué, tient une pancarte sur laquelle on peut lire :
les ennemis sont parmi nous. Samir a les traits tirés,
le dos voûté, c'est un homme traqué, détruit, qui
semble se hâter vers l'entrée d'un tribunal pour
échapper à la vindicte de la foule ; il n'est plus ce
golden boy arrogant, ce séducteur maniéré et condes-
cendant, il n'évoque même plus l'étudiant que Samuel
avait connu, ce type gouailleur au débit de mitrail-
lette, chemise ouverte sur poitrail hâlé, hâbleur et
simple – une certaine incarnation de la virilité. Sur
l'image, c'est un homme diminué, accablé ; peut-être
même malade. Des cernes violacés cerclent ses yeux,

délimitent la zone des yeux-qui-ont-vu-l'horreur. *Il est fini.* Il n'y aura aucune chance de rebond. Après ça, comment retrouver la place qui avait été la sienne avant l'arrestation ? Après ça, comment redevenir un homme respecté, influent, un de ceux dont la seule présence suffit à dire le pouvoir et l'importance ? Après ça, comment aspirer à connaître de nouveau les joies simples de la vie familiale, le plaisir de faire du sport avec un ami, de lire un livre, un journal, d'aller voir un film, tous ces actes anodins qui ponctuent le quotidien et qu'il n'accomplirait plus sans ressentir une profonde lassitude et l'impression de ne plus jamais pouvoir être heureux ? Après ça, c'est la brisure définitive, la fragmentation intérieure, physiquement là mais en réalité ailleurs, dans cette prison mentale dont il ne sortirait plus sans camisole chimique.

Samuel se trouve au bar du Bristol quand il apprend la nouvelle, sur un des canapés en velours qui lui est désormais réservé, un petit espace à l'écart du bruit, préservé de la foule des anonymes, où il donne ses rendez-vous. Ça lui plaît de venir chaque jour dans le lieu même où Nina et lui avaient retrouvé Samir, à sa demande, cet endroit cossu, luxueux, à peine éclairé par des lumières tamisées qui accentuent l'impression d'intimité. Parfois, il réserve une chambre pour une nuit ou deux. Il arrive toujours un peu en avance, pour commander à boire et avoir le plaisir d'apercevoir de loin sa table vide, en pensant qu'elle a été gardée pour lui, que plusieurs personnes s'en sont vu refuser l'accès parce qu'il est un client privilégié. Il y a une certaine jouissance à se trouver à la place de celui qui nous a dominé, à être, à son tour, celui qui donne les ordres, et Samuel, vêtu d'un costume élégant, doté d'un pouvoir nouveau, se sent bien dans le rôle que Samir avait joué, celui du client fidèle et important qu'il avait été au temps de sa gloire et dont il avait su profiter jusqu'à l'excès.

Samuel s'assoit et aussitôt un serveur vient lui demander ce qu'il souhaiterait commander. Il prend de l'alcool, toujours. Il ne boit pas autant qu'avant, il sait se contenir, mais un bon vin, il n'y résiste pas, un vin qu'il teste à chaque fois avec une exigence presque maladive. Ce soir-là, il attend un journaliste suisse auquel il va accorder un entretien pour un grand magazine littéraire, fait signe à une serveuse de bien vouloir lui apporter la presse, deux quotidiens qu'il feuillette en commençant par la fin, comme il le fait par habitude – il a longtemps lu de droite à gauche les textes en hébreu que son père lui donnait à lire –, et soudain, à la deuxième ou troisième page, il reconnaît Samir. Son premier réflexe est de poser sa main sur son front comme s'il tentait de se réveiller d'un cauchemar, en répétant : *c'est pas possible, c'est pas possible.* Et pourtant c'est bien lui Samir avec, au-dessus de sa photo, le titre suivant : *La chute d'un avocat franco-américain* et, plus bas, ces mots : *il est suspecté d'avoir participé à une entreprise terroriste.*

Samuel reste un long moment à détailler la photo, figé sur le regard de Samir, puis parcourt l'article brièvement, il veut savoir – et vite. Il lit entre les lignes, pose le journal. Le choc. La violence du choc. On entre dans la zone de turbulences et il pense aussitôt à Nina, à ce qu'elle est devenue dans ces circonstances tragiques. Est-ce qu'elle est restée au côté de Samir, à une place officielle ? Est-ce qu'elle mène désormais sa vie en toute indépendance ? Il ne sait pas si elle est toujours liée à Samir et c'est, au moment où il découvre l'article, sa seule obsession : parler à Nina – il n'a pas entendu sa voix depuis si longtemps, respectant son désir de ne plus le revoir, et il est ému en tapant les lettres de son prénom dans son répertoire téléphonique, il tremble en attendant la tonalité, dont la sonorité, toujours étrange quand on appelle vers l'étranger, marque la distance, oh pas longtemps car une voix métallique lui indique que la ligne de son correspondant n'est plus en service, Nina a probablement changé de numéro ; lui aussi, d'ailleurs, songe-t-il, car il ne supportait plus de recevoir des appels émanant de personnes qu'il avait connues quand il était encore éducateur social et qui lui réclamaient de l'aide, de l'argent, une dédicace. Il raccroche, reprend le journal, relit l'article, persuadé qu'il s'agit d'un règlement de comptes, d'une affaire financière, d'un trafic peut-être, qui auraient mal tourné. Il ne croit pas un instant à l'implication de Samir dans un attentat terroriste. Il y croit d'autant moins qu'il a fait venir Nina à New York, alors qu'il aurait pu se contenter de voyager et de lui rendre régulièrement visite à Paris où il était beaucoup plus libre de ses mouvements, Paris où il n'avait plus aucune attache et aurait pu mener une double vie sans que quiconque s'en aperçût. Un homme qui aurait mené une mission parallèle aussi dangereuse n'aurait jamais pris l'initiative d'installer une de ses anciennes maîtresses près de chez lui, de l'intégrer à sa vie, courant ainsi le risque que la révélation du scandale entraîne sa destitution et un exercice de contrition imposé. Il a demandé à Nina de le suivre à New York parce qu'il se sentait intouchable, irréprochable et invulnérable. Pas d'affaires fumeuses en cours. Sa vie, une mer étale avec une femme pour batifoler, rien de plus compromettant. Mais pourquoi le terrorisme islamiste ? Quel rapport avec Samir, musulman modéré, fils d'Orient un peu honteux comme peuvent l'être certains juifs qui ne cherchent qu'à se fondre dans la communauté humaine, allant jusqu'à franciser leur nom pour se délester d'une identité qui les enferme ? Il n'imaginait pas une seconde Samir transformé en docteur de la foi, aspirant au martyre et à la destruction d'un monde dont il partageait toutes les valeurs, jusqu'aux plus corruptrices ! Il buvait, il aimait les femmes et il aimait l'Amérique ! Comment avait-il pu tomber si bas ? Ça le désolait et, dans le même temps, il avait du mal à se départir d'un sentiment de sérénité. Il imaginait la réaction de Nina. Est-ce qu'elle s'était dit qu'elle avait fait le mauvais choix ? Est-ce qu'elle le regrettait ? Il se demandait souvent si elle avait su qu'il avait été publié et que son livre connaissait un grand succès. Il n'avait pas osé en envoyer un exemplaire au cabinet de Samir. Il en avait eu l'idée pourtant, et puis il s'était persuadé qu'il avait trop à perdre.

Son journal à la main, il relisait l'article et le grand portrait qui l'accompagnait – un portrait à charge pour lequel de nombreuses personnes avaient été interviewées. Étonnant que ce journaliste n'ait pas songé à me rencontrer, se dit-il. Car ils étaient tous cités : les anciens amis, les collaborateurs, les voisins, les voilà qui commentaient et décrivaient avec force détails (des détails incongrus, parfois même issus de leur seule imagination !) l'homme qu'ils avaient connu : « cet opportuniste génial qui était prêt à tout pour réussir », « ce musulman qui avait toujours eu un problème avec son identité », « ce séducteur pathologique », « cet étudiant brillant et calculateur qui pouvait passer une heure à discuter avec les professeurs à la fin des cours pour mieux les amadouer et obtenir d'eux ce qu'aucun autre avant lui n'avait réussi à gagner : leur confiance, leur estime ». La chute du papier était un commentaire d'un professeur de droit de la faculté de Montpellier qui prétendait avoir bien connu Samir et qui résumait ainsi le portrait de son ancien étudiant, paraphrasant Maurice Barrès : « Jeune, infiniment sensible, humilié, il était mûr pour l'ambition. »

23

Dans les couloirs labyrinthiques de l'aéroport Roissy Charles-de-Gaulle, Nina erre seule, le front perlé de la sueur qu'exsude son angoisse, sa petite valise à la main, quelques billets calés dans les poches, le minimum vital et, en passant la douane, s'effondre ; c'est sûr, elle vient de tout perdre. Elle envie ces passagers souriants que des amis attendent derrière la vitre tachée de traces de doigts, excités comme des enfants impatients de retrouver leurs parents – décharge sentimentale qui les électrise et qui la laisse aussi rigide qu'une statue de sel. *Ne te retourne pas*. Oublier New York. Oublier Samir et la vie qu'elle avait connue avec lui. Oublier le drame. Pour la première fois, elle a la désagréable impression que les gens la regardent non parce qu'elle est belle mais parce qu'elle est étrangement seule. Elle pense à cette phrase qu'a prononcée une des clientes du club de sport qu'elle fréquentait à New York : « À partir d'un certain âge, seuls les ouvriers perchés très haut sur des échafaudages te sifflent encore. » L'obligation de séduire, ce qui l'a transformée, elle, la fille droite et un peu timide, en poupée matée pour plaire et se soumettre à l'ordre viril. Est-ce qu'elle va trouver du travail en France où elle n'a ni famille ni amis ? Est-ce qu'elle a une chance de s'en sortir ? Et comment pourrait-elle justifier cette interruption d'activité et ce retour brutal ? Elle a quitté son agence, les grandes enseignes ont dû la remplacer, d'autres femmes plus jeunes doivent désormais incarner cette mère de famille idéale supposée servir de modèle à des milliers de ménagères obsédées par la perfection. Un an auparavant, elle avait quitté Paris dans la précipitation, sans informer son employeur, sans honorer le contrat qui la liait pour une prochaine campagne publicitaire organisée par Carrefour. Elle avait vidé son compte bancaire personnel, quelques centaines d'euros au crédit, pas plus, sans prévenir sa banque, si bien qu'en son absence son compte avait dû être bloqué, peut-être même fiché à la Banque de France. Ses rares connaissances, elle avait négligé de les contacter, les délaissant sans explication – comment pouvait-elle les appeler maintenant ? Et puis il y avait tous ces rendez-vous qu'elle n'avait pas annulés, des personnes qu'elle n'avait pas rappelées, ces obligations auxquelles elle s'était soustraite sans fournir la moindre justification. Elle était partie comme une voleuse, persuadée qu'elle ne reviendrait jamais en France et elle était là, désormais, de retour dans son pays, sans la moindre attache.

En franchissant les portes vitrées, elle revoit le moment où Samir était allé la chercher à l'aéroport de New York, elle s'était remaquillée, parfumée, avait changé de vêtements aux toilettes, et elle était apparue, superbe, avançant fièrement, corps souple, crinière brillante – conquérante. Maintenant elle n'est plus que cette femme au regard éteint qui hésite entre prendre le RER ou un taxi ; les transports en commun, c'est mieux, moins cher, elle serait chez Samuel dans une heure maximum et elle verrait à ce moment-là, quand elle serait face à lui, elle verrait sa réaction. Les idées noires, elle tente de les domestiquer, mais trop puissantes, elles perforent tout, chair à vif. Elle se fraie une route à travers les longs couloirs décorés de panneaux publicitaires qui annoncent « un aller-retour Paris-New York à prix cassés » *salauds !* – les émotions s'agglomèrent, obstruent sa cage thoracique et, dans le RER, bien assise sur la banquette déchiquetée, ça monte et ça dégorge, crac, sa peine se propage, déborde et dévaste tout comme une rivière en crue, recouvre son monde, *est-ce que ça va, madame ?* demande un musicien avec un fort accent d'Europe de l'Est. Non, ça ne va pas, ça va mal, ça va très mal, la voilà qui se propulse sur le quai, elle court, ses pieds semblent glisser sur le sol comme si elle était chaussée de patins à roulettes – Sortir. Respirer. Vite.

L'ENFER

Dehors, le vent qui brasse les nuages en une masse compacte, concentré d'idées noires, annonce l'orage, et Nina parvient à atteindre l'arrêt du bus, monte enfin au moment précis où un éclair découpe le ciel charbonneux, un coup de tonnerre, c'est bon, elle est à l'abri – à l'abri de quoi ? La confrontation, c'est maintenant. La séance de contrition, elle s'y prépare mentalement. Elle sait que Samuel ne l'accueillera pas à bras ouverts, *on oublie tout*, il la fera plier, cherchera à la dresser contre celle qu'elle a été, cette femme inconsciente, égoïste, une folle, car c'est ce que tu as été avec moi : une bête qui saccage/broie/fracasse, et elle obtempérera. Qu'est-ce qu'elle est allée faire à New York ? Qu'est-elle devenue ? Une bonne femme, une femme qui se soumet au désir d'un homme, qui n'existe qu'à travers son regard. Elle pense à elle – pour la première fois, elle en veut à Samir, malgré le drame dans lequel il se trouve plongé, elle lui en veut de ne pas l'avoir aidée à mener une existence autonome à New York, d'avoir songé à la quitter alors qu'elle avait tout sacrifié pour le rejoindre, quelle défaite.

En dix minutes, elle y est, au pied de la tour qui s'élève. Elle avait oublié ces blocs de béton talqués de poussière, encastrés dans un paysage morne où la lumière ne filtre plus, les rayons ricochent ailleurs contre les façades des buildings de verre, à quelques kilomètres de là, au cœur des cités industrielles. Ce que Nina ressent au moment où elle pénètre dans l'immeuble, elle préfère ne pas l'analyser, elle l'occulte, pense *Je rentre chez moi après un long voyage*, et c'est naturellement qu'elle introduit sa clé dans la serrure de l'appartement qu'elle occupait avec Samuel. La porte s'ouvre, l'entrée est plongée dans l'obscurité, Nina entre, appuie sur l'interrupteur et soudain entend un cri d'effroi, voit nettement la silhouette d'une femme qui se détache au fond du couloir, puis celle d'un homme maigre, le regard noir, dur, qui s'avance vers elle, main levée, prêt à l'agresser. Elle demande : *Qui êtes-vous ?* Froidement, l'homme répond dans une langue étrangère. L'appartement est occupé par un couple de Chinois et leurs enfants qui se mettent à crier et à rire comme s'ils se retrouvaient en pleine représentation théâtrale, ils ne comprennent rien à ce qu'elle leur dit. *Vous habitez chez moi ! Vous êtes dans mon appartement ! Où est Samuel ? Où est-il ?* (et entre eux, dans leur langue : *Que veut cette folle ? Tu la connais ? Qu'est-ce qu'elle raconte ? Mets-la dehors !*) *Qui vous a donné l'autorisation de vous installer ici ? Est-ce que Samuel a laissé un numéro où le joindre ? Je ne comprends rien à ce que vous dites !* (*Je ne comprends rien à ce qu'elle dit, appelle la gardienne ! Elle va nous expliquer ce que veut cette folle, vas-y, elle a l'air dangereuse.*) Cinq minutes après, la gardienne arrive – une femme d'origine asiatique âgée d'une soixantaine d'années –, bougonne un peu, n'aime pas être dérangée pendant son téléfilm, et explique en français/en chinois, que Samuel Baron a quitté son appartement il y a un mois, non, elle ne sait pas où le joindre, *il est parti, je suis désolée… Vos affaires ? Je n'en sais rien, il est parti sans un mot, il n'a même pas dit au revoir,* c'est fini, chacun rentre chez soi et Nina se retrouve seule sur le terre-plein de la cité, il est près de vingt heures, la nuit va tomber, elle n'a pas d'endroit où dormir, quelques centaines d'euros dans la poche, de quoi tenir une semaine, pas plus. L'horreur.

24

Ce qui se produit dans l'esprit d'un écrivain au moment où il pense avoir trouvé/délimité un *sujet*. L'excitation de la révélation, puis le questionnement : Comment va-t-on le traiter ? Sous quelle forme ? Avec quelle ambition ? Quels moyens ? Et pour obtenir quel résultat ? Ces questions – au lendemain d'un succès qu'il n'espérait plus –, Samuel se les pose avec une intensité nouvelle ; déjà la pression se renforce de toutes parts : Qu'écrivez-vous *maintenant* ? Sur quel projet travaillez-vous ? Vous êtes-vous remis au travail ? Quand aurez-vous fini ? Pouvez-vous nous dire quelques mots sur le sujet de votre prochain livre ? Il était convaincu qu'on perdait un livre en en parlant au cours de l'écriture ; en exhibant ne fût-ce qu'un élément, on s'en dépossédait, quelque chose se fissurait qui ne pourrait plus être réparé. La force de l'écriture, c'était sa marginalité, son existence secrète. Révélée par la publication, par l'annonce, l'officialisation, elle devenait un objet social qu'on finissait tôt ou tard par haïr. Samuel n'avait pas encore songé à un second texte, trop occupé à assurer la promotion du premier, et voilà qu'un fait divers se présentait comme une matière riche et nouvelle qu'il pouvait exploiter à sa guise sans aucun scrupule, un sujet s'imposait sans qu'il eût à commencer la moindre recherche. À cet instant, la perspective d'écrire une histoire qui mettrait en scène un ami, une personne vivante, ne provoquait pas chez lui le moindre état d'âme. Écrire, c'était trahir. Il avait toujours considéré que la littérature n'avait pas vocation à être légitime, utilitaire, morale, qu'elle crevait d'être pure, propre, sans tache.

Dès le lendemain, Samuel contacta les avocats de Samir et leur annonça qu'il pouvait les aider. Il avait été l'un des plus proches amis de Samir, il le connaissait mieux que quiconque, le meilleur témoin de moralité, c'était lui. Cette intervention soudaine au moment où Samir en avait le plus besoin, c'était une chance pour Stein et Lévy qui lui demandèrent aussitôt s'il pouvait venir à New York, à leurs frais. Stein ne savait pas qui était cet homme qui s'était présenté comme un « écrivain français et proche ami de Samir Tahar » mais Lévy, oui, qui ne tarissait pas d'éloges : « J'ai lu et adoré son livre. On parle beaucoup de lui en France. Il pourrait écrire une tribune dans un grand quotidien, cela aurait un certain impact. » Mais Samuel posa une condition : il voulait rencontrer Samir en prison, lui poser quelques questions, recueillir sa version des faits. Impossible de le lui promettre, dirent-ils, leur client étant sous contrôle permanent : « Depuis que les autorités ont appris qu'il était musulman, il est devenu quasiment impossible de le voir », et pourtant, deux jours plus tard, ils réussirent à lui obtenir cette entrevue.

Jusque-là, à part Ruth et eux, personne n'avait eu le droit de parler à Samir – et encore, la plupart de ces confrontations avaient eu lieu avant que les policiers ne découvrent la véritable identité de Samir. Les juges, expliquèrent Stein et Lévy, avaient été sensibles à sa qualité d'écrivain. Ils ne souhaitaient sans doute pas que des atteintes aux libertés individuelles fussent dénoncées çà et là, dans des tribunes qui feraient le tour du monde et diaboliseraient le système judiciaire américain. Ils savaient que Samuel pourrait tout à fait rejoindre une délégation française de la Croix-Rouge et s'infiltrer par la voie humanitaire. D'autres l'avaient fait avant lui. Voilà pourquoi ils lui avaient accordé un laissez-passer. Le départ de Samuel fut organisé le jour même. La part de manipulation, de prédation ? Énorme, bien sûr. L'exploitation du fait divers. L'obsession du réalisme. Il n'avait même pas réfléchi à ce qu'il allait dire ou ne pas dire, l'innocence ou la culpabilité de Samir lui importaient moins que la matière qu'il représentait désormais – cette somme d'informations, cette succession de faits. Il y avait un livre à écrire sur cette histoire qui brassait de grands thèmes et il se sentait en pleine possession de ses moyens. Est-ce qu'il avait conscience du mal supplémentaire qu'il lui causerait en rendant publique cette affaire ? L'aggravation du préjudice, ce n'était pas son problème. Un écrivain n'est pas un « bonus pater familias ». Il n'a pas à agir avec prudence et diligence. Il n'a pas à se soucier des dommages qu'il pourrait causer. La morale ? Quelle morale ? Alors au cours d'une très brève entrevue avec son éditeur, il avait raconté l'ascension et la chute de Samir. Il racontait parce qu'il était bouleversé et qu'il doutait de l'opportunité d'un tel livre, peut-être aussi parce qu'il avait pitié, et quand il eut fini, il lui demanda ce qu'il pensait de cette histoire terrible. L'éditeur sourit et lui répondit d'une voix monocorde : « Vous savez ce que disait Francis Scott Fitzgerald ? *Un écrivain ne laisse rien perdre.* »

Il ne perdit rien, regroupa tous les articles qui avaient été publiés sur « l'affaire Tahar », les annota, les compléta, réfléchit aux questions qu'il pourrait lui poser. Il rangea tous ses feuillets dans une large pochette grise à rabat.

Dans l'avion, il pensa encore à Nina, émettant toutes les hypothèses possibles, rêvant de la revoir à New York et de la ramener avec lui, en France, et il eut beau se persuader que c'était le livre qui l'obsédait, il savait qu'il se mentait : il partait pour elle, pour la retrouver et la reconquérir.

Il arriva en début d'après-midi à New York, il avait réservé une chambre au Carlyle. L'entretien était prévu pour le surlendemain, il avait donc vingt-quatre heures pour rencontrer les avocats de Samir et obtenir le maximum d'informations. Ils avaient accepté de répondre à toutes ses questions. Ils étaient persuadés que la médiatisation de l'affaire outre-Atlantique aurait des répercussions positives aux États-Unis et ils ne négligeaient pas l'impact que la voix d'un écrivain – d'un écrivain célèbre, considéré – aurait sur l'opinion publique et les pouvoirs politiques français. Ils savaient que Samir était innocent. Mais il était soumis au bon vouloir des juges antiterroristes. Et contre cela, ils ne pouvaient rien faire.

— Si vous racontez en France ce qui se passe ici, peut-être que les choses évolueront en notre faveur, dit Stein.

— Un avocat franco-américain est retenu contre son gré pour un crime qu'il n'a pas commis, enchaîna Lévy.

— Je ferai tout ce qui est en mon pouvoir pour l'aider.

Samuel prit des notes et, au moment de partir, osa enfin demander s'ils savaient qu'il y avait une autre femme dans la vie de Tahar, une femme qui le connaissait parfaitement et qui possédait peut-être des informations. Stein haussa les épaules. Lévy dit :

— Oui, il y avait une femme dans sa vie, elle n'était au courant de rien, l'associé de Samir m'a confié qu'elle était rentrée en France après les faits. Sa présence risquait de compromettre gravement notre défense.

— Mais peut-être qu'elle pourrait vous divulguer certains éléments...

— Nous y avons pensé et nous avons conclu que ses propos ne feraient que lui nuire davantage. Il n'est pas de notre intérêt de la faire revenir ici.

— Vous avez un moyen de la joindre ? demanda Samuel sur un ton qui trahissait une certaine anxiété.

— Non, aucun.

L'après-midi même, Samuel devait rencontrer Samir. Il choisit un très beau costume en laine grise, une chemise taillée dans une cotonnade ultrafine d'un blanc crayeux ornée de boutons de nacre. Il hésita à mettre une cravate, puis finalement en choisit une noire. Il s'était rendu chez un coiffeur que lui avait recommandé le concierge de l'hôtel. Il y avait quelque chose d'obscène dans le soin qu'il prenait à s'apprêter, qui ressemblait à une mise en scène dont le but inavoué serait la mise à mort d'un homme qu'il avait aimé/envié/méprisé. La rivalité qui se jouait encore à un âge, à un moment de leur vie où il eût fallu naturellement relâcher la pression, comme si plus rien ne pouvait se nouer en dehors du rapport de force. La confrontation, alors que l'un des deux était à terre. Sans doute le meilleur moment pour l'offensive.

25

Samir n'avait jamais cru à l'équilibre des rapports sociaux : le monde fonctionnait par l'enchevêtrement de réseaux d'influence, par cooptation, échange de services, prises de pouvoir – procédés divers renforcés souvent par des liens supplémentaires : même orientation sexuelle ou religieuse, même appartenance sociale ou ethnique, connivence amicale ou sexuelle (cette dernière étant, selon lui, la plus puissante, celle qui permettait d'obtenir le plus de concessions, de *tenir* littéralement l'autre, il en avait fait régulièrement l'expérience et certaines de ses conquêtes s'étaient d'ailleurs manifestées auprès de ses avocats pour l'aider). C'était injuste ? Sans doute, mais il y avait bien longtemps qu'il avait compris que les injustices ne sont *jamais* réparées ; dénoncées oui, pourquoi pas ? Mais on n'allait pas au-delà. Et c'est parce qu'il ne voulait pas être du mauvais côté qu'il était devenu avocat, qu'il avait menti et qu'il n'attendait rien aujourd'hui de l'intervention soudaine et inopinée de Samuel, super-héros venu de France pour le sauver, lui et sa réputation, tu parles, il n'avait fait que lui nuire, lui prendre ce qui comptait pour lui – que pouvait-il attendre de Samuel sinon une attaque personnelle ciblée, Samuel surnommé désormais « le grand écrivain français » et qui avait émis le souhait de le rencontrer et d'écrire un article pour alerter l'opinion publique française sur sa détention, ça, c'était la version officielle, « mais honnêtement, avait-il expliqué à ses avocats, qu'espérer d'un homme dont j'ai détruit sciemment la vie dans le seul but de satisfaire la mienne ? Vous m'apprenez qu'il a publié un livre à succès, tant mieux pour lui, et vous précisez qu'il a l'intention de témoigner en ma faveur... Je me suis nourri de sa vie pour inventer ma propre biographie et il le sait ! Je porte son prénom ! J'ai tenté par deux fois de conquérir la femme qu'il aimait et j'ai réussi à chaque fois ! Comment, dans ces conditions, aurait-il encore le désir de m'aider ? Je n'y crois pas une seule seconde. Je refuse même d'être pris en otage ! ».

— Si ce n'est pas pour te faire sortir de là, pourquoi ferait-il ça ? demande Stein, par vengeance ?

— Non, trop puéril.

— Tentative d'humiliation ?

— Peut-être.

— Allons... il ferait des milliers de kilomètres pour le seul plaisir de te voir à terre ? Il n'a qu'à allumer son ordinateur, ça ira plus vite. Non, je pense qu'il est sincère, vous étiez amis, non ?

— Dans le passé ? Oui, comme des frères, mais c'était il y a vingt ans.

Samir avait demandé à ses avocats de lui faire parvenir le roman de Samuel. Il souhaitait le lire avant de donner sa réponse et tenter de comprendre ce qui, dans ce texte, lui avait assuré une telle renommée, lui qui jusqu'à présent n'avait pas réussi à être publié et même, n'avait jamais été un homme charismatique. Pierre lui confia aussitôt son exemplaire. À partir du moment où il eut le livre entre les mains, il ne le lâcha pas, oubliant de s'alimenter, renonçant à sortir, rechignant à se doucher. Le livre était dédié à Nina, c'était sans doute la seule chose sincère dans ce texte qui lui apparaissait moins comme une tentative de narration fidèle que comme une entreprise de mystification d'une perversité sidérante, une manipulation dont même lui – dans la construction de sa réussite mensongère – n'avait pas été capable. Car rien, dans ce livre qui avait fait la gloire de Samuel, n'était vrai. Pas un mot sur le fait qu'il avait tenté de se suicider pour que Nina lui revienne. Pas un mot sur les tensions entre ses parents et lui. Fausse, cette version récrite d'une relation filiale idyllique alors qu'il ne parlait plus à ses parents. Alors qu'il les avait fuis. Il avait écrit l'histoire d'un homme abandonné : par sa mère biologique, par ses parents adoptifs, par la femme qu'il aimait, par son meilleur ami, par la société elle-même… Une victime expiatoire. Un récit à tirer les larmes aux lecteurs les plus insensibles. Des pans entiers étaient inventés – et le plus terrible, il avait écrit que ses parents n'étaient pas morts dans un accident mais qu'ils s'étaient suicidés. Rien sur sa vraie mère qui, elle, avait vraiment mis fin à ses jours. Rien sur sa lâcheté, son chantage, ses menaces. Tout ce qu'il voulait, pensait Samir, c'était émouvoir avec ses mots de carton-pâte – des cache-misère –, et il avait réussi ! La manipulation qu'induit l'écriture. La tentative de corruption par la langue. Il avait compris ce que Samuel était venu faire à New York.

— Accepte au moins de le rencontrer, dit Stein après avoir écouté les réserves de Samir.

— Il va venir, il va me regarder, m'écouter, puis il va rentrer en France et en faire un livre qui lui permettra de faire durer son succès. Je sais ce qu'un homme est capable de faire pour conserver ce qu'il a acquis par le travail, par la ruse, les compromissions, ce bonheur factice peut-être mais dont, une fois qu'on y a goûté, on ne peut plus se passer. Tu voudrais que je collabore à ça ?

— Vois uniquement ton intérêt... il s'est engagé à prendre ta défense en France et il le fera.

Samir hoche machinalement la tête.

— Et puis, continue Stein. Il y a quelque chose de jouissif à être l'objet d'un livre, non ? Parfois, cela devient culte. Tu as lu *De sang-froid* de Truman Capote, non ?

Oui, il avait lu et aimé ce livre. Mais là, c'était différent.

— Là, il s'agit de *ma* vie.

26

Nina occupe une chambre dans un petit hôtel parisien près de la place de la Bastille. Que peut-elle faire ?
Samuel a disparu, elle n'a aucun moyen de le joindre,
son numéro de téléphone a changé, Samir est en
prison, elle n'a pas de famille – son père est mort trois
ans auparavant, elle n'a jamais revu sa mère –, pas
d'amis – sa beauté l'a marginalisée –, elle n'a plus rien,
désagrégée par son amour, et elle comprend tout à
coup qu'elle ne survivra pas longtemps dans ces conditions. Elle ne survivra pas sans emploi, sans logement,
sans argent. À aucun moment – même dans ses pires
projections mentales – elle n'avait imaginé que son
histoire prendrait une tournure aussi tragique. La rupture, elle l'avait envisagée, mais pas l'abandon.

Elle lutte, essaie de trouver la trace de Samuel dans
l'annuaire, auprès de voisins. À aucun moment elle ne
songe à faire des recherches sur Internet – comment
pourrait-elle imaginer qu'il est devenu cet écrivain
célèbre ? Et puis, elle avait peur d'être tentée de taper
le nom de Samir sur les moteurs de recherche et d'y
lire sa déchéance. Elle récupère des petites annonces

que des clients ont déposées dans des supermarchés, passe quelques coups de fil, n'obtient qu'un rendez-vous qui sera finalement annulé et un entretien pour une garde d'enfants qui se soldera par un refus, faute de références. Dans une agence immobilière, elle insiste pour louer un studio, mais sans aucune garantie, c'est non, *désolés, nous ne pouvons rien faire pour vous, revenez quand vous aurez du travail, plusieurs fiches de paye, une caution, etc.* Elle contacte son ancien agent, espère encore faire quelques photos pour un catalogue. Elle appelle dix, quinze fois, ne parvient pas à le joindre, il est absent/en réunion/en ligne/à l'étranger/en déplacement, et enfin, un matin, il lui répond : « Tu n'as pas honoré ton dernier contrat ! Tu es partie comme une voleuse sans te soucier des conséquences, tu réapparais tout à coup et tu voudrais retrouver la place qui était la tienne avant ton départ ? Mais tu rêves, Nina ! » Au bout du fil, le silence. Et puis, reprend-il, « de toute façon, je n'ai plus rien à te proposer dans ta tranche d'âge ». Cette réponse, ça l'atteint définitivement ; elle n'a plus d'argent, plus de quoi payer sa chambre. En quelques semaines, tout va très vite, elle est à la rue.

27

Pas de sentimentalisme, songe Samuel, je suis là pour ça, pour écrire, pour faire le sale boulot, alors pourquoi se sent-il si oppressé en arrivant à la prison où est enfermé Samir – un lieu terrifiant, bloc de béton surmonté de barbelés, planté au milieu de nulle part et où, lui dit-on, sont incarcérés les détenus les plus dangereux des États-Unis –, oui, pourquoi les souvenirs remontent-ils sans qu'il les ait convoqués, se demande-t-il en traversant les longs couloirs d'un gris métallique, essayant de lutter contre l'angoisse qui l'étreint à la façon d'un nœud coulant ? Mélancolie. Nostalgie. La poisse. Et quand il arrive, quand il entre dans le parloir où l'attend Samir, il a oublié jusqu'à son désir d'écrire, il ne sort pas ses carnets, il reste un long moment à regarder son ami, une main contre la vitre, choqué par la vision d'épouvante de Samir amaigri, teint citrin, chauve par endroits, cherchant vainement ses mots comme s'il venait d'être victime d'une commotion cérébrale et qu'il tentait de retrouver l'usage de la parole. La tragédie de la vie. Ce que le malheur, les hasards de l'existence peuvent faire d'un homme. À la minute où il croise le regard de Samir, Samuel sait qu'il n'écrira pas de livre. Samir s'assoit, joue nerveusement avec ses mains. À travers la vitre qui les sépare, sa voix paraît comme étouffée.

— Qu'est-ce que tu fais là ? Tu es venu pour me voir dans cet état, c'est ça ?

Disant cela, Samir ressent une douleur au niveau des jambes et grimace. Il se baisse, masse ses chevilles entravées par des chaînes métalliques en lâchant un faible gémissement.

— Comment tu te sens ? demande Samuel.

— Bien, en pleine forme ! s'écrie alors Samir en se relevant. Regarde-moi, je suis le type le plus heureux du monde ! Est-ce que je n'ai pas l'air épanoui ?

— Je suis désolé…

— Tu es désolé ? Mais de quoi ? Tu n'es pas responsable de ce qui m'arrive ! Je me suis mis tout seul dans cet enfer ! Un type comme toi ne tiendrait pas vingt-quatre heures dans une jungle pareille ! Pourquoi es-tu venu jusqu'ici ?

— Pour témoigner en ta faveur.

Samir soupire.

— Ah bon ? Tu vas dire aux juges que je suis un modèle de vertu ? Un homme moral ? Un bon père de famille ? Un ami loyal ? Je suis un libertin, la morale n'a de sens pour moi que dans le domaine professionnel – déontologiquement, je suis irréprochable ; pour le reste, j'ai été un mari adultère, absent, un père menteur, un ami qui n'a pas hésité à te trahir ; ma mère ajouterait : un mauvais musulman… Et le pire, c'est que je n'en ressens aucune culpabilité ! Aucune ! Alors dis-moi ce que tu pourrais dire aux juges pour les convaincre ? Mon casier personnel est plein. Et puis… je ne crois pas que tu sois désolé.

D'une manière générale, je pense que personne n'est désolé pour autrui, je veux dire, on ressent éventuellement un peu de compassion face à la souffrance des autres mais ça n'altère jamais son propre bonheur...

— Je suis venu pour essayer de comprendre et voir ce que je pouvais t'apporter.

— Tu es venu pour avoir bonne conscience. C'est ce dont l'homme rêve toute sa vie. Pouvoir s'endormir en pensant : Je suis un homme bien. De ce côté-là, on échoue toujours, quoi qu'on fasse...

— Je n'ai pas cette prétention.

— Tu l'as comme les autres ! Tu as fait le déplacement pour me prouver que tu ne ressens aucune rancœur ; toi, tu es au-dessus, alors que tu devrais me haïr pour ce que je t'ai fait, me haïr et guetter ma chute ! Car avoue-le, dans ton for intérieur, c'est ce que tu espères, cette situation t'excite, tu me regardes et tu te dis : Il n'aurait pas pu tomber plus bas... Et tu te dis même peut-être : Il y a une justice... Nina est rentrée en France, il ne la reverra plus, elle est libre à nouveau... c'est ce que tu voulais, non ?

— Je n'ai plus aucune nouvelle d'elle...

— Eh bien tu devrais tout faire pour en obtenir ! Cherche-la ! Elle doit être seule à Paris, sans moyens... Ça me rend fou ! Je n'ai pas su la protéger...

— Je ne me fais aucun souci pour elle. Elle est forte.

— Forte ? Mais à l'heure qu'il est, elle doit être totalement seule ! Retrouve-la !

— Et pourquoi je ferais ça ?

— Tu feras ça parce que je te le demande avec insistance, que j'ai tout perdu et que tu as pitié de moi. Tu as pitié, n'est-ce pas ?

— Tu n'as jamais inspiré de pitié à qui que ce soit…

Samir sourit pour la première fois depuis le début de leur rencontre.

— Comment veux-tu que je sache où elle est ?

— Tu la retrouveras. Tu as les moyens de la retrouver. Je ne sais pas… fais jouer tes relations. Je suis sûr que tu es au centre des choses désormais… j'ai connu ça…

Samuel, gêné, détourne son regard. Ils restent un long moment sans échanger un mot.

— Tes avocats m'ont dit que tu avais de grandes chances de t'en sortir.

— Au prix où ils sont payés, mes avocats ont le devoir d'être optimistes.

— Ils disent qu'il n'y a aucune preuve contre toi et que c'est la raison pour laquelle ils ne t'ont pas envoyé à Guantánamo…

— Pourquoi, tu crois que c'est mieux ici ? C'est l'enfer ! Et encore, je suis privilégié, on m'a mis dans une cellule isolée. Sans ça, je n'aurais pas survécu au milieu de ces gangs. Si tu voyais ça… Ils se regroupent entre ethnies et passent leur temps à se battre…

— Tu vas bientôt sortir…

— Alors pourquoi ne me relâche-t-on pas maintenant ? Si je suis innocent, qu'il n'y a rien contre moi, pourquoi me traite-t-on comme un dangereux psychopathe ? Le seul individu dangereux, c'est mon frère, il croupit à Guantánamo et qu'il y reste à ruminer ses pensées fascistes ! Mais moi, qu'est-ce que j'ai fait ?

— Je vais t'aider.

— Et pourquoi le ferais-tu ? Pour que je retrouve plus vite Nina ? Parce que tu as de l'affection pour moi ? Tu veux que je te dise ce que je pense de ta présence ici ? Tu es venu dans l'unique but d'écrire un livre et de te faire du fric sur mon malheur...

— Je n'ai pas besoin de me déplacer pour écrire, tu sais...

— Arrête ça... tu es venu pour m'observer, rien de plus...

— Tu es en train de perdre la tête...

Soudain, Samir se lève. Debout, il paraît encore plus décharné. Il tient à peine sur ses jambes.

— Oui, je deviens fou ! Je deviens complètement dingue enfermé entre quatre murs ! Parfois, ils me laissent quatre cinq jours à l'isolement total, sans voir personne, alors je parle seul, je me suis créé un double et c'est à lui que je m'adresse ! Tu as raison, je deviens fou, est-ce que tu sais seulement ce qu'ils me font subir ici ? Les interrogatoires en pleine nuit et dans des salles surchauffées où l'on me laisse crever de soif pour que j'avoue un crime que je n'ai pas commis, que j'adhère à des pensées qui ne sont pas les miennes ? Ou alors, au contraire, l'isolement dans une cellule glacée et humide où l'on m'a jeté après m'avoir entièrement déshabillé. Ou encore, debout dans une cellule grillagée tellement petite que je ne peux pas m'asseoir ! Est-ce que tu as déjà essayé de tenir dans cette position plus de douze heures sans pouvoir même fléchir tes genoux ? Je deviens fou, oui, mais je suis quand même assez lucide pour comprendre que tu es là pour écrire un livre sur ma chute ! Ça va faire vendre ! Qu'est-ce que tu vas décrire, allez ?

Samir tourne sur lui-même.

— Arrête ça !

— Tu vas écrire que j'ai perdu la tête, que je ressemble à une sculpture de Giacometti parce que tu sauras être poétique, hein, on est au cœur de la littérature, il faut qu'il y ait du sens, du style, une forme appropriée !

— Tu délires, je ne ferai rien, arrête !

— Tu te souviens de l'ultimatum que tu as posé à Nina : *tu restes avec moi ou je me suicide* ? Tu te souviens de ton heure de gloire quand tu l'as retrouvée près de toi à l'hôpital après t'être ouvert les veines ? Eh bien, c'est exactement ça : si tu écris ma vie, si tu déformes un élément de mon existence, si tu travestis chaque compromission que j'ai dû faire pour survivre, je me tire une balle dans la tête, tu m'entends ? Voilà ce que je ferai si tu me salis, si, par ta faute, mes enfants ne veulent plus jamais me voir ! Je n'y survivrai pas ! Et tu n'y survivras pas non plus parce que ta conscience ne te laissera jamais en paix ! Ta conscience te harcèlera nuit et jour comme elle m'a harcelé quand j'ai couché avec Nina pendant que tu enterrais tes parents, comme elle m'a obligé à prendre des psychotropes pendant des années pour supporter la honte d'avoir renié mon identité, mes origines, d'avoir caché ma mère pour me protéger mais peut-être aussi par complexe social ! Mais tu le feras, tu écriras, je suis sûr que tu le feras ! Le problème avec les écrivains, c'est qu'ils sont égocentriques, narcissiques et manipulateurs ! J'en ai connu, il n'y a rien de vrai chez eux, tout entiers tendus vers un seul but : écrire leur livre. Tout ce qu'ils font, ils le font par intérêt. Mais combien de livres peut-on lire encore en pensant : c'est un texte qui m'a transformé, un livre dangereux, ou encore : un livre essentiel, un livre sans lequel je ne pourrais pas vivre ? Très peu ! Et il faudrait justifier leur folie, leurs dérapages et leurs excès au nom d'une littérature aseptisée, un peu molle, sans éclat ? Tu veux que je te dise ? Je n'ai pas beaucoup aimé ton livre... Il est larmoyant, sentimental et, tu me connais, je déteste le pathos, on m'a suffisamment reproché ma brutalité alors que je suis simplement direct. Tu vis maintenant en dehors des réalités sociales, Samuel ! Ton ambition, c'est de réussir un livre ? De trouver le mot juste ? La forme idéale ? Je suis sûr que tu dis partout qu'il n'y a rien de plus difficile que d'écrire... Tu parles... L'écriture n'est qu'une façon comme une autre de conquérir et de conserver une place sociale. Ma seule ambition désormais, c'est de retrouver ma liberté.

28

Enfermé dans sa cellule, allongé sur son matelas, les bras le long du corps, torse fixe, aussi raide que s'il était prisonnier d'un poumon d'acier, Samir ne peut plus bouger ses membres, seul son esprit fonctionne encore, et c'est ainsi, songe-t-il, qu'il sera condamné à finir son existence, son existence de paria, pour un crime qu'il n'a pas commis, je n'ai rien fait, clame-t-il, il n'a rien fait, confirme son frère, il n'était au courant de rien, j'ai utilisé l'argent qu'il me donnait sans lui avouer la destination des fonds, il est innocent, blanc comme neige, ce que confirme Nawel, hospitalisée à Paris, Samir n'a jamais rien su, un bon fils, qui m'envoyait régulièrement de l'argent, vérifiait que je ne manquais de rien, et un bon musulman, un homme droit, exemplaire, loyal – un modèle. *Libérez-le.*

Dès son retour à Paris, Samuel avait écrit un grand article pour dénoncer le sort de Samir. Dehors, des manifestations de soutien s'organisaient un peu partout. Un romancier américain proposa même d'écrire son histoire (il refusa). Il reçut des lettres d'insultes et de soutien, des demandes en mariage et des menaces de mort, une carte d'un anonyme qui lui disait que sa femme souffrait et qu'il manquait à ses enfants – cette carte, il la relisait chaque jour. À Paris, des voix s'élevaient, dénonçant l'arrestation arbitraire dont il était victime ; d'autres le condamnaient. Mais dans sa tête, toujours la même menace : *Ils peuvent vous garder pour une durée illimitée.*

29

Allongé sur le canapé recouvert de velours dans le salon du grand appartement qu'il loue désormais à Paris, boulevard Raspail, sobre/chic/bourgeois, Samuel revoit en accéléré les images les plus fortes de son histoire avec Nina. Quel a été le moment précis où il l'a perdue ? Où est-elle désormais ? Où la chercher ? D'elle, il ne sait plus rien ; rien de notre amour ne subsiste, pense-t-il.

Le voilà qui saisit un livre[1], le repose, se lève, prend un bain – agitation –, et finalement se couche. Tout ce qu'il veut, c'est revoir Nina, et un matin, épuisé par une nuit d'insomnie où chaque pensée le maintient dans un état de tension et d'éveil, où chaque image le renvoie à cette femme, il décide de contacter un détective, un homme qu'il a connu quand il était éducateur, et qui pourrait l'aider à la retrouver – Lin Cheng[2]. Il

---

1. *Vie et Destin*, de Vassili Grossman. Après avoir été longtemps caché, ce grand texte avait connu une notoriété soudaine.
2. Lin Cheng n'avait qu'un but dans la vie : « Réussir à se tirer d'ici. »

lui donne rendez-vous le jour même dans un café pour touristes de l'avenue des Champs-Élysées. Cheng – la quarantaine, de grande taille – est en avance. Samuel s'installe à son côté et vite, sans même prendre le temps de commander une boisson, sur un ton monocorde, un ton qui dit l'urgence, le manque, la panique, les mots affluent, collés serrés, sans ponctuation, des corps impatients, explique le contexte, lui tend une photo de Nina, superbe, Nina au temps de la beauté électrique, de la sensualité tapageuse, et l'autre, bien sûr, est ébloui, il ne peut pas retenir une remarque : « Comme elle est belle ! », puis lui demande si elle a des contacts à Paris, des amis, si elle a des moyens financiers lui permettant de séjourner dans un hôtel. Samuel répond que non, à sa connaissance, elle n'a rien. Cheng hésite puis lui dit qu'il aimerait savoir s'il pense qu'elle vit dans la rue et cette question le panique. Il se l'est posée, bien sûr, et ne veut pas y répondre. Il ne peut pas l'imaginer dormant par terre sur un carton ramassé dans une poubelle, exposée aux regards des autres, peut-être même au désir de quelques hommes qu'une éducation défaillante, une scolarité médiocre, le manque de soins, auront ensau-vagés, des types sans âme ni conscience, aux casiers judiciaires chargés, qui la violeraient au milieu de la nuit, et personne n'entendrait rien, car personne ne veut entendre le cri de la détresse sociale. Il ne veut pas se la représenter à terre, main tendue, il pense qu'elle a dû se débrouiller, le contraire est impossible, impensable, et il est prêt à tout pour la retrouver, le dit à Cheng qui l'écoute en buvant son café par petites gorgées : « Je vous donne ce que vous voulez mais ramenez-la-moi, je vous en supplie. »

— Autant vous dire que les chances sont minces, elle est peut-être repartie à l'étranger...

— Je ne vous paye pas pour me dire que vous n'allez pas y arriver.

— Ce ne sera pas facile, ce sera long et...

— Je veux retrouver sa trace, quel que soit le temps qu'il faudra.

— Soyez patient...

30

Quelques jours plus tard, Samir apprend que le juge abandonne les charges contre lui. De loin, il perçoit la voix de Stein qui répète : *le cauchemar est fini, le cauchemar est fini* ; pourtant il reste figé comme s'il était gelé, insensible à la douleur. Un léger tremblement agite sa paupière droite. Il aura passé soixante-six jours en prison. Il les a comptés. Chaque jour, sur le mur de sa cellule, il traçait à la craie un bâton qui représentait une journée d'enfermement.

Je suis libre.

Stein lui dit que sa libération prendra quelques jours, mais qu'il doit se tenir prêt. Samir cache mal son trouble, remercie Stein, une fois, dix fois, et au moment de se quitter, lui assure qu'il réglera ses honoraires, d'une façon ou d'une autre, cette année ou dans dix ans, il honorera sa dette. « Tu ne me dois rien », réplique Stein sur un ton laconique. « Jamais, tu m'entends ? Jamais je n'accepterai de ne pas régler tes honoraires, c'est une question de principe... je pourrais même dire : de dignité. » « Tu ne comprends pas, dit Stein, les honoraires de tous les collaborateurs qui ont travaillé dans l'ombre pour prouver ton innocence ont été payés. » « C'est Ruth, n'est-ce pas ? » demande Samir, ému tout à coup à l'idée que sa femme l'ait soutenu dans l'ombre. « Non, à partir du moment où elle t'a lâché, Ruth a cessé de nous payer, mais ce n'était pas un problème, sache-le, j'aurais continué à… » « Mais qui est-ce alors ? » l'interrompt Samir. « Pierre Lévy. »

Les heures qui précèdent la libération, il ne parvient pas à trouver le sommeil : Est-ce qu'il va supporter le retour à la vie normale ? La confrontation avec ses anciens collaborateurs ? Sa famille ? Que va-t-il devenir une fois dehors ? Comment pourrait-il se reconstruire ? Aurait-il le droit de voir ses enfants le jour même ? Rentrerait-il en France pour parler à sa mère ? On lui avait annoncé qu'il serait libéré dans la semaine sans autre précision et depuis, il se trouvait dans un état d'extrême fébrilité, multipliant les exercices physiques, écrivant pour ne pas oublier ces derniers instants. L'attente.

31

« Elle n'était pas très loin de vous, finalement », dit Cheng, quelques jours plus tard, en tendant à Samuel une feuille de papier sur laquelle est notée une adresse, « je n'ai pas eu beaucoup de mal à la retrouver. » Aussitôt, Samuel saisit le papier, le remercie et sort une enveloppe de sa poche. « C'est ce que vous craigniez, continue Cheng. Préparez-vous. Vous m'avez montré une photo d'elle la dernière fois... » Samuel se fige, incapable de faire un geste. « Eh bien... vous risquez de ne pas la reconnaître. Elle vit dans un foyer pour femmes à une heure d'ici. »

De retour chez lui, sur Internet, Samuel avait trouvé les informations suivantes : *Structure d'hébergement pour femmes en situation de détresse. Accueil passager de sept femmes à partir de 18 ans, seules ou avec leurs enfants, en cas de **détresse psychique, sociale ou matérielle.*** Sur les photos mises en ligne, il avait découvert un lieu d'une extrême sobriété : des lits superposés, une table en bois, quelques chaises, un canapé, une salle de télévision, et il avait eu du mal à imaginer Nina dans ce décor dépouillé qui trahissait le manque de moyens, la pauvreté. Il regardait les photos défiler sur l'écran et ça le rendait triste, triste et amer. Le jour même, il avait joint la directrice du centre au téléphone et demandé à rencontrer « une des pensionnaires, Nina Roche ». Il s'était présenté en tant qu'écrivain, ça en imposait, oui, elle était impressionnée, un peu hésitante quand même, elle aurait voulu d'abord parler à Nina qui n'avait « peut-être pas envie d'être vue ici ; certaines pensionnaires ne souhaitent pas renouer avec leur existence passée, elles veulent se reconstruire d'abord », et il avait menti : « C'est elle qui m'a donné vos coordonnées » et, au bout de quelques minutes (il avait plaisanté, fourni des garanties, tenté de la faire rire pour anéantir ses résistances), elle avait accepté à la condition qu'il vînt parler de son livre devant les femmes du foyer, énonçant ses arguments avec l'implacabilité d'un juge ; elle le connaissait, elle avait lu son livre, en citait des passages, admirative ; la littérature, c'était toute sa vie, elle aimait lire, écrire (elle avait d'ailleurs écrit un roman qui n'avait pas été publié : « si vous pouviez le lire et me donner votre avis, à l'occasion… »), encourageait les femmes à le faire aussi, leur conseillait des livres, chaque jour, et avait prévu un programme d'alphabétisation pour les plus démunies d'entre elles, celles qui lisaient mal ou faisaient des fautes, les étrangères, les dyslexiques, qui n'avaient pas eu accès à l'éducation, à la culture, à l'instruction, « vous n'imaginez pas, en France, au XXIᵉ siècle » ; elle avait même constitué une bibliothèque au sein du centre (il avait eu à ces mots un petit sourire de mépris, ne pouvant s'empêcher d'imaginer qu'elle n'y aurait sélectionné que des romans destinés à un très large public, à l'eau de rose, ce qu'il appelait des *romans pour femmes*), il lui avait fallu plusieurs années pour acquérir les quelque trois cents livres qui la composaient : « C'est peu mais il y a l'essentiel, les livres de ma vie, ceux qui m'ont donné à réfléchir et qui ont fait de moi celle que je suis aujourd'hui » (et, là seulement, il avait commencé à changer d'opinion sur elle). Elle parlait, elle parlait trop et, pour en finir, Samuel avait accepté sa proposition de présenter son livre, *c'est d'accord* (en pensant : Je n'irai pas). Au fond, cette discussion l'avait ennuyé ; tout ce qu'il souhaitait, c'était sortir Nina de l'enfer dans lequel sa liaison avec Samir l'avait plongée. Et après avoir raccroché, il s'était senti soulagé : il avait l'autorisation de lui rendre visite. Dans un grand magasin, il avait alors acheté un parfum, un foulard et, sur le chemin, des fleurs, des pivoines géantes d'un rose fuchsia, comme s'il se rendait à un premier rendez-vous, le rendez-vous d'un homme amoureux, ou qui voudrait séduire, et elle, l'aimait-elle ? Comment redresser l'édifice amoureux quand il a été partiellement détruit ? Les trahisons successives avaient mitigé l'amour et il y allait pour reconquérir Nina, la reprendre, selon une logique de réparation qui avait fait ses preuves, et aucune des représentations mentales les plus effrayantes qu'il ait eues d'elle ne parvenait à altérer sa détermination, ce désir simple d'être le meilleur, le premier, le seul à l'aimer/la protéger. Est-ce qu'elle n'avait été qu'un enjeu de pouvoir entre Samir et lui ? Peut-être. Il voulait à présent la reconduire chez lui, la reconstruire, la transformer afin qu'elle redevienne précisément celle qu'elle était au moment où elle l'avait quitté, cette femme flamboyante, charnelle, solaire que tous les hommes convoitaient et qui était à lui ; cette femme idéale, érotisée à l'extrême, il voulait maintenant la réinventer, et lui attribuer une place nouvelle dans leurs rapports. Désormais, c'était lui qui dominait, c'était lui qu'on remarquait ; il appréciait cette inversion des rôles. Ce qu'il voulait, c'était l'intégrer à sa réussite – la pièce manquante, c'était elle –, et pour cela, il devait la voir. Et lui parler.

Il avait choisi un costume noir taillé dans le meilleur tissu et dont la doublure satinée brillait un peu trop, une chemise blanche au col étroit qui laissait apparaître la veine qui serpentait sur son cou et une cravate noire en crochet. Il avait pris son temps pour se préparer, il voulait lui plaire. Il n'était plus cet homme geignard et veule, pessimiste et envieux, au discours rageur. Avant, il n'affichait qu'une arrogance de façade, un orgueil de raté, de jaloux. Marginal, asocial, sauvage, il l'était par posture. La reconnaissance l'avait apaisé, lui avait donné une certaine confiance, un calme intérieur ; il avait sa place et, au milieu de tous ces gens qui l'acclamaient/l'approuvaient/l'admiraient, il se sentait enfin dans l'œil du viseur social.

Il arrive au centre en début d'après-midi, à bord d'un taxi noir, intérieur cuir. Le centre est une masure en brique rouge, située en grande banlieue parisienne, à proximité d'une zone pavillonnaire. C'est moche, c'est triste. Ici, aucune chance de se reconstruire, songe Samuel. Ici, avec un peu de temps, on finit par crever. Un grand portail en fer vert foncé dissimule l'accès principal et ce n'est qu'après avoir franchi la grille que Samuel découvre le lieu : une façade en crépi érugineux dont la peinture se lézarde ; un jardinet ronceux, hérissé de plantes sauvages, avec, en son centre, un grand banc vermoulu gris-marron rongé par les termites et, dans un coin, un cabanon dans lequel sont entreposées des chaises longues multicolores que l'on sort parfois, par beau temps – ce que lui explique la petite femme rousse entre deux âges, au corps et aux traits épais qui l'accueille. Physiquement quelconque, mais quelle personnalité. Elle a le sens de l'autorité, une présence forte et magnétique qui trahit le courage et le combat. Elle se présente : c'est elle qui dirige le foyer pour femmes où vit désormais Nina.

La directrice le guide, *attention à la marche*, gratte-pieds à l'entrée, lui explique que les femmes viennent de déjeuner et de passer au salon. Il sourit en répétant cette expression : « elles viennent de passer au salon » ; on se croirait dans un vieux roman bourgeois alors que tout ce qu'il voit, c'est une misère qui dit son nom. *Elles regardent la télé, lisent, travaillent, parlent entre elles, allez-y. Au fond du couloir sur votre droite. Là vous verrez Nina.* Dans le couloir, il porte sa main à sa bouche, à son nez, une odeur forte flotte dans l'atmosphère, mélange de relents de nourriture, de friture et d'odeur de renfermé.

Elles sont six, ce jour-là, dans le grand salon enduit d'une peinture verdâtre qui s'écaille par endroits ; cachent mal leur gêne en l'apercevant – un homme, la question au bout des lèvres : *Qu'est-ce qu'il vient faire là ?* Il s'avance prudemment, les salue, un peu gêné, oh, la voilà au milieu de toutes ces femmes de nationalités multiples, Babel fiévreuse, quel choc, et lui, dissimulant mal son embarras, quelle tension, traquant son regard – pour y lire quoi ? Le désir ? L'émotion ? Une forme de tendresse qui pourrait le contenter ? À ce stade, sa seule présence lui suffirait –, oui la voilà, c'est elle, vêtue d'un jean et d'un tee-shirt blanc trop ample, un faible sourire illuminant son visage, elle ne bouge pas, ne se lève pas pour l'accueillir, elle l'a reconnu pourtant, elle a vu la métamorphose, costume cintré, chaussures cirées, le bouquet de fleurs à la main, le paquet à l'effigie d'une grande marque de parfumerie, *Eh, le prince charmant !* crie l'une des femmes[1] et les autres se mettent à rire, *on peut essayer le soulier de verre ?* – la parfaite réplique de Samir le jour où ils l'avaient vu à la télévision. De loin, en revanche, lui a du mal à le reconnaître. Elle a coupé ses cheveux très court (et elle-même, pense-t-il, dans un accès de fureur peut-être ou en l'absence de miroir car ils sont de longueurs différentes) et leurs racines sont blanches. Elle a grossi. Son visage ne porte pas la moindre trace de maquillage. Il ne l'a jamais vue aussi négligée. Il marche jusqu'à elle, et, quand il arrive à sa hauteur, hésite à l'embrasser, renonce, à touche-touche pourtant, lui tend les fleurs, les cadeaux qu'elle prend sans les ouvrir ni les regarder, sans s'émouvoir, tandis qu'il lui demande s'il peut lui parler en privé, oui, bien sûr, retour dans le couloir, noyés dans les effluves

---

1. Lila Rodier, 38 ans, ancienne prostituée. Écrivait un journal intime dans lequel elle s'inventait « une vie excitante avec un gars de la haute ».

nauséabonds ; il l'entraîne dans le jardin qui jouxte la maison, elle s'assoit sur un banc, et là, au milieu des ronces et des chardons à épingles, il sort le grand jeu, déclaration-cadeaux-promesses, ses mains, ses poches sont pleines, joue l'assurance, il peut *maintenant*. Elle l'écoute sans émotion particulière. Une certaine dureté émane d'elle, quelque chose de tranchant, d'incisif. « Pourquoi es-tu venu ? » « D'abord pour ça », dit-il en lui donnant un exemplaire de son livre qu'il a dédicacé. Elle le saisit, l'ouvre, y lit les mots suivants : *À Nina qui est la seule à pouvoir me consoler.* « Tu as su que j'avais écrit un livre ? Tu l'as lu ? Tu as vu la presse ? Oui, c'est incroyable, oui je suis heureux, je voyage beaucoup, je n'ai plus une minute à moi, j'essaie de garder mon calme et la tête froide. » Un peu plus tard, au cours de la conversation, il dira même ces mots : « Je suis resté simple malgré le succès. » Elle sourit, referme le livre. « Mais je suis aussi venu t'apporter ça », ajoute-t-il en désignant les paquets. « Je les ouvrirai plus tard, quand tu seras parti », réplique-t-elle un peu froidement, avant de demander, d'une voix neutre : « Est-ce que tu as des nouvelles de Samir ? » Il n'imaginait pas qu'elle lui parlerait de lui et il se braque : « Ce qu'il t'a fait subir ne t'a pas suffi ? » Puis, se radoucissant : « Je te demande pardon… Tu sais ce qui lui est arrivé, n'est-ce pas ? » « Oui. Un de ses associés a fini par me le dire. » « Tu n'as pas cherché à le revoir ? » « Non. » « Je pense qu'il a de bonnes chances d'être libéré. » Elle ne pleure pas en entendant ces mots, elle détourne seulement son regard, des éclats dorés irradient sa pupille – le soleil ? Change de sujet, oui, elle a su qu'il avait été publié, par hasard, en arrivant au centre. Elle a lu et aimé son livre, cette contraction entre le réel et l'imaginaire, cet humour désabusé qui désamorce les drames, rien ne l'a troublée dans cette mise en scène littéraire de ce qui avait été leur propre vie, au contraire, il y avait quelque chose de jouissif à se découvrir sous les traits d'une héroïne de roman. Il l'écoute un long moment, puis soudain l'interrompt, se rapproche d'elle, remarque ses rides qui sillonnent son front, la paupière supérieure de son œil gauche qui s'affaisse : « Je suis venu te chercher. Je prendrai soin de toi. Tu ne manqueras de rien. » Il le dit avec une certaine fierté dans la voix, je la sauve, pense-t-il. Je la sauve de la misère, je la sauve de la rue, du désœuvrement, c'est beau/grand/fort, c'est héroïque. Je lui sauve la vie puisqu'il y a vingt ans, elle a sauvé la mienne. *Allez, on s'en va. Prépare tes affaires.* Et, disant cela, il prend sa main avec une douceur inhabituelle. Mais elle se dégage aussitôt. *Non.* Est-ce qu'il a mal entendu ? Il ne comprend pas. *Non, je ne viendrai pas avec toi.* Elle va rester ici, dans ce foyer pour femmes, encore trois mois. Après ? *Je verrai et je déciderai.* C'est ridicule, elle ne peut pas rester ici, *c'est triste, moche, horrible.* Non. Elle aime cet endroit. Elle se sent bien au milieu de ces femmes que la vie, les hommes ont brutalisées, ces femmes aux corps lourds ou osseux, aux mains calleuses, aux bouches édentées, ces femmes qui disent le combat, la résistance, qui ont tout perdu et tout gagné, ces femmes manipulables, manipulées, longtemps dociles, sexualisées, désexualisées, bêtes apeurées par la main de leur maître, rabaissées au rang d'esclaves, abusées, amoindries, réduites à rien, ne connaissant pas leur corps, ne sachant pas dire *Non*, par peur de ne plus être aimées, invisibles

485

dans l'ordre social, l'ordre viril, inexistantes ; oui, elle s'y sent bien, car là, auprès de ces femmes, elle a sa place. Elle aime ces instants de complicité que rien ne trouble, quand elle écoute le récit de leurs existences contrariées, elle aime la chaleur des repas pris en commun dans le grand réfectoire qu'elles ont décoré elles-mêmes. Elle aime son corps désentravé du souci de plaire ; c'est nouveau pour elle qui n'a cherché que l'approbation des hommes, qu'à se placer sous leur protection – quelle protection ? Ils l'ont exposée au pire. Elle assume ce qu'elle est désormais : une femme pauvre, *pauvre mais libre.*

Samuel ne dit rien, souffre, souffre en silence, blessure narcissique, la plus profonde, se lève : *puisque c'est ce que tu veux*, et s'en va. Il marche sans se retourner. D'elle, ne veut garder aucun souvenir, aucune image. Dans le couloir, il croise la responsable du foyer, *non, pas maintenant*, elle veut lui montrer la bibliothèque, insiste, c'était prévu, le contraint, *pourquoi pas*, et il la suit. Il est pris de nausée, vacille presque, se retient à une chaise, ne quitte pas des yeux la directrice qui parle comme si elle donnait une conférence devant une centaine de personnes alors qu'ils sont seuls, *je suis seul désormais*, personne ne les entend, pourquoi parle-t-elle si fort ? Montrant les rayonnages remplis de livres, elle explique qu'elle a toujours envisagé la littérature comme un moyen de libération des femmes. « Quand on lit Tolstoï, Duras, Stendhal, on en apprend plus sur les rapports hommes/femmes que par sa propre expérience. Et puis, on finit par écrire sa propre histoire. » Il ne répond rien, observe les livres – la plupart ont été

écrits par des femmes : Simone de Beauvoir, Marguerite Yourcenar[1], Marguerite Duras, Joyce Carol Oates,
Sylvia Plath, Virginia Woolf, Cynthia Ozick, Anna
Akhmatova, Marina Tsvetaïeva... « Où sont les
hommes ? » plaisante-t-il.

Partout.

---

1. Nina avait été touchée par cette phrase de Marguerite
Yourcenar dans *Alexis ou le Traité du vain combat* : « Il y a une
jouissance à savoir qu'on est pauvre, qu'on est seul et que personne ne songe à nous. Cela simplifie la vie. »

32

Le lendemain – alors qu'il est totalement abattu par la perte de Nina –, Samuel apprend qu'un grand prix littéraire vient de lui être décerné pour son roman *La Consolation*. Depuis quelques semaines, son nom était régulièrement cité, des rumeurs commençaient à circuler, laissant entendre qu'il avait de grandes chances de l'obtenir, son éditeur l'appelait chaque jour pour lui parler, vérifier ses faits et gestes, il avait même testé sa résistance morale « car tout le monde n'est pas armé pour supporter la consécration, certains sont trop fragiles et ne s'en remettent jamais, mais vous êtes fort, vous êtes ambitieux, vous avez attendu la quarantaine pour être publié, vous aurez du recul, vous saurez assumer ». Pas sûr, songe-t-il. Il ne se sentait pas fort – son histoire personnelle témoignait de son incapacité à affronter la violence sociale, les rapports de compétition –, et il n'avait jamais été ambitieux. Il avait en tête en permanence une phrase que Witold Gombrowicz avait écrite dans son *Journal*, en 1967 : « Je sais depuis longtemps – j'étais en quelque sorte prévenu d'avance – que l'art ne peut, ne doit pas apporter de bénéfices personnels... que c'est une entreprise tragique. »

Maintenant, il était saisi d'une peur panique à l'idée de se retrouver au milieu des photographes, journalistes, libraires, admirateurs, admiratrices, éditeurs, au centre de l'attention, au centre d'un univers dont il s'était si longtemps senti exclu. « Vous aurez tous les honneurs, avait dit son éditeur, et nous les aurons ensemble. » Que fait-on des honneurs ? Est-ce qu'on a une chance supplémentaire d'être aimé ? Un accès à l'immortalité ? Devient-on invincible ? Superhéros ? Est-ce une assurance contre l'échec amoureux ? Contre la mélancolie et la haine de soi ? La vieillesse et la maladie ? Est-ce qu'on dort mieux après avoir été célébré ? Devient-on un meilleur écrivain ? Meilleur amant ? Augmente-t-on ses chances d'être pris au téléphone ? D'avoir un rendez-vous chez le médecin ? Obtient-on une meilleure table au restaurant ? Et si on a le vertige ? Des sommets, on ne peut plus que redescendre, droit devant jusqu'à la chute fatale. Il se sent mieux sur le bas-côté de la piste centrale, du côté de ceux qui se retirent ou tout en bas, avec ceux qui ont échoué. De là, on voit mieux le cirque social, il suffit de lever un peu la tête et de regarder les hommes tomber. Non qu'il s'aimât dans l'échec, mais il lui semblait qu'il possédait alors une lucidité critique, une distance sur les êtres et les événements dont le succès le priverait. Au fond, il faut aussi être arrogant et narcissique pour refuser les honneurs, les récompenses. Les mépriser, c'est vouloir prouver qu'on est au-dessus, détaché, incorruptible. L'obsession de l'intégrité morale, le désir de pureté sont les autres masques de l'ambition. C'est vrai, il voudrait être un loser flamboyant : Julien Gracq refusant le Goncourt (« Je persiste à penser qu'il n'y a plus aucun sens à se prêter de loin ou de près à quelque compétition que ce soit, et qu'un écrivain n'a rien à gagner à se laisser rouler sous cette avalanche ») ; Jean-Paul Sartre, le Nobel (« Aucun artiste, aucun écrivain, aucun homme ne mérite d'être consacré de son vivant ») ; Grigori Perelman, un prix de mathématiques d'un montant d'un million de dollars (« Je ne suis pas intéressé par l'argent ou la gloire ») ; Samuel Beckett refusant d'aller à Stockholm chercher son prix Nobel de littérature, estimant qu'il s'agissait d'une « catastrophe » – le terme que Tennessee Williams avait employé pour qualifier le succès.

(Et sa plus grande peur : ce que le succès ferait de lui.)

Il se souvient de ce que son éditeur lui avait dit quelque temps après avoir signé son contrat : « Vous avez du talent mais vous vivez à l'écart du monde littéraire, vous êtes un peu sauvage en somme, très bien, cela a son charme, cela me plaît, mais il faudra faire un effort quand votre livre paraîtra. » Un effort ? L'écriture lui en demandait déjà tellement…

Ce bref instant de gloire, il en a rêvé. Mais il a trop peur de ce qu'il adviendrait. Ces lendemains tragiques où, après vous avoir tout donné, les mots résistent à vos avances.

Il avait cru que la reconnaissance – fût-ce tardivement, fût-ce de façon aussi violente –, que le succès, que la réalisation des objectifs qu'impose une société consumériste et compétitive le combleraient. Il avait même espéré profiter de cette soudaine notoriété et des facilités qu'elle lui offrait quand les événements avaient pris une tournure aussi favorable, mais une part de lui-même, opaque et insaisissable, avait résisté, était restée à la marge et se développait en lui comme une plante sauvage et urticante. C'était dans cet espace-là, cette zone ronceuse, hérissée d'épines, où chaque mouvement vous expose à la blessure, aux réactions révulsives, à l'infection généralisée, où à chaque avancée s'érige une opposition, où chaque tentative d'évolution se solde par une chute, une fois, deux fois, cent fois à terre, dans la fange, c'était là et pas ailleurs que s'enclenchait le mécanisme de l'écriture, avec ses risques d'explosion, de fragmentation et de destruction, sans déminage possible. Au-delà, dans les étendues parfaitement balisées, taillées à la serpe, on vivait bien – mais sans se salir les mains. Écrire, c'était avoir les mains sales.

33

Le jour de sa libération, Samir a été évacué par une porte secrète pour éviter la horde de journalistes et de photographes qui l'attend. Il est seul ; personne – ni sa famille, ni ses amis – ne s'est déplacé pour l'accueillir et ça le soulage. Ça le soulage de ne pas avoir à mimer la contrition, la rédemption, le grand pardon, tout ce cirque social qui mène à quoi ? À l'absolution ? La réintégration ? Il verrait sa famille, ses amis, et devrait dire merci ? Merde ! Il n'a aucune dette (pense-t-il) envers la société, mais elle, oui, une dette lourde. Il a bien commis une faute – une faute morale – en évinçant sa mère de sa vie et en privant ses enfants d'une partie de leur histoire et de leur identité, ça, il le regrette ; ça, il a du mal à se le pardonner, mais c'est tout. Le reste – le mensonge, les compromissions, ces petits arrangements avec lui-même –, il y a été acculé, il en est sûr, encloué comme un animal sur le piège de tuerie, broyé par la machine discriminatoire, ensauvagé par la société elle-même, l'égalité des chances mon cul, aucune autre option que celle de se laisser dépecer et se vider du sang des origines, rendre jusqu'à ses viscères, ça bout, déborde, gicle et tache, charrie les rancœurs et les haines tenaces, c'est l'infection, puis renaître, se relever, même affaibli, même démembré, avancer pour survivre, désentravé enfin, marche ou crève, avait dit son père, crever, c'est fait, marche maintenant, foule le bitume, droit devant, ne pas penser, ne pas se laisser distraire, corrompre encore, et sous la pression de ses pas, New York se déploie, vibrante, nerveuse, il court, se fiant à sa boussole intérieure, sa géométrie sentimentale ; son corps se dénoue, déminé, déchargé enfin des tensions, du poids de la culpabilité/du mensonge/de la honte/de l'enfance qui pèse des tonnes, accélère sur quelques mètres, puis ralentit, façon de tester la machine, ça fonctionne, les rouages corporels ne sont pas encore totalement bloqués, *Je suis vivant, Je suis libre*, un effleurement du sol ; soudain s'immobilise et défie d'un regard les gratte-ciel qui s'étendent devant lui dans la lumière diffractée – l'esthétisme outrageux, arrogant, la beauté racoleuse de la ville qui s'éveille, paysage poudreux transpercé d'éclats iridescents, il les avait oubliés, les yeux encastrés dans le mur grisé de sa prison, rien devant, rien derrière, fondu au noir ; et il s'enfonce enfin vers les sous-sols, zones lacustres, terres dévastées, bas-fonds insalubres qui disent sa dualité compromise, son ambiguïté profonde, son goût pour le secret, pour l'ombre, et dans les artères souterraines, au milieu de musiciens regroupés là – saxophonistes, clarinettistes –, des clandestins, des miséreux, couples adultères incandescents, mineurs transgressifs clapis là, les corps électrisés de désir, il longe les murs troués de chardons crépus, se fige pour étreindre l'horizon d'un regard, la beauté d'une mer étale que l'eau de pluie perfuse, se terre jusqu'à ce que le ciel devienne fuligineux, une boule de suie, indifférent à la moiteur de l'air, aux vaguelettes spumescentes qui roulent et s'évaporent comme la fumée de la cigarette qu'il embrase d'un coup sec, il fume, assis sur une borne en pierre. Libre. Libre et heureux. La mort de l'ambition, enfin, on y est. L'obligation de réussir – cette menace qui pèse sur vous dès la naissance, cette lame que la société vous place sous la gorge, qu'elle maintient fermement jusqu'à la suffocation et ne retire qu'à l'heure de la proscription, ce moment où elle vous met hors jeu, vous disqualifie, c'est l'heure du grand nettoyage, on élimine comme on dérode ! – ce qu'il y a de jouissif dans ce bannissement dont on ne sait jamais s'il est provisoire ou définitif, cet instant où l'on est admis dans la confrérie des finis/des ratés/des has been, ceux que l'âge ou l'échec ont marginalisés, les sans-papiers et les sans-grade, les petits et les simples, les inconnus et les ternes, ceux qui pointent aux Assedic, se lèvent tôt, dont le nom ne vous dit rien, ceux que l'on ne prend pas au téléphone, que l'on ne rappellera jamais, auxquels on dit « non », « plus tard », pour lesquels on n'est jamais libre et jamais aimable, les moches, les gros, les faibles, les femmes jetables, les amis ridicules, les débarrassant – enfin – de la peur de décevoir, de la pression que le souci de plaire fait peser sur eux, ces impératifs que l'on s'impose à soi-même, par individualisme/goût des honneurs/soif de reconnaissance/de pouvoir/mimétisme/instinct grégaire – tous ces effets dévastateurs des rêves avortés de l'autorité parentale/du déterminisme/des utopies hallucinatoires, cette injonction brutale qui régit l'ordre social et jusqu'aux rapports les plus intimes – Soyez

PERFORMANTS ! Soyez FORTS ! il y avait été soumis comme les autres –, mais moins prégnante aujourd'hui où personne n'espérait plus rien de lui, où lui-même n'aspirait qu'à jouir de son identité retrouvée, la lame avait ripé, au suivant !

Les paroles de la chanson diffusée par François dans la deuxième partie sont extraites de la chanson *Sale pute*, par Orelsan.

Karine Tuil
dans Le Livre de Poche

La Domination   n° 31894

Écrire sur son père : tel est le contrat signé par la narratrice
avec un grand éditeur. Comment aborder cet homme-
caméléon, juif engagé auprès de la cause palestinienne,
époux en apparence convenable qui installa sous le toit
familial une Russe énigmatique, chirurgien humaniste aux
pulsions suicidaires ? Pour venir à bout de cet ouvrage
impossible, la narratrice va se glisser dans la peau d'un
personnage fictif, le fils qu'elle a toujours rêvé d'être :
Adam. Entre répulsion et domination, érotisme et cruauté,
c'est un ballet des sentiments troubles que Karine Tuil
chorégraphie dans ce roman virtuose.

Douce France   n° 31058

Une jeune femme sans histoires est arrêtée par erreur avec
des immigrés clandestins. Au lieu de protester, mi-fascinée,
mi-voyeuse, elle endosse l'identité d'une Roumaine sans
papiers et devient la prisonnière involontaire d'un centre
de rétention administrative de la région parisienne. Elle
découvre alors un autre monde : tour de Babel des langues,

machine bureaucratique, attente effrayée de la décision du juge : libération ou renvoi au pays. Roman coup de poing, à mi-chemin de l'indignation et de la lettre d'amour aux siens, qui tourne autour d'une question obsédante : quel prix faut-il payer pour avoir la certitude d'une terre à soi ?

Interdit   n° 32756

« Je m'appelle Saül Weissmann, mais ne vous fiez pas à mon nom qui n'est pas juif en dépit des apparences. J'ai été, pendant soixante-dix ans, un imposteur pour les autres et pour moi-même. » Ainsi commence la confession du narrateur, un vieux survivant d'Auschwitz qui apprend de la bouche d'un rabbin qu'il n'est pas juif selon la Loi de Moïse. Rejeté par les siens, Saül Weissmann se retrouve en proie à une véritable crise identitaire qui va faire surgir son double, issu de la négation de sa judéité. S'engage alors un dialogue difficile entre ce juif et ce non-juif qui cohabitent en lui : quelle identité Weissmann doit-il revendiquer ?

Quand j'étais drôle   n° 30882

À la question : « Quel pourrait être l'avenir d'un comique français paranoïaque et sans emploi, accompagné d'un chien névrosé et d'une ancienne communiste, dans un pays en croisade contre le Mal ? », Jérémy Sandre, dit Jerry Sanders à la scène, pourrait répondre sans se tromper : aucun. Bien qu'affabulateur, mauvais fils, piètre père, séducteur lâche, comique malgré lui, joueur de cartes compulsif, humoriste français exilé à New York en pleine francophobie, Jerry est lucide. S'il n'a pas d'avenir, autant s'en inventer un, glorieux. À sa famille, ce naufragé existentiel va mentir. À la société, cet asocial va prétendre dicter sa loi. Celle du plus faible ? Il préfère en rire, mais avec des larmes. Comme nous d'ailleurs à la lecture de ce roman ambitieux et drôle, magistralement mené.

Six mois, six jours   n° 32294

Juliana Kant, une des femmes les plus riches d'Allemagne, a une brève aventure avec un homme dont elle ne sait rien. Mais, au bout de quelques mois, l'homme menace de révéler l'histoire à la presse : leurs ébats ont été filmés. Juliana dénonce le gigolo. On emprisonne celui-ci, la morale est presque sauve. Pourtant, tout n'est pas si simple… Dans ce roman troublant, Karine Tuil dévoile la toile de fond de cette aventure risquée : quelle est l'origine de la fortune familiale ? Pourquoi le grand-père de Juliana, premier mari de Magda Goebbels, n'a-t-il pas été arrêté à la fin de la guerre ? Sait-on que le père d'adoption de Magda était un juif qu'elle a renié puis laissé mourir ? Pourquoi les Kant ont-ils gardé le silence sur leurs activités industrielles sous le Reich ?

Tout sur mon frère   n° 30276

Deux frères, issus de la petite bourgeoisie, Arno et Vincent, pareillement élevés dans le respect des mots : pourtant tout les oppose. Vincent, désormais « trader », adore les signes extérieurs de la réussite, les objets onéreux, les amours tarifées. Arno, le frère aîné, écrivain, est l'espion, le délateur, le juge aux affaires familiales. Jusqu'au jour où la maladie neurologique de leur père les incite à renouer l'impossible dialogue au chevet d'un homme qui ne parvient plus à assembler les lettres. C'est alors comme s'ils se perdaient dans le labyrinthe de leurs émotions d'enfants.

Le financier insensible découvre bien des choses : le visage inconnu de son père ; de quoi sont capables les femmes quand elles souffrent ; une caisse d'où s'échappent les fantômes du passé. Alternant le ton d'un comique sans illusions qui montre les humains menés par leurs vices, le sexe et l'argent, avec l'écriture d'une tragédie intime, détournant pour mieux s'en moquer les codes de l'autofiction, Karine Tuil a composé un fort habile livre gigogne, tout en dévoilements et en fausses surprises, qui puise sa force au plus profond de la haine comme de l'amour.

Du même auteur :

POUR LE PIRE, *roman*, Plon, 2000 ; Pocket, 2002.
INTERDIT, *roman*, Plon, 2001 ; Pocket, 2003 ; rééd. Grasset, 2010 ; Le Livre de Poche, 2012.
DU SEXE FÉMININ, *roman*, Plon, 2002 ; Pocket, 2004.
TOUT SUR MON FRÈRE, *roman*, Grasset, 2003 ; Le Livre de Poche, 2005.
QUAND J'ÉTAIS DRÔLE, *roman*, Grasset, 2005 ; Le Livre de Poche, 2008.
DOUCE FRANCE, *roman*, Grasset, 2007 ; Le Livre de Poche, 2008.
LA DOMINATION, *roman*, Grasset, 2008 ; Le Livre de Poche, 2010.
SIX MOIS, SIX JOURS, *roman*, Grasset, 2010 ; Le Livre de Poche, 2011.

Le Livre de Poche s'engage pour l'environnement en réduisant l'empreinte carbone de ses livres. Celle de cet exemplaire est de : 500 g éq. CO_2 Rendez-vous sur www.livredepoche-durable.fr

PAPIER À BASE DE FIBRES CERTIFIÉES

Composition réalisée par PCA

Achevé d'imprimer en août 2014 en France par
CPI BRODARD ET TAUPIN
La Flèche (Sarthe)
N° d'impression : 3007093
Dépôt légal 1re publication : août 2014
Édition 2 – septembre 2014
LIBRAIRIE GÉNÉRALE FRANÇAISE
31, rue de Fleurus – 75278 Paris Cedex 06

31/7945/4